Herman Melville

Omu

Erlebnisse in der Südsee

Übersetzt von Karl Federn

Herman Melville: Omu. Erlebnisse in der Südsee

Übersetzt von Karl Federn.

Omoo: A Narrative of Adventures in the South Seas. Erstdruck: London, 1847. Hier in der Übersetzung von Karl Federn, Berlin, Th. Knaur Nachf., 1927.

Neuausgabe
Herausgegeben von Karl-Maria Guth
Berlin 2016

Umschlaggestaltung von Thomas Schultz-Overhage unter Verwendung des Bildes: William Hodges, Matavai Bay, Tahiti, 1776

Gesetzt aus der Minion Pro, 11 pt

Verlag: Henricus - Edition Deutsche Klassik GmbH
Mörchinger Str. 33, 14169 Berlin, info@henricus-verlag.de
Druck: Libri Plureos GmbH, Friedensallee 273, 22763 Hamburg

ISBN 978-3-8619-9677-4

Bibliografische Information der Deutschen Nationalbibliothek

Die Deutsche Nationalbibliothek verzeichnet diese Publikation in der Deutschen Nationalbibliografie; detaillierte bibliografische Daten sind im Internet über www.dnb.de abrufbar.

Vorwort

Nirgends ist das eigentümliche Leben der Seeleute so wild und abenteu-
erlich wie in der Südsee. Die Schiffe in diesen fernen Wassern betreiben
zumeist die Jagd auf Pottwale; ein Geschäft, das die wüstesten und
waghalsigsten Seeleute aller Nationen anzieht und sie noch zügelloser
macht. Die Fahrten dauern ungewöhnlich lange und sind gefährlich; die
einzigen erreichbaren Häfen liegen auf wilden oder halbzivilisierten Inseln
Polynesiens oder an der Westküste Amerikas, an der gleichfalls Gesetz-
losigkeit herrscht. Daher kommt es, daß auf den Schiffen im Stillen
Ozean, auch abgesehen von den Gefahren der Walfischjagd, die merk-
würdigsten Dinge sich ereignen.

Nicht diese Jagden sollen hier geschildert werden, sondern das Leben
auf den Schiffen, und zwar sollen des Autors eigene Erlebnisse erzählt
werden.

Im Sommer 1842 kam er, als einfacher Vordergast auf einem amerikanischen Südseefahrer, nach den Marquesas-Inseln. Auf der Insel Nukuhiva verließ er sein Schiff, das später ohne ihn absegelte, und kam
auf der Wanderung durch die Insel in das Tal von Taïpi, in dem ein
wilder Stamm im Urzustand lebt. Einem Schiffskameraden, der ihn begleitete, gelang es, bald aus dem Tal zu entfliehen. Der Autor wurde etwa
vier Monate in milder Gefangenschaft gehalten; dann entkam auch er
in einem Boot, das in die Bucht eingefahren war. Diese Ereignisse sind
in dem Buche »Taïpi« geschildert.

Das Boot gehörte zu einem Schiff, das Not an Mannschaft hatte und
kürzlich in einen benachbarten Hafen auf der gleichen Insel eingelaufen
war. Dort hatte der Kapitän gehört, daß der Autor in Taïpi gefangengehalten wurde, war um die Insel herum nach der Bucht gesegelt und lag
auf der Höhe der Einfahrt »beigedreht«. Da die Taïpi als ein feindlicher
Stamm galten, wurde das Boot mit Eingeborenen aus einem anderen
Hafen, die »tabu«, also unverletzlich, waren, bemannt, und mit einem
Dolmetscher, der die Freilassung des Autors erwirken sollte, ans Ufer
gesandt. Das Ziel wurde nicht ohne Gefahr für alle Beteiligten schließlich
erreicht. Zur Zeit seiner Flucht war der Autor leidend und an einem
Bein gelähmt. Als das Boot die offene See erreichte, wurde das Schiff in
der Entfernung sichtbar. Damit beginnt die vorliegende Erzählung, die
dort anfängt, wo »Taïpi« aufhört.

Der Autor hat auf seinen Wanderungen und Fahrten in der Südsee kein Tagebuch geführt, so daß ihm, als er daran ging, seine Erlebnisse niederzuschreiben, eine vollkommene Genauigkeit in den Daten nicht möglich war. Er berichtet aus der Erinnerung; er hat indessen alles so oft mündlich erzählt, daß die Ereignisse sich ihm sehr scharf ins Gedächtnis geprägt haben.

Außer dem Leben auf einem Walfischfänger wünscht der Autor auch eine intime Darstellung der Lage der christlichen Polynesier zu geben, wie sie durch den mannigfachen Verkehr mit Europäern und durch das Wirken der Missionare sich gestaltet hat. Als umherstreifender Seemann verbrachte der Autor ungefähr drei Monate in verschiedenen Gegenden der Inseln Taheiti und Imio, und unter Umständen, die ihm sehr eingehende Beobachtungen gestatteten. Bei allem, was über das Wirken der Missionare gesagt wird, hat der Autor sich gewissenhaft an die Tatsachen gehalten und gelegentlich die Bemerkungen früherer Reisender herangezogen, die seine Beobachtungen bestätigen. Nur der ernste Wunsch, die Wahrheit festzustellen und das Gute zu fördern, veranlaßt ihn, das Thema zu berühren; und wenn er keinen Weg angibt, die üblen Zustände, die er schildert, zu bessern, so geschieht es in der Meinung, daß, wenn die Tatsachen einmal bekannt sind, andere hierzu fähiger und berufener sein dürften. Wenn Eigenheiten der Taheitier oft scherzhaft dargestellt sind, so geschieht es doch nicht aus Spottlust: die Dinge sind einfach so geschildert, wie sie in ihrer fast unglaublichen Seltsamkeit dem unvoreingenommenen Beobachter erschienen.

Von den unvollständigen Wörterbüchern der polynesischen Dialekte, die bisher veröffentlicht sein sollen, hat der Autor keines zu Gesicht bekommen. Worte der Eingeborenensprache sind daher rein nach dem Klang wiedergegeben. Über die Geschichte Taheitis und verschiedene ältere Gebräuche hat der Autor auch in den frühesten Reiseberichten sowie in Ellis' »Polynesischen Forschungen« Belehrung gesucht.

Der Titel des Buches »Omu« ist der Sprache der Marquesas-Inseln entnommen, wo das Wort unter anderem »Herumstreicher« bedeutet, oder eigentlich einen Menschen, der von einer Insel zur anderen zieht, wie dies manche Eingeborene tun, die unter ihren Landsleuten als »tabu kanakas« bekannt sind.

1.

Unsere Flucht aus der Bai gelang an einem leuchtenden tropischen Nachmittag. Das Schiff, nach dem wir ruderten, lag mit knatterndem Großmarssegel etwa eine Meile vom Land; es war der einzige Gegenstand, der auf der weiten Fläche des Ozeans sichtbar war.

Als wir näher kamen, erwies es sich als ein kleines, schäbig aussehendes Fahrzeug; der Rumpf und die Spieren von einem schmutzigen Schwarz, die Takelung überall locker und ausgebleicht; alles zeigte, daß es an Bord nicht gut stand. An den vier Booten, die an den Seiten über Bord hingen, erkannte ich den Walfischfänger. Über die Reling lehnten nachlässig die Matrosen, wilde, hohlwangige Burschen in schottischen Mützen und verfärbten blauen Jacken; an Stelle des kraftvollen tiefen Brauns, das die Gesichtsfarbe eines gesunden Seemanns in den Tropen sein soll, zeigten viele jene fleckige Bronzefarbe, die Krankheit verrät.

Am Achterdeck stand einer, den ich für den ersten Steuermann hielt. Er trug einen breiten Panamahut und hatte sein Fernglas auf uns gerichtet.

Leise Rufe erschollen an Deck, als wir längsschiffs kamen, und alle Augen sahen uns forschend an. Sie hatten Grund dazu. Unsere wilden Ruderer keuchten und glühten vor Aufregung und konnten sich an Reden und Gebärden nicht genugtun; auch mein seltsames Aussehen mußte alle neugierig machen. Über den Schultern trug ich ein Kleid aus dem Stoff, den die Eingeborenen herstellen; Haar und Bart waren wild gewachsen, und auch sonst sah man mir meine letzten Erlebnisse an. Sowie ich auf Deck kam, wurde ich von allen Seiten so mit Fragen bestürmt, daß man mir kaum Zeit zum Antworten ließ.

Einer jener merkwürdigen Zufälle, die sich im Leben des Seemanns so oft ereignen, wollte, daß ich sogleich zwei bekannte Gesichter sah. Einer der Mannschaft war früher Matrose auf einem Kriegsschiff gewesen, und ich hatte ihn bei meiner Ausfahrt in Rio de Janeiro kennengelernt. Der andere war ein junger Mann, den ich vier Jahre früher oft in einer Matrosenpension in Liverpool getroffen hatte. Ich konnte mich noch gut erinnern, wie ich mich am Eingang zum Prince's Dock, in einem Gedränge von Polizisten, Stauern, Rollkutschern, Bettlern und anderem Volk von ihm verabschiedet hatte. Jahre waren vorübergegangen, viele

Meilen des Ozeans hatten wir durchschifft, da führte uns das Schicksal unter den seltsamsten Umständen wieder zusammen.

Einige Augenblicke später wurde ich in die Kajüte des Kapitäns gerufen. Es war ein ganz junger Mann, bleich und schmal, der mehr wie ein kränklicher Kontorist als wie ein derber Schiffskapitän aussah. Er hieß mich Platz nehmen und befahl dem Steward, mir ein Glas Pisco[1] zu bringen. Ich war noch heftig erregt; dieses Reizmittel steigerte meine Aufregung fast zum Delirium, so daß ich kaum mehr ein Wort von dem weiß, was ich damals von meinem Aufenthalt auf der Insel erzählte. Er fragte mich, ob ich mich anmustern lassen wollte; ich bejahte es natürlich, unter der Bedingung, daß ich mich nur für eine Fahrt zu verpflichten hätte und er mich auf meinen Wunsch im nächsten Hafen entlassen müßte. Auf Walfischfängern in der Südsee werden die Leute oft zu solchen Bedingungen angemustert. Der Kapitän war einverstanden, und ich unterschrieb die Schiffsartikel.

Der Steuermann wurde nach unten gerufen und erhielt den Auftrag, einen »wolen Mann« aus mir zu machen; nicht daß der Kapitän etwa besonderes Mitleid mit mir gefühlt hätte; er wollte nur, daß ich bald dienstfähig wurde.

Der Steuermann half mir an Deck, ich streckte mich auf dem Ankerspill aus, und er begann mein Bein zu untersuchen; dann verarztete er es mit irgendeinem Zeuge, das er aus dem Arzneischrank nahm, und wickelte es in ein Stück alten Segeltuchs; ich muß, als mein Fuß so auf dem Ankerspill ruhte, wie ein Matrose ausgesehen haben, der die Gicht hat. Gleichzeitig nahm mir jemand meinen Tappamantel ab und bekleidete mich mit einer blauen Jacke; ein anderer, der offenbar gleichfalls bemüht war, mich wieder zu einem zivilisierten Menschen zu machen, schwang eine riesige Schafschere über meinem Haupt, brachte meine Ohren in große Gefahr und machte jedenfalls meinem Bart und meinem wallenden Haar den Garaus.

Der Tag ging zu Ende; das Ufer schwand aus dem Gesicht, und ich fühlte die ungeheure Veränderung. Solange war es mein tägliches Gebet gewesen, wieder sicher an Bord eines Schiffes zu sein, auf die Heimkehr und das Wiedersehen mit den Meinen hoffen zu dürfen; und nun, da

---

1 Dieses geistige Getränk hat seinen Namen von einer Stadt in Peru, in der es massenhaft hergestellt wird. Es ist an der ganzen Westküste Südamerikas wohlbekannt, wird auch nach Australien exportiert und ist sehr billig.

es soweit war, empfand ich nur bittere Traurigkeit. Die Eingeborenen hatten mich auf der Insel gefangengehalten, aber sie hatten mir so viel Liebes erwiesen, und ich sollte sie nie wiedersehen!

Meine Flucht war so unerwartet und plötzlich, ich selbst den ganzen Tag in solcher Aufregung gewesen, der Gegensatz des wilden Lärms und der Bewegung des dahinsegelnden Schiffes zu der sonnigen Ruhe des Tales war so groß, daß mir alles wie ein sonderbarer Traum vorkam; so unglaublich schien es, daß dieselbe Sonne, die jetzt über der weiten Wasserwüste sank, am Morgen dieses Tages über den Bergen von Taïpi aufgegangen war und mit ihrem stillen Schein zur Türe des Bambushauses, in dem ich auf der Matte lag, hereingeguckt hatte.

Sowie es dunkel war, ging ich am Vordeck nach unten und wurde zu einer elenden Koje, die über einer anderen lag, gewiesen. Über die schon recht hinfällig aussehenden Bretter waren mehrere Decken gebreitet. Man reichte mir eine verbeulte Zinnkanne mit einem Gebräu, das man nur aus Höflichkeit als Tee ansprechen konnte. Auch ein Würfel von eingesalzenem Rindfleisch wurde mir auf einem harten runden Stück Schiffszwieback, das als Teller diente, gereicht; ich sagte kein Wort und aß; nach den babylonischen Mahlzeiten des Tales war der Salzgeschmack einfach köstlich.

Gerade unter mir saß ein alter Matrose auf einer Kiste und paffte Wolken von Tabakrauch um sich. Als ich mit meinem Abendbrot fertig war, wischte er das rußige Mundstück der Pfeife am Ärmel seiner Jacke ab und reichte sie mir; es war eine richtige Seemannshöflichkeit; wer jemals Vordergast gewesen ist, der ist nicht heikel; ich tat also ein paar kräftige Züge, dann drehte ich mich zur Wand und versuchte zu schlafen. Es war umsonst. Statt von vorn nach hinten, wie es in Ordnung gewesen wäre, stand mein Bett querschiffs, senkrecht zum Kiel; und das Schiff, das vor dem Winde lief, schlingerte derart, daß ich jedesmal, wenn meine Fersen in die Höhe stiegen und mein Kopf nach unten sank, fürchten mußte, einen Purzelbaum zu schlagen. Es gab indessen noch schlimmere Störungen: von Zeit zu Zeit kam ein Spritzer durch das offene Luk, daß mir der Schaum ins Gesicht flog.

Zweimal hörte ich den mitleidlosen Ruf der Wache. Endlich, nach einer schlaflosen Nacht, drang ein Schimmer des Tageslichts von oben zu mir, und gleichzeitig kam jemand herein. Es war mein alter Freund mit der Pfeife.

»Hier, Maat«, sagte ich, »hilf mir einmal da heraus und an Deck!«

»Hallo, wer krächzt denn da?« war die Antwort; er spähte in die dunkle Koje, wo ich lag. »Ah ja, Taïpi, der Kannibalenfürst – bist du's? Aber, wie geht's denn mit deinem Rundholz, mein Junge? Der Steuermann sagt: verteufelt; er hat den Steward gestern abend gleich die Handsäge schleifen lassen; hoffe, man wird dich nicht zerlegen müssen.«

Lange vor Tagesanbruch waren wir auf der Höhe von Nukuhiva gewesen; bis zum Morgen kreuzten wir kurz auf, dann fuhren wir ein und schickten ein Boot mit den Eingeborenen, die mich an Bord gebracht hatten, an Land. Sobald es zurück war, hielten wir wieder ab und entfernten uns von der Insel. Es wehte eine frische Brise, und die kühle Morgenluft auf dem Meer war so anregend, daß ich mich trotz der schlechten Nacht sogleich wohler fühlte. Den größten Teil des Tages saß ich auf dem Ankerspill, schwatzte mit den Leuten und erfuhr die Geschichte ihrer bisherigen Fahrt und alles sonst über das Schiff, und wie es auf ihm stand.

2.

Die »Julia« oder »Klein-Julchen«, wie die Matrosen sie nannten, war eine kleine Bark von zweihundert Tonnen amerikanischer Bauart, und zwar wundervoll gebaut, aber schon recht alt. Während des Krieges von 1812 war sie als Kaperschiff aus einem neuenglischen Hafen ausgelaufen und auf hoher See von einem englischen Kreuzer weggenommen worden. Seither wurde sie in jeder erdenklichen Art verwendet, zuletzt als Regierungspostschiff in den Australischen Meeren. Vor etwa zwei Jahren ausrangiert, war sie von einer Firma in Sydney ersteigert und nach unbeträchtlichen Reparaturen auf ihre gegenwärtige Fahrt geschickt worden.

Sie befand sich in einem elenden Zustand. Die Masten, sagten die Leute, waren nicht mehr sicher; das stehende Tauwerk war abgenutzt, selbst die Verschanzung an vielen Stellen faul. Trotzdem hielt sie noch ziemlich dicht; ein mäßiges Pumpen am Morgen genügte, sie lenz zu halten.

Aber all das tat ihrer Segelfähigkeit keinen Eintrag. Wie es auch blasen mochte, eine sanfte Brise oder Sturm, sie war immer bereit; wenn sie die Wogen schäumend teilte und über das Meer nur so hintanzte und sprang, dann vergaß man ihre geflickten Segel und ihren schadhaften Rumpf. Wie das behende Ding vor dem Winde lief! Ja, gewiß, sie rollte hie und da, aber das war mehr Spaß! Und kein Windstoß konnte ihr etwas anhaben, wenn sie luvte: mit steifen Spieren steckte sie die Nase in den Wind und schoß durch die Wellen.

Trotzdem konnte man ihr nicht trauen. Gerade, weil sie so lebhaft und zu Scherzen geneigt war. So wie ein munterer Greis eines Tages hinfällig wird, so konnte sie in einer dunkeln Nacht leck laufen und mit uns allen auf den Grund sinken. Übrigens hat sie uns diesen häßlichen Streich nicht gespielt, und so tue ich ihr vielleicht Unrecht.

Nach ihren Schiffspapieren konnte sie fahren, wohin sie wollte, auf Walfisch-, auf Robbenjagd oder was immer sonst; sie jagte hauptsächlich auf Pottwale; wenn auch bis dahin nur zwei Fische längsschiffs gebracht worden waren.

Am Tag, an dem sie Sydney verließ, hatte die Mannschaft alles in allem zweiunddreißig Seelen gezählt; jetzt waren es kaum zwanzig; die anderen waren ausgerissen. Selbst die drei Untermaaten, die die Walfischboote geführt hatten, waren fort; und von den vier Harpunieren war nur noch einer übrig, und der war ein Maori, ein wilder Neuseeländer. Mehr als die Hälfte der Leute war krank infolge eines längeren Aufenthalts in einer liederlichen Hafenstadt. Einige waren vollkommen dienstunfähig, ein oder zwei gefährlich krank; die übrigen konnten gerade noch ihre Wache durchhalten, aber sonst nicht viel leisten.

Der Kapitän war ein junges Londoner Stadtkind, vor zwei Jahren nach Australien ausgewandert, und hatte durch Protektion das Kommando bekommen, dem er in keiner Weise gewachsen war. Er war nicht ohne Bildung, aber zum Seemann geeignet wie ein Friseur. Alles machte sich über ihn lustig. Er hieß der »Kajütenjunge« oder »Schreiberhans« und hatte noch ein halbes Dutzend ähnlicher Spitznamen. Die Mannschaft verhöhnte ihn ganz offen. Der schmächtige Herr wußte es und trat dementsprechend bescheiden auf. Er suchte so wenig als möglich mit den Leuten in Berührung zu kommen und überließ alles dem ersten Steuermann. Scheinbar hielt er sich vollkommen zurück, hatte aber doch mehr Einfluß, als die Leute glaubten. Während er aussah, als könne er nicht bis zwei zählen, war er, bei aller Ängstlichkeit, ganz schlau, und der derbe Steuermann wurde oft von ihm geschoben, während er zu schieben glaubte; niemand ahnte, daß gewisse gehässige Maßnahmen, die er trotz allem Murren der Leute durchsetzte, eigentlich dem eleganten kleinen Herrn in der Nankingjacke und den weißen Segeltuchschuhen zu danken waren. Meistens allerdings tat der Steuermann, was er wollte, und der Kapitän hatte sichtlich Angst vor ihm.

Was Mut, Seebefahrenheit und eine natürliche Fähigkeit, unbotmäßiges wüstes Gesindel in Schach zu halten, betraf, so war niemand für seinen Beruf besser geeignet als John Jermin. Er war ein vollendetes Exemplar jener kurzen, stämmigen, untersetzten Leute, die oft so ungewöhnlich tüchtig sind. Das krause Haar wuchs in kleinen eisengrauen Löckchen um den kugelrunden Kopf, das Gesicht war von Blatternarben zerrissen, mit dem einen Auge schielte er ein wenig, was ihm ein verwegenes Aussehen gab; die Nase stand ihm schief im Gesicht, und der breite Mund mit den großen weißen Zähnen sah, wenn er lachte, geradezu haifischmäßig aus. Niemand hatte Lust, mit ihm anzubinden. Und trotzdem, so gefährlich er aussah, er hatte ein großes Herz, und auch das merkte man auf den ersten Blick.

Er hatte nur einen Fehler: seine Liebe zu starkem Getränk; und er trank zu allen Zeiten. Mäßig genommen, glaube ich, tat es einem Mann, wie ihm, gut, machte seine Augen leuchten, wärmte ihm das Blut und vertrieb die schlechte Laune. Das Schlimme war, daß er manchmal zuviel trank, und dann wurde er streitsüchtig. Aber selbst die Leute, die er verprügelte, liebten ihn; er schlug sie so gemütlich zu Boden, daß keiner es ihm ernstlich nachtrug. Das war unser wackerer Steuermann, der kleine Jermin.

Nach dem Gesetz muß jeder englische Walfischfänger einen Arzt mitführen; dieser ist ein »Herr« und wohnt in der Kajüte; er hat keine anderen Pflichten als die seines Berufes, gelegentlich trinkt er mit dem Kapitän heißen Punsch und spielt Karten mit ihm. Auch auf der »Julia« war ein Schiffsarzt; aber er wohnte merkwürdigerweise im Vorderkastell mit der Mannschaft. Und das kam so.

Seine Vorgeschichte war gleich der vieler Helden in Dunkel gehüllt, obwohl er manchmal Andeutungen auf ein väterliches Erbe und einen steinreichen Onkel machte sowie auf eine unglückliche Geschichte, die ihn zu seinem Wanderleben gezwungen hatte. Fest stand, daß er als Assistenzarzt auf einem Auswandererschiff nach Sydney gekommen und ins innere Australien gezogen war. Einige Monate später war er ohne einen Pfennig Geld nach Sydney zurückgekehrt und Schiffsarzt an Bord der »Julia« geworden.

Anfangs hatten der Doktor und der Kapitän auf freundlichstem Fuß gestanden. Sie hatten manche Bowle miteinander geleert; beide waren belesen, der eine weitgereist, daher konnten sie endlos erzählen. Aber einmal waren sie über einen politischen Streit in Wut geraten; der Doktor hatte seine Fäuste als Argumente gebraucht, bis der Kapitän, in jedem Sinne geschlagen, am Boden lag. Dafür bekam er zehn Tage Arrest in seiner Kabine und wurde auf Wasser und Brot gesetzt. Tief gekränkt verließ er das Schiff bald darauf heimlich auf einer Insel, wurde aber wieder eingefangen, schimpflich an Bord geschleppt und wiederum eingesperrt. Darauf schwor er, mit dem Kapitän nicht mehr zu verkehren, und zog mit seinem ganzen Gepäck zur Mannschaft, die ihn als guten Kameraden, dem Unrecht geschehen war, mit offenen Armen aufnahm.

Er war eine auffällige Erscheinung, über sechs Fuß hoch, ein türmendes Knochengerüst ohne Fleisch, mit vollkommen fahler Hautfarbe, blondem Haar und hellen, unbekümmerten grauen Augen, die recht boshaft zwinkern konnten. Bei der Mannschaft hieß er der lange Doktor oder noch öfter das lange Gespenst. Woher er auch kommen mochte, er hatte sicher einmal Geld gehabt, Burgunder getrunken und in der guten Gesellschaft verkehrt. Er zitierte Virgil, redete über Philosophie und deklamierte mitunter lange Reihen von Versen englischer Dichter. Er hatte viel von der Welt gesehen, konnte so nebenbei eine Liebesgeschichte, die er in Palermo erlebt hatte, oder eine Löwenjagd in Südafrika erzählen oder erklären, was für Kaffee man in Maskat trinkt. Er wußte Hunderte von Anekdoten und sang die wunderbarsten alten Lieder mit so voller und reicher Stimme, daß es eine Wonne war, ihn zu hören. Wie solche Töne aus seinem dürren Leibe kommen konnten, blieb ein Rätsel.

Jedenfalls war das lange Gespenst ein höchst unterhaltender Reisegefährte und auf der »Julia« für mich eine wahre Gottesgabe.

3.

Von einer regelrechten Disziplin an Bord war keine Rede; auf dem Schiff herrschte ein Tohuwabohu. Der Kapitän war in letzter Zeit krank gewesen und ließ sich nur selten sehen. Um so mehr hörte man den Steuermann, der zu allen Stunden an Deck war. Bembo, der neuseeländische Harpunier, blieb meist für sich und redete fast nur mit dem Steuermann, der seine Sprache verstand und ihm darin antworten konnte. Oft saß er auf dem Bugspriet und fischte mit einer Knochenangel nach Thunfischen; und manchmal, in dunkeln Nächten, begann er plötzlich allein auf dem Vordeck irgendeinen kannibalischen Fandango zu tanzen und weckte alle Leute damit auf. Im ganzen verhielt er sich sehr still, wenn auch etwas in seinem Auge verriet, daß er keineswegs harmlos war.

Der Doktor hatte schriftlich seine Entlassung als Schiffsarzt eingereicht; er erklärte, als Passagier nach Sydney zu fahren und nahm das Leben leicht. Was die Mannschaft betrifft, so waren die Kranken merkwürdig zufrieden; die übrigen, denen die allgemeine Zügellosigkeit an Bord wohlgefiel, machten sich keine Gedanken über die Zukunft.

Die Lebensmittelvorräte der »Julia« waren armselig. Das Schweinefleisch in den Fässern sah aus wie in Eisenrost konserviert und roch wie abgestandenes Ragout. Das Rindfleisch war noch übler, eine mahagonifarbene Fasersubstanz, so zäh und ohne Geschmack, daß ich beinahe des Kochs Versicherung glaubte, man hätte einen Pferdehuf mitsamt dem Eisen in einem der Fässer gefunden. Der Zwieback war auch nicht viel besser; er war größtenteils zu steinharten Krümeln zerbröckelt und vollkommen durchlöchert, als ob die Würmer, die in den Tropen den Zwieback heimsuchen, ihn verzweifelt auf der anderen Seite wieder verlassen hätten, ohne Nahrung zu finden. Konserven hatten wir wenig; Tee dafür in Menge; nur glaube ich nicht, daß er aus China kam. Außerdem hatten wir jeden zweiten Tag »Schrotsuppe«, wie die englischen Seeleute sagen: große runde Erbsen, die wie Kieselsteine in lauem Wasser rollten. Ich ließ mir später erzählen, daß die Eigentümer des Schiffes verdorbene und ausrangierte Vorräte der Kriegsmarine auf einer Auktion in Sydney erstanden hatten.

Aber wie wässerig die Suppe, wie salzig Rind- und Schweinefleisch schmecken mochten, wir Matrosen wären schließlich damit zufrieden gewesen, wäre nur irgend etwas Zugemüse an Bord zu haben gewesen, ein paar Kartoffeln oder Yamswurzeln oder Wegerich; aber es gab nichts. Dafür gab's etwas anderes, das in der Schätzung der Mannschaft alle Mängel gutmachte: eine tägliche Ration Pisco.

Vielleicht wundert man sich, daß der Kapitän bei solchen Zuständen mit dem Schiff auf See blieb. Der Grund war der: wenn er im Hafen lag, lief er Gefahr, daß auch der Rest der Mannschaft desertierte; auch so fürchtete er, daß, wenn er nur in eine fremde Bucht einlief, er eines Tages vor Anker liegen könnte, ohne Leute, die Anker wieder einzuhieven.

Auf See können vernünftige Offiziere auch die schlimmsten Leute einigermaßen in Schach halten; aber sowie man eine Kabellänge vom Land liegt, ist's damit aus. Darum gehen viele Walfischfänger in der Südsee oft achtzehn, ja zwanzig Monate nicht vor Anker. Die Mannschaften solcher Fahrzeuge sind zum größten Teil der Abschaum aller Völker und Rassen; in den gesetzlosen Häfen des Spanischen Meeres oder unter den Wilden der Südsee angeworben. Wie Galeerensklaven, kann man sie nur mit Kette und Peitsche regieren. Die Offiziere gehen stets mit Messer und Pistole bewaffnet, sie tragen sie in der Tasche, aber immer zur Hand oder schußbereit.

In unserer Mannschaft waren nicht wenige von dieser Gattung; aber wie wüst sie gelegentlich sein mochten, die derbe, trunkene Energie Jermins war das richtige, sie grollend niederzuhalten. Wenn es nötig war, stürzte er unter sie, teilte nach rechts und links Schläge und Püffe aus, so daß sie nach allen Seiten wichen. Diese Autorität der rohen Faust ertrugen sie, wie ich schon sagte, mit sehr guter Laune. Ein ruhiger, nüchterner Offizier, der seine Haltung bewahrte, hätte nichts gegen sie ausgerichtet; sie hätten ihn mitsamt seiner Haltung über Bord geworfen.

So blieb nichts übrig, als das Schiff auf See zu halten. Der Kapitän hoffte immer, die Kranken würden sich bald erholen, und er selbst gleichfalls, und dann konnte man schließlich mit der Jagd Glück haben. Als ich an Bord kam, hieß es jedenfalls, Kapitän Guy sei willens, das Versäumnis nachzuholen und das Schiff in kürzester Zeit mit Walrat zu füllen.

In dieser Absicht nahmen wir Kurs auf Heitihu, ein Dorf auf der Insel Santa Christina – gleichfalls eine der Marquesas, der Mendana ihren Namen gegeben hat –, um acht Matrosen wiederzukriegen, die vor ein paar Wochen die »Julia« dort verlassen hatten. Der Kapitän nahm an, daß sie sich indessen hinreichend erholt hatten und froh sein würden, zu ihrer Pflicht zurückzukehren.

So rollten wir denn auf Heitihu zu, alle Segel beigesetzt, mit den warmen, brisigen Passatwinden scherzend, und glitten über die langen, langsamen Seen auf und nieder, während die Thunfische um das Schiff spielten.

4.

Ich war noch nicht vierundzwanzig Stunden an Bord, als ich Zeuge eines Vorfalls wurde, der für die Zustände auf dem Schiff kennzeichnend war.

Unter der Mannschaft war einer, der Schiffszimmermann, so unglaublich häßlich, daß er den ironischen Spitznamen »Schönheit« erhalten hatte. Manchmal wurde er auch, mehr beruflich, »Sägspan« genannt. Er war nicht eigentlich entstellt, sondern von Natur regelrecht häßlich. Auch sein Wesen war weder angenehm noch liebenswürdig, und das Verhältnis zwischen ihm und Jermin war zu allen Zeiten gespannt. Schönheit war nämlich der einzige auf dem Schiff, den der Steuermann nie wirklich untergekriegt hatte, daher sein Groll. Schönheit wiederum tat sich etwas darauf zugute, daß er dem Steuermann keine Antwort schuldig blieb.

Gegen Abend war irgend etwas an Deck zu tun, und der Zimmermann, der zur Wache gehörte, fehlte. »Wo ist denn der Drückeberger, der Sägspan?« schrie Jermin durch das Luk hinab.

»Ruht aus, hier unten auf einer Kiste, wenn Sie's wissen wollen!« antwortete der Edle, die Pfeife aus dem Munde nehmend. Diese Frechheit brachte den hitzigen kleinen Steuermann in Wut; aber Schönheit sagte kein Wort und paffte ruhig weiter. Nun wird kein vernünftiger Offizier, und wenn er noch so gereizt wäre, im Streit mit einem von der Mannschaft das Logis betreten. Wenn der Betreffende sich weigert, es zu verlassen und an Deck zu kommen, so bleibt dem Offizier nichts übrig, als geduldig zu warten, bis der andere sich dazu entschließt. Denn unten ist's dunkel, und nichts ist leichter, als dem, der hinunterkommt, eins über den Schädel zu hauen, ehe er recht weiß, wo er ist, und nichts schwerer, als festzustellen, wer der Täter war.

Jermin wußte dies sehr genau, daher begnügte er sich damit, durch das Luk hinunterzuschimpfen. Schönheit antwortete so kühl und gelassen, daß er ihn zur Raserei brachte.

»An Deck!« brüllte er. »Herauf mit dir, oder ich komm' hinunter und mach' dir Beine!«

Der Zimmermann bat ihn, nur zu kommen.

Gesagt, getan: Jermin vergaß alle Vorsicht, sprang die Leiter hinab und hatte den anderen bei der Kehle, ohne ihn noch recht zu sehen.

Einer der Leute wollte sich auf ihn stürzen, aber die übrigen rissen ihn zurück: die beiden sollten es miteinander abmachen.

»Und jetzt kommst du an Deck!« schrie der Steuermann und suchte den Zimmermann im Griff zu behalten.

»Schaff mich nur hinauf!« war die trotzige Antwort. Schönheit wand sich wie eine Boa Constrictor. Der Steuermann suchte ihn vollends zu packen, dabei bekam Schönheit seine Arme frei und warf ihn rücklings nieder. Aber Jermin sprang sogleich wieder auf, und eine Zeitlang zerrten sie einander unten hin und her, stießen sich die Köpfe an den vorspringenden Balken wund und schlugen aufeinander los, wo sie treffen konnten. Da glitt Jermin aus und fiel; sofort setzte sein Feind sich ihm auf die Brust und hielt ihn fest. Das ist eine der Situationen, in der der oben Sitzende seine Meinung nach Lust aussprechen kann, und Schönheit nahm die Gelegenheit wahr. Der Steuermann antwortete nicht; er schäumte vor Wut und suchte sich zu befreien.

Da tönte eine dünne Stimme von oben. Der Kapitän war zufällig aufs Achterdeck gekommen, als die Rauferei anfing; er wäre gerne wieder in die Kajüte zurückgekehrt, wenn er nicht gefürchtet hätte, sich vollends lächerlich zu machen. Er lehnte über die Reling, und als der Lärm zunahm, und es klar wurde, daß es seinem ersten Offizier schlecht ging, erschien er auf dem Vorderkastell und wollte die Sache als Bagatelle behandeln. »Nun, nun!« sagte er möglichst schnell und in ärgerlichem Ton, »was ist denn da los? Herr Jermin, Herr Jermin! – Zimmermann, Zimmermann! So hören Sie doch! Was tun Sie denn da unten? Kommen Sie doch an Deck!«

Worauf das lange Gespenst, der Doktor, in Fisteltönen rief: »Ach, Fräulein Guy, sind Sie das? Bitte, meine Liebe, gehen Sie rasch fort – es könnte Ihnen etwas zustoßen!«

»Eh, lassen Sie mich in Ruh'! Wer sind Sie denn, Herr? Ich habe mit Ihnen nicht gesprochen; hören Sie also mit Ihrem Unsinn auf! Herr Jermin, mit Ihnen spreche ich! Haben Sie die Güte, an Deck zu kommen; ich habe mit Ihnen zu reden!«

»Und wie, zum Teufel, soll ich denn hinaufkommen?« schrie der Steuermann. »Kommen Sie doch runter, Kapitän Guy, und seien Sie ein Mann! Lassen Sie mich los, Sie, Sägspan! Loslassen, sag' ich! Sie werden mir das noch büßen! So kommen Sie doch, Kapitän!«

Der arme Mann bekam beinahe Krämpfe. »Pfui, pfui, Zimmermann!« rief er, »lassen Sie ihn herauf, lassen Sie ihn los! Hören Sie? Sie sollen Herrn Jermin an Deck lassen!«

»Scheren Sie sich fort, Schreiberhans!« erwiderte Schönheit, »das geht nur mich und den Steuermann an; gehen Sie also nach achtern, wohin Sie gehören!«

Als der Kapitän den Kopf noch einmal durch das Luk steckte, flog ihm, von unsichtbarer Hand geschleudert, eine feuchte Masse von aufgeweichtem Zwieback und Teeblättern, der Inhalt einer Zinnkanne, ins Gesicht. Der Doktor war gerade nicht weit entfernt. Nach dieser Schlappe zog sich der elegante junge Mann, beide Hände vor dem triefenden Antlitz, ohne auf mehr zu warten, endgültig zurück.

Einige Augenblicke später kam auch Jermin, der sich zu einem Vergleich hatte herbeilassen müssen, mit zerrissener Jacke und zerschundenem Gesicht ihm nach, und beide blieben etwa eine Viertelstunde in der Kabine. Die rauhe Stimme des Steuermanns überschrie die dünne und sanfte Rede des Kapitäns. Es war der erste Konflikt mit der Mannschaft, in dem Jermin den kürzeren gezogen, hatte, und er war entsprechend in Wut. Wie der Steward uns später berichtete, hatte er dem Kapitän gesagt, er möge sich in Zukunft gefälligst selber um sein Schiff kümmern, wenn er seine Offiziere so behandeln lasse; er für sein Teil habe genug davon. Noch manches scharfe Wort fiel, aber schließlich versicherte ihm der Kapitän, daß der Zimmermann bei der ersten Gelegenheit gründlich ausgepeitscht werden sollte, obschon dies, wie die Dinge lagen, ein gewagtes Experiment schien. Daraufhin willigte Jermin widerstrebend ein, die Sache vorläufig auf sich beruhen zu lassen, und bald ertränkte er sein ganzes Denken in einer Bowle von heißem Punsch, die der Kapitän klüglicherweise schon vorher beim Steward bestellt hatte.

Dabei blieb es, und die Sache hatte keinerlei weitere Folgen.

5.

Weniger als achtundvierzig Stunden, nachdem wir Nukuhiva verlassen hatten, stieg die blaue Insel Santa Christina am Horizont auf. Als wir uns dem Ufer näherten, wurden die dräuenden schwarzen Spieren und der wespenartige Rumpf eines kleinen Kriegsschiffs sichtbar; Masten und Rahen zeichneten sich deutlich gegen den Himmel ab. Es war eine französische Korvette, die in der Bucht vor Anker lag.

Unser Kapitän war darüber sehr erfreut, er kam an Deck und betrachtete sie von den Besanswanten aus durch sein Glas. Er hatte ursprünglich keinen Anker auswerfen wollen; nun aber änderte er seinen Plan und ging längsseits der Korvette vor Anker. Sobald ein Boot zu Wasser gelassen werden konnte, fuhr er hinüber, dem Kommandeur seine Aufwartung zu machen, vornehmlich aber, wie wir vermuteten, die nötigen Schritte mit ihm zu besprechen.

Nach zwanzig Minuten kam er zurück und brachte zwei Offiziere in Interimsuniform mit schönen Backenbärten sowie drei oder vier lärmende und betrunkene alte Häuptlinge mit. Der eine hatte die Beine durch die Armlöcher einer scharlachfarbenen Weste gesteckt, der andere trug ein paar Sporen an den Fersen und der dritte einen Federhut; sonst waren sie in der gewöhnlichen Tracht der Eingeborenen: mit einem Tuch um die Lenden bekleidet. So unpassend ihre Aufführung war, die Edlen waren, wie sich herausstellte, eine Abordnung der Geistlichkeit, und sie kamen, um unser Schiff mit einem strengen »Tabu« zu belegen. Die Eingeborenen, Männer wie Weiber, sollten dadurch verhindert werden, an Bord zu kommen, damit nicht wieder jene liederliche Unordnung einreiße, die Desertionen erleichterte. Es wurden nicht viel Umstände gemacht. Die Priester traten einen Augenblick beiseite, steckten ihre geschorenen alten Köpfe zusammen und machten ihren Hokuspokus. Dann riß der oberste unter ihnen einen Streifen von seinem weißen Tappagürtel und reichte ihn einem der französischen Offiziere, der ihn Jermin gab und ihm erklärte, was er damit zu tun hätte. Der Steuermann begab sich sogleich ans Ende des Außenklüverbaums und befestigte das mystische Zeichen des Banns daran. Es verscheuchte sogleich ein paar Mädchen, die eben auf uns zugeschwommen kamen, aber jetzt ihre Arme schwangen, sich im Wasser herumwarfen, wie Delphine, daß es aufschäumte, und unter lauten Rufen »Tabu! Tabu!« ans Ufer zurückschwammen.

In der Nacht nach unserer Ankunft sollten nur der Steuermann und der Maori die beiden Wachen halten und einander nach je vier Stunden ablösen; die Mannschaft, wie das manchmal üblich ist, wenn ein Schiff vor Anker liegt, erhielt Erlaubnis, die ganze Nacht in der Koje zu bleiben. Diesmal geschah es, weil man den Leuten nicht traute.

Als die Glocke gegen Mitternacht acht Glasen schlug und Jermins erste Wache kam, stieg er an Deck, in der einen Hand eine Branntweinflasche, die andere bereit, auf das erste Gesicht loszuschlagen, das aus dem Luk an der Back auftauchen würde. Er hatte offenbar die Absicht, wach zu bleiben; aber er schlief schon nach kurzer Zeit ein und so fest, daß er vermutlich selbst mit seinem Schnarchen die Leute weckte, die uns in dieser Nacht verließen. Er schnarchte aber auch mit seinem schiefen Kriegshorn, daß es eine Art hatte. Als er zu sich kam, dämmerte es gerade, immerhin war Licht genug, um zu sehen, daß zwei Boote fehlten. Er wußte sofort, was geschehen war, zerrte den Maori aus einem alten Segel heraus, in dem er schlummerte, befahl ihm, ein anderes Boot klarzumachen und stürzte in die Kajüte, dem Kapitän die Mitteilung zu bringen. Schon war er wieder an Deck und rannte ins Logis hinab, ein paar Ruderer zu holen, als wir einen lauten Schrei hörten und das Wasser an der Schiffswand klatschend aufspritzte. Der Maori und das Boot rollten im Wasser übereinander. Das Boot war am Abend an seinen Platz über Steuerbord geheißt worden; und jemand hatte die Taljen, in denen es hing, so durchschnitten, daß sie bei einer mäßigen Belastung reißen mußten. Die Täter schienen Bembos spezifisches Gewicht ausgerechnet zu haben, so sicher war die Wirkung eingetreten, als er hineingesprungen war. Es war nur noch ein Boot übrig; man untersuchte es zunächst, und das war gut: im Boden war ein Loch, groß genug, daß man ein Faß hätte durchstecken können.

Jermin war außer sich. Er schleuderte seinen Hut aufs Deck und wollte bereits über Bord springen, zur Korvette hinüberschwimmen und um einen Kutter bitten, als Kapitän Guy erschien und ihn dazubleiben ersuchte. Der wachhabende Offizier an Bord des Franzosen hatte die Bewegung bei uns bemerkt und rief uns an, um zu hören, was geschehen war. Guy erklärte es ihm durch sein Sprachrohr und bekam sogleich Hilfe zugesagt. Man hörte eine Bootsmannspfeife, ein oder zwei Kommandos, dann pullte ein großer Kutter vom Achterende des Kriegsschiffes ab und kam nach ein paar Ruderschlägen längsschiffs. Der Steuermann sprang hinein, und sie pullten rasch dem Ufer zu. Ein zweiter Kutter mit bewaffneter Mannschaft folgte.

Nach einer Stunde kehrte der erste zurück und schleppte die beiden Walfischboote nach, die kieloben wie Schildkröten am Strande gelegen hatten.

Es wurde Mittag, ohne daß man von den Ausreißern etwas gehört hätte. Der Doktor und ich lungerten herum, machten nähere Bekanntschaft und erfreuten uns am Anblick der Uferlandschaft. Die Bucht lag totenstill; die Sonne stand hoch und heiß am Himmel; dann und wann glitt ein Kanu lautlos hinter der Landzunge hervor und schoß durch das Wasser.

Den ganzen Vormittag humpelten unsere Kranken an Deck umher und warfen sehnsüchtige Blicke ans Land, wo die Palmen mit nickenden Blätterkronen sie in ihren wohltuenden Schatten lockten. Die armen invaliden Halunken! Wie erholsam wären die stillen Haine für ihre erschütterte Gesundheit gewesen! Aber Jermin blieb hart und versicherte mit einem Fluch, daß sie keinen Fuß an Land setzen würden.

Gegen Sonnenuntergang sah man einen Haufen Menschen zum Meer herabkommen. Ganz vorn schritten die Flüchtlinge, barhaupt; Jacken und Hosen hingen in Fetzen herab, ihre Gesichter waren mit Blut und Staub bedeckt und ihre Arme mit grünen Baststricken auf dem Rücken gefesselt. Hinter ihnen kam eine johlende Schar Eingeborener, die sie mit den Spitzen ihrer langen Speere vorwärtstrieben, während die Leute von der Korvette sie in der Flanke mit ihren bloßen Messern bedrohten. Da man dem König der Bucht eine Muskete und für jeden eingebrachten Deserteur einen Becher voll Schießpulver versprochen hatte, war die ganze Bevölkerung hinter ihnen her gewesen; und die Jagd war so erfolgreich, daß nicht nur die Ausreißer von heute nacht, sondern auch noch fünf von denen, die beim vorhergehenden Besuch zurückgeblieben waren, eingebracht wurden. Die Eingeborenen hatten nur die Hunde gespielt, die das Wild aus seinem Versteck aufgetrieben hatten, das Greifen überließen sie den Franzosen. Zu einem Handgemenge mit verzweifelten Seeleuten haben die Eingeborenen nirgend Lust.

Die Ausreißer wurden sogleich an Bord gebracht, und obschon sie erst finster dreinsahen, lenkten sie bald ein und behandelten die ganze Sache als ein scherzhaftes Abenteuer.

6.

Kapitän Guy hatte keine Lust, noch eine Nacht in Heitihu zu verbringen, sondern ließ das Schiff bei Anbruch der Nacht unter Segel gehen. Aber am nächsten Morgen, als wir bereits alle glaubten, eine lange Kreuzerfahrt vor uns zu haben, änderten wir plötzlich den Kurs und hielten auf La Dominica oder Heivarhu zu, eine Insel, die gerade nördlich von Heitihu lag. Der Kapitän wollte ein paar englische Matrosen an Bord nehmen, die, wie der Kommandeur der Korvette ihm erzählt hatte, kürzlich dort von einem amerikanischen Walfischfänger ausgerissen waren und sich nur auf einem heimatlichen Fahrzeug verdingen wollten.

Wir sichteten das Land am Nachmittag; vor uns lag eine Bucht, die tief ins Land einschnitt, und ein schattiges Tal, das in engen, grünen, sich windenden Schluchten zuletzt dem Blick entschwand. »An die Luv-Großbrassen!« brüllte der Steuermann, auf die Verschanzung springend, und einen Augenblick später stand die »Julia«, in voller Fahrt angehalten, wie ein in die Zäume beißendes Pferd, das plötzlich zurückgenommen wird, still, während der Gischt in weißen Flocken unter ihrem Bug aufspritzte.

Hier sollten wir die neuen Matrosen bekommen, und ein Boot wurde klargemacht. Es mußte aber mit sicheren Leuten bemannt werden, das heißt mit solchen, von denen nicht zu erwarten stand, daß sie selbst durchgehen würden. Nach längerer Beratung zwischen Kapitän und Steuermann wurden vier als die vertrauenswürdigsten oder richtiger als die mindest verdächtigen ausgewählt. Auch der kranke Kapitän ließ sich über Bord schaffen; er wollte sich offenbar einmal auszeichnen. Die Eingeborenen sollten bösartig sein. Die Männer wurden mit Messern bis an die Zähne bewaffnet; der Kapitän schnallte außerdem noch einen alten Entergürtel um, in den er ein paar Pistolen steckte. Dann stießen sie ab.

Mein Freund, das lange Gespenst, hatte unter anderem Gepäck, das nicht gerade ins Vorderkastell paßte, ein großartiges Fernglas. Durch dieses Glas konnten wir das Boot, das für das bloße Auge längst unsichtbar war, am Eingang der Bucht deutlich wahrnehmen; es sah nicht größer aus als eine Eierschale, und die Leute darin wie Däumlinge. Wir sahen das winzige Ding auf einer langen Schaumflocke unter einem Funkenregen an den Strand schießen. Am Ufer war keine Seele zu erblicken. Sie ließen einen Mann als Wache beim Boot, die anderen stiegen ans Land und schritten vorsichtig auf den dichten Hain zu, der wenige Schritte vom Wasser begann. Nochmals blieben sie stehen und lauschten, die Hand am Ohr, und spähten in das grüne Dickicht. Niemand kam, und alles schien still wie das Grab. Endlich betraten sie, der eine mit seiner Pistole, die anderen ihre Pfriemen schwingend, den Wald und waren verschwunden. Sie blieben indessen nicht lange drin; offenbar fürchteten sie in einen Hinterhalt zu fallen, wenn sie tiefer in die Schlucht eindrangen.

Sie schifften sich auch sogleich wieder ein, und wir sahen sie über die Wogen gleiten, als der Kapitän plötzlich aufsprang; das Boot machte kehrt und hielt wieder auf den Strand zu. Zwanzig oder dreißig Eingeborene, mit Speeren bewaffnet, die durch das Glas wie Halme aussahen, waren aus dem Hain zum Vorschein gekommen und schienen etwas zu rufen. Unsere Leute mißtrauten ihnen offenbar, denn sie blieben etwa eine Bootslänge vom Ufer, der Kapitän stand auf und hielt eine Ansprache in Gebärden, worauf einer der Eingeborenen vortrat und erwiderte; er schien die Fremden einzuladen, ans Land zu kommen. Der Kapitän lehnte dies mit Armgebärden ab, und irgend etwas in seiner Haltung veranlaßte die Wilden, ihre Speere zu schütteln, worauf der Kapitän sogleich feuerte und alle davonliefen. Ein armer kleiner Kerl ließ seinen Speer fallen, griff mit der Hand nach rückwärts und hinkte fort; und mich juckte es, dem Kapitän dafür eins aufzubrennen.

Derart überflüssige Grausamkeiten sind beim Landen auf unbekannten Inseln nichts Ungewöhnliches. Sogar auf der Paumotugruppe, die nur eine Tagesfahrt von Taheiti entfernt ist, wurden Eingeborene, die an den Strand kamen, mehrmals von vorüberfahrenden Handelsschonern, die die schmalen Kanäle passierten, angeschossen; nur weil die Schufte sich belustigen wollten. Es ist unglaublich, aber viele Seeleute halten diese nackten Heiden kaum für Menschen. Je unwissender und je mehr herabgekommen der Mensch ist, desto mehr sieht er auf die herunter, die er nicht für seinesgleichen hält.

Das Boot kehrte zum Schiff zurück.

Auf der anderen Seite der Insel befand sich die große und bevölkerte Bucht von Hannamenu, wo wir die Leute vielleicht noch finden mochten, die wir suchten. Da die Sonne bereits im Sinken war, als das Boot längsseits kam, so wurden die Steuerbordbrassen eingeholt, und wir liefen in die offene See hinaus. Bei Tagesanbruch wendeten wir und liefen landwärts; als die Sonne hell schien, fuhren wir in den langen engen Kanal zwischen den Inseln La Dominica und Santa Christina ein. Auf der einen Seite lagen steile, grüne, mehrere hundert Fuß hohe Felswände; die weißen Hütten der Eingeborenen saßen wie Vogelnester in tiefen Spalten, aus denen der üppige Pflanzenwuchs quoll. Jenseits des Wassers lagen warme wogende Hügel, die im Sonnenlicht zu atmen schienen.

Wir aber glitten an schroffen Felsen und Hainen, an bewaldeten Tälern und düsteren Schluchten vorüber, in denen fern wilde Wasserfälle aufblitzten. Die frische Landbrise füllte unsere Segel, die umbuchteten Wasser lagen still wie ein See, und die Wogen brachen sich wie mit leichtem Klingen an den Kupferplatten des Bugs. Am Ende des Kanals fuhren wir um eine Landspitze und waren in der Bucht von Hannamenu. Es ist der einzige Hafen von einiger Bedeutung auf der Insel, verdient aber gleichfalls kaum den Namen, so wenig sicher ist der Ankergrund.

Bei der Einfahrt ereignete sich ein Vorfall, der einen Begriff von der Stimmung der Mannschaft geben mag. Sobald wir dem Ufer so nahe waren, als man vorsichtigerweise herankommen durfte, stoppten wir die Fahrt und erwarteten die Ankunft eines Kanus, das aus der Bai herauskam. Plötzlich gerieten wir in eine starke Strömung, die uns mit großer Schnelligkeit auf ein felsiges Vorgebirge zu riß, das die eine Seite des Hafens bildete. Der Wind war völlig abgeflaut; es wurden daher sogleich zwei Boote zu Wasser gelassen, die das Vorderende des Schiffes herumschleppen sollten. Aber ehe dies noch ausgeführt werden konnte, waren wir schon mitten in der wirbelnden Brandung, und der Felsen so nah, daß es aussah, als ob man aus den Toppen auf ihn hinüberspringen könnte. Trotz dem sprachlosen Schrecken des Kapitäns und dem heiseren Schreien des unerschrockenen Jermin, gingen die Leute mit dem Tauwerk so bedächtig als möglich um; die einen kicherten bei der Aussicht, ans Ufer zu kommen, die anderen wünschten so sehr, daß das Schiff aufrennen sollte, daß sie sich kaum beherrschen konnten. Aber ganz unerwartet kam uns eine Gegenströmung zugute, und mit Hilfe der Boote waren wir bald außer Gefahr.

Welche Enttäuschung für die Mannschaft! All ihre Hoffnungen, von dem Wrack ans Ufer zu schwimmen und es sich Zeit ihres Lebens gut gehen zu lassen, waren im Keim erstickt.

Bald darauf kam das Kanu längsseits. Es brachte acht oder zehn Eingeborene, hübsche lebhafte junge Leute, die unendliche Gebärden und viel Geschrei machten; die roten Federn in ihrem Kopfschmuck nickten beständig. Mit ihnen kam ein Fremder, ein Renegat – ein weißer Mann mit dem Südseelendentuch und tätowiertem Antlitz. Ein breiter blauer Streifen zog sich quer über sein Gesicht von einem Ohr zum anderen, und auf seiner Stirn war ein blauer Haifisch eingezeichnet, nichts als Schuppen vom Kopf bis zur Schwanzspitze. Manche von uns betrachteten den Mann mit Abscheu, um so mehr, als wir erfuhren, daß er sich dieser

Verschönerung freiwillig unterzogen hatte. Es war schlimmer als ein Kainszeichen. Er war ein Engländer, Lem Hardy hieß er, und war von einer Brigg desertiert, die vor etwa zehn Jahren nach der Insel gekommen war, um Holz und Wasser einzunehmen. Mit einer Muskete und einem Sack Munition war er als souveräne kriegführende Macht ans Land gestiegen. In breiten Tälern herrschten die Könige feindlicher Stämme. Mit einem davon, der sich zuerst an ihn wandte, hatte er ein Bündnis geschlossen und wurde der militärische Führer des Stammes und Kriegsherr der ganzen Insel. In einem einzigen nächtlichen Angriff hatte er mit seiner unbesiegbaren Muskete, auf die leichte Infanterie mit ihren Speeren und Wurfspeeren gestützt, zwei Stämme besiegt, und schon am nächsten Morgen auch die beiden übrigen zu Füßen seines königlichen Verbündeten gezwungen.

Auch der Aufstieg seines persönlichen Vermögens war nicht weniger napoleonisch: drei Tage nach seiner Landung wurde ihm die fein tätowierte Hand einer Prinzessin zuteil, und zugleich mit der jungen Dame erhielt er als Mitgift tausend Faden[2] feinen Tappas, fünfzig doppeltgeflochtene Matten aus geschlitztem Gras, vierhundert Schweine, zehn Häuser in verschiedenen Teilen des Tals und den Schutz eines besonderen Tabus, das seine Person für immer unverletzbar machte. Damit hatte er seine Lebensstellung, war vollkommen zufrieden und fühlte nicht den geringsten Wunsch, nach seiner Heimat zurückzukehren. Freunde hatte er nicht. Er erzählte mir seine Geschichte: er war ein Findelkind, ohne eine Ahnung, wer sein Vater gewesen; eines Tages war er noch als Junge aus dem Gemeindearbeitshause entlaufen und zur See gegangen. Mehrere Jahre hatte er das Hundeleben eines Vordergasten geführt, das er dann für immer aufgab.

Das sind die Leute, deren man viele unter den Seeleuten findet; sie kennen keine Seele, die nach ihnen fragen würde, und gleichgültig und ohne Bande, wie sie sind, finden sie gelegentlich unter den Wilden der Südsee eine neue Heimat. Und wenn man ihr hartes Los im eigenen Vaterland bedenkt, kann man sich über ihre Wahl wundern?

Nach der Versicherung des Renegaten befand sich kein anderer weißer Mann auf der Insel; und da kein Grund vorlag anzunehmen, daß er uns betrügen wollte, so schloß der Kapitän, daß die Franzosen sich geirrt hatten. Als indessen die anderen Eingeborenen erfuhren, weswegen wir

2   1 Faden (Großbritannien) = 1,829 m

gekommen waren, erbot sich einer von ihnen, ein schöner kräftiger Bursche, mit großen Augen und ausdrucksvollem Gesicht, eine Fahrt mitzumachen. Die ganze Heuer, die er verlangte, bestand aus einem Hut, einem roten Hemd und einem Paar Hosen, die er sogleich anlegen wollte, in einer Schnitte Tabak und einer Pfeife. Der Handel wurde auf der Stelle geschlossen; aber Weimontu kam mit einem nachträglichen Zusatz: ein Freund von ihm, der mit ihm gekommen war, sollte zehn Stück Schiffszwieback, ohne Bruch oder sonstige Fehler, zwanzig neue und vollkommen gerade Nägel und ein großes Bordmesser bekommen. Auch das wurde bewilligt, die Sachen wurden sofort übergeben; der Eingeborene nahm sie mit großer Gier, und da er sie sonst nirgends hinstecken konnte, steckte er die Nägel in den Mund. Nur zwei davon benützte er sogleich als Ohrschmuck, an Stelle merkwürdig geschnitzter Gehänge aus weißem Holz, die er herausnahm.

Der Seewind kam jetzt kräftig herein, und wir hatten keine Zeit zu verlieren, wenn wir vom Land abkommen wollten. Unser neuer Schiffsgenoß und seine Landsleute nahmen daher mit liebevollem Nasenreiben Abschied, und wir segelten mit ihm ab. Zu unserem Erstaunen hörte er die Abschiedsrufe aus dem Kanu, während wir unter vollen Oberbramsegeln dahinschossen, vollkommen unbewegt an. Aber das dauerte nicht lange. Noch am selben Abend, als das dunkle Blau seiner heimischen Berge am Horizont versank, lehnte der arme Wilde über der Reling, ließ den Kopf auf die Brust sinken und seinen Gefühlen freien Lauf. Das Schiff stampfte tüchtig, und Weimontu war zu seinen seelischen Leiden noch schwer seekrank.

7.

Hardy hatte mir manche interessante Mitteilung gemacht. Er hatte so lange auf der Insel gelebt und war mit den Sitten der Eingeborenen vollkommen vertraut; ich bedauerte nur, daß er bei der Kürze unseres Aufenthalts mir nicht mehr hatte sagen können. Immerhin hatte ich zu meiner Überraschung erfahren, daß die Leute von Heivarhu, obschon die Insel zur gleichen Gruppe gehörte, sich von meinen tropischen Freunden im Taïpital beträchtlich unterschieden. Da seine Tätowierung solches Aufsehen erregte, hatte Hardy uns viel davon erzählt, wie die Kunst auf der Insel ausgeübt wurde. Die Tätowierer von Heivarhu sind auf der ganzen Gruppe berühmt. Ihr Beruf war ein ehrenvoller, und wie vornehme Schneider nahmen sie die höchsten Preise, so daß nur die reicheren und höhergestellten Wilden sich an sie wenden konnten. Daher war die Eleganz der Tätowierung fast immer ein sicheres Zeichen einer vornehmen Geburt und eines bedeutenden Vermögens.

Professoren, die eine große Praxis hatten, lebten in geräumigen Häusern, die durch Tappavorhänge in zahlreiche kleine Gemächer abgeteilt waren, in denen die Klienten einzeln bedient wurden. Denn ein sonderbares Tabu schrieb jedermann, hoch oder niedrig, die strengste Abgeschiedenheit vor, solange er sich in der Behandlung des Tatöwierers befand. Jeder Verkehr ist ihm untersagt; die wenige Nahrung, die er zu sich nehmen darf, wird von einer unsichtbaren Hand unter dem Vorhang hereingeschoben. Denn die Nahrungsaufnahme ist beschränkt, um die Entzündung, die auf die Stiche und die Einführung des Farbstoffs folgt, möglichst abzuschwächen. Immerhin braucht sie ihre Zeit, um zu heilen, so daß die Isolierung oft wochenlang dauert. Wenn alles abgeheilt ist, kann der Mann gehen, muß aber bald wiederkommen; denn der Schmerz ist so heftig, daß immer nur eine kleine Fläche auf einmal behandelt werden kann, und da der ganze Körper in langsamem Verfahren mehr oder minder verschönert werden soll, so stehen die Ateliers niemals leer. Viele verbringen keinen geringen Teil ihres Lebens damit, sich tätowieren zu lassen. Man fängt gewöhnlich in jungen Jahren an, sucht einen hervorragenden Künstler aus, der zunächst einen Gesamtplan entwirft. Manche Tätowierer, die die höchste Vollkommenheit anstreben, haben ein oder zwei Leute niedrigsten Standes, die aber einen hohen Lohn erhalten, im Dienst, an denen sie ihre neuen Muster zunächst versuchen und sich sonst in Übung erhalten. Wenn ihre Rücken gänzlich verbraucht sind, werden sie entlassen; die Leute, die sich dazu hergeben, sind allgemein verachtet.

Es gibt aber auch armselige Wandertätowierer, die dank ihrem Beruf unbelästigt von einer Bucht zur anderen ziehen und spottbillig für die große Menge arbeiten. Sie erscheinen vor allem bei den verschiedenen religiösen Festen, bei denen viel Volk zusammenströmt. Wenn die Feste zu Ende sind, bleiben die zahlreichen kleinen Zelte aus grobem Tappa stehen; in jedem wohnt ein einsamer Mann, der mit seinem unsichtbaren Nachbarn nicht einmal reden darf und dort bleiben muß, bis er vollkommen geheilt ist. Diese Wanderkünstler sind die Schande ihrer Profession, und ihre Arbeit ist höchst minderwertig.

Kunstgenossen pflegen zusammenzuhalten; auch in Hannamenu bildeten die Tätowierer eine wohlorganisierte Genossenschaft oder einen Orden, und Hardy, als einflußreicher weißer Mann, war eine Art Ehrenpräsident. Der blaue Hai und ein »Urim und Tumim« auf seiner Brust waren die Zeichen seiner Würde. Er erzählte uns, daß etwa zwei Jahre nach seiner Ankunft schlechte Zeiten eintraten, weil die Brotfruchternte mehrmals teilweise fehlschlug. Die Folge war, daß die teuren Tätowierer wenig zu tun hatten und gleichfalls in Not gerieten. Aber Hardys königlicher Verbündeter wußte Rat. Unter den Tönen der Muscheltrompeten wurde vor dem Palast, am Strande und oben im Tal verkündet, daß Numai, König von Hannamenu und Freund Hardi-Hardis, des Weißen, ein offenes Herz hatte und offenen Tisch für alle Tätowierer hielt; dafür mußten sie ohne Honorar ihre Kunst an jedem, auch dem geringsten Eingeborenen, der es verlangte, ausüben.

Scharenweise strömten nun Künstler und Klienten nach der königlichen Behausung. Es war eine große Zeit; und da die Palastgebäude für jedermann Tabu waren, die Tätowierer und die Häuptlinge ausgenommen, so bewohnten die Klienten ein großes Zeltlager auf dem Platz innerhalb der Umzäunung.

Lange wird man »Nora Tettuhs«, der Zeit der Tätowierung, gedenken. Das Ereignis wurde sogar in Versen gefeiert, und Hardy übersetzte uns einige Zeilen der Dichtung etwa so:

»Wo ist der Klang?
In Hannamenu.
Und warum der Klang?
Der Klang von hundert Hämmern
Die klopfen, klopfen, klopfen,
Die Haifischzähne![3]

Wo ist das Licht?
Rings um des Königs Haus.
Und das kleine Lachen?

---

3   Der Farbstoff wird vermittels eines Haifischzahns eingeführt, der am Ende eines kurzen Stabes befestigt ist, während der Tätowierer mit einem kleinen Art Holzhammer auf das andere Ende klopft.

Das kleine, lustige Lachen ist's
Der Söhne und Töchter der Tätowierten.

8.

Die Nacht, in der wir Hannamenu verließen, war sternenhell und so warm, daß, wenn die Wache abgelöst wurde, die meisten, statt nach unten zu gehen, sich beim Vormast hinwarfen.

Gegen Morgen stieg ich, da die Hitze im Logis unerträglich wurde, an Deck und fand alles still. Der Passatwind blies lind und stetig in die Segel, und das Schiff lief immer weiter in die ungeheure Leere des westlichen Stillen Ozeans hinaus. Die Wache schlief; selbst der Mann am Ruder war eingenickt, und sogar der Steuermann lehnte mit verschränkten Armen am Ankerspill.

Verträumt lehnte auch ich mich über die Reling und dachte, was für seltsame Wesen die Tiefe bevölkern mochten, über die wir hinfuhren.

Ein grauer Schatten fiel über die sich sanft hebenden und senkenden Wogen. Es war die Dämmerung, und bald blitzten die ersten Strahlen des Morgens an dem einen Ende des nächtlichen Gewölbes auf. Ein Feuerfunken ruhte einen Augenblick am äußersten Rande des Meeres, dann stand die blutrote Sonne voll und rund am westlichen Horizont, und der lange Meerestag begann.

Sobald das Frühstück vorüber war, ging man zunächst an die Taufe Weimontus, der noch trübselig genug aussah. Über den Namen herrschte Meinungsverschiedenheit; die einen wollten ihn »Sonntag« nennen, weil wir ihn an dem Tag an Bord genommen hatten, andere »Achtzehnhundertzweiundvierzig« nach dem Jahr des Herrn, während der Doktor meinte, er müßte seinen Namen »Weimontu-Hi« behalten, der – nach seiner, des Doktors, Behauptung – in der bilderreichen Sprache der Insel bedeutete, daß er hineingelegt worden war. Der Steuermann machte der Erörterung ein Ende, indem er dem armen Kerl einen Eimer Salzwasser über den Kopf schwappte und ihm den nautischen Namen »Luv« verlieh.

Obschon auf sein erstes Heimweh eine gewisse Lustigkeit folgte, wurde Weimontu bald wieder traurig. Ich sah ihn oft allein für sich auf der Back kauern, während seine merkwürdigen Augen unruhig funkelten und jeder leisesten Bewegung der anderen folgten. Wie oft mag er an seine Bambushütte gedacht haben, wenn sie von Sydney und seinen Tanzlokalen erzählten!

Niemand wußte, wohin wir eigentlich fuhren, und den meisten schien es vollkommen gleichgültig. Wir wurden vom Winde über eine glatte See getrieben und hatten nichts zu tun, als das Schiff zu steuern und den Ausguck in den Toppen abzulösen. Die Kranken hatten sich um zwei oder drei vermehrt; die Ausreißer von der Insel schienen die Luft dort auch nicht vertragen zu haben. Auch der Kapitän hatte einen Rückfall und wurde sehr ernstlich krank.

Die dienstfähigen Leute wurden in zwei kleine Wachen eingeteilt; an der Spitze der einen stand der Steuermann, an der der anderen der Maori, da er als Harpunier die Stelle des zweiten Offiziers einnahm, der flüchtig geworden war.

An die Walfischjagd war bei diesem Stand der Dinge nicht zu denken, aber aller Wahrscheinlichkeit entgegen behauptete Jermin, daß die Invaliden demnächst gesund werden müßten. So liefen wir denn stetig nach Westen, immer denselben mattblauen Himmel über uns. Wir schienen immer an der gleichen Stelle zu sein, und jeder neue Tag glich dem vorhergehenden. Wir begegneten keinem Schiffe, erwarteten auch keinem zu begegnen; außer den Delphinen und anderen Fischen, die wie junge Hunde um den Bug spielten, war weit und breit nichts Lebendiges zu sehen. Nur dann und wann flog der graue Albatros, der in diesen Wassern heimisch ist, mit seinen ungeheuren Schwingen schlagend, über uns hin und schwebte schweigend wieder fort, wie von einem Pestschiff. Und manchmal umkreisten uns ganze Schwärme von Tropikvögeln mit ihrem schrillen Pfeifen.

So blieb unser Reiseziel ein Geheimnis; wir fuhren über Wasser, in die nur selten ein Schiff kam; das gab dieser Fahrt für mich einen unvergeßlichen Reiz. Aus begreiflichen Gründen fährt man in der Südsee fast immer auf den bekannten Strecken. Daher kommt es, daß Forschungsreisende sowie abenteuernde Walfischjäger immer noch gelegentlich neue Inseln entdecken und daß große Teile des Ozeans noch unerforscht sind. Es gibt Riffe, Sandbänke, selbst kleine Inselgruppen, die nur ungenau in den Karten verzeichnet sind und deren Existenz zweifelhaft ist. Daß ein Schiff, wie das unsere, in diese Regionen eindrang, war für jemanden, der überhaupt dachte, immerhin beunruhigend. Oft fiel mir ein, was ich von Schiffen gehört hatte, die um Mitternacht mit vollen Segeln, während die Mannschaft schlief, auf unbekannte Felsen liefen, um so mehr, als wir so wenig Leute hatten und von Disziplin an Bord keine Rede war, auch unsere Wachen äußerst sorglos waren. Die Leute lebten gedankenlos dahin; jeden Abend ging die Sonne vor unserem Klüverbaum unter, und wir fuhren weiter.

Weshalb der Steuermann aus unserem Ziel ein solches Geheimnis machte, habe ich nie erfahren. Die Geschichten, die er der Mannschaft erzählte, glaubte ich nicht. Es ginge nach einem herrlichen Jagdgebiet, das andere Walfischjäger kaum kannten und das er auf einer früheren Fahrt, als er Kapitän einer kleinen Brigg gewesen war, entdeckt hatte. Das Meer wimmelte dort von großen Walfischen, die so zahm waren, daß man nur auf sie zu steigen und sie zu töten brauchte; sie waren zu erschreckt, um sich zu wehren. Ein wenig leewärts sollte eine kleine Inselgruppe liegen, reich an Früchten und von einem Stamm bewohnt, der noch nicht durch den Verkehr mit Fremden verdorben war. Dort sollten wir uns dann gründlich erholen und mit frischen Vorräten versorgen. Und damit niemand die Länge und Breite der Gegend, nach der wir fuhren, ausrechnen könnte, teilte uns Jermin nicht einmal mittags die Stelle mit, an der wir uns befanden, wie dies sonst auf fast allen Schiffen geschieht.

Um so besser sorgte er für die Kranken; der Doktor hatte ihm die Schlüssel des Arzneischrankes übergeben, und alle waren mit seiner Behandlung zufrieden. Pillen und Pulver wurden zumeist über Bord geworfen für die Fische; dafür erhielten die Leute Verschreibungen aus einem geheimnisvollen Fäßchen, dessen Inhalt mit Wasser aus der Tonne verdünnt wurde. Die Mixturen wurden auf dem Ankerspill zubereitet und in Kokosschalen, auf denen die Namen der Patienten standen, verabreicht. Ungleich anderen Ärzten nahm er seine Medizin auch selber, und man konnte ihre Wirkung bereits an ihm spüren, wenn er seine Krankenbesuche machte. Auch erhielt er seine Patienten bei guter Laune, denn er spann sein Garn stundenlang, wenn er bei ihnen saß.

Da ich, obwohl mein Zustand sich zu bessern begann, noch immer lahmte, tat ich, abgesehen davon, daß ich gelegentlich einen Turn am Ruder stand, keinen Dienst. Sonst verbrachte ich den Tag zumeist auf dem Vordeck mit dem langen Doktor. Ich las alle seine Bücher, so zerfetzt sie waren, darunter eine gelehrte Abhandlung über das gelbe Fieber. Er hatte auch einen Pack alter Zeitungen aus Sydney, und bald kannte ich die Adressen der meisten Geschäftsleute aus ihren Inseraten. Besonders die Redeblüten des Grundstückauktionators Stubbs waren höchst unterhaltend. Meine Intimität mit dem langen Gespenst brachte mir manchen Vorteil, auch abgesehen vom Vergnügen an seiner Gesellschaft. Die Mannschaft, die er mit seinen Witzen glänzend unterhielt, war ihm gut und hatte auch den größten Respekt vor ihm. Als sein besonderer Freund genoß ich die gleiche Achtung; wir hatten die Stellung von Ehrengästen im Logis und wurden bei den Mahlzeiten stets zuerst bedient.

Um uns bei den häufigen Windstillen die Zeit zu vertreiben, schnitzten wir uns mit einem Bordmesser ganz brauchbare Schachfiguren aus Holz; das Brett zeichneten wir auf einen Kistendeckel, auf dem wir beide rittlings saßen, wenn wir spielten. Um die Parteien zu unterscheiden, riß ich eine alte Halsbinde in kleine Stücke und band meinen Figuren schwarze Seidenschärpen um. Der Doktor meinte, es sei ganz erklärlich, daß sie Trauer trügen, da sie immer drei von vier Partien verlören. Die Mannschaft wurde aus dem merkwürdigen Spiel nicht klug; die geheimnisvollen Bewegungen der Figuren waren ihnen ebenso wunderlich als unerklärlich, und sie hielten uns zuletzt für ein paar Schwarzkünstler.

9.

Man weiß, daß man unter dem »Vorderkastell« oder der »Back« den vorderen Teil des Decks am Bugspriet versteht; gewöhnlich bezeichnet man aber damit auch den darunterliegenden Schlafraum der Mannschaft, der durch ein Schott abgeteilt ist. Diese herrliche Wohnstätte ist in den Bug, oder wie die Matrosen sagen, in die Augen des Schiffes eingebaut, daher dreieckig; an den Seitenwänden befindet sich je eine Lage rauhgezimmerter Kojen. Die der »Julia« waren in einem kläglichen Zustand; einige waren abgerissen worden, um die anderen damit auszubessern; auf einer Seite standen nur noch zwei. Den Leuten machte dies wenig aus; da sie doch kein Bettzeug hatten, war es ihnen gleichgültig, wo sie sich hinlegten. Manche hatten sich Hängematten aus alten Segeln gemacht, aber der Raum, in dem sie schaukelten, war so eng, daß dies kein ungemischtes Vergnügen war. Ich hatte, was ich an altem Segeltuch und Kleidern fand, auf die Bretter gelegt, und eine alte Jacke um ein rundes Holz gewickelt, um ein Kissen zu haben. So schonte man seine Knochen, wenn das Schiff rollte.

Das Innere der Back sah wie ein schmutziges Gefängnis aus. Es war vom Boden zum Deck keine fünf Fuß hoch, und dieser Raum wurde noch durch zwei mächtige Querbalken, die das Schiff versteiften, sowie durch die Koffer und Kisten der Mannschaft beengt, über die man steigen mußte. Bei den Mahlzeiten oder beim Schwatzen saßen wir auf den Kisten wie die Schneider. In der Mitte des Raumes standen, nur fußbreit voneinander entfernt, zwei viereckige hölzerne Säulen, die »Bugspriet-Beting«; zwischen ihnen schaukelte an rostigen Ketten eine Lampe, die Tag und Nacht brannte und beständig zwei lange Schatten warf. Darunter stand, schmutzig und unordentlich gehalten, die versperrbare Vorratskiste, die von Zeit zu Zeit ausgescheuert und ausgeräuchert werden mußte.

Das Holzwerk war überall feucht und entfärbt, an manchen Stellen war es weich und schwammig geworden. Außerdem war es überall angehauen und angeschnitten, da der Koch sich häufig die Splitter zum Feuermachen von unseren Wänden holte. Oben war alles verrußt, und da und dort waren tiefe Löcher eingebrannt, Andenken, die betrunkene Matrosen von früheren Fahrten zurückgelassen hatten.

Man kam ins Logis von oben über ein schrägliegendes Brett mit zwei Griffhaken. Das Luk war nichts weiter als ein Loch im Verdeck, ohne Türe oder Verschluß; die Persenning, die wir manchmal darüber breiteten, bot vor den Spritzern, die über den Bug kamen, wenig Schutz; bei der geringsten Brise wurde der ganze Raum vollkommen naß. Bei starken Windstößen ergossen sich die Seen wie ein Wasserfall durch das Luk, schwappten unten umher und spritzten in Strahlen zwischen den Kisten auf.

So waren wir an Bord der »Julia« untergebracht; und diesen jämmerlichen Raum machten uns noch Tausende von Schaben und ganze Regimenter von Ratten streitig. In dem warmen Klima kann ein Schiff, das einmal infiziert ist, das Ungeziefer kaum wieder loswerden. Man kann jedes Luk versiegeln und den Schiffsraum ausräuchern, daß der Rauch aus allen Ritzen qualmt, und immer bleiben noch genug Tiere am Leben, um das Schiff in kürzester Zeit neu zu bevölkern. Auf Walratschiffen, die oft zwei Jahre hintereinander am Äquator kreuzen, ist es am schlimmsten. Jede Spalte und Ritze auf der »Julia« war von den Tieren voll; sie hausten nicht bei uns, sondern wir bei ihnen. Und man tat besser, im Dunkeln zu essen und zu trinken, als bei Tageslicht.

Bei den Schaben beobachteten wir allnächtlich ein Phänomen, das niemand zu erklären wußte. Zuerst kam ein ungewöhnliches Krabbeln und Summen an den Querbalken und in den Kojen. Dann kamen andere massenhaft aus ihren Schlupfwinkeln hervor, bis das ganze Ungeziefer beisammen war; die von der größeren Art rasten über Kisten und Planken, geflügelte Ungeheuer schossen durch die Luft; die kleineren surrten und summten in Haufen, die wie Klumpen geballt waren.

Beim ersten Alarm stürzte wer irgend konnte an Deck; die Kranken, die zu schwach, waren, lagen regungslos, während die verrückten Tiere über sie hinliefen; die Sache dauerte etwa zehn Minuten, mit einem Gebrause, wie in einem Bienenstock. Das Schlimme war, daß der Zeitpunkt sich nie vorhersagen ließ; es konnte zu jeder Stunde der Nacht losgehen, und wir waren glücklich, wenn es früh am Abend geschah.

Ich darf auch die Ratten nicht vergessen; sie vergaßen ja mich nicht. Zahm wie die Maus in der Zelle des Freiherrn von der Trenk standen sie in ihren Löchern und guckten uns an wie alte Großväter, die sich an der Haustüre sonnen. Wenn wir beim Essen saßen, kamen sie blitzschnell heran und nagten an allem, was auf der Kiste lag. Als sie das erstemal auf Weimontu losfuhren, erschrak er, gewöhnte sich aber bald daran und wurde besser mit ihnen fertig als wir; mit erstaunlicher Geschicklichkeit faßte er die Ratten an den Beinen und schleuderte sie durch das Luk über Bord.

Eines Tages schenkte mir der Steward eine Portion Sirup, die ich in einem Zinngefäß in einer Ecke meiner Koje verbarg. Bei dem Menü der »Julia« war Zwieback mit Sirup ein wahres Schlemmeressen, das ich nur insgeheim mit dem Doktor teilte. Mit der Zeit wurde der Sirup weniger, und als ich den Rest einmal im Dunkeln umfüllte, fiel noch etwas anderes aus dem Gefäß. Wie lang es drin gewesen war, wußten wir nicht und begehrten es nicht zu wissen; wir wollten nicht einmal daran denken. Jedenfalls starb das Tier eines süßen Todes, wie Clarence in dem Faß Malvasier.

10.

So ernst er zuzeiten sein mochte, war der Doktor dennoch ein Spaßvogel. Seeleute lieben Scherz und Witz, wenn sie an Land sind; zur See sind sie darauf wie versessen. Die Streiche des Doktors wurden ihm hoch angerechnet.

Unser armer alter schwarzer Koch! Wenn er des Nachts seine Hängematte aufschnallte, schlief bereits ein nasser Klotz darin; und wenn er am Morgen aufwachte, war sein wolliges Haupt eingeteert. Wenn er den

Deckel von seinem Kupferkessel hob, kochte ein Stiefel in der Sauce, ein andermal fand er überzuckerte Pechkuchen im Backofen.

Die Heimsuchungen Baltimores – so hieß er nach seinem Geburtsort, er war ein entlaufener Sklave aus Maryland – waren groß und bitter, und er fand weder bei Tag noch bei Nacht Ruhe. Der arme Kerl war zu gutmütig. Es ist manchmal viel besser, so grimmig wie ein Wolf zu sein; wer hätte sich mit unserem groben »schwarzen Daniel« einen Spaß erlaubt!

Eines Nachts kam der Doktor aus dem Logis und fand die ganze Wache in tiefem Schlaf. Da machte er jeden einzelnen mit einem Arm oder einem Bein an einem Tauende fest, schor die Taue über eine Anzahl von Blöcken und führte alle ans Ankerspill, begann es fröhlich zu drehen, und sie mochten schreien und sich sträuben soviel sie wollten, er heißte alle empor. Von dem Lärm geweckt, stürzten wir an Deck und sahen die armen Kerle im Mondlicht von den Toppen und Rahen baumeln, wie Seeräuber, die ein Kreuzer gefaßt und aufgeknüpft hat.

Manchmal kam einer von der Wache des Nachts nach unten, um sich eine Pfeife anzuzünden oder einen Bissen Zwieback oder Fleisch zu essen. Schlief er dann etwa ein und fehlte, wenn auf Deck etwas zu tun war, so machten sich die anderen gerne den Spaß, ihn mit einer Talje, die von der Vormars durch das Luk hinabgelassen wurde, an Deck zu ziehen.

Einmal des Nachts, alles war vollkommen still, ich lag unten wach, die Lampe baumelte von dem geschwärzten Balken und brannte trüb; die schlafenden Leute in den Kojen rollten bei der einförmigen Bewegung des Schiffs in ihren Kojen langsam von einer Seite zur anderen; die Hängematten schwangen hin und her. Da hörte ich einen Fuß auf der Leiter und sah ein Stück einer weißen Hose. Schließlich kam der »Marine Bob«, ein stämmiger alter Meermann, auf den Zehen herein und kramte im Speiseschrank. Nachdem er gegessen hatte, stopfte er seine Pfeife und begann zu rauchen. Rings um ihn schnarchten die Schläfer in dem dunstigen Raum; nach einer kleinen Weile sank auch Bobs Kopf auf die Brust; sein Hut fiel auf den Boden, die Pfeife aus seinem Mund, und bald lag er auf der Kiste ausgestreckt und schlief wie ein Kind.

An Deck ertönte ein Kommando, Füße trampelten oben, und ich hörte das Überholen und Aufschlagen der Taue. Die Rahen wurden angebraßt, und man vermißte den Schläfer. Über dem Luk hörte ich flüstern. Dann glitt ein Schatten herein mit einem Tauende, das oben durch das Luk lief; eine Hand griff nach der Brust des Liegenden, um zu prüfen, wie fest er schlief, dann wurde das Tau an seinem Knöchel befestigt, und der Schatten verschwand wieder durch das Luk.

Kaum war er verschwunden, als ein langes Bein aus einer Hängematte gegenüber zum Vorschein kam. Dann stand der Doktor da, streifte das Tau von Bobs Knöchel und befestigte es blitzschnell an einem großen Holzkoffer, der dem Mann gehörte, welcher eben dagewesen war. Kaum war es geschehen, als der schwere Koffer bereits krachend aus den Verlaschungen gerissen wurde, mit denen er festgezurrt war, und links und rechts anschlagend auf das Luk zuflog. Im Luk klemmte er sich; die oben meinten, daß Bob, der ungeheure Kräfte besaß, sich an einem Balken festhielt und etwa das Tau abzuschneiden versuchte, und sie zogen wie rasend. Der Koffer kam durch das Luk, schlug gegen den Mast, sprang auf, und da er im selben Augenblick in die Höhe gerissen wurde, regnete es alte Kleider, Wäsche, Schuhe und unnennbares anderes Zeug auf die Köpfe der Wache nieder. Der Lärm weckte die ganze Mannschaft, wir eilten an Deck und sahen den Eigentümer des Koffers völlig verblüfft auf seine umhergestreuten Habseligkeiten starren, während er gleichzeitig mit der einen Hand die Seehöhe einer Beule an seiner Stirn aufnahm.

11.

Dieses lustige Wesen, das übrigens nicht immer herrschte, stand in seltsamem Kontrast zur Lage der Kranken an Bord. Aber das fiel höchstens mir auf, keinem anderen.

Wir waren etwa drei Wochen unter Segel, als zwei unserer Kranken, deren Zustand sich rasch verschlimmert hatte, in derselben Nacht innerhalb einer Stunde starben. Der eine lag in der Koje neben mir und hatte schon mehrere Tage nicht aufstehen können. Er delirierte von Zeit zu Zeit, setzte sich auf, starrte wild um sich oder streckte die Arme empor. In seiner letzten Nacht war ich, kurz nachdem die zweite Wache angefangen hatte, zu Bett gegangen und erwachte aus einem verworrenen und schauerlichen Traum. Ich fühlte etwas Feuchtkaltes auf mir liegen: es war die Hand des Kranken. Er hatte sie schon am vorhergehenden Abend einige Male in meine Koje gestreckt, und ich hatte sie jedesmal sacht entfernt; jetzt schleuderte ich sie erschrocken von mir; der Arm fiel schwer und steif hin, und ich wußte, der Mann war tot.

Wir weckten die Leute; der Leichnam wurde sogleich in die zerrissene Decke gerollt, auf der er lag, und an Deck getragen. Der Steuermann wurde gerufen. Der Körper wurde am Vorluk ausgestreckt, in eine Hängematte eingenäht und mit etwas Ballasteisen an den Füßen beschwert. Dann wurde er zum Fallreep getragen und auf eine Planke gelegt, die über die Reling geschoben wurde. Um irgendeine Art Feierlichkeit damit zu verbinden, wurde die Fahrt des Schiffes abgestoppt, indem das Großmarssegel backgebraßt wurde. Der Steuermann, der keineswegs nüchtern war, kam schwankenden Gangs näher, hielt sich an den Wanten fest und gab das Kommando. Sowie die Planke überkippte, glitt der Körper langsam abwärts und fiel aufklatschend ins Meer. Ein paar Blasen stiegen auf, dann sah man nichts mehr.

»Hol an die Brassen!« Die Großrahe flog herum, und das Schiff glitt weiter.

Wir hatten einen Schiffsgenossen den Haifischen vorgeworfen, aber der Mannschaft war nichts davon anzumerken. Der Tote war ein mürrischer, ungeselliger Mensch und im Leben nicht beliebt gewesen; jetzt wurde seiner nicht weiter gedacht. Die Leute beschäftigte nur die Frage, was mit seinen Sachen geschehen sollte; er hatte seinen Koffer immer versperrt gehalten, man vermutete daher Geld darin, und einer erbot sich, ihn aufzubrechen, um den gesamten Inhalt, Kleider und was er sonst enthielt, aufzuteilen, ehe der Kapitän ihn anforderte.

Während ich und andere sie davon abzubringen suchten, ertönte ein Schrei aus der Back. Es konnten nur zwei Kranke unten sein, die nicht an Deck hatten kriechen können. Wir gingen nach unten und fanden den einen im Sterben. Er war in einem Anfall aus seiner Hängematte gestürzt und lag besinnungslos auf einer Kiste. Seine Augen waren weitgeöffnet und starr, und er röchelte krampfhaft. Die Leute wichen zurück; aber der Doktor faßte seine Hand, hielt sie einen Augenblick in der seinen, dann ließ er sie plötzlich fallen. »Aus!« sagte er. Der Körper wurde sogleich hinaufgetragen, eine zweite Hängematte bereitgemacht und der Tote eingenäht, wie vorher. Diesmal bestanden einige auf größerer Feierlichkeit, und man rief nach einer Bibel. Aber es war keine an Bord vorhanden, nicht einmal ein Gebetbuch. Darauf trat Antone, ein Portugiese von den Capverdischen Inseln, vor, murmelte etwas über den Leichnam des Toten, der sein Landsmann war, und beschrieb mit dem Finger ein großes Kreuz über der Hängematte; dann ließ man ihn genau wie den ersten über Bord fallen. Das ist Seemannsschicksal; man gibt ihm einen letzten Stoß, und niemand fragt, weß Kind er war.

Beide starben an den Folgen des gewöhnlichen Leichtsinns der Seeleute; aber an Land und bei geeigneter Behandlung wären sie zweifellos geheilt worden.

In dieser Nacht fanden wir keinen Schlaf mehr. Viele blieben bis zum hellen Morgen an Deck und erzählten einander Seegeschichten, wie die Gelegenheit sie ergab. So wenig ich an derartige Dinge glaubte, beim Hören machten sie mir doch Eindruck, besonders eine, die der Zimmermann erzählte.

Auf einer Indienfahrt hatten sie Fieber an Bord, und innerhalb von wenigen Tagen starb beinahe die halbe Mannschaft hin. Danach wollte kein Mann mehr nach oben gehen, sie mußten mindestens zu zweien sein. Wenn die Toppsegel gerefft wurden, sah man Erscheinungen an den Enden der Rahen; wenn das Schiff gewendet wurde, riefen Stimmen von den Toppen. Der Zimmermann selbst, als er in einer schweren Bö mit einem anderen das Großbramsegel festmachen sollte, wurde von einer unsichtbaren Hand beinahe aus den Perten gestoßen, und sein Genosse schwor, daß ihm eine nasse Hängematte ins Gesicht geschlagen worden war. Derartige Geschichten wurden von »Augenzeugen« als heilige Wahrheit erzählt.

Es dürfte nicht allgemein bekannt sein, daß Finnländer unter den Seeleuten in einem besonderen Ruf stehen. Sie sollen das zweite Gesicht haben und die Fähigkeit, an denen, die ihnen etwas angetan, auf übernatürlichem Wege Rache zu nehmen. Und zwei oder drei Finnländer, mit denen ich zu verschiedenen Zeiten fuhr, waren wohl dazu angetan, auf abergläubische Seelen einen gewissen Eindruck zu machen.

Wir hatten damals einen an Bord; es war ein alter Kerl mit hellem Haar, der immer eine selbstgemachte Seehundsfellmütze trug und seinen Tabak in einer großen Tasche, gleichfalls aus Seehundsfell, verwahrte. Van, so nannte man ihn, war ein ruhiger friedfertiger Mensch, und die Leute hatten ihn bis dahin wenig beachtet. In jener Nacht aber machte er eine Prophezeiung, die wörtlich in Erfüllung ging, wenn auch nicht in dem Sinn, in. dem sie gemacht und aufgefaßt wurde. Er legte die Hand an das alte Hufeisen, das als Talisman an den Fockmast genagelt war, und sagte feierlich: in weniger als drei Wochen würde nicht mehr als der vierte Teil der Mannschaft an Bord sein, die anderen würden das Schiff für immer verlassen haben.

Einige lachten. Der »Schwindel-Jack« nannte ihn einen alten Narren, aber auf die meisten machte es sichtlich Eindruck. Einige Tage ging es an Bord merkwürdig ruhig zu, und man konnte Bemerkungen hören, die nur auf die Wahrsagung des Finnen zurückzuführen waren.

Auch auf mich waren die geschilderten Ereignisse nicht ohne Eindruck geblieben. Ich bedachte, wie kritisch unsere Lage war. Auch der Doktor sagte, er würde viel darum geben, sicher auf einer Insel gelandet zu sein. Wo wir waren und wohin wir steuerten, schien außer dem Steuermann niemand zu wissen. Der Kapitän war eine Null und lag krank in der Kajüte; ein guter Teil der Mannschaft verkam im Logis.

War es schon von Anfang an sonderbar, daß wir überhaupt auf See blieben, so wurde es nun vollkommen unverantwortlich. Dazu kam, daß unser Schicksal ganz und gar in der Hand des ewig betrunkenen Jermin lag. Wenn ihm etwas zustieß, war niemand mehr da, der ein Schiff zu führen verstand; er hatte vom Beginn der Fahrt an alle Berechnungen gemacht, denn die nautischen Kenntnisse des Kapitäns waren vollkommen unzureichend. Aber so sonderbar es scheinen mag, der Mannschaft kamen derlei Gedanken nie. Sie waren nur abergläubischer Furcht zugänglich, und als trotz der Prophezeiung des Finnen die Kranken sich etwas erholten, wurden sie wieder vergnügt und begannen das Geschehene allmählich zu vergessen. Eine Woche später war die Seeuntüchtigkeit »Klein-Julchens« bereits wieder der Gegenstand des allgemeinen Witzes. In der Back stieß Schwindel-Jack sein Messer tief in die feuchten, verfaulten Planken, die zwischen uns und dem Tode waren, und warf die herausgeschnittenen Stücke mit einem Seemannswitz hin.

Der Zustand der Kranken war im Augenblick nicht gefährlich, und selbst die am meisten litten, verbissen den Schmerz. Krankheit ist auf See so verhaßt und findet so wenig Pflege, daß jeder sie zu verbergen sucht. Man hat mit anderen nie Mitleid gehabt und erwartet auch selbst keines. Landmenschen werden ganz betroffen, wenn sie diese Härte zum erstenmal wahrnehmen. Unsere Kranken schimpften mitunter, daß man sie nutzlos auf See hielt, anstatt sie an Land zu bringen, wo sie sich hätten erholen können, aber der Steuermann sagte nur: »Seid doch munter, Herzenskinder!«, und sie hörten auf zu murren. Was die Leute am meisten mit ihrer Lage versöhnte, war, daß der Steward zweimal täglich auf dem Ankerspill jedem sein »Gläschen« – so wurde ein kleines Zinnmaß genannt – Pisco austeilte. Seeleute lieben starke Getränke, und in der Südsee, wo sie selten zu haben sind, ist einem ordentlichen Seemann für sein »Gläschen« kein Preis zu hoch. Auf amerikanischen Walfischfängern gibt es heute geistige Getränke höchstens in Augenblicken schwerster Mühe und Gefahr; aber die aus Sydney führen sie als regelmäßigen Mundvorrat mit. Im Hafen gibt es keinen Pisco, vermutlich, um die Fahrt anziehender zu machen.

Unsere Kranken bekamen Pisco außer ihren Gläschen auch als Medizin, am letzten Wochentag gab es überdies die »Samstagnachtflaschen«, wie man auf englischen Schiffen sagt: sogleich nach Einbruch der Dunkelheit wurden zwei Flaschen nach vorn geschickt, eine für die Steuerbord-, die andere für die Backbordwache; der Älteste der Wache machte nach altem Recht den Wirt, schenkte aus und ließ die Flasche herumgehen. Aber der Zimmermann und der Bottler, an Bord »Sägspan« und »Spund« genannt, die die Logisältesten waren, wußten sich stets Extrarationen zu verschaffen, mit denen sie sich nachmittags bei guter Laune erhielten und mit dem Stand der Dinge aussöhnten.

Pottwale hatten wir allerdings noch nicht gesehen; da wir nicht die Möglichkeit hatten, auf sie Jagd zu machen, war das auch unwesentlich. Bis nun hatten die Leute sich alle zwei Stunden im Ausguck abgelöst; jetzt schworen sie, sie würden nicht mehr nach oben gehen. Der Steuermann sagte nur, wo wir hinführen, sei der Ausguck überflüssig; die Walfische, die er im Auge hätte – Schwindel-Jack meinte, anderswo existierten sie nicht –, seien so zahm, daß sie ans Schiff herankämen und sich den Rücken daran rieben.

So lebten wir in der Wasserwelt etwa vier Wochen oder mehr, seitdem wir Hannamenu hinter uns gelassen hatten.

12.

Nicht lange nach dem Tode der zwei Matrosen hörten wir, daß Kapitän Guy im Sterben liege; er hätte vielleicht noch ein oder zwei Tage zu leben, hieß es. Der Doktor, der die Kajüte unter keinen Umständen hatte betreten wollen, gab jetzt nach und machte seinem Feind einen Krankenbesuch. Er verschrieb ein warmes Bad. Das Oberlicht wurde entfernt, ein Faß in die Kajüte hinabgelassen und mit Eimern aus dem Schiffskessel gefüllt. Der Patient schrie furchtbar, als er in dies Bad getaucht wurde; nachher legten sie ihn, mehr tot als lebendig, auf den Heckbalken.

An diesem Abend war der Steuermann vollkommen nüchtern. Er kam nach vorn ans Ankerspill, wo wir herumlungerten, und rief den Doktor, mich und zwei oder drei andere, die er bevorzugte, nach achtern, und in Gegenwart Bembos, des Maori, sagte er: »Ich habe euch was zu sagen, Leute. Außer Bembo ist keiner an Bord, der nach achtern gehört. Darum habe ich euch als die besten Vordergasten ausgewählt, um mit euch, übers Schiff zu sprechen. Des Kapitäns Anker ist gelichtet; vielleicht kratzt er schon morgen ab. Was sollen wir tun? Wenn wir ihn einnähen müssen, so könnten einige von den Seeräubern da vorn es sich in den Kopf setzen, mit dem Schiff durchzugehen, weil keiner am Ruder ist. Nun, ich weiß, was ich tue. Aber ich tue es nicht, wenn ich nicht ordentliche Leute hinter mir hab' und weiß, daß alles anständig zugeht, wenn wir mal heimkommen.«

Wir fragten, was er vorhätte.

»Ich sag's euch, Leute. Wenn der Schiffer stirbt, stellen sich alle unter mein Kommando. Und in weniger als drei Wochen verspreche ich euch, daß wir fünfhundert Faß Wallrat unten verstaut haben, genug, daß jeder Mutter Sohn eine Handvoll Dollar kriegt, wenn wir nach Sydney kommen. Wenn es euch nicht paßt, bekommt keiner einen roten Heller.«[4]

Der Doktor nahm sogleich das Wort und sagte, daran sei nicht zu denken; wenn der Kapitän stürbe, sei der Steuermann verpflichtet, das Schiff nach dem nächsten zivilisierten Hafen zu führen und es einem englischen Konsul zu übergeben; dort würde, aller Wahrscheinlichkeit nach, die Mannschaft nach einem kurzen Landurlaub heimgeschickt werden. Gegen den Plan des Steuermanns sprächen alle Gründe. »Aber«, sagte er mit gleichgültiger Miene, »wenn die Leute sagen, es bleibt dabei, wir fahren, dann sage ich auch, es bleibt dabei; dann aber, je früher wir zu Ihren Inseln kommen, desto besser.« Er sagte noch einiges mehr; nach der Art, wie die anderen ihn ansahen, war klar, daß unser Schicksal von ihm abhing; und so wurde denn beschlossen, daß, wenn es mit dem Kapitän in vierundzwanzig Stunden nicht besser würde, das Schiff nach der Insel Taheiti steuern sollte.

Die Mitteilung erregte Sensation; die Kranken fühlten sich wohler, die anderen überlegten, was nun kommen könnte, während der Doktor, ohne noch etwas über Guys Befinden zu sagen, mich zu der Aussicht

4   Die Leute waren »auf Anteil« gedungen; sie bekamen keine Heuer, waren
    aber am Ertrag der Fahrt beteiligt.

beglückwünschte, die berühmte Insel kennenzulernen. In der Nacht darauf kam ich, während der zweiten Wache, zufällig an Deck und fand die Rahen scharf auf Backbordhalsen angebraßt, während der Südostpassat kräftig von vorne kam. Dem Kapitän ging's nicht besser; wir aber lagen auf Taheiti zu.

13.

Unter uns war ein armer Teufel, der Tauendchen oder Tauchen genannt wurde. Er war ohne bestimmten Beruf mitgekommen, war so ungeschickt und furchtsam, daß man gar nicht erst versucht hatte, ihn als Matrosen anzulernen und ihn als Steward nach der Kajüte versetzte, während der bisherige Steward, der ein tüchtiger Seemann war, zur Mannschaft kam. Aber das arme Tauchen ging mit dem Porzellan ebenso ungeschickt um, wie mit dem Tauwerk; eines Tags, als das Schiff stampfte, fiel er mit einer hölzernen Terrine voll heißer Suppe in die Kajüte und verbrühte die Offiziere derart, daß sie eine Woche krank lagen. Darauf wurde er entlassen und ins Vorderkastell zurückgeschickt.

Nun wird an Bord niemand so verachtet wie eine furchtsame, faule, nichtsnutzige Landratte; kein Matrose hat das geringste Mitleid mit so einem Kerl. Die Schiffsmannschaft ist aber auch nicht gewillt, ihn seiner Unbrauchbarkeit froh werden zu lassen. Jede schwere Arbeit, zu der er überhaupt imstande ist, wird ihm aufgebürdet, und vor allem die gemeinste Arbeit. Wenn etwas zu teeren ist, wird er ins Teerfaß gestoßen und muß die Sache machen; er muß laufen und tragen wie ein Hund. Wenn der Steuermann ihn nach seinem Quadranten schickt und er unterwegs den Kapitän trifft, befiehlt ihm der, Kalfaterwerg zu holen; und während er nach einem Tauende sucht, kommt ein Matrose, möchte wissen, was zum Teufel er da zu suchen hat, und jagt ihn nach dem Vorderkastell. Nun ist es auf See unbedingte Vorschrift, immer den letzten Befehl zu befolgen. Der arme Kerl wagt nicht zu widersprechen, rennt ganz verwirrt hin und her, weiß nicht, was er tun soll, und bekommt zuletzt Schläge und Püffe von allen Seiten. Wenn er nicht gefragt wird, darf er den Mund nicht öffnen, und selbst dann täte er besser, zu schweigen. Wehe ihm, wenn er einen Witz macht, denn er wird ihm schlimm heimgezahlt. Die Witze, die andere auf seine Kosten machen, muß er schweigend dulden. Wehe ihm, wenn er bei den Mahlzeiten auch nur einen Blick auf die Fleischback wirft, ehe die anderen sich bedient haben. Jede Schuld, zu der der wirkliche Täter sich nicht bekennen will, muß er auf sich nehmen, er ist der »Niemand«, der zu Land alles getan hat.

Da er sich jämmerlich und elend fühlt, vernachlässigt er sein Äußeres. Herzlos, wie die Matrosen sind, schenken sie ihm nichts; kaum heißt es, er ist unreinlich, so wird er nach den Leespeigaten geschleppt, nackt ausgezogen und gründlich gesäubert. Vergeblich heult er um Gnade, vergeblich schreit er nach dem Kapitän.

Solch eine armselige Landratte war Tauendchen und vielleicht die jämmerlichste, die mir begegnet ist. Ein verlassenes und verkümmertes Geschöpf mit einer angeborenen Jammervisage, fahl und spitz, ohne die Runzeln des Alters und ohne die Frische der Jugend; man hätte nicht sagen können, ob er fünfundzwanzig oder fünfzig Jahre alt war.

In seinen besseren Tagen war er Bäckergeselle in London in der Gegend von Holborn gewesen; des Sonntags hatte er einen blauen Rock mit Metallknöpfen getragen, den Nachmittag in der Kneipe verbracht, sein Bier getrunken und seine Pfeife geraucht, als ein freier Mann. Da redete irgendein geschäftiger alter Narr ihm vor, ein tüchtiger Kerl müsse nicht in London sitzenbleiben, sondern nach Australien gehen, das sei das gelobte Land. Und an einem Unglückstag schiffte er sich ein.

Mit einem kleinen Kapital kam er nach Sydney, arbeitete hart und verdiente Geld. Nun nahm er ein Weib, das weder seinem Herzen noch seiner Tasche gut tat und zuletzt mit seiner Ladenkasse und seinem Vorarbeiter durchging. Tauchen stieg in die Kanne und besoff sich; beim fünften Glas beschloß er, sich umzubringen und führte es aus: am nächsten Tag verdingte er sich auf der »Julia«.

Es wäre dem ehemaligen Bäcker vielleicht besser gegangen, wenn sein Herz nicht so weich und ungar gewesen wäre. Auf jedes freundliche Wort fiel er hinein. Zwei oder drei, die dies heraus hatten, zogen ihn auf, wenn die bissigsten und ungemütlichsten alten Seebären daneben saßen. Zum Beispiel: die Freiwache ist eben geweckt worden und sitzt beim Frühstück; Tauchen sitzt traurig in einer Ecke und schafft gleichfalls. Matrosen, die eben aus dem Schlaf geweckt wurden, sind keine Engel; niemand spricht ein Wort, alle sitzen verbissen und unrasiert da und kauen ihr Hartbrot. Da kommt mit freundlichem Gesicht, das Zinngeschirr in der Hand, Schwindel-Jack durch das Logis und setzt sich neben die Landratte.

»Ein hartes Brot, das, Tauchen«, fängt er an, »besonders für einen, der bessere Tage gesehen und in London gelebt hat. Wenn du jetzt in Holborn wärst, Tauchen, was würdest du frühstücken?«

»Frühstücken!« ruft Tauchen begeistert. »Red' nicht davon!«

»Was hat der Kerl?« knurrt ein alter Seebär und sieht sich grimmig um.

»Oh, nichts, nichts«, sagt Schwindel-Jack und flüstert Tauchen zu: »Sprich leiser!«

»Also«, sagt der, und seine Augen leuchten wie Laternen, »also, dann würd' ich zu Mutter Molly gehen, die, was die großen Semmeln macht; dort geh' ich hin und setz' meinen Fuß auf den Kaminvorsatz und verlang zuerst meinen Krug Braunes.«

»Und weiter, Tauchen?«

»Und weiter, Schwindelchen«, fährt der arme Kerl, der ganz warm wird, fort, »dann dreh ich mich mit dem Sessel um und ruf die Betty; das ist das Mädel, das die Kunden bedient. ›Betty, mein Kind‹, sag' ich, ›heut siehst du wieder reizend aus; bring mir mal eine ordentliche Portion Speckschnitten mit Eier, Betty, mein Schatz‹, sag' ich; ›und dann möcht' ich noch eine Maß Weißbier und drei schöne heiße Semmeln, und Butter, ja und eine Portion Käs', und dann, Betty, möcht' ich noch‹ ...«

»Eine Portion Haifisch, verfluchter Hund!« brüllt der schwarze Daniel, und der unglückliche kleine Kerl wird über Koffer und Kisten auf Deck gepufft.

Ich war immer gut gegen das arme Tauchen, wo ich irgend konnte, und er hing sehr an mir.

14.

Da es nach dem Hafen ging, widmeten sich Sägspan und Spund immer mehr der Flasche, und mit bitterem Neid sahen die anderen, wie die beiden »Genossen« Tag für Tag in steigender Fröhlichkeit über das Deck schwankten.

Dabei sah sie niemand trinken, ausgenommen, wenn der Steward allen ihre Ration austeilte; und wenn man sie fragte, wie sie es machten, sich zu besaufen, wurden sie sogleich nüchtern. Trotzdem kam man ihnen zuletzt auf ihre Schliche.

Die Fässer mit Pisco waren unter dem Achterluk verstaut, das aus diesem Grunde durch eine Stange mit einem Vorhängeschloß gesichert war. Der Bottler jedoch brach von der anderen Seite ein; aus dem vorderen Teil des Schiffsraumes kroch er über tausend Hindernisse und in steter Gefahr, bei der Bewegung des Schiffes zerquetscht zu werden, bis dahin, wo die Fässer lagen. Er konnte zunächst nur an eines gelangen, das mit seinem Spundloch nach oben auf dem Bauche lag. Vermittels eines entsprechend gebogenen eisernen Faßreifens gelang es ihm, nach langem Hebeln und Hämmern den Spund hineinzustoßen; dann band er sein Halstuch an das Ende des Reifens, tauchte es immer wieder ein, zog es heraus und drückte es jedesmal über einem kleinen Eimer aus.

Er war ein Gast, wie sich die Schankwirte ihn wünschen. Er trank stetig, aber so, daß er noch die Besinnung und die nötige Herrschaft über seine Glieder behielt; in diesem Zustand der Trunkenheit blieb er; »so wie es gerade recht ist«, nannte er es. Dann ging er mit merkwürdigen, ruckartigen Bewegungen, zog von Zeit zu Zeit seinen Hosenbund hoch und sah beim Sprechen dem anderen sonderbar starr ins Gesicht, blieb aber sonst erträglich. Nur daß er stets außerordentlich patriotisch wurde. Lord Nelson war sein Abgott. Aber es genügte ihm nicht, daß der Held ein Auge und einen Arm verloren hatte; er behauptete fest und steif, daß ihm in einer Schlacht auch das Bein abgeschossen worden sei. Nun hatten wir an Bord einen gutmütigen rundlichen Dänen, »Dunk« genannt. So oft der Bottler ihm begegnete, hüpfte er, das linke Bein mit der rechten Hand auf den Rücken haltend und das eine Auge geschlossen, auf dem anderen Bein auf ihn zu und hieß ihn den Mann ansehen, der seine Landsleute bei Kopenhagen so verhauen hatte. »Da sieh, Dunk«, rief er, sich mühsam aufrecht haltend und mit dem offenen Auge krampfhaft blinzelnd, »da sieh: ein Mann, nein, zum Henker, ein halber Mann, mit *einem* Bein, *einem* Arm, *einem* Auge, nur ein Stück Mensch überhaupt, hat deine ganze schäbige Nation verhauen! Oder willst du's leugnen, du Jammerlappen?«

Der Däne war ein äußerst geduldiger Mensch, verstand außerdem nur sehr wenig Englisch und antwortete in der Regel nicht; und so ließ der Bottler sein Bein los und entfernte sich mit der Miene eines Menschen, der es unter seiner Würde findet, noch ein Wort zu sagen.

15.

Sowie wir weiter nach Süden kamen und uns Taheiti näherten, veränderte sich allmählich das milde heitere Wetter, das wir bis dahin gehabt hatten. In diesen sonst so ruhigen Meeren bläst der Wind manchmal ganz tüchtig, obschon, wie jeder Seemann weiß, ein scharfer Sturm in der tropischen Südsee nicht mit einem Orkan im Norden, wenn der Atlantische Ozean heulend auf ein Schiff einstürmt, zu vergleichen ist. So hatten auch wir bald mit den Wogen zu kämpfen, und der eben noch so milde Passat blies uns wild, wenn auch immer noch warm ins Gesicht, wie eine hübsche Frau, die böse geworden ist. Trotzdem hatte der Steuermann alle Segel beigesetzt, und »Klein-Julchen« hielt sich gut. Sie legte sich tief auf die Seite und sprang wieder in die Höhe; das alte Holzwerk ächzte, alle Spieren bogen sich; das abgescheuerte Tauwerk war aufs äußerste beansprucht; dennoch lief sie im Sturm wie ein Rennpferd, und Jermin, wie ein Reiter auf dem Meer, stand manchmal in der Fockrust, so daß der Schaum über ihn hinschoß, und schrie: »Brav, Julchen! Tauch' nur hinein, Liebchen! Hurra!«

Eines Nachmittags hörten wir ein unheimliches lautes Krachen oben, so daß alles durcheinanderlief. Die Großbramstange war gerade über dem Eselshaupt abgebrochen; im Tauwerk festgehalten, schlug sie mit all ihrem Zubehör bei jedem Rollen des Schiffes hin und her. Die Rahe hing nur gerade noch und stieß bei jedem Stampfen gegen die Quersaling, das Segel war in Fetzen gerissen, die flatternden losen Taue verfingen sich oder schlugen wie Peitschenschnüre durch die Luft. »Wahrschau, von unten!« und die Blöcke fuhren prasselnd nieder wie Gewehrfeuer. Jetzt riß die Rahe los, flog im Bogen durch die Luft und fuhr zischend ins Meer, verschwand und stieg sofort wieder in voller Länge empor. Dann brach der Kamm einer riesigen Woge über ihr, das Schiff schoß vorbei und wir sahen das Holz nicht mehr.

Baltimore, unserem schwarzen Koch, ging es dabei schlecht. Wie bei den meisten Südseefahrern, war die Kambüse der »Julia« an der Backbordseite des Vorderkastells angebracht. Bei der schweren Dünung und dem Segeldruck, unter dem die Bark lief, tauchte sie mit dem Bug tief in die Seen, und glasiggrüne Wogen stürzten über die Bugreling, überschwemmten das Vorderdeck und spülten über das Achterdeck hinab. Die Kambüse diente als eine Art Wellenbrecher gegen die Überschwemmung. Dann trug Baltimore stets seinen »Sturmanzug«, wie er sagte, einen Südwester und ein mächtiges Paar geschmierter Wasserstiefel, die ihm fast bis an die Knie reichten, und arbeitete so bekleidet in der Kambüse weiter. Immerhin hatte der Alte eine so große Angst, über Bord gespült zu werden, daß er stets ein Tau um sich gewickelt trug, das mit dem einen Ende an seinem Hosenbund befestigt war. Hatte er draußen zu tun, so entrollte er das Tau und machte das andere Ende an einem Ringbolzen auf Deck fest; dann mochte eine See ihm die Füße unter dem Leibe wegschwemmen; mehr konnte sie ihm nicht anhaben.

Eines Abends, während er gerade in der Küche beschäftigt war, stieg die »Julia« wie ein störrisches Füllen auf ihrem Hintersteven in die Höhe und nahm, als sie sich wieder senkte und in die Tiefe fuhr, eine ungeheure Woge auf. Mit unwiderstehlicher Gewalt kam die Wassermasse über den Bug, die eine Seite der verfaulten Schanzen brach krachend ein, die See schlug gegen die Kambüse, riß sie vom Vorderkastell los, warf sie hin und her und schmetterte sie zuletzt gegen das Ankerspill, wo sie strandete. Die Flut ergoß sich über das Deck und spülte Töpfe, Pfannen, Kessel und den alten Baltimore selber fort, bis sie ans Heck schlug, wusch, an Wut nachlassend, querüber und setzte den ertrinkenden Koch auf dem Achterluk ab, daß er hoch im Trockenen saß, die erloschene Pfeife noch im Munde. Er hatte sie in seiner Todesangst fast entzweigebissen. Die wenigen Leute, die auf Deck waren, hatten sich in die Großwanten gerettet und lachten laut über seine Not.

In derselben Nacht brach unser Außenklüverbaum ab wie ein Pfeifenstiel, und unsere Gaffel kam heruntergesaust.

Am anderen Morgen hatte der Wind abgeflaut und die See gleichfalls; gegen Mittag war unser Schaden, so gut es ging, repariert und wir segelten vergnügt weiter. Mit der zerstörten Verschanzung freilich war nichts mehr zu machen, und so oft es wieder wehte, troff das beschädigte Vorderschiff vom herüberschlagenden Wasser.

16.

Wie weit wir von den Marquesas nach Westen fuhren, wo wir eigentlich waren, über wieviel Meilen unsere Fahrt nach Taheiti ging, vermag ich nicht zu sagen. Jeden Mittag brachte Jermin seinen verrosteten alten Quadranten heraus, der so wunderlich aussah, als ob er aus dem Besitz eines alten Astrologen stammte. Manchmal, wenn Jermin ein paar Gläser zuviel getrunken hatte, schwankte er über das Deck, das Instrument am Auge, und vermochte die Sonne nicht zu finden, die ihm zu Häupten stand. Wie es ihm gelang, die geographische Breite festzustellen, weiß ich nicht; die Länge kann er nur durch Regeldetri gefunden haben, oder es wurde ihm eine Offenbarung darüber zuteil; denn auf seinen Chronometer konnte er sich nur insofern verlassen, als er seit langem stillstand, und zwar die richtige Zeit nach der Sternwarte von Greenwich anzeigte, aber nur für den Augenblick, in dem er zu gehen aufgehört hatte.

Abgesehen von diesen »ungefähren« Berechnungen, behauptete der Steuermann, die Meridiandistanz vom Turm der Marienkirche in London durch gewisse Mondbeobachtungen genau bestimmen zu können. Zu diesem Zweck muß, soviel ich weiß, der Winkel zwischen der Mondhöhe und der eines Fixsterns festgestellt werden; hierzu sind zwei Personen nötig, die zu gleicher Zeit ihre Aufnahmen machen. Nun hätte unser Steuermann, da er alles doppelt sah, vielleicht allein genügt, aber gewöhnlich wurde der Doktor gerufen, um mit einem zweiten Quadranten zu arbeiten, und was die beiden dann angaben, die vergeblichen Versuche des Steuermanns, sein Instrument in die richtige Lage zu bringen, und die Scherze des Doktors, waren ein wahres Gaudium.

Aber wie er es nun machen mochte, er lotste uns durch, und eines Tages warf einer der Mannschaft, der nach oben geschickt worden war, um das Vormarssegel zu flicken, seine Mütze in die Luft und brüllte: »Land ahoi!«

Land war in der Tat in Sicht, aber in welchem Teil der Südsee es lag, das wußte nur Jermin, und auch das schien manchen nicht außer Zweifel. Aber schon kam er mit dem Fernglas an Deck gestürmt, hielt es ans Auge und sah sich triumphierend um: es war genau das Land, nach dem er gesteuert hatte, und mit einigem Winde konnten wir in weniger als vierundzwanzig Stunden Taheiti sichten. Und das bestätigte sich auch. Es war eine Insel, die zur Puamotugruppe gehörte, die auch Koralleninseln oder die niederen Inseln genannt werden und östlich von Taheiti liegen. Sie sind sehr zahlreich, zumeist klein, niedrig und flach, mitunter bewaldet, stets aber mit Grün bedeckt. Einige sind halbmondförmig, andere haben Hufeisenform. Diese bestehen aus einem schmalen ringförmigen Streifen Landes, der um eine stille Lagune liegt und eine einzige schmale Öffnung zum Meere läßt. Einige Lagunen sind geschlossen, ohne sichtbare Einfahrt, sollen aber eine unsichtbare Verbindung mit dem Meer haben; diese Inseln sehen aus wie ein Gürtel von Smaragd.

Die ganze Gruppe soll von den Korallentierchen erbaut sein, die vom Meeresgrund durch die Jahrhunderte ihre Gehäuse bis zur Oberfläche führen; was immer das Meer heranschwemmt, bleibt in den Riffen hängen, und so bildet sich mit der Zeit ein Boden, Vögel bringen Samen hin, der keimt, und das Ganze bedeckt sich mit grünen Pflanzen. Im ganzen Archipel sieht man da und dort auch zahllose nackte Riffe über die Meeresfläche ragen.

Soviel ich weiß, gibt es auf der ganzen Puamotugruppe nur wenig Brotfruchtbäume; auf manchen wachsen nicht einmal Kokospalmen. Einige der Inseln sind daher unbewohnt; andere bieten nur einer einzigen Familie Unterhalt, und auf keiner ist die Bevölkerung zahlreich. In vieler Hinsicht gleichen die Eingeborenen denen von Taheiti; auch ihre Sprache ist ähnlich. Die Bevölkerung der südöstlichen Gruppen sind als Kannibalen berüchtigt; infolgedessen legen die Schiffe dort nicht gerne an, und im Grunde weiß man nicht viel von ihnen. In den letzten Jahren haben sich auf den »Inseln unterm Winde« Missionare von den Gesellschaftsinseln niedergelassen und die Eingeborenen haben sie freundlich aufgenommen. Dem Namen nach sind viele jetzt Christen und haben, zweifellos von ihren Lehrern beeinflußt, nunmehr auch die Oberhoheit der Königin Pomari auf Taheiti anerkannt. Sie hatten mit dieser Insel von jeher viel Verkehr.

Die Koralleninseln werden hauptsächlich von Perlfischern besucht. Sie kommen in kleinen Schonern, die mit nur fünf oder sechs Personen bemannt sind. Lange Zeit hindurch hatte ein gewisser Merenhout fast das ganze Geschäft an sich gerissen; er war französischer Konsul auf Taheiti, Holländer von Geburt, und soll in einem Jahr Perlen im Werte von fünfzigtausend Dollars nach Frankreich geschickt haben. Die Muscheln sitzen in den Lagunen oder an den Riffen; für ein halbes Dutzend Nägel im Tag oder weniger verdingen sich die Eingeborenen als Taucher.

Auch sehr viel Kokosöl wird an manchen Orten gewonnen. Auf einigen der unbewohnten Inseln stehen die Palmen in dichten Hainen, und die abgefallenen Nüsse liegen dort in unglaublichen Mengen umher. Zwei oder drei Männer, die mit dem zur Ölgewinnung Nötigen versehen sind, können in acht bis vierzehn Tagen ein großes Meerkanu mit Öl beladen. Kokosöl wird jetzt auf vielen Inseln hergestellt und bildet einen bedeutenden Handels- und Ausfuhrartikel. Ein großer Teil wird nach

Sydney gebracht. Es wird für Lampen und als Maschinenöl verwendet, ist viel billiger als Walrat und zu beiden Zwecken besser geeignet als das richtige Walratöl. Es wird in großen, sechs bis acht Fuß langen hohlen Bambusrohren auf Flaschen gezogen und in diesen Gefäßen in Taheiti auf den Markt gebracht.

Da der Wind völlig abflaute, wurde es Abend, ehe wir der Insel nahekamen; aber wir sahen sie den ganzen Nachmittag. Sie war klein und rund, eine glänzende baumlose Fläche, die sich kaum vier Fuß über das Meer zu erheben schien. Hinter ihr lag eine zweite größere Insel, über der die Sonne eben sank und die ganze Seite des Himmels in Flammen tauchte, so daß er wie ein ungeheures beleuchtetes Kirchenfenster aussah.

Schlaff hingen unsere Segel im absterbenden Passat, der Duft von tausend Blütenhainen erfüllte die Abendluft. Einer der Kranken, der in letzter Zeit Symptome von Skorbut gezeigt hatte, schrie auf, als er sie einatmete, und mußte nach unten gebracht werden. Das kommt häufig vor.

Wir glitten langsam weiter, bis wir nur mehr eine Kabellänge vom Strande entfernt waren, der von funkelndem Schaum umbrandet war, während drinnen still die blaue Lagune lag. Nichts Lebendes war zu sehen; vielleicht waren wir die ersten Sterblichen, die die Stelle mit Augen sahen. Es war ein Gedanke, der die Phantasie anregte; ich dachte der endlosen Grotten und Galerien in der Tiefe und der seltsamen Geschöpfe, die dort ihr Wesen treiben mochten.

17.

Früh am folgenden Morgen sahen wir die Berggipfel von Taheiti; bei klarem Wetter sind sie auf eine Entfernung von neunzig Meilen sichtbar.

»Heivarhu!« rief Weimontu glückselig und eilte aufs Bugspriet hinaus, als das Land zuerst in der Ferne auftauchte. Aber als die Wolken sich verzogen und die drei Bergspitzen wie Obelisken sich vom Himmel abhoben und die kühn geschweifte Uferlinie den Horizont entlang wogend sichtbar wurde, stürzten Tränen aus seinen Augen: es war doch nicht Heivarhu!

Taheiti ist die berühmteste Insel der Südsee. Zwei hochragende Gebirge mit gerundeten Gipfeln, die sich bis zu neuntausend Fuß über den Meeresspiegel erheben, sind durch eine niedrige Landenge verbunden;

die ganze Insel hat etwa hundert Meilen im Umfang. Von den hohen Mittelgipfeln der größeren Halbinsel – Orohina, Aoreh und Peiroheiti – ziehen strahlenförmig die grünen Bergkämme zum Meer hinab; dazwischen liegen breite schattige Täler, dicht bewaldet und von herrlichen Flüssen bewässert. Ungleich vielen anderen Inseln ist Taheiti von einem Gürtel niedrigen angeschwemmten Landes umgeben, auf dem der reichste Pflanzenwuchs gedeiht. Hier vornehmlich wohnen die Eingeborenen.

Der Anblick vom Meer aus ist prachtvoll: eine Masse vielfach abgetönten Grüns vom Strand bis zu den Bergeshöhen, durch Täler, Kämme, Schluchten und Wasserfälle belebt. Da und dort werfen die höheren Gipfel ihren Schatten über die Kämme und tief in die Täler hinein. In der Ferne blitzen die Wasserfälle in der Sonne und scheinen durch hohe grüne Lauben zu stürzen. Wie eine eben erst geschaffene Zauberwelt liegt das Ganze vor uns. Und das Bild verliert durch die Nähe nicht. Der Europäer, der zum erstenmal in die einsamen Täler hineinwandert, fern von den Wohnungen der Eingeborenen, glaubt zu träumen, so unaussprechlich ist die Ruhe und Schönheit der Landschaft, die ihn umgibt. »Oft«, sagt Bougainville, »glaubte ich im Paradiese zu wandeln.«

Die Schönheit und Liebenswürdigkeit der Eingeborenen paßte zu diesem Bilde und zu ihrem ewigen milden Frühling. Ihre Religion und ihre Einrichtungen sind bemerkenswert. Ihren Königen erweisen sie göttliche Ehren; ihre Sagen stehen denen der alten Griechen an poetischer Schönheit nicht nach. Frühere und inhaltreichere Berichte kamen von Taheiti als von allen anderen Inseln der Südsee. Die Schilderungen, die die ersten Besucher von einem Lande und einem Volke gaben, von denen man in Europa nie gehört hatte, erregten Staunen, und als die ersten Taheitier herüberkamen, wurde Omai in London und Aoturu in Paris vom Adel, von den Gelehrten und von den Damen mit Aufmerksamkeiten überhäuft.

Bedeutsame Ereignisse mehrten den Ruhm Taheitis. Vor zwei Jahrhunderten soll der Spanier Quiros die Insel berührt haben. Wallis, Cook, Byron, de Bougainville, Vancouver, La Perouse und andere berühmte Seefahrer ließen ihre Schiffe in ihren Häfen ausbessern. Der berühmte Durchgang der Venus im Jahre 1769 wurde auf Taheiti beobachtet. Die denkwürdige Meuterei auf der »Bounty« kam dort zum Ausbruch. Zu den heidnischen Bewohnern von Taheiti wurde die erste regelrechte protestantische Mission entsendet; von seinem Strande segelten zahlreiche spätere Missionen nach den benachbarten Inseln. All diese Ereignisse und andere haben das Interesse an Taheiti wach erhalten, und in neuerer Zeit hat das Vorgehen der Franzosen der Insel neue Sympathien in der Welt verschafft.

18.

Nach längerer Fahrt in den Hafen einzulaufen, ist immer eine Freude und erfüllt den Seemann mit frohen Erwartungen. Für uns wurde die Bedeutung des Ereignisses noch durch besondere Umstände erhöht. Seitdem wir landwärts steuerten, hatten wir unsere Aussichten oft erörtert. Viele meinten, daß, wenn der Kapitän das Schiff verlassen sollte, die Mannschaft an die Artikel des Heuervertrags nicht länger gebunden wäre. Wenigstens war dies die Meinung unserer Juristen der Back; ob das Seegericht sie gutgeheißen hätte, scheint allerdings fraglich. Jedenfalls aber waren Schiff und Mannschaft in einem Zustand, daß ein langer Aufenthalt und viele Urlaubstage in Taheiti mit Sicherheit zu erwarten schienen.

Alles war daher in guter Laune. Die Kranken, denen es täglich besser ging, seitdem wir den Kurs geändert hatten, waren an Deck; sie lehnten an den Schanzen, zum Teil lebhaft erregt, während andere schweigend den wunderbaren Anblick Taheitis genossen.

Ganz anders ging es auf dem Achterdeck zu. Der Maori stand, wie immer, mit finsterer Miene da; während Jermin in tiefen Gedanken auf und ab ging, hier und da einen Blick luvwärts tat oder in die Kajüte eilte und rasch wieder herauskam.

Wir hatten alle leichten Segel beigesetzt, als würben wir um den kosenden Wind, und hielten unseren Kurs, bis wir durch das Glas des Doktors Papiti, die Hauptstadt Taheitis, sichteten. Wir konnten auch mehrere Schiffe im Hafen liegen sehen, eines davon groß und schwarz und durch die zwei Geschützreihen als Fregatte kenntlich. Es war die »Reine Blanche«, die von den Marquesas kam und auf der der Konteradmiral Du Petit-Thouars seine Flagge gehißt hatte. Kaum hatten wir sie erkannt, als der Donner ihrer Kanonen über das Wasser scholl. Sie feuerte Salutschüsse ab, und zwar, wie sich später herausstellte, zu Ehren eines Vertrages, oder besser, der erzwungenen Abtretung Taheitis an die Franzosen, die an diesem Morgen erfolgt war. Kaum war die Kanonade zu Ende, als Jermin ein so unerwartetes Kommando gab, daß alle auffuhren: »Hol' über die Großrahe!«

»Was soll das heißen?« schrien die Leute, »laufen wir nicht in den Hafen?«

»Nach achtern gehen! Und keine Widerrede!« rief der Steuermann; im nächsten Augenblick flog die Großrahe herum und, mit dem Klüverbaum seewärts, lag die »Julia« still. Wir alle sahen betroffen drein: was stand bevor?

Jetzt erschien der Steward mit einer Matratze, die er im Hinterende des Kapitänsbootes ausbreitete; ein paar Koffer und andere Sachen, die seinem Herrn gehörten, folgten. Das genügte. Der Seemann begreift schnell. Der Kapitän hatte offenbar die Absicht, selbst an Land zu gehen, während das Schiff unter der Führung des Steuermanns sofort wieder in See stechen sollte, um nach einer bestimmten Zeit die Insel wieder anzulaufen und ihn abzuholen. Das ließ sich leicht ausführen, ohne daß die »Julia« näher an die Küste fuhr. Kapitäne von Walfischfängern machen es öfters so, wenn sie krank werden; aber in unserem Fall war es völlig unverantwortlich, so zu handeln, und widersprach allen Grundsätzen der Vorsicht und Menschlichkeit. Und obschon der Entschluß mehr Kühnheit bewies, als wir Guy zugetraut hätten, so verriet es doch auch sehr wenig Menschenkenntnis, wenn er glaubte, daß diese Mannschaft es sich gefallen lassen würde.

Bald zeigte sich, daß wir richtig vermutet hatten, und die Wut der Leute stieg. Der Bottler und der Zimmermann erklärten sich sofort bereit, eine Meuterei anzuführen; vier oder fünf liefen nach dem Achterdeck, um das Luk zu verschließen, solange Jermin noch unten war; andere warfen bereits die Großbrassen los und riefen den übrigen, ihnen zu helfen, um auf Land zuzuliegen. All dies war das Werk eines Augenblicks, und die Lage schien kritisch, als es dem langen Doktor und mir gelang, die Leute von Übereilungen zurückzuhalten: wir hätten ja Zeit und das Schiff vollkommen in der Gewalt.

Während die Vorbereitungen in der Kajüte weitergingen, riefen wir die Leute in die Back. Es war nicht leicht, diese wilden Kerle zu einer ruhigen Betrachtung der Lage zu bewegen, aber schließlich siegte des Doktors Einfluß: wenn sie ihm folgten, versprach er, würde das Schiff hier vor Anker bleiben, ohne daß sie Unannehmlichkeiten haben würden; und die meisten fügten sich.

Aber immer wieder versicherten sie, wenn friedliche Mittel versagten, würden sie sich »Klein-Julchens« bemächtigen und sie nach Papiti bringen, und wenn sie alle dafür hängen sollten. Für's erste wollten sie zusehen und den Kapitän gewähren lassen.

Inzwischen war das Boot zu Wasser gelassen und lag am Fallreep; der Steward und der Steuermann halfen dem Kapitän an Deck. Wir sahen ihn seit mehr als vierzehn Tagen zum erstenmal, und er schien sehr verändert. Er hatte einen breiten Paytahut so tief über die Stirn gezogen, daß wir sein Gesicht nur sehen konnten, wenn der Wind den Rand aufklappte. An einer Schlinge, die an der Großrah vertäut war, wurde er mit des Kochs und Bembos Hilfe stöhnend ins Boot hinabgelassen. Er muß die Flüche gehört haben, die die Mannschaft ihm, wenn auch nicht zu laut, nachrief.

Während der Steward noch die Sachen im Boot ordnete, sprach der Steuermann leise mit dem Maori, wendete sich dann plötzlich zu uns und sagte, er gehe jetzt mit dem Kapitän an Land, werde aber so bald als möglich wiederkommen. Inzwischen hätte Bembo als der nächste im Rang die Führung des Schiffes; er habe übrigens nichts zu tun, als es in sicherer Entfernung vom Ufer zu halten. Damit sprang er ins Boot und steuerte dem Strand zu, während der Koch und der Steward an den Riemen saßen.

Daß Guy das Schiff gegen des Steuermanns Rat der Mannschaft überließ, bewies aufs neue, wie unbedacht er war; wären der Doktor und ich nicht an Bord gewesen, hätte Gott weiß was geschehen können.

Zunächst war Bembo Kapitän, und was die seemännische Erfahrung anging, auch vollkommen dazu geeignet, er war einer der tüchtigsten Seeleute, die ich je getroffen habe, und er fluchte für zwei. Darauf und auf zahlreiche nautische Fachausdrücke, die er mit erstaunlicher Sicherheit gebrauchte, beschränkten sich seine Kenntnisse der englischen Sprache. Als Harpunier hatte er Zutritt zur Kajüte und war nach Seebrauch, der keine Ausnahmen kennt, obgleich ein unzivilisierter Eingeborener, der Vorgesetzte der Mannschaft; es sprach auch niemand ein Wort dagegen, niemand war überrascht, obschon der Maori keineswegs beliebt war. Alle, außer dem Steuermann, mißtrauten dem finsteren Wilden oder fürchteten ihn geradezu. Dunkle Geschichten wurden von ihm erzählt. Er kam aus einem Stamm von Menschenfressern, soviel stand fest; das übrige war ungewiß. Seine persönliche Erscheinung nahm nicht für ihn ein. Im Gegensatz zu den meisten seiner Landsleute war er eher unter Mittelgröße, untersetzt und breitschultrig, aber unter seiner schwärzlichen tätowierten Haut bewegten sich Muskeln wie Stahltaue. Er hatte krauses, kohlschwarzes Haar, und unter buschigen Brauen sahen scharfe kleine Augen immer drohend wie aus einem Hinterhalt hervor.

Er hatte schon zwei oder drei Fahrten auf Walfischfängern von Sydney mitgemacht, sich aber immer, wie auch diesmal und wie es bei seinen Landsleuten Brauch ist, in der Inselbucht bei Opua verdungen und wurde auf der Rückreise an der gleichen Stelle wieder entlassen. Einer von uns war mit dem Maori auf seiner ersten Fahrt gewesen und erzählte uns merkwürdige Dinge von ihm. Ich gebe eine dieser Geschichten wieder, so, wie ich sie gehört habe, und bemerke, daß, was ich von Bembo und von den tollkühnen Taten der Walfischfänger weiß, sie mir durchaus glaublich erscheinen läßt.

Die eingeborenen Neuseeländer sind die wildesten Walfischjäger; die Jagd kommt ihren blutdürstigen Neigungen entgegen. Das erste Englisch, das sie lernen, ist der Schlachtruf des Südseefischers, wenn er zu Wasser gelassen wird: »Ein toter Wal oder ein zerschlagenes Boot!« Da ihre wilde Entschlossenheit bekannt ist, nimmt man sie gern zu Harpunieren; nervöse, furchtsame Leute eignen sich für den Beruf nicht.

Wenn der Harpunier seine Lanze schleudert, steht er aufrecht an der Spitze des Boots, das Knie gegen eine Stütze gestemmt. Bembo aber stand frei auf dem Dollbord, während das Boot auf den Fisch zuruderte. Eines Morgens bei Tagesanbruch kam er so an einen riesigen Pottwal. Er warf seine Harpune und fehlte; der Fisch tauchte unter. Nach einer Weile kam das Ungetüm wieder zum Vorschein; es war jetzt fast eine Meile entfernt, und sie ruderten darauf zu. Aber das Tier war scheu geworden, »verschreckt«, wie die Jäger sagen; es wurde Mittag, und das Boot jagte ihm noch immer nach. Auf der Walfischjagd wird, solange der Fisch in Sicht ist, die Verfolgung nicht aufgegeben, ehe die Nacht hereinbricht, mag geschehen sein, was da will, und heute, da die Fische so schwer zu bekommen sind, vielleicht nicht einmal dann. Schließlich gelang es zum zweitenmal, an den Wal zu kommen. Bembo schleuderte beide Harpunen nach ihm, doch wie es manchmal dem besten Mann begegnen kann, er fehlte wieder. Man weiß, daß das vorkommt, aber für die Bootsmannschaft bedeutet es bittere Enttäuschung, die sich in heftigen Flüchen Luft zu machen pflegt. Das ist kein Wunder, wenn Leute Stunde um Stunde in brennender Sonnenhitze mit Aufbietung aller Kräfte gerudert haben; wer da nicht ärgerlich wird, ist kein Seemann.

Aber der Spott und die Vorwürfe machten den Maori rasend; kaum war er wieder an das Tier gekommen, als er, die Harpune in der Hand, auf den Rücken des Wals sprang. Eine schwindelnde Sekunde sah man ihn dort, dann nur ein Wüten und Schäumen, und Mensch und Tier waren verschwunden. Die Leute gierten ab und ließen die Leine auslaufen, so schnell sie konnten, während vor ihnen nur ein roter Wirbel von blutigen Wogen war.

Jetzt tauchte etwas Dunkles auf, die Leine kam steif, jetzt rauchte sie um die Spule, und das Boot schoß pfeilschnell durchs Wasser. Sie waren »fest«, und der Walfisch »lief«. Eine braune Hand griff nach dem Dollbord und der Maori wurde an Bord gezogen, während die Blasen wild um den Bug des Bootes aufstiegen und zerplatzten.

Solch ein Mensch, oder solch ein Teufel, wenn man will, war Bembo.

19.

Die Landbrise flaute völlig ab, und gegen Mittag trat, wie zumeist auf diesen Inseln, völlige Windstille ein. Die Untersegel wurden aufgezogen und der Klüver niedergeholt, sonst war nichts zu tun, das Schiff lag still schaukelnd in den sanften Wellen. Die tiefe Ruhe der Elemente schien auch auf die Mannschaft zu wirken, und eine Zeitlang hörte man keinen Laut.

Am frühen Nachmittag kam der Steuermann zurück. Der Steward sagte, sie würden gleich nach dem Essen mit Guys übrigen Sachen an Land gehen. Als Jermin an Bord kam, wich er uns aus und ging schweigend nach unten. Das lange Gespenst und ich bearbeiteten indessen die Mannschaft; wir suchten ihnen beizubringen, daß sie mit ein bißchen Geduld und Geschicklichkeit ebensoviel erreichen konnten, wie mit Gewalt, und ohne daß eine ernste Sache daraus wurde. Ich wußte recht gut, daß ich unter fremder Flagge fuhr, daß ein englischer Konsul in der Nähe war und daß die Mannschaft selten recht erhält. Es galt, vorsichtig zu sein. Andererseits waren die Beschwerden der Leute zum Teil so berechtigt, und was Guy vorhatte, so hart und ungerecht, daß ich allenfalls auch entschlossen war, mitzutun.

Trotz all unserem Bemühen wurden viele bald wieder aufsässig, sie waren für offene Meuterei. Als wir zum Essen hinunterkamen, machten sie einen solchen Lärm, daß der alte Holzraum förmlich widerhallte.

Wilde Reden wurden gehalten, von wüsten Zwischenrufen unterbrochen. Unter anderen erhob sich der lange Jim – Jim, der Lazedämonier, wie der Doktor ihn nannte – und hielt folgende Ansprache: »Seht her, Briten! Wenn nach allem, was hier vorgegangen ist, dieses Schiff hier mit uns wieder in See geht, so sind wir keine Männer; das sag' ich gerad' heraus. Sagt ein Wort, Jungens, und ich lotse sie in den Hafen. Ich war schon in Taheiti und ich kann's.« Darauf setzte er sich wieder hin, während die anderen dröhnend auf die Kofferdeckel schlugen und die Zinnkannen als Pauken benützten; die wenigen Kranken, die bisher noch nicht im Einverständnis gewesen, machten jetzt gemeinsame Sache mit den anderen und gaben ihren Beifall durch Klappern mit den Bettbrettern oder Schwingen der Hängematten zu erkennen. »Handspaken her und schlagt los!« rief einer. »Setzt die Leesegel!« ein anderer und »Hurra!«

Einige liefen sogleich an Deck, und ich glaubte schon alles verloren; schließlich gelang es uns doch, sie einigermaßen zu beruhigen. Um ihre Gedanken abzulenken, schlug ich vor, daß ein »Schreibebrief« aufgesetzt und durch Baltimore, den Koch, an Land geschickt und dem Konsul übergeben werden sollte. Das gefiel ihnen außerordentlich und sie hießen mich sogleich daran gehen. Aber als ich mich an den Doktor um Schreibmaterial wendete, sagte er, daß er keines hätte, nicht ein Blatt, auch nicht in seinen Büchern. Endlich, nach langem Suchen, fanden wir einen feuchten, halbverschimmelten Band »Geschichte der grausamsten und blutigsten Seeräubereien«, rissen die beiden leeren Vorsatzblätter heraus, die wir mit ein wenig Pech am Rand aneinanderklebten und als Briefbogen benützten. Dann wurde etwas Lampenruß mit Wasser verdünnt und aus einem Albatrosflügel, der, an die Bugsprietbeting genagelt, die Back schmückte, eine ungeheure Kielfeder ausgerissen. Mit diesem Schreibzeug versehen, setzte ich auf einem Kistendeckel eine kurze Liste unserer Beschwerden auf und schloß mit der ernsten Hoffnung, daß der Konsul sogleich an Bord kommen und die Sache selbst untersuchen würde. Unter den Text wurde ein Kreis für die Unterschriften gezeichnet; denn der Sinn eines solchen Schreibens ist der, daß die Unterschriften sämtlich so gesetzt sind, daß niemand als der Rädelsführer bezeichnet werden kann.

Wenige unter uns führten einen regelrechten Namen; die meisten wurden bei Spitznamen gerufen, die sie auf irgendeine persönliche Eigenschaft hin, öfter aber nach ihrem Heimatsort erhalten hatten. Manchmal war die Bedeutung nicht mehr erkennbar. Einige hatten sich unter angenommenen Namen »für den Schiffskassierer« verdungen, die sie zumeist selbst nicht mehr wußten, und so wurde ausgemacht, daß jeder den Namen hinsetzen sollte, bei dem ihn die Mannschaft kannte und rief.

Dann wurde der Brief zusammengefaltet, mit etwas Teer versiegelt, an »den Englischen Konsul, Taheiti« adressiert und dem Koch eingehändigt, der ihn, als er wieder mit dem Steuermann an Land fuhr, dem genannten Herrn übergab.

Als das Boot nach Anbruch der Dunkelheit zurückkehrte, hörten wir so manches von Baltimore, der auf der Insel frei hatte umhergehen können und, da und dort schwatzend, allerlei Nachrichten aufgelesen hatte.

Infolge des Vorgehens der Franzosen herrschte auf Taheiti die größte Aufregung. Pritchard, der Missionskonsul, war in England und wurde nur zeitweilig von einem gewissen Wilson vertreten, einem weißen Mann, der als Sohn eines alten Missionars auf der Insel geboren war und die nötige Bildung besaß. Im übrigen war der jüngere Wilson – sein Vater lebte noch – bei Eingeborenen und Fremden gleich unbeliebt; er hatte keinen guten Ruf, und daß Pritchard gerade ihn zu seinem Vertreter im Amt bestellte, hatte allgemeinen Unwillen erregt.

Wenn er auch nie in Europa oder Amerika gewesen war, so hatte der amtierende Konsul doch mehrere Reisen nach Sydney gemacht; daher waren wir nicht übermäßig erstaunt, als Baltimore uns erzählte, daß er und Kapitän Guy alte Bekannte wären, und daß Guy bei ihm wohnte. Das schien uns nichts Gutes zu verheißen.

Der Steuermann wurde nun von allen Seiten mit Fragen bestürmt, was mit uns geschehen würde. Seine einzige Antwort war, daß der Konsul am nächsten Morgen selbst das Schiff besuchen und die nötigen Anordnungen treffen werde.

Wir blieben die Nacht außerhalb des Hafens, und am Morgen sahen wir eine mit Eingeborenen bemannte Jolle vom Ufer abstoßen. Herr Wilson und noch ein weißer Mann befanden sich darin, der sich als ein in Papiti wohnhafter englischer Arzt, Dr. Johnson, erwies. Als sie herankamen, stoppte die »Julia« in ihrer Fahrt, und Jermin trat ans Fallreep, um sie zu empfangen. Der Konsul kam an Deck. »Herr Jermin«, rief er hochmütig, ohne den achtungsvollen Gruß des Steuermanns zu erwidern, »wenden Sie das Schiff und halten Sie vom Ufer ab!«

Die Leute beobachteten ihn scharf, sie wollten sehen, »was für ein Kerl« er wäre. Es ergab sich, daß er ein ungewöhnlich kleiner Kerl war, mit einer häßlichen Mopsnase und auffallend dünnen Beinen. Sonst war nichts Bemerkenswertes an ihm. Jermin gehorchte indessen mit schlechtgespielter Demut seinem Befehl, und alsbald lag das Schiff mit dem Bug seewärts.

Wie die Liebe, entsteht auch die Verachtung sehr häufig auf den ersten Blick. Man brauchte Wilson nur zu sehen, und man konnte ihn nicht leiden. Er sah so unerträglich eingebildet aus, daß man ihn am liebsten geohrfeigt hätte.

»Also, der Konsuler ist da«, rief Marine-Bob, während Wilson mit dem Steuermann nach unten ging. Keiner der Leute nannte ihn anders, was mich und den Doktor sehr belustigte.

»Gutes bringt der nicht«, sagte ein anderer. Keiner aber schimpfte so wüst wie der Bottler: wenn er mit einem Schiff, wie die »Julia«, je wieder auf See ginge, dann sagte er, sollte man ihm … und er schilderte ein Verfahren, das ich hier nicht mitteilen werde. Er schimpfte auch heftig auf den Hundefraß, der uns vorgesetzt wurde, und hielt einen Vortrag darüber, welch ein Wahnsinn es sei, einem Kerl, der ewig soff, wie unser Steuermann, ein Schiff auch nur für einen Tag anzuvertrauen. Außerdem konnte mit so viel Kranken an Bord von irgendwelchem Erfolg in der Fischerei keine Rede sein. Kurz, man brauchte kein Wort mehr darüber zu verlieren: das Schiff mußte vor Anker gehen.

Spund war ein tüchtiger Seemann, war einer der Anführer im Logis und wohl auch der Älteste unter uns, und da, wie aus seinen Worten hervorging, seine Gesinnung vollkommen der der gesamten Mannschaft entsprach, so wurde er zum Sprecher gewählt, falls der Konsul mit uns verhandeln sollte. Weder der Doktor noch ich waren für diese Wahl; aber die Leute versprachen uns dafür, daß sie sich ganz ruhig verhalten und Wilson erst zu Ende anhören würden, ehe sie einen entscheidenden Schritt täten.

Wir brauchten nicht lange zu warten, der Konsul kam die Kajüten-treppe herauf, die gefirnißte Zinnkassette mit den Schiffspapieren in Händen, während Jermin den Befehl aussang, daß die Mannschaft sich auf dem Achterdeck versammeln sollte.

<h1 align="center">20.</h1>

Dem Befehl wurde sogleich Folge geleistet; die Leute traten an und standen in einer Reihe, dem Konsul gegenüber. Es war eine wilde Gesellschaft, Männer aus allen Zonen, nicht eben korrekt gekleidet, aber malerisch in ihren Lumpen. Auch der lange Doktor stand darunter, hatte aber sorgfältigere Toilette gemacht. Vielleicht hoffte er die Sympathien des Konsuls für einen Mann aus den besseren Ständen, der Unglück gehabt hatte, zu gewinnen. Er sah aus wie ein Kranich, der unter eine Schar von Sturmvögeln geraten ist.

Am auffälligsten sah das unglückliche Tauendchen aus. Seine Seeausstattung hatte man ihm, als einer Landratte, längst abgenommen; er kleidete sich, wie es eben ging, und so trug er das auf See unmöglichste Kleidungsstück, das sich denken ließ: einen alten Frack, der dem Kapitän gehört und den er seinerzeit als Steward getragen hatte. Zehnmal am Tag rissen ihn die Leute ihm vom Leibe, und immer zog er ihn wieder an.

Der Steuermann stand neben Wilson, barhaupt, die grauen Locken um die bronzefarbene Stirn geringelt, sein scharfer Blick glitt die Reihe entlang. Seine Jacke stand offen und hing lose herab und ließ den kräftigen Hals, die behaarte Brust sehen und die kurzen, nervigen Arme, die die Spuren vieler Faustkämpfe und manche seltsame Zeichnung in chinesischer Tusche zeigten.

Unter bedeutungsvollem Schweigen faltete der Konsul seine Papiere auseinander; er war sichtlich bemüht, uns durch eine wichtige Miene und großartige Haltung zu imponieren. »Herr Jermin, rufen Sie die Namen auf!« sagte er, und reichte ihm die Mannschaftsliste.

Alle antworteten »hier«, mit Ausnahme der Deserteure und der zwei, die am Grunde des Meeres lagen.

Wir erwarteten nun, daß er unser Schreiben vornehmen und etwas darüber sagen würde. Aber nichts dergleichen geschah. Es war uns zwar, als hätten wir dieses merkwürdige Dokument unter den Papieren des Konsuls gesehen, er erwähnte es jedoch mit keinem Wort; die Leute, die sich Wunder was davon versprochen hatten, kamen dadurch in eine gereizte Stimmung.

»Nun, Leute«, begann Wilson wieder nach einer kurzen Pause, »ihr seht zwar alle recht munter aus; dennoch sollen, wie ich höre, Kranke unter euch sein. Rufen Sie also die Namen auf der Krankenliste da auf, Herr Jermin; die Aufgerufenen treten auf die andere Seite des Verdecks, ich möchte sie sehen.«

Als wir alle hinübergegangen waren, sagte er: »So, ihr also seid die kranken Kerls, hm! Gut, ihr werdet untersucht werden. Ihr geht jetzt, einer nach dem anderen, in die Kajüte zu Dr. Johnson, der mir über jeden einzelnen Fall berichten wird. Die im Sterben sind, werden an Land gebracht werden, für die anderen wird alles Nötige besorgt werden, und sie bleiben an Bord.«

Erstaunt und betroffen sahen wir einander an: wer mochte im Sterben sein? Jeder blieb lieber an Bord und wurde gesund, als daß er an Land gegangen wäre, um sich begraben zu lassen. Einige aber sahen sehr wohl, was der Konsul bezweckte, und handelten demgemäß. Ich für mein Teil war entschlossen, so sterbenskrank als möglich auszusehn; ich hoffte daraufhin ans Land geschickt zu werden und so ohne weitere Verwicklungen vom Schiff loszukommen.

Ich beschloß, mich daher auch an nichts zu beteiligen, solange mein Fall nicht entschieden war. Auch der Doktor hatte schon die ganze Zeit vorgegeben, mehr oder minder leidend zu sein, und aus einem Blick, den er mir zuwarf, erkannte ich, daß sein Zustand sich rasch verschlimmerte.

Nachdem über die Maroden in dieser Weise verfügt und einer auch bereits nach unten gegangen war, um sich untersuchen zu lassen, wandte der Konsul sich zu den anderen und redete sie folgendermaßen an: »Leute, ich werde nun zwei oder drei Fragen an euch richten; einer von euch soll ja oder nein antworten, die anderen haben zu schweigen. Also zunächst: Habt ihr eine Klage gegen euern Steuermann, Herrn Jermin?« Und er sah die Matrosen der Reihe nach scharf an, und da alle den Bottler ansahen, richtete auch er schließlich seine Blicke auf ihn.

»Je nun, Herr«, stotterte Spund, »gegen Herrn Jermins Seebefahrenheit haben wir nichts zu sagen, aber ...«

»Ich wünsche keine Aber zu hören«, unterbrach ihn der Konsul, »antworten Sie ja oder nein, haben Sie etwas gegen Herrn Jermin vorzubringen?«

»Ich wollte nur sagen, Herr, Herr Jermin ist ein ganz braver Mann, aber doch ...« Der Steuermann schoß Blicke wie Splißeisen auf Spund, den Bottler, der noch ein paar unverständliche Worte stammelte, dann auf eine Fuge im Deck niedersah und verstummte. Er, der sonst ein so anmaßender Kerl war, kniff jetzt schimpflich aus.

»Das wäre somit erledigt«, rief Wilson scharf, »ihr habt also, wie ich sehe, nichts gegen ihn vorzubringen.«

Mehrere schienen ein gut Teil sagen zu wollen, aber durch das Verhalten des Bottlers enttäuscht und aus der Fassung gebracht, hielten sie inne, ehe sie noch begonnen hatten, und der Konsul fuhr fort: »Habt ihr genug zu essen an Bord? Antworten Sie mir – der Mann, der vorhin gesprochen hat!«

»Je nun, das könnt' ich nicht sagen«, antwortete der Bottler unsicher; er versuchte sich zu drücken, wurde aber von den anderen wieder vorgeschoben. »Das gesalzene Roßfleisch ist just nicht so gut, wie's sein könnte ...«

»Darnach hab' ich Sie nicht gefragt«, rief der Konsul, der jetzt rasch mutiger wurde. »Antworten Sie gefälligst auf die Fragen, die ich stelle, oder ich werde Mittel finden, Sie dazu zu bringen.«

Das ging ein wenig zu weit. Der Ärger über die Feigheit des Bottlers, der in den Leuten kochte, brach los, und einer, ein junger Amerikaner, der Salem genannt wurde, nach der bekannten Hafenstadt in Massachusetts, aus der er kam, sprang vor, versetzte dem Bottler einen Rippenstoß, daß er knurrend auf den Konsul zutaumelte, riß sein Messer blank und schrie: »So, ich bin der kleine Bursche, der Ihre Fragen beantworten kann! Jetzt fragen Sie einmal mich, Herr Konsuler, jetzt fragen Sie mal mich!«

Aber der Konsuler hatte im Augenblick keine Frage zu stellen; beim Anblick des blanken Messers und wie er Spund zur Seite fliegen sah, war er im Luk verschwunden und sein Gesicht zur Zeit nicht zu sehen. Da der Steuermann ihm jedoch versicherte, daß die Gefahr vorüber sei, wurde er wieder sichtbar; er sah einigermaßen erregt, wenn nicht erschrocken aus, war aber offenbar entschlossen, sich so schneidig als möglich zu zeigen. In scharfem Ton warnte er alle, sie möchten sich vorsehen, und wiederholte seine Frage, ob es an Bord genug zu essen gäbe? Nun redeten alle zugleich; brüllend drangen sie auf ihn ein, und die Flüche fielen wie Hagel.

»Ja, was ist denn das? Was fällt euch ein?« schrie er, sobald es einen Augenblick stiller ward, »wer hat euch erlaubt, alle zugleich zu reden? Sie da, der Mann mit dem Messer, Sie werden noch jemandem ein Auge ausstechen – hören Sie? Sie, Herr? Sie scheinen ja sehr viel zu sagen zu haben! Wer sind Sie denn eigentlich? Wo haben Sie sich denn verheuert?«

»Ich bin nur ein verfluchtiger Strandräuber!«[5] gab Salem zur Antwort; dabei trat er grimmig vor, wie ein wirklicher Seeräuber und sah dem Konsul gerade ins Auge. »Und wenn Sie's wissen wollen, aufs Schiff bin ich vor vier Monaten gekommen, an den Inseln!«[6]

»Erst vor vier Monaten! Und hier führen Sie das große Wort und reden mehr als Leute, die die ganze Fahrt mitgemacht haben!« Der Konsul versuchte böse auszusehen, aber es gelang ihm nicht recht. »Daß ich kein Wort mehr von Ihnen höre! Wo ist denn der anständige grauhaarige Mann, der Bottler? Er soll meine Fragen beantworten!«

»Hier gibt's keine grauhaarigen, anständigen Männer an Bord!« schrie Salem. »Wir sind hier lauter Piraten und Meuterer!«

Der Steuermann hatte die ganze Zeit geschwiegen; jetzt faßte der Konsul, der ängstlich geworden war und nicht wußte, was er tun sollte, ihn beim Arm und schritt mit ihm übers Deck. Sie besprachen sich rasch und leise, dann kam der Konsul zum Luk zurück, wandte sich plötzlich zu uns um und sagte, ohne auf das Vorgefallene zurückzukommen: »Aus Gründen, die ihr alle wißt, Leute, ist das Schiff zu meinen Händen übergeben worden. Da Kapitän Guy vorläufig an Land bleiben muß, wird euer Steuermann, Herr Jermin, bis zu seiner Wiederherstellung das Kommando führen. Ich sehe keinen Grund, weshalb die Fahrt nicht sogleich wieder aufgenommen werden sollte; um so mehr, als ich dafür sorgen werde, daß ihr noch zwei Harpuniere bekommt und genug tüchtige Leute, um drei Boote zu bemannen. Was die Kranken betrifft, so ist das weder meine noch eure Sache; Doktor Johnson wird nach ihnen sehen; aber das hab' ich euch ja schon gesagt. Sowie alles in Ordnung gebracht ist, und das wird längstens in zwei oder drei Tagen der Fall sein, geht ihr wieder in See auf eine dreimonatliche Fahrt, dann läuft

5   Dies ist ein Spitzname, der in der Südsee herumstreichenden Seeleuten gegeben wird, die sich hie und da für eine kurze Fahrt auf einem Walfischfänger verdingen, aber nicht dauernd auf einem Schiff bleiben; sie werden gewöhnlich im ersten Hafen, in dem das Schiff vor Anker geht, entlassen. Es sind zumeist abenteuerliche Gesellen, die sich auf den Inseln und den Schiffen in der Südsee herumtreiben, an keine Heimkehr denken und in schlechtem Ruf stehen.

6   Die Bay of Islands (Inselbucht) im nördlichen Neuseeland. Die Walfischfänger von Sydney legen dort regelmäßig an und nehmen Mannschaft auf.

ihr hier wieder ein, um euren Kapitän abzuholen. Ich hoffe, man wird mir, wenn ihr zurückkommt, nur Gutes von euch zu berichten haben. Jetzt werdet ihr weiter hier vor dem Hafen beiliegen. Neue Vorräte schicke ich euch, sobald ich sie auftreiben kann. So, ich habe euch nun nichts mehr zu sagen. Geht nach vorn an eure Plätze!«

Und ohne ein weiteres Wort machte er kehrt und wollte in die Kajüte hinunter; aber er hatte kaum geschlossen, als die empörten Leute ihn von allen Seiten bestürmten und verlangten, daß er sie anhören sollte. Alle bestritten die Gesetzlichkeit seines Vorgehens, alle bestanden darauf, daß das Schiff in den Hafen gebracht werden müßte, und sie erklärten ihm ins Gesicht, daß sie auf der »Julia« nicht in See gehen würden.

Während dieses meuterischen Tobens hielt sich der Konsul, nicht ohne Angst, dicht am Luk. Über seine Taktik war er sich zweifellos schon vorher klar; es war offenbar alles zwischen ihm und dem Kapitän verabredet, denn seine ganze Antwort, ehe er sich eilends nach unten begab, war: »Geht nach vorn, Leute; ich bin mit euch fertig; alles dies hättet ihr früher sagen sollen. Ich habe gesagt, was zu geschehen hat; geht nach vorn, sage ich! Ich habe euch nichts mehr zu sagen.« Damit zog er die Schiebetür über das Luk und verschwand.

Die erbitterten Leute wollten ihm bereits nachdrängen, da wurde ihre Aufmerksamkeit durch einige von ihnen abgelenkt, die den treulosen Spund gepackt hatten. Unter einem Regen von Schlägen und Püffen wurde der Verräter nach der Back geschleppt, wo … das übrige will ich lieber nicht erzählen.

21.

Während dies an Deck vor sich ging, war Dr. Johnson damit beschäftigt, die Kranken zu untersuchen, und es zeigte sich, daß alle bis auf zwei an Bord bleiben sollten. Er hatte offenbar von Wilson sein Stichwort bekommen. Ich war einer der letzten, die in die Kajüte gerufen wurden, gerade als die Versammlung auf dem Achterdeck sich auflöste, und ich kam in heller Empörung wieder an Deck. Meine Lahmheit, die sich allerdings bedeutend gebessert hatte, wurde als großenteils simuliert bezeichnet, und mein Name auf die Liste derer gesetzt, die in ein oder zwei Tagen vollkommen diensttauglich sein würden. Das genügte. Den Gespenst-Doktor hatte der Inselarzt, weit entfernt davon, ihn als Kollegen zu behandeln, sehr kavaliermäßig abgetan. Die Folge war, daß wir nunmehr bis zu einem gewissen Grade gemeinsame Sache mit den Leuten machten.

Wir wollten aber nichts weiter, als daß das Schiff in der Bucht von Papiti vor Anker gehen sollte; wir zweifelten nicht, daß wir dann über kurz oder lang entlassen werden mußten. Ohne offene Meuterei war dies nur zu erreichen, wenn wir die Leute dazu brachten, passiven Widerstand zu leisten und jeden Dienst zu verweigern, es wäre denn, um das Schiff in den Hafen zu bringen.

Das Schwierige war nur, sie im Zaum zu halten. Es war mir auch nicht ganz wohl zumute, da mir nichts übrigblieb, als mich, wenn auch mit aller Vorsicht, einer so verzweifelten Gesellschaft anzuschließen, und noch dazu bei einem Unternehmen, dessen Folgen sich schwer voraussehen ließen. Aber neutral zu bleiben, war ganz unmöglich, und sich bedingungslos zu fügen, gleichfalls.

Als wir nach vorn kamen, fanden wir die Leute noch zehnmal erregter als zuvor. Wir beruhigten sie einigermaßen und rieten ihnen nochmals dringend, jeden Dienst zu verweigern und sich sonst ruhig zu verhalten und das Ende abzuwarten. Erst wollten sie nichts davon hören, aber schließlich hatten wir die Mehrzahl überzeugt; einige blieben starrsinnig, auch waren wir der anderen keineswegs ganz sicher.

Als Wilson wieder an Deck kam, um in sein Boot zu steigen, drängten sie sich von allen Seiten um ihn, und einen Augenblick fürchtete ich bereits, sie würden sich vor seinen Augen des Schiffs bemächtigen. »Habe euch nichts mehr zu sagen, Leute!« schrie er, »meine Verfügungen sind getroffen. Geht nach vorn, wo ihr hingehört. Ich dulde keine Unverschämtheiten!« Damit eilte er zitternd über Bord und das Fallreep hinab, während die Matrosen ihm wilde Flüche nachriefen.

Bald nachdem er gegangen war, fuhr auch der Steuermann mit dem Koch und dem Steward an Land, um, wie er sagte, zu sehen, wie es dem Kapitän ginge, und ließ uns, wie das vorige Mal, unter Bembos Kommando. Wir lagen bei völliger Windstille ziemlich dicht an Land, da wir wieder gewendet hatten, und unser Großmarssegel schlug bei jedem Überholen des Schiffs gegen den Mast.

Als der Konsul und Jermin das Schiff verlassen hatten, folgte eine unbeschreibliche Szene. Die Leute liefen an Deck herum wie wahnsinnig, während Bembo die ganze Zeit allein am Heck lehnte, seine heidnische Steinpfeife rauchte und sich um nichts kümmerte.

Der Bottler, der sich am Morgen arg in die Nesseln gesetzt hatte, tat jetzt, was er konnte, um sich bei der Mannschaft wieder beliebt zu machen. Er lud alle, ohne Unterschied der Partei, ein, an Deck zu kommen und sich am Inhalt seines Eimers gütlich zu tun. Natürlich war er, ehe er die anderen einlud, sich zu besaufen, so vorsichtig gewesen, sich auch selbst einen Rausch anzutrinken, und es dauerte nicht lange, so erklärten ihn alle für gesund bis zum Kiel hinab, und er konnte sich wieder in allgemeiner Beliebtheit sonnen. Der Pisco wirkte schnell, und nur mit Mühe hielten wir einige der Leute zurück, die bereits in den Achterraum einbrechen wollten, um mehr zu holen. Jeder erdenkbare Unsinn geschah. »Ausguck, was siehste?« krähte Schönheit, indem er durch einen langen Kupfertrichter zum Flaggenknopf hinauf sprach. »Klar, an den Stagen!« brüllte Schwindel-Jack, indem er mit dem Küchenbeil gegen die Fallreep des Großstag schlug. »Wahrschau – kommt Bö!« quäkte der Portugiese Antone und schmiß eine Handspak durch das Oberlicht der Kapitänskajüte. Marine-Bob sang: »Holt munter herum, Jungens!« und tanzte einen »Hornpfeifer« auf der Back.

22.

Gegen Sonnenuntergang kam der Steuermann zurück. Lustig singend saß er am Hinterende des Bootes, und als er an der Schiffswand heraufklettern wollte, plumpste er ins Wasser. Der Steward zog ihn heraus und trug ihn übers Deck, wobei ihn der Steuermann in den rührendsten Ausdrücken seiner ewigen Dankbarkeit und Liebe versicherte. Dann taumelte er ins Boot am Achterdeck und schlief sofort ein. Gegen Mitternacht wachte er wieder auf; er war etwas nüchterner geworden und ging nach vorn zur Mannschaft.

Wir hatten natürlich bemerkt, daß Jermin mit der »Julia« ganz gern in See gehen wollte; in der Tat war es sein größter Wunsch, obschon es bei dem Zustand, in dem das Schiff sich befand, und so, wie es auf ihm zuging, eigentlich unbegreiflich war. Dennoch war es so, und da er auf seine rauhe Beliebtheit bei den Leuten gerechnet und geglaubt hatte, sie würden sich zu einer Fahrt unter seinem Kommando bereit finden, war er sehr enttäuscht. Aber da er immer noch glaubte, sie umstimmen zu können, wenn sie nur wüßten, wie gut sie es dann haben würden, so wollte er seine Überredungskünste versuchen.

Er ging also nach vorn, steckte seinen Kopf durch das Luk, rief uns freundlich an und lud uns in die Kajüte: er hätte was für eine lustige Nacht. Wir kamen gern, streckten uns über die Back und ließen uns vom Steward bedienen. Jermin saß in dem Lehnstuhl des Kapitäns, der an Deck festgemacht war, stützte die Arme auf den Tisch, und während die Kanne herumging, sprach er ganz offen mit uns; er war noch keineswegs völlig nüchtern. Er meinte, daß wir sehr dumm wären; wenn wir an Bord blieben, würden wir das lustigste Leben mit ihm führen; er zählte auf, wieviel Fässer noch unangezapft in den hölzernen Kellereien der »Julia« lägen; er deutete sogar an, daß wir möglicherweise gar nicht wiederkommen würden, um den Kapitän zu holen, von dem er sehr geringschätzig sprach, und wiederholte, was er schon oft gesagt, daß der Kerl kein Seemann wäre. Außerdem versicherte er alle, meinte aber dabei in erster Linie den langen Doktor und mich, daß, wenn welche unter uns zu lernen Lust hätten, es ihm das größte Vergnügen sein würde, die Betreffenden die Geheimnisse der Navigation zu lehren; auch seinen Quadranten sollten wir umsonst benützen dürfen. Vorher schon hatte er den Doktor beiseitegenommen und ihm erklärt, daß er ihn wieder in all seine Würden in der Kajüte einsetzen wolle, und er deutete auch mir an, daß ich irgendwie avancieren sollte. Aber es war alles umsonst, die Leute waren darauf versessen, an Land zu gehen, und nicht davon abzubringen.

Zuletzt geriet er in helle Wut, die durch die zahlreichen Gläser, die er inzwischen leergetrunken hatte, noch gesteigert wurde, und jagte uns fluchend aus der Kajüte. Wir schwankten in bester Laune die Treppe herauf.

An Deck war es so still, daß einige der Kampflustigsten klagten, weil so gar keine Aussicht auf einen Radau wäre. Sie vertrösteten sich auf den Morgen, aber es dauerte keine fünf Minuten, und ihr Wunsch war erfüllt.

Sydney-Ben, der ein entlaufener »Urlaubscheiner«[7] sein sollte und aus guten Gründen einer der wenigen war, die den Dienst nicht aufgesagt

7 Diejenigen Sträflinge in Neusüdwales, die »Aussicht auf Besserung« bieten, werden als Dienstboten bei den Ansiedlern verdungen, dürfen also gewissermaßen in Freiheit leben, stehen aber unter behördlicher Aufsicht. Sie bekommen einen Urlaubschein, den sie auf Verlangen vorzeigen müssen, und werden daher »Urlaubscheiner« genannt. Wenigstens gab mir der Doktor diese Erklärung.

hatten, war des Spaßes wegen mit in die Kajüte gekommen, und Bembo, der indessen an Deck Dienst getan, hatte ihn mehrmals gerufen. Zuerst hatte Ben getan, als hörte er nicht; als sein Name immer wieder ausgesungen wurde, weigerte er sich einfach, zu kommen, wobei er gleichzeitig höchst unfreundliche Ansichten über die mütterliche Herkunft des Maori äußerte. Bembo hatte lange genug unter den Leuten gelebt, um zu verstehen, daß seine Bemerkungen höchst beleidigender Natur waren, und als wir wieder an Deck kamen, ging er auf ihn zu und beschimpfte und verfluchte ihn in seinem gebrochenen Englisch mit solcher Wut, daß einem Angst werden konnte. Der Sträfling hatte gründlich getrunken, der Maori gleichfalls, und ehe wir noch wußten, was geschah, hatte Ben zugeschlagen, und die beiden fuhren aufeinander los wie zwei wütende Stiere.

Der Urlaubscheiner war ein erfahrener Boxer, der Wilde verstand gar nichts von dieser Kunst, also waren sie gleich. Sie rangen miteinander, bis beide auf dem Verdeck lagen. Ein Kreis von Zuschauern bildete sich um sie, in dessen Mitte sie sich raufend übereinander wälzten. Zuletzt sank der Kopf des Weißen zurück, und sein Gesicht wurde blau. Bembo hatte die Zähne an seinem Halse. Jetzt griffen alle zu und rissen den Wilden zurück, der erst losließ, als er einige heftige Schläge auf den Kopf bekommen hatte.

Seine Wut war die eines Teufels; mit weit aufgerissenen Augen und verzerrten Gliedern lag er auf dem Boden und versuchte gar nicht aufzustehen. Die Leute hielten ihn für gründlich eingeschüchtert; sie freuten sich, daß er es abgekriegt hatte, schimpften ihn einen Kannibalen und einen Feigling und ließen ihn liegen. Ben wurde nach unten geführt und verbunden.

Bald begaben sich auch die anderen mit wenigen Ausnahmen ins Logis, und da sie fast die ganze vorherige Nacht aufgewesen waren, so sanken sie bald auf Kisten und in Hängematten in tiefen Schlaf. Ehe eine Stunde um war, hörte man vorn keinen Laut mehr.

Der Steuermann hatte schon beim Beginn des Kampfes vergeblich versucht, die Raufenden zu trennen, indem er wiederholt auf den Maori losschlug, aber die Matrosen hatten sich ins Mittel gelegt und ihn fortgedrängt: er sollte die beiden es unter sich ausmachen lassen. Obschon er selbst seinen Rausch hatte, war er doch noch klar genug im Kopf, um dem Steward, der ein verläßlicher Seemann war, für den Augenblick die Wache zu übergeben; dann ging er nach unten und fiel sofort in trunkenen Schlaf.

Ich war mit dem Doktor an Deck geblieben, als die Leute nach unten gegangen waren. Dann war der Doktor schlafen gegangen, und ich wollte ihm eben folgen, als ich den Maori aufstehen sah. Er schöpfte einen Eimer Wasser voll, hielt ihn über den Kopf und übergoß sich damit; das tat er mehrmals hintereinander. Nun war daran nichts Besonderes, aber irgend etwas in der Haltung des Menschen fiel mir auf. Ich dachte indessen nicht weiter darüber nach und stieg durch das Luk hinab.

Nach kurzem unruhigen Schlummer erwachte ich und fand die Luft in der Back, da diesmal fast alle Leute zugleich unten waren, so unerträglich, daß ich einen alten Überzieher umnahm und wieder an Deck ging. Ich wollte oben bis zum Morgen durchschlafen. Ich fand den Koch, den Steward, Weimontu, Taugarn und den Dänen oben, lauter ruhige umgängliche Leute, die sich, seitdem der Kapitän das Schiff verlassen hatte, von den anderen ferngehalten hatten; der Steuermann hatte ihnen befohlen, nicht vor Sonnenaufgang nach unten zu gehen. Sie lagen an der Leeseite an den Schanzen; zwei oder drei schliefen, die anderen rauchten ihre Pfeifen und schwatzten.

Zu meiner Überraschung stand Bembo am Ruder; die Leute sagten mir, da ihrer so wenig wären, hätte er sich angeboten, seinen Turn mitzumachen und sie abzulösen und zugleich die Wache zu führen. Natürlich waren sie darauf eingegangen.

Es war eine schöne klare Nacht, Mond und Sterne schienen, und unten glitzerten die weißen Wellenkämme. Die Brise war leicht, wurde aber steifer; dicht am Winde fuhr »Klein-Julchen« landwärts auf den Strand zu, der sich hoch und dunstig in der Ferne erhob. Nach den wilden Ereignissen des Tages war die Stille und der Anblick der Mondlandschaft sehr wohltuend, und ich lehnte mich über Bord, um sie zu genießen. Mehr als je beklagte ich meine Lage, so wenig sich auch dagegen tun ließ. Schließlich wurde ich wieder schläfrig, machte mir aus meinem Überzieher ein Lager unter dem Ankerspill und versuchte alles zu vergessen.

Wie lange ich so dalag, weiß ich nicht. Als ich wieder aufstand, fiel mein Blick auf Bembo, der am Ruder stand. Seine dunkle Gestalt hob und senkte sich mit der Bewegung des Schiffs gegen den funkelnden Himmel hinter ihm. Er stand, einen Fuß vorgesetzt, auf Armeslänge von den Speichen, den unbedeckten Kopf vorgebeugt; ungeduldige Erwartung drückte sich in seinen Zügen aus. Die Wache konnte ich von meinem Platz aus nicht sehen. Sonst rührte sich niemand; das verlassene Deck und die breiten weißen Segel schimmerten im Mondlicht. Da schlug ein Brausen an mein Ohr, das schnell stärker wurde, und irgendwie wurde mir bewußt, daß ich es schon vorher gehört hatte. Im nächsten Augenblick war ich vollkommen wach und auf den Füßen. Gerade vor uns, so nah, daß mir das Herz stillstand, sah ich eine weite weiße Linie schäumender Brandung; dahinter lagen die schlafenden Berge, deren Schatten über das Deck fiel; über ihren dunstverschleierten Gipfeln brach eben die graue Dämmerung an. Die Brise war steifer geworden und wir liefen gerade auf das Riff zu. Das alles sah ich mit einem einzigen Blick; Bembos tückische Absicht war klar, und mit einem wilden Schrei stürzte ich nach hinten, die Wache zu wecken. Die Leute sprangen verwirrt auf, und nach kurzem, aber verzweifeltem Ringen rissen wir ihn vom Ruder weg. Das Ruder, einen Augenblick sich selbst überlassen, drehte sich heftig leewärts und brachte damit zu unserem Glück den Kopf des Schiffes in den Wind, so daß es an Fahrt verlor. Vorher hatte Bembo es drei oder vier Strich beim Winde gehalten, um es gerade in die Brandung zu steuern. Da es jetzt weniger Fahrt machte, hielt ich das Ruder fest, so daß die Segel gerade noch etwas Wind bekamen und wir schräg zum Ufer glitten. Es wäre natürlich leicht gewesen, vor dem Winde davonzufahren, hätte aber sicheren Tod bedeutet, da das Riff dort eine Kurve bildete. Der Däne und der Steward rangen noch mit dem rasenden Maori, während die anderen sinnlos schreiend hin und her liefen. In dem Augenblick, in dem ich das Ruder ergriffen hatte, sprang der alte Koch nach vorn, schlug mit einer Handspak donnernd auf die Back und schrie: »Brandung! Brandung! Dicht an Bord! An Deck! An Deck!«

Herauf stürzten die Leute und starrten in blödem Schrecken um sich. »Hol an die Fockrah!« »Los die Lee-Vorderbrassen!« »Alle Mann an Deck!« wurde jetzt von allen Seiten gebrüllt, und von hundert verschiedenen Kommandos verwirrt, liefen die Leute in Panik hin und her.

Wir schienen verloren, und ich wollte eben das Schiff voll vor den Wind bringen – was uns für den Augenblick gerettet hätte, um uns zuletzt um so sicherer ins Verderben zu führen –, als ein scharfer Ruf wie ein Pfeil an meinem Ohr vorüberhallte. Es war Salem: »Alle klar vorn, Ruder hart Backbord!«

Rundum drehten sich die Speichen, und die »Julia« mit ihrem kurzen Kiel schwang sich luvwärts, wie sich ein Wimpel dreht. Alsbald schlugen die Klüver gegen die Stage, und die Leute, ein wenig zur Besinnung gekommen, liefen an die Brassen.

»Hol über das Großsegel!« hörte man, als die frische Brise vorn und achtern über Deck blies; einen Augenblick später schlugen die Großrahen herum und nach einer weiteren halben Minute liefen wir über dem anderen Bug von Land ab, alle Segel voll. Da wir unmittelbar am Riff hatten wenden müssen, hätte keine Macht der Welt uns retten können, wenn nicht bis dicht an das Korallenriff tiefes Wasser wäre.

23.

Von der Wache hatten die Leute erfahren, was Bembo gewollt hatte, und sowie wir außer Gefahr waren, stürzten sie instinktiv mit wildem Geschrei auf ihn los. Dunk und der Steward hatten ihn eben losgelassen, und er stand finster am Besanmast; mit blutunterlaufenen Augen blickte er auf die wütenden Matrosen, die auf ihn zukamen; in der hoch erhobenen Hand funkelte sein Messer.

»Nieder mit ihm!« »Schlagt ihn nieder!« »Hängt ihn an die Großrah!« schrien die Leute. Aber er stand unbewegt, und einen Augenblick wagte sich keiner heran.

»Feiglinge!« schrie Salem und warf sich auf ihn. Blitzend fuhr der Stahl nieder, aber ohne zu treffen, denn der Matrose hielt ihn bereits umschlungen und rang mit ihm Brust an Brust; beide fielen zu Boden, das Messer wurde ihm entwunden und Bembo selbst gefesselt. »Nach vorn! Nach vorn mit ihm!« schrien die Wütenden. »Über Bord mit ihm!« »Schmeißt ihn ins Wasser!« Und ob er sich auch mit Zähnen und Nägeln wehrte, wurde er über das Deck geschleift.

Das Toben und Stampfen über dem Kopf des Steuermanns weckte ihn endlich aus seinem trunkenen Schlaf, und schwankend kam er an Deck. »Was geht da vor?« grollte er und stand schon mitten unter den Leuten.

»Der Maori, Heer, sie ermohrden ihn, Heer!« jammerte das arme Tauchen, ängstlich gebückt auf ihn zukommend.

»Halt! Genug!« brüllte Jermin und stieß zwei oder drei der Matrosen zur Seite, um sich Bahn zu Bembo zu schaffen. Der Elende lag schon halb über der Reling, die unter seinem wilden Ringen erzitterte; vergeblich suchten der Doktor und andere ihn zu retten: die Leute hörten nicht auf sie.

»Meuterei und Mord auf See!« schrie der Steuermann, und rechts und links mit beiden Armen losschlagend, drang er zwischen die Kämpfenden und legte seine eiserne Hand auf die Schulter des Maori. »Wir sind zwei, und was ihr ihm tut, tut ihr auch mir«, rief er, grimmig um sich blickend.

»So schmeißt beide über Bord!« schrie der Zimmermann; aber die anderen wichen vor Jermins fester Haltung zurück, und schnell wie der Gedanke stand Bembo unverletzt auf Deck.

»Jetzt nach achtern mit dir!« rief sein Retter und stieß ihn zwischen den zurückweichenden Männern vor sich her, blieb aber dicht hinter ihm. Er ließ ihnen keine Zeit, sich zu besinnen, drängte den Maori die Kajütentreppe hinab, warf die Schiebetür hinter ihm zu und blieb stehen. Bembo hatte die ganze Zeit kein einziges Wort gesprochen.

»Und jetzt nach vorn mit euch, wohin ihr gehört!« rief der Steuermann den Leuten zu, die sich indessen wieder gefaßt und angesammelt hatten und nicht daran dachten, auf ihr Opfer zu verzichten.

»Den Maori! Den Maori!« brüllten sie.

Inzwischen war der Doktor auf des Steuermanns wiederholte Fragen vorgetreten und berichtete, was Bembo getan hatte; der Steuermann hatte es bisher aus den wilden Drohungen, die er gehört, nur halb begriffen. Einen Augenblick schien er zu schwanken, dann drehte er den Schlüssel im Vorhängeschloß an der Kajütentüre um und sprach durch die Zähne: »Ihr kriegt ihn nicht! Er wird dem Konsul übergeben. Also nach vorn mit euch, sage ich! Wenn wer ersäuft werden soll, werde ich es euch befehlen; also fort mit euch, ihr blutdürstiges Piratengesindel!«

Umsonst baten und drohten sie: obgleich Jermin keineswegs nüchtern war, blieb er fest, und zuletzt gingen sie auseinander und hatten in kurzer Zeit alles wieder vergessen.

Wenn er auch kein Geständnis abgelegt hatte, war Bembos Vorsatz, das Schiff auflaufen zu lassen, damit wir alle dabei den Tod fänden, unzweifelhaft. Offenbar wollte er die Schmähungen der vergangenen Nacht rächen; denn er war im Herzen ein unzähmbarer Wilder und hatte nie brüderliche Gefühle für die Mannschaft gehegt. Während des ganzen Vorfalls hatte der Doktor sein möglichstes getan, um ihn zu retten. Ich war am Ruder geblieben, da ich wußte, daß jede Bemühung von meiner Seite ebenso zwecklos gewesen wäre. Kein Mensch auf Erden außer Jermin konnte den Mord verhindern.

<h2 style="text-align:center">24.</h2>

Als der Morgen anbrach, blieben wir ein wenig leewärts vom Hafen liegen, um den Konsul zu erwarten, der dem Steuermann versprochen hatte, in seiner Jolle an Bord zu kommen.

Inzwischen hatten die Leute den Bottler gezwungen, ihnen sein Geheimnis zu verraten, und die Folge war, daß sie ihn immer wieder in den Achterraum schickten. Der Steuermann mußte es bemerken, aber er sagte nichts, obwohl das unaufhörliche Tanzen und Singen und gelegentliche Raufen der Leute deutlich verriet, daß der Pisco in Strömen floß. Mit dem beruhigenden Einfluß, den der Doktor und ich bis dahin auf die Leute gehabt hatten, war es nun so gut wie vorbei. Da sie überzeugt waren, daß das Schiff zuletzt doch einlaufen mußte, und überdies erfuhren, daß auch der Steuermann selbst es gesagt hatte, hatten sie vorläufig keine Eile damit, besonders da Spunds Eimer sie so freigebig mit starkem Getränk versorgte. Was Bembo betraf, so hörten wir, daß der Steuermann ihn in Eisen legen lassen und im Salon des Kapitäns eingeschlossen hatte. Um keine Vorsicht außer acht zu lassen, hielt er auch das Luk verschlossen. Wir haben den Maori nie wieder gesehen.

Es wurde Mittag, und kein Konsul kam. Und als es Abend wurde, ohne daß auch nur eine Nachricht vom Strand eintraf, wurde der Steuermann mit Recht böse, um so mehr, als er sich mit größter Mühe für Wilsons Besuch vollkommen nüchtern gehalten hatte.

Zwei oder drei Stunden vor Sonnenuntergang kam ein kleiner Schoner aus dem Hafen, der nach der Nachbarinsel Imio oder Moria Kurs hielt, die etwa fünfzehn Meilen entfernt klar in Sicht lag. Da der Wind aufhörte, trieb ihn die Strömung gerade vor unseren Bug, so daß wir die Eingeborenen auf dem Verdeck deutlich sehen konnten. Etwa zwanzig lagerten auf Matten und rauchten ihre Pfeifen. Als sie so nahe herantrieben, die weinerlich-betrunkenen Lieder unserer Leute hörten und ihr tolles Betragen sahen, hielten sie uns wohl für ein Seeräuberschiff; jedenfalls legten sie ihre Riemen aus und pullten davon, so schnell sie konnten. Der Anblick unserer beiden Sechspfünder, die die Leute des Spaßes halber aus den Stückpforten rollten, beschleunigte ihre Flucht. Aber sie waren noch nicht weit gekommen, als ein weißer Mann mit einer roten Schärpe um die Brust an Deck erschien, worauf die Leute sofort das Rudern einstellten.

Er rief uns an und sagte, er werde an Bord kommen. Auf dem Deck des Schoners entstand einige Verwirrung, dann wurde ein kleines Kanu über Bord gelassen, und ein oder zwei Minuten später war er bei uns. Es ergab sich, daß er ein alter Kamerad Jermins war, den dieser seit langem für tot gehalten hatte und der jetzt auf der Insel lebte. Dieses Wiedersehen war nur einer der tausend Fälle, die man in einem Roman unwahrscheinlich und übertrieben finden würde, und die in den Abenteuern des wirklichen Lebens sich immer wieder ereignen. Vor fünfzehn Jahren hatten sie zusammen auf der Londoner Bark »Jane«, einem Südseefahrer, als Offiziere Dienst getan. Irgendwo in der Nähe der Neuen Hebriden waren sie in einer Nacht auf ein unbekanntes Riff gefahren, und nach wenigen Stunden war die »Jane« zerschellt. Es gelang indessen, die Boote auszusetzen, einige Vorräte, einen Quadranten und noch ein paar andere Gegenstände mitzunehmen; aber mehrere der Leute waren ertrunken, ehe die Boote klar vom Wrack kamen.

Der Kapitän, Jermin, und der dritte Offizier hatten das Kommando in den drei Booten, die nach einer kleinen englischen Ansiedlung in der Inselbucht auf Neuseeland zu segeln versuchten. Natürlich blieben sie so nah als möglich beisammen. Sie waren etwa eine Woche auf dem Meer, als ein Laskar im Boot des Kapitäns verrückt wurde; da es gefährlich war, ihn im Boot zu behalten, versuchten sie ihn über Bord zu werfen; dabei kenterte das Boot, weil das Segel »scheu« wurde, und da die See gerade hoch ging und die anderen Boote weiter abgekommen waren als sonst, so wurde nur ein Mann gerettet. In der nächsten Nacht blies ein schwerer Sturm; die beiden Boote machten alle Segel fest, banden ihre Ruder zu Bündeln zusammen, warfen sie über Bord und suchten sich, indem sie viel Tau auslaufen ließen, an ihnen vor Anker zu halten. Als der Morgen kam, war Jermin mit seinen Leuten allein auf dem Ozean: das Boot des dritten Offiziers war vermutlich untergegangen. Nach großen Mühen und Entbehrungen sichteten die Überlebenden eine Brigg, die sie an Bord nahm und zuletzt in Sydney ausschiffte. Seither war unser Steuermann stets aus Sydney ausgefahren, hatte aber nie wieder von seinem verlorenen Kameraden gehört, den er natürlich längst tot geglaubt hatte. Man stelle sich seine Empfindungen vor, als Viner, eben jener dritte Offizier, in dem Augenblick, in dem er bei uns an Deck kam, auf ihn zueilte und ihm heftig die Hand schüttelte. Während des Sturms war die Leine gerissen, das Boot wurde rasch von dem Winde abgetrieben und war gegen Morgen außer Sicht. Da die Insassen in große Not gerieten, landeten sie an einer unbekannten Insel, um Früchte zu sammeln. Die Eingeborenen nahmen sie zunächst freundlich auf, aber da einer der Mannschaft wegen einer Frau in Streit mit ihnen geriet und die anderen seine Partei nahmen, wurden alle niedergemacht mit Ausnahme Viners, der sich gerade in einem benachbarten Dorfe befand. Er blieb mehr als zwei Jahre auf der Insel und entkam zuletzt im Boot eines amerikanischen Walfischfängers, der ihn nach Valparaiso brachte. Seit der Zeit war er als Vordergast auf See gewesen, bis er vor etwa achtzehn Monaten in Taheiti an Land gegangen war; er hatte Glück gehabt: der Schoner, den wir gesehen hatten, gehörte ihm, und er trieb darin Handel mit den Nachbarinseln.

Als mit Anbruch der Dunkelheit die Brise wieder zunahm, kehrte Viner nach seinem Schiff zurück, versprach aber seinem alten Fahrtgenossen, ihn nach drei Tagen im Hafen von Papiti wieder zu besuchen.

25.

Von dem Saufgelage erschöpft, gingen die meisten früh nach unten und überließen das Deck dem Steward und zwei anderen, die Wache hatten. Der Steuermann wollte sie mit Baltimore und dem Dänen um Mitternacht ablösen. Dann sollte das Schiff, das jetzt unter wenig Tuch beigedreht lag, gewendet werden.

Bald nach Mitternacht wurden wir in der Back durch Jermins Löwengebrüll geweckt, der die Klüverfallen aufzuholen befahl, und bald darauf schlug eine Handspake ans Luk und alle Mann wurden an Deck gerufen, um das Schiff in den Hafen zu bringen.

Das kam völlig unerwartet; aber wir vernahmen sogleich, daß der Steuermann, da er jede Hoffnung, die Leute umzustimmen, aufgegeben und zu dem Konsul kein Vertrauen mehr hatte, sich plötzlich entschlossen hatte, einzulaufen. Er wollte bis zum Hafeneingang aufkreuzen, um vor Sonnenaufgang nach einem Lotsen zu signalisieren. Trotzdem weigerten sich die Matrosen absolut, irgend etwas auf dem Schiff zu tun, und blieben auf all meine und des Doktors Bitten taub. Mochte das Schiff sinken oder auflaufen, sie schworen, sie würden nichts mehr anrühren. Dieser dumme Eigensinn kam zum großen Teil von ihrem wüsten Saufen her.

Es wehte eine steife Brise, alle Segel waren beigesetzt, und das Schiff wurde von vier oder fünf Mann bedient, die von zwei durchwachten Nächten erschöpft waren. Das war ein schlimmer Zustand, um so mehr, als der Steuermann immer gleich unbekümmert und waghalsig blieb und wir das Schiff mehrmals dicht am Ufer wenden mußten. Da ich genau wußte, daß, wenn dem Schiff vor Tag ein Unfall begegnete, dies dem Verhalten der Mannschaft zugeschrieben werden und, wenn sie vor ein Seegericht kamen, sehr ernste Folgen haben mußte, so rief ich alle an Deck zu Zeugen an, daß in dem Augenblick, da die »Julia« in den Hafen einfahren sollte, somit alles, was ich gewollt, geschah, ich meinerseits bereit war, alles zu tun, sie sicher hineinzubringen. Der Doktor gab die gleiche Erklärung ab.

So vergingen ängstliche Stunden bis zum Morgen; als die Sonne aufging, befanden wir uns luvwärts von der Hafeneinfahrt und segelten auf sie zu, den Union-Jack am Bug. Aber nirgends sahen wir ein Boot oder einen Lotsen, und nachdem wir mehrmals dicht herangesteuert waren, wurde die Flagge an der Besanpiek gesetzt als Zeichen der Seenot. Aber auch das half nichts. Jermin gab Wilson die Schuld an dieser unglaublichen Lässigkeit, und wütend beschloß er, kühn auf eigene Verantwortung einzulaufen. Er war vor vielen Jahren einmal in dem Hafen gewesen und verließ sich auf sein Gedächtnis. Der Entschluß war für den Mann kennzeichnend. Selbst mit einem tüchtigen Lotsen an Bord ist die Einfahrt in die Bucht von Papiti nicht ungefährlich. Das Ufer macht eine scharfe Kurve und bildet die Bucht, die seewärts durch ein Korallenriff geschlossen ist, an das die Seen unaufhörlich in heftiger Brandung schlagen. Das Riff zieht sich etwa acht oder neun Meilen weit quer durch die Bai, bis zur Venusspitze im Distrikt von Metaveh, am nördlichsten Punkt der Insel, der diesen Namen führt, weil Cook bei seinem ersten Besuch dort sein Observatorium hatte. Dort befindet sich eine Öffnung, durch welche Schiffe einlaufen und durch den glatten tiefen Kanal zwischen Riff und Ufer in den Hafen fahren. Aber die Seeleute pflegen die Einfahrt an der Leeseite vorzuziehen, da der Wind innerhalb des Riffs sehr unstet ist. Diese Einfahrt ist eine Öffnung im Riff gerade gegenüber der Bucht und dem Dorf von Papiti. Sie ist aber sehr eng, und bei den unverläßlichen Winden, den Strömungen und den Felsen, die unter der

Wasserfläche liegen, kommt es gelegentlich vor, daß ein Schiff auf die Korallen läuft.

Aber dem Steuermann war nicht bange. Er stellte die Leute, die er hatte, an die Brassen, sprang selbst auf die Schanzen, hieß jeden scharf aufpassen und befahl das Ruder zu legen. Wenige Augenblicke später liefen wir ein. Gegen Mittag flaute der Wind rasch ab, zu beiden Seiten brüllte die Brandung, und es blieb uns kaum Fahrt genug, daß das Schiff dem Steuer gehorchte; dennoch glitten wir weiter, wichen den grünen dunklen Flecken, die da und dort in unserem Weg lagen, geschickt aus, Jermin sah gelegentlich ins Wasser hinab und dann wieder um sich, vollkommen ruhig und ohne ein Wort zu sprechen, und wir kamen glatt durch. Leicht, wie von fächelnden Lüften getrieben, waren wir nach wenigen Minuten außer Gefahr und schwammen in dem stillen Becken innerhalb des Riffs. Es war die prächtigste Leistung, die ich von dem Manne gesehen habe.

Als wir auf die Fregatte und die anderen Fahrzeuge im Hafen zuhielten, kam ein Kanu zwischen ihnen heraus und lief auf uns zu. Ein Knabe und ein alter Mann, beide Insulaner, saßen darin; der Knabe fast nackt, der andere trug einen alten Marineuniformrock. Beide paddelten mit aller Macht, der Alte riß von Zeit zu Zeit sein Ruder aus dem Wasser und schlug dem Jungen damit über den Kopf, worauf beide mit frischer Kraft losruderten. Als sie in Rufweite gekommen waren, sprang der Alte auf, schwang sein Ruder und machte die verrücktesten Bewegungen; dabei quasselte er die ganze Zeit irgend etwas, das wir zunächst nicht verstanden. Endlich konnten wir soviel vernehmen: »Ah! Ihr pimi, ah! Ihr kommen! Warum ihr kommen? Ihr Strafe zahlen für Kommen kein Lotse. Ich sagen, ihr hören? Ich sagen, ihr eita metui (nicht gut). – Ihr hören? Ihr kein Lotse! – Ja, ihr verflucht! Ihr kein Lotse, gar nicht. Ich sagen: verflucht, ihr hören?!«

Diese Ansprache, die, was immer der lästernde alte Kerl meinen mochte, bewies, daß er es ernst meinte, wurde mit lautem Gelächter beantwortet. Das brachte ihn völlig zur Raserei; der Junge, der mit eingehaltenem Ruder um sich guckte, bekam ein tüchtiges Kopfstück, worauf er schnell wieder die Arbeit aufnahm und das Kanu ganz nahe herantrieb. Hier begann der Redner aufs neue, und es zeigte sich, daß seine heftige Ansprache an den Steuermann gerichtet war, der noch immer, sehr deutlich sichtbar, auf den Schanzen stand. Jermin war nicht spaßhaft zumut; mit einem Fluch hieß er den Kerl sich trollen. Da wurde der Alte verrückt vor Wut und fluchte ärger, als ich es je von einem zivilisierten Menschen gehört. »Ihr sabbi[8] mich?« schrie er, »ihr kennen mich ah? gut; mich Jim, mich Lotse, lang schon Lotse!«

»Was?!« rief Jermin überrascht, wie wir alle, »der Lotse bist du, du alter Heide? Ja, warum bist du denn da nicht längst herausgekommen?«

»Ah! mich sabbi – mich wissen – du Pirati – sehen dich lange schon, aber nein mich kommen – ich sabbi dich eita mete nui (unerhört schlecht).«

»Schau', daß du fortpaddelst!« brüllte Jermin wütend, »fort mit dir, oder ich schmeiß' eine Harpune nach dir!«

Aber anstatt zu gehorchen, faßte Jim sein Ruder, ließ das Kanu gerade aufs Fallreep zuschießen und stand mit zwei Sprüngen an Deck. Er zog ein fettiges, seidenes Schnupftuch, das er auf dem Kopf trug, tiefer in die Stirn, gab seinem Marinerock einen kräftigen Riß, um ihn besser sitzen zu machen, dann schritt er auf den Steuermann zu und gab ihm in bilderreicher Rede zu verstehen, daß der gefürchtete Jim selbst vor ihm und das Schiff unter seinem Kommando stehe, bis der Anker ausgeworfen wäre, und daß er hören wolle, wer etwas dagegen zu sagen wage!

Da kaum ein Zweifel blieb, daß er im Recht war, wurde ihm die »Julia« schließlich übergeben. Und nun ging der Edle daran, uns vor Anker zu bringen, sprang zwischen die Ohrhölzer und heulte: »Luf! Luf! Halti ab! Halti ab!«

Er verlangte, daß der Mann im Ruder ihm jedesmal ehrerbietig antwortete. Wir machten schon fast keine Fahrt mehr, und doch trieb der leidenschaftliche alte Kerl es mit seinen Kommandos so toll, als wäre er der Fliegende Holländer in einer Sturmbö.

Jim war wirklich der angestellte Hafenlotse, und das war eine Stellung, die nicht wenig einbrachte, und die wenigstens in seinen Augen eine ungeheure Bedeutung hatte. Daß wir so ohne weiteres eingefahren waren, erschien ihm daher als ein schwerer Schimpf, der sowohl der Würde als der Einträglichkeit seines Amtes Abbruch tat.[9]

8   Aus dem französischen Wort »savez« verdorben, unter den Seeleuten aller Nationen gebraucht und auch den Bewohnern Polynesiens geläufig.

9   In den letzten Jahren haben mehr als 150 Segler jährlich Taheiti angesteuert. Es sind meistens Walfischfänger, die in der Nähe jagen. Die Hafengebühren, die in die Kasse der Königin fließen, sind so hoch, daß schon oft Beschwer-

26.

Das Dorf Papiti gefiel uns allen sehr gut. Es liegt in einem Halbkreis um die Bucht; die geschmackvollen Häuser der Häuptlinge und der fremden Vertreter sind von einer tropischen Eleganz, die durch die im Wind sich wiegenden Palmen und tiefgrüne Brotfruchthaine im Hintergrund noch gesteigert wird. Die schmutzigen Hütten des gewöhnlichen Volks sind vom Ufer aus nicht sichtbar und nichts stört die Schönheit des Bildes. Ein weißer glatter Strand von Kieseln und Korallenbruch umgibt die Bucht und bildet zugleich die Hauptstraße des Ortes, an der die schönsten Häuser stehen; denn Ebbe und Flut sind hier so unbedeutend, daß sie nicht gefährlich werden.[10]

An der einen Seite der Bucht liegt ein schönes großes Gebäude, die Villa Pritchard; ein grüner Rasen steigt vom Ufer zum Hause an, auf dem die englische Flagge weht. Jenseits des Wassers machen die Trikolore und das Sternenbanner die Wohnungen der anderen Konsuln kenntlich.

Das Bild war damals noch malerischer, weil am Ende des Hafens das Wrack eines großen Schiffes lag; es war an den Strand getrieben, das Hintersteven war tief im Wasser, das Vorderende lag hoch und trocken. Infolge der Lage des Schiffes ragte das Bugspriet fast senkrecht in die Höhe, die Bäume schienen ihre laubigen Zweige über ihm zu wölben. Es war ein alter amerikanischer Walfischfänger, der leck geworden und mit vollen Segeln auf die Insel zugelaufen war, um dort zu kielholen und die nötigen Ausbesserungen vornehmen zu lassen. Es war jedoch vollkommen seeuntüchtig befunden worden, und man hatte die Ölladung gelöscht und auf einem anderen Schiff fortgebracht; alles Brauchbare wurde entfernt und versteigert; der Rumpf blieb liegen. Neugier trieb mich, ehe ich Taheiti verließ, das arme Wrack, das so am fremden Strand

de darüber geführt wurde. Jim bekam, glaube ich, fünf Silberdollar für jedes Schiff, das er hineinbrachte.

10 Newtons Theorie von den Gezeiten bewährt sich in Taheiti nicht, da das ganze Jahr hindurch die Wasser ausnahmslos mittags und um Mitternacht zu ebben beginnen, während die Flut bei Sonnenuntergang und Tagesanbruch einsetzt. Daher bedeutet der Ausdruck »Tuirar-Po« gleichzeitig Flut und Mitternacht.

gescheitert war, zu besichtigen, und mit großer Erregung las ich an ihrem Hinterende den Namen einer kleinen Stadt am Hudson. Es kam von dem stolzen Strom, an dessen Ufern ich geboren war, in dessen Wassern ich hundertmal gebadet hatte. Ein paar Augenblicke sah ich Palmen und Ulmen, Kanus und Rennboote, Kirchtürme und Bambusstämme, Vergangenheit und Gegenwart in einer traumhaften Vision durcheinandergleiten.

Der Wunsch der Leute war erfüllt; »Klein-Julchen« lag im Hafen, ihr verrosteter kleiner Anker war in dem Korallenwald am Grund der Bucht von Papiti fest. Seit unserer Abfahrt von den Marquesas mochten etwa sechs Wochen vergangen sein.

Die Segel waren noch nicht aufgegeit, als ein Boot längsschiffs kam und unseren hochgeschätzten Freund, Konsul Wilson, brachte.

»Was ist das? Was ist das, Herr Jermin?« begann er und sah sehr böse aus, als er das Deck betrat; »was führt Sie ohne Befehl herein?«

»Sie sind nicht zu uns gekommen, wie Sie versprachen, Herr, und so ging es nicht weiter ohne Leute, die die Arbeit taten«, war die gerade Antwort.

»Also die elenden Schurken sind starrköpfig geblieben, so? Ganz gut! Dafür werden sie noch Blut schwitzen«, und er betrachtete die finsterblickenden Männer mit ungewohnter Furchtlosigkeit. Er fühlte sich im Hafen viel sicherer als außerhalb des Riffs. »Lassen Sie die Meuterer auf dem Achterdeck antreten«, fuhr er fort, »treiben Sie sie nach achtern, Kranke und Gesunde. Ich will ein Wörtlein mit ihnen reden.«

»Nun, Leute!« sagte er, »ihr glaubt, jetzt steht alles gut für euch, nicht wahr? Ihr wolltet das Schiff im Hafen haben, und es ist da. Kapitän Guy ist an Land, und ihr glaubt, ihr könnt jetzt auch gehen. Aber das werden wir schon sehen: ihr sollt jämmerlich enttäuscht werden! Herr Jermin, rufen Sie die Namen derer auf, die den Dienst nicht verweigert haben, und lassen Sie sie an Steuerbord hinübergehen.«

Als dies geschehen war, wurde eine Liste der »Meuterer«, wie er die übrigen zu nennen beliebte, angelegt. Auch der Doktor und ich wurden auf diese Liste gesetzt, obwohl der erstere vortrat und sich auf die Stellung berief, die er auf dem Schiff eingenommen hatte, als es Sydney verließ. Auch der Steuermann, der immer freundlich gewesen war, betonte den Dienst, den wir zwei Nächte vorher geleistet hatten, sowie mein Verhalten, als er seine Absicht, in den Hafen einzulaufen, angekündigt hatte. Ich selbst hielt unabänderlich daran fest, daß gemäß den zwischen mir und Kapitän Guy getroffenen Abmachungen meine Zeit an Bord des Schiffes abgelaufen war, denn die Fahrt war, aus welchen Gründen immer, tatsächlich zu Ende, und ich verlangte meine Entlassung.

Aber Wilson wollte auf nichts hören. Da ihm immerhin etwas in meinem Benehmen auffiel, so fragte er nach meinem Namen und meiner Heimat, sagte aber dann nur höhnisch: »Aha, Sie sind der Bursch, der den Beschwerdebrief geschrieben hat? Ich werde ein Auge auf Sie haben, mein Junge – treten Sie an Ihre Stelle, Herr!«

Das arme lange Gespenst nannte er einen »Sydneyer Schwindelschlinger«; was er mit diesem wohlklingenden Titel meinte, vermag ich nicht zu sagen. Der Doktor aber sagte ihm darauf seine Meinung derart, daß der Konsul ihm wütend Schweigen gebot, widrigenfalls er ihn ans Tauwerk binden und auspeitschen lassen würde. Kurz, es war uns beiden nicht zu helfen: mitgefangen, mitgehangen. Er schickte uns alle nach vorn, verriet aber mit keinem Wort, was er mit uns vorhatte. Nach einem Gespräch mit dem Steuermann stieg er in sein Boot und begab sich an Bord der französischen Fregatte, die nur eine Kabellänge von uns entfernt lag. Nun ahnten wir, was er im Sinn hatte, und da es einmal soweit war, freuten wir uns darüber. Der Franzose sollte in ein oder zwei Tagen nach Valparaiso absegeln; dort war der Sammelpunkt für das englische Südseegeschwader; zweifellos wollte Wilson uns an Bord der Fregatte schaffen, damit sie uns in Valparaiso abliefere; war diese Vermutung richtig, so war das Schlimmste, was uns zustoßen konnte, eine vielleicht nicht sehr angenehme Heimfahrt auf einem von Ihrer Majestät Schiffen, dann mußten wir über kurz oder lang in Portsmouth entlassen werden.

Wir legten nun alle Kleider an, die wir hatten, eine Jacke und eine Hose über der anderen, um jeden Augenblick zur Übersiedlung bereit zu sein. Kriegsschiffe dulden nichts Überflüssiges auf Deck; sollten wir tatsächlich an Bord der Fregatte gehen, so mußten wir unsere Koffer und ihren Inhalt hier lassen.

Etwa eine Stunde war vergangen, als der erste Kutter der »Reine Blanche« längsseits kam; er war mit achtzehn bis zwanzig Matrosen bemannt, alle mit Messern und Enterpistolen bewaffnet; die Offiziere trugen ihre Seitengewehre; der Konsul hatte sich für die Feierlichkeit einen amtlichen Dreimaster geborgt. Das Boot war in schwarzer »Piratenfarbe« gestrichen. Die Mannschaft bestand aus dunkelhaarigen, finster aussehenden Gesellen, die Offiziere waren ungewöhnlich wild dreinschauende kleine Franzosen. Sie sollten uns offenbar einschüchtern.

Wieder wurden wir nach achtern geschickt, jeder Name einzeln aufgerufen, und nach feierlicher Ermahnung, daß dies unsere letzte Aussicht wäre, der Strafe zu entgehen, nochmals gefragt, ob wir den Dienst noch immer verweigerten. Jeder antwortete ohne Zögern: »Jawohl, Herr, das tue ich.« Einige versuchten Erklärungen hinzuzufügen, die Wilson kurz abschnitt, indem er den Delinquenten befahl, sich an Bord des Kutters zu begeben. Die meisten gehorchten auf der Stelle, ja einige tanzten, hüpften und sprangen dabei, sowohl um zu zeigen, daß sie völlig munter blieben, noch mehr aber, daß sie jede vernünftige Forderung zu erfüllen bereit waren.

Auch die Invaliden hatten erklärt, daß sie kein Tau mehr auf der »Julia« anrühren würden, selbst wenn sie auf der Stelle gesund werden sollten, und so kamen sie mit uns, bis auf die zwei, die an Land gebracht werden sollten; sie waren gleichfalls sehr vergnügt, und es fielen Andeutungen, daß sie wohl nicht so krank sein mochten, wie sie vorgaben. Der Bottler wurde als letzter aufgerufen; wir hörten seine Antwort nicht, aber er blieb an Bord. Mit dem Maori geschah nichts. Als wir vom Schiff abstießen, brachten wir drei laute Hochrufe aus, worauf der Konsul Schwindel-Jack und anderen eine scharfe Rüge erteilte.

»Leb' wohl, ›Klein-Julchen‹!« rief der Marine-Bob, als wir unter dem Bug wegglitten. »Fall' nicht über Bord, Tauchen!« rief ein anderer der armen Landratte zu, die mit Weimontu, dem Dänen und den anderen, die an Bord blieben, uns vom Vorderkastell aus nachblickten.

»Noch drei Hoch für sie!« rief Salem, indem er aufsprang und seinen Hut schwenkte.

»Sie sacré verflugte Lumpe!« brüllte der französische Leutnant, indem er ihm den flachen Degen um die Schultern schlug, »Sie alte nun still!«

Der Doktor und ich waren klüger. Schweigend saßen wir am Vorderende des Kutters. Was mich betrifft, wenn ich auch nicht bereute, was ich getan hatte, so waren meine Gedanken und Empfindungen dennoch alles andere als angenehm.

Wenige Augenblicke später standen wir am Fallreep der Fregatte gereiht; der erste Leutnant, ein älterer Offizier mit gelbem Gesicht und einem schlecht sitzenden Waffenrock mit abgenutzten goldenen Litzen, kam an Deck und sah uns finster an. Sein Kopf war kahl, seine Beine dünn wie Stöcke, ein ungeheurer Schnurrbart hing in seinem Gesicht. Dieser »olle Kambotscher«, denn so wurde er sogleich von unserer Mannschaft getauft, bekam vom Konsul ein Papier, öffnete es und verglich die abgelieferte Ware mit dem Frachtbrief. Wir wurden gründlich nachgezählt, dann wurde ein bescheidener kleiner Seekadett gerufen und wir einem halben Dutzend Kerlen übergeben, die Matrosenmützen und Musketen trugen. Ein wichtigtuender Herr, den wir für einen Schiffskorporal hielten, weil er einen Rohrstock und am Ärmel Goldlitzen trug, schritt voran und führte uns die Leiter hinunter nach dem Zwischendeck. Hier legte man uns höflichst Handschellen an, wobei der Mann mit dem Rohrstock sich alle Mühe gab, aus einem großen wohlassortierten Korb die für jeden passenden auszusuchen. Etwas überrascht über diesen unfreundlichen Empfang murrten einige; aber schließlich wurde alle Schüchternheit überwunden und unsere Füße in schwere Knöcheleisen gesteckt, die an einer großen ans Deck genagelten Stange entlangliefen. Danach konnten wir uns als dauernd eingerichtet betrachten.

»Der Teufel hole ihr altes Eisen!« rief der Doktor, »hätte ich das gewußt, wäre ich nicht mitgekommen!«

»Hahaha!« rief Schwindel-Jack, »jetzt sitzen Sie drin, Doktor, langes Gespenst!«

»Jedenfalls stecken meine Hände und Füße drin«, antwortete der Doktor.

Man gab uns noch eine Schildwache, einen großen unseemännisch aussehenden Kerl, der, mit einem altersschwachen Messer von ungeheuren Dimensionen bewaffnet, auf und ab schritt.

»Gott sei uns gnädig«, rief der Doktor schaudernd, »es muß unangenehm sein, mit solch einem Instrument umgebracht zu werden!«

Bis Abend mußten wir fasten; dann kam ein Junge mit einer Anzahl »Mocken«, die eine dünne safrangelbe Flüssigkeit, enthielten, auf der einzelne Fettaugen schwammen. Der junge Witzbold behauptete, es wäre Suppe; es war aber nur ein öliges Wasser. Jedenfalls war es unsere ganze Mahlzeit. Die Schildwache hatte übrigens die Liebenswürdigkeit, uns vorher die Armbänder abzunehmen, die Mocken gingen von Mund zu Mund und waren bald leer.

Am nächsten Morgen, da die Schildwache uns eben den Rücken wendete, warf jemand – wir vermuteten, ein englischer Matrose – ein paar Orangen zu uns über Bord. Die Schalen benutzten wir später als Tassen.

Am zweiten Tag geschah nichts Erwähnenswertes. Am dritten wurden wir Zeugen einer erheiternden Szene. Ein Mann, den wir für den Bootsmannsmaat hielten, weil er eine silberne Pfeife um den Hals hängen hatte, kam nach unten; er trieb zwei plärrende Jungen vor sich her, und eine ganze Schar verweinter Knäblein folgte. Wie es schien, sollten die beiden ersten auf Befehl eines Offiziers gezüchtigt werden; die anderen waren aus Sympathie mitgekommen. Der Bootsmannsmaat ging auch sogleich ans Werk; er faßte die beiden Schuldigen an ihren weiten Jacken und bearbeitete sie mitleidslos mit seinem Rohrstock. Die anderen Jungen weinten, rangen die Hände und fielen auf die Knie, aber vergeblich, der Bootsmannsmaat schlug gelegentlich auch nach ihnen, worauf sie jedesmal laut aufheulten. Plötzlich erschien ein Seekadett, der dem Mann mit großartiger Miene an Deck zu gehen befahl; dann sprang er auf die Jungen los, die nach allen Richtungen davonliefen.

Mit unendlicher Verachtung sah der Marinebob dieses Verfahren. Er war vor Jahren Vortoppältester auf einem Schlachtschiff gewesen; nach seiner Ansicht war das eine ganz unseemännische, lächerliche und jämmerliche Sache; in der englischen Marine machte man es ganz anders.

27.

In der Tat war dieses Verfahren nicht nur kennzeichnend für die unvollkommene Disziplin auf französischen Kriegsschiffen, sondern für die ganze Nation. Auf einem amerikanischen oder englischen Schiff wird ein Junge, der geprügelt werden soll, entweder an einen Geschützverschluß gebunden, oder an die Wanten, genau wie ein Mann; aber er wird nie übermäßig geschlagen. Der junge Kerl wird auch selten oder nie einen Schrei ausstoßen; er beißt sich auf die Lippen und erträgt es als Held; wenn irgend möglich, lächelt er dabei. Und nie zeigen seine Kameraden das geringste Mitleid; im Gegenteil, sie lachen ihn noch aus; benimmt er sich kindisch und weint, dann kriegt er nachher in irgendeiner dunklen Ecke noch einmal Prügel.

Diese rauhe Erziehung trägt ihre Früchte;[11] der Junge wird mit der Zeit eine richtige Teerjacke, ebenso bereit, sich auszuziehen und ein Dutzend Streiche an Bord seines Schiffes in Empfang zu nehmen, als,

11 Ich möchte nun nicht, daß man glaube, ich wäre für die Prügelstrafe. Aber solange man Flotten braucht, wüßte ich nichts anderes. Der Krieg ist das größte Übel und was dazu gehört, ist ihm wesensverwandt; mehr wüßte ich zur Verteidigung der Prügelstrafe nicht zu sagen.

das Messer in der Hand, an Bord eines feindlichen Schiffes zu springen; wogegen die jungen Franzosen, wie alle Welt weiß, nur sehr mäßige Seeleute werden; und obschon sie sich meist tüchtig schlagen, kämpfen sie doch selten tüchtig genug, um zu siegen. Wie wenig Seeschlachten haben die Franzosen gewonnen, und vor allem, wie wenig Schiffe haben sie geentert! Nur beim Entern zeigt sich der wahre Mut auf See. Ich will damit gar nichts gegen die französische Tapferkeit gesagt haben; es ist nur nicht die richtige Tapferkeit. Zu Lande kämpfen sie besser. Sie sind merkwürdigerweise ausgezeichnete Schiffsbauer, aber keine Seeleute.

Die »Reine Blanche« war wirklich alles, was man aus Holz und Eisen machen kann. Sie war ein neues Schiff und auf ihrer Jungfernfahrt; eine der schweren Fregatten, mit sechzig Geschützen bespickt, wie man sie jetzt überall konstruiert, die aber wir Amerikaner zuerst einführten. In der Schlacht sind es die mörderischsten Fahrzeuge, die je vom Stapel liefen. Sie galt für das »feinste« Schiff der französischen Marine. Das Modell hatte alle kriegerische Anmut, die ein schönes Kriegsschiff haben kann, und doch war etwas von französischem Geflunker daran, zuviel Messingplatten und anderer glitzernder Krimskrams. Achtern kam man aus der Kajüte in eine Galerie, die von zwei überlebensgroßen Karyatiden getragen wurde. Wenn man die reichen Vorhänge, die Spiegel und die Mahagonieinrichtung sah, so konnte man glauben, daß sie für eine Damengesellschaft bestimmt war, die hier frische Luft schöpfen wollte.

Kam man aber auf das Geschützdeck, so sah es ganz anders aus. Welche Batterie von Feuerschlünden, mit ein oder zwei Achtundsechzig-Pfündern als Zugabe! Und auf dem Spardeck Schiffshaubitzen von ungeheurem Kaliber. Da das Schiff so neu ist, sind alle Erfindungen und Verbesserungen der letzten Jahre verwertet und angebracht; es ist nur alles zu technisch-wissenschaftlich, wie es gallische Art ist. Sie haben eine Freude daran, was andere mit ein paar tüchtigen Handgriffen machen, auf komplizierte Weise mit Hebeln und Schrauben auszuführen.

Sie hatten an Bord der »Reine Blanche« auch nicht genug zu essen, und was sie hatten, taugte nicht recht. Anstatt daß die Leute sich an hartem Schiffszwieback die Zähne scharf feilten, wurden täglich erbärmliche kleine Semmeln gebacken. Nicht einmal Grog hatten sie; sie vergifteten ihre Mannschaft mit einem dünnen sauren Wein, etwas Rebensaft mit ganzen Eimern klaren Wassers verdünnt. Die Leute wollen Fleisch haben und bekommen Suppe, ein elendes Surrogat. Seitdem sie die Heimat verlassen hatten, waren sie auf halbe Rationen gesetzt. Die zur

Bootsmannschaft gehörten und dadurch Gelegenheit hatten an Land zu kommen, verkauften ihre Rationen an ihre weniger glücklichen Kameraden für das Sechsfache des Wertes. Die Unzufriedenheit der Leute wurde noch dadurch vermehrt, daß sie einen schrecklichen Menschen zum Kapitän hatten, einen jener unausstehlichen Kommisköpfe, die nur für die Disziplin leben. Im Hafen mußten sie beständig an Rahen und Segeln exerzieren oder mit den Booten manövrieren und auf See unaufhörlich die riesigen Geschütze ein- und ausfahren. Überdies hatten sie den Admiral an Bord, der sicherlich auch sein väterliches Auge offen hielt.

Das unlustige und unexakte Verhalten der Leute im Dienst fiel uns auf. Da war nichts von französischer Lebhaftigkeit zu bemerken, noch von jener raschen Präzision, die man an Bord eines ordentlich gehaltenen Kriegsschiffes findet. Aber es war kein Wunder; wir erfuhren, daß drei Viertel der Leute gepreßt waren. Man hatte sie auf alten Kauffahrteischiffen gefaßt am Tage, an dem sie von großen Reisen heimkehrten; andere waren aus dem Lande herdenweise nach dem Hafen getrieben und auf See geschickt worden. Ich war ganz überrascht, in dieser Friedenszeit von derartigen Pressen zu hören. Aber die Franzosen wollen sich neuerdings eine große Marine schaffen zum Ersatz für die, die Nelson vor Trafalgar versenkt hat. Hoffentlich bauen sie die Schiffe nicht nur für die Engländer. Wenn ein Krieg käme, wie würde es der französischen Flagge ergeben!

Wenn ich sage, daß die Franzosen keine richtigen Seeleute sind, so will ich damit das Volk nicht unterschätzen. Es ist eine begabte, glänzende und tapfere Nation, und ich als Amerikaner bin stolz, es zu sagen.

28.

Fünf Tage und Nächte, wenn ich mich recht erinnere, verbrachten wir an Bord der Fregatte. Am fünften Nachmittag wurde uns mitgeteilt, daß sie am nächsten Morgen nach Valparaiso segeln würden. Wir waren sehr froh darüber und beteten um eine rasche Überfahrt. Aber es zeigte sich, daß der Konsul nicht gewillt war, uns so leichten Kaufs davon kommen zu lassen. Gegen Abend kam zu unserer nicht geringen Überraschung ein Offizier und befahl, uns die Eisen abzunehmen. Dann wurden wir wieder am Fallreep in Reih und Glied gestellt, in einen Kutter eskortiert und ans Ufer gepullt. Dort erwartete uns Wilson und übergab uns einer zahlreichen Wache, die aus Eingeborenen bestand und uns nach einem nahegelegenen Hause führte. Man hieß uns unter einem Schattendach außerhalb des Hauses sitzen, während der Konsul und zwei ältere Leute, Europäer, die auf der Insel wohnten, hineingingen.

Nach einer guten Weile – wir hatten uns indessen mit unserer Wache unterhalten, die ebenso heiter wie gutmütig war – wurde einer von uns aufgerufen und ihm befohlen, ins Haus zu kommen. Einen Augenblick später kam er wieder heraus und sagte, es sei nicht viel los. Er war lediglich gefragt worden, ob er noch auf dem gleichen Entschluß beharre; als er es bejahte, wurde etwas auf ein Stück Papier geschrieben und er mit einer Handbewegung wieder hinausgewiesen. So wurden alle der Reihe nach gerufen, ich als letzter. Im Hause sah ich Wilson und seine zwei Freunde mit Amtsmienen an einem Tische sitzen. Ein Tintenfaß, eine Feder und ein Bogen Papier machten den Raum zum Büro. Die drei Herren in Jacke und Hose sahen höchst respektabel aus, zum mindesten für ein Land, in dem man so selten vollständig angezogene Leute sieht. Einer suchte geradezu feierlich dreinzuschauen; da er aber kurzhalsig war, mit dickem, runden Kopf, so gelang es ihm nur, dumm auszusehen. Dieser Herr hatte die Gnade, ein väterliches Interesse an mir zu nehmen. Ich hatte meinen Entschluß bezüglich des Schiffes für unabänderlich erklärt und wollte mich auf ein Zeichen des Konsuls eben zurückziehen, als der Unbekannte sich zu ihm wendete und zu ihm sagte: »Warten Sie bitte einen Augenblick, Herr Wilson. Lassen Sie mich mit dem jungen Mann sprechen. Kommen Sie her, junger Freund. Es tut mir sehr leid, Sie unter diesem übeln Volk zu sehen; wissen Sie, wohin das führen muß?«

»Ach, das ist der Bursch, der den Beschwerdebrief geschrieben hat«, unterbrach ihn der Konsul; »er und der schuftige Doktor stecken hinter der ganzen Sache. Gehen Sie hinaus, Herr!«

Ich verabschiedete mich wie von der königlichen Familie, indem ich rückwärts gewendet mit vielen Verbeugungen ging. Wilsons sichtliche Voreingenommenheit gegen mich und den Doktor war nicht unerklärlich. Kapitäne sehen gebildete Leute nicht gerne als Vordergasten. Man mag sich noch so ruhig verhalten: sobald es zu Unruhen kommt, wird stets angenommen, daß unsereins, dank seiner geistigen Überlegenheit, die Leute heimlich gegen ihre Offiziere aufgehetzt hätte. So wenig ich von Kapitän Guy gesehen, die Blicke, die er mir zuwarf, als ich eine Woche an Bord war, waren feindselig, und seine Abneigung wurde durch meine

Freundschaft mit dem langen Doktor, den er fürchtete und haßte, zweifellos noch gesteigert. Guys Beziehungen zum Konsul erklärten wieder die Feindschaft, die der Konsul gegen mich hegte.

Als das Verhör zu Ende war, erschienen Wilson und seine Freunde an der Tür, und der Konsul sagte mit strengem Gesicht, unsere Hartnäckigkeit wäre äußerste Verblendung; es bliebe uns nun keine Hoffnung mehr, wir hätten die letzte Aussicht auf Verzeihung verscherzt; selbst wenn wir in uns gehen und bitten würden, zu unserer Pflicht auf dem Schiff zurückkehren zu dürfen, würde er es nicht mehr gestatten.

»Ach, hören Sie doch auf mit Ihrem Schwindel, Konsuler!« rief der schwarze Daniel empört, daß man ihn für so dumm hielt, das zu glauben.

Wütend hieß Wilson ihn schweigen; dann rief er einen dicken alten Eingeborenen heran, redete in der Taheiti-Sprache mit ihm und wies ihn an, uns in Gewahrsam zu bringen.

Darauf mußten wir antreten und uns ordnen; der alte Mann stellte sich an die Spitze des Zuges und führte uns mit lauten Rufen auf einem schönen Pfad durch weite Haine von Kokospalmen und Brotfruchtbäumen. Die übrige Begleitmannschaft trabte wohlgelaunt neben uns her; sie schwatzten in gebrochenem Englisch und gaben uns in jeder Weise zu verstehen, daß sie Wilson keineswegs geneigt wären, und wir prachtvolle Kerle, daß wir so durchhielten. Sie schienen unsere Geschichte genau zu kennen.

Die Landschaft, durch die wir schritten, war wundervoll. Der tropische Tag ging rasch zu Ende, die Sonne sah wie ein riesiges rotes Feuer im Walde aus, als ihre Strahlen schräg durch die endlosen Baumreihen fielen; jedes Blatt hatte einen leuchtenden Rand. Nach dem dumpfen Zwischendeck der »Fregatte« schien die Luft uns doppelt würzig; wir hörten Bäche rauschen, sahen grüne Zweige sich im leichten Winde bewegen, und fern im Innern des Landes stiegen, rötlich in der untergehenden Sonne, die stillen, schroffen Berggipfel empor. Je weiter wir kamen, desto wunderbarer erschien mir der breite beschattete Weg. Starke Holzbrücken führten über breite Wasserläufe; über andere spannte sich ein steinerner Bogen, und überall hätten drei Reiter nebeneinander reiten können.

Dieser wundervolle Weg, weitaus das beste, was die Kultur der Insel gebracht hat, wird von den Fremden der Ginsterweg genannt, warum, weiß ich nicht. Er wurde für die Missionare angelegt, die von einem Missionshaus zum anderen reisten, und führt, beinahe sechzig Meilen lang, um die größere Halbinsel herum, am Rande des tiefen fruchtbaren

Bodens am Meer; nur auf der Seite, die der kleineren Halbinsel Tajarbu zunächst liegt, führt er durch ein enges einsames Tal und durchquert die Insel.

Das Innere der Insel ist unbekannt. Die dichtbewaldeten Schluchten, furchtbaren Abgründe und schroffen Bergkämme machen es fast unzugänglich; selbst die Eingeborenen kennen es kaum; anstatt direkt von einem Dorf zum anderen zu reisen, machen sie den Umweg rundherum über die Ginsterstraße.[12] Man reist keineswegs nur zu Fuß, da es jetzt Pferde in Menge gibt. Sie wurden von Chile eingeführt und hatten all das Feuer, die Schnelligkeit und das sanfte Wesen der spanischen Zucht. Sie besitzen also all die Eigenschaften auf die die höheren Klassen Wert legen, die denn auch sehr gute Reiter geworden sind. Die Missionare und die Häuptlinge reisen nur im Sattel, und man kann die letzteren zu jeder Tageszeit in Karriere dahinsprengen sehen; sie reiten wie die Pawnee-Loupsa,[13] und die Bewohner der Sandwich-Inseln desgleichen.

Ich bin selbst meilenweit auf dem Ginsterweg gewandert und der ewig wechselnden Landschaft nie müde geworden; wohin er auch führen mag, durch ebene Wälder und grasbewachsene Schluchten oder über Hügel, auf denen Palmen mit ihren nickenden Kronen stehen, immer sieht man auf der einen Seite das blaue Meer und auf der anderen die grünen Berggipfel.

29.

Etwa eine Meile vom Dorfe machten wir in einer herrlichen Gegend halt. Ein Bergbach strömte am Fuß eines grünen Abhangs; auf der einen Seite floß er murmelnd weiter bis zu dem mit glitzernden Muscheln

12 Die Unkenntnis der Eingeborenen ist erstaunlich: zum Beispiel weiß man, daß im Innern ein ziemlich großer See, Weheria genannt, liegt; aber die Berichte über ihn sind sehr widerspruchsvoll. Einige sagten mir, er habe keinen Grund und weder Abfluß noch Zufluß, andere, daß er alle Gewässer der Insel speise. Ein Matrose, den ich kannte, hatte diesen wundervollen See gesehen, als einmal eine Expedition von einer Schaluppe der englischen Marine ihn aufsuchte. Er sei höchst merkwürdig, sagte er, sehr klein, tief und grün, gleichsam ein wundersamer Brunnen mitten in den Bergen und reich an köstlich schmeckenden Fischen.

13 Ein nordamerikanischer Indianerstamm.

besetzten Strand hinab; dort verbreiterte er sich und rieselte ins Meer. Auf der anderen Seite war eine lange enge Schlucht, und das Auge konnte dem gewundenen, blitzenden Faden folgen, bis er sich im dunkeln Grün verlor. An der Straße führte eine niedrige Brustwehr aus rauhen Steinen hin, und auf der Höhe des Abhangs, den die Brustwehr umgab, lag ein großes eiförmiges Eingeborenenhaus mit weißglänzendem Dach.

»Calabusa! Calabusa Biriteni!« (Das britische Gefängnis!) rief unser Führer, auf das Gebäude weisend.

Da der Konsul es in den letzten Monaten zum Zwangsaufenthalt für widerspenstige Matrosen benützt hatte, ward es so genannt, um es von ähnlichen Orten in Papiti sowie in der Umgegend zu unterscheiden. So romantisch es aussah, bei näherer Bekanntschaft vermißte man häuslichen Komfort. Es war nichts als ein Gerüst mit einem Dach, ein ganz unfertiges Haus, das nach allen Seiten offen stand, und im Innern wuchs an vielen Stellen Gras. Auch befand sich darin nur ein einziges Möbel, der »Stock«, ein plumpes Werkzeug, das dazu diente, Leute festzuhalten, und das es in den meisten Ländern nicht mehr gibt. Bei den Spaniern Südamerikas ist es noch im Gebrauch, und von ihnen haben es die Taheitier, wie es scheint, übernommen, auch den Namen, der alle Gefängnisse bei ihnen bezeichnet. Der Stock bestand lediglich aus zwei genau gleichen Balken von etwa zwanzig Fuß Länge, der eine lag auf der Kante, der andere genau über ihm, und in regelmäßigen Zwischenräumen waren runde Löcher angebracht – ein Halbrund in jedem Balken –, deren Zweck auf den ersten Blick erkennbar war.

Unser Führer hatte uns inzwischen darüber belehrt, daß er »Käpen Bob« (Kapitän Bob) hieß; und er war ein ganz netter alter Kerl. Er konnte gar nicht anders heißen. Der alte Mann gefiel uns vom ersten Augenblick an so gut, daß wir uns seiner Autorität fröhlich fügten. Sowie wir im Hause waren, hieß er uns zunächst Haufen trockenen Laubes sammeln, um hinter dem Stock ein Lager zu bereiten; dann wurde ein Kokosstamm als Polster hingelegt, ein hartes Kissen, aber die Eingeborenen sind daran gewöhnt. Sie gebrauchen einen kleinen Holzklotz als Kopfkissen, der auf kurzen Füßen steht und oben eine runde Vertiefung trägt, eine Art Kopfschemel.

Als alles soweit bereit war, ging Kapitän Bob daran, uns für die Nacht zu »henapar« – anzuschließen. Der obere Balken wurde bei dem einen Ende aufgehoben, wir mußten unsere Knöchel in die halbkreisförmige Öffnung des unteren legen, der obere wurde wieder gesenkt und beide durch alte Eisenhaken an den Enden zusammengeschlossen. Der ganze Vorgang vollzog sich unter lärmender Heiterkeit der Eingeborenen, und auch wir ließen es an lustigen Bemerkungen nicht fehlen. Kapitän Bob war noch geschäftig wie eine alte Frau, die ihre Kinder zu Bette bringt. Ein Korb gebackenen Teros oder indischer Rübe wurde gebracht, und jeder erhielt ein Stück. Dann wurde eine große Decke aus grobem Tappa über unsere ganze Gesellschaft gebreitet, und nach vielen Ermahnungen, daß wir »moi-moi« und »mehteh« sein, das heißt, schlafen und brav sein sollten, blieben wir uns selbst überlassen.

Nun wurde noch lange über die Aussichten auf die Zukunft geschwatzt; aber der Doktor und ich verhielten uns schweigend. Wir lagen nebeneinander; die anderen hörten auch auf, sie waren noch müde von schlechten Nächten an Bord der »Fregatte« und lagen bald in tiefem Schlaf.

Ich glitt aus einer Träumerei in die andere, fuhr empor und faßte den Doktor an. Er träumte bereits, und ich beschloß, das gleiche zu tun. Wie es die anderen anstellten, weiß ich nicht: ich fand den Schlaf nicht leicht; das Bewußtsein, an einem Fuß gefesselt zu sein, und die Unmöglichkeit, ihn an irgendeine andere Stelle zu bringen, war keineswegs angenehm. Man konnte nur gerade auf dem Rücken liegen, und wenn ich einschlief, bekam ich Alpdrücken schon infolge der unbequemen Lage; im Traum riß ich so heftig an meinem unglücklichen Fuß, daß ich erwachte; ich glaubte, jemand zöge den Stock fort.

Kapitän Bob und seine Freunde wohnten in einem kleinen Flecken in nächster Nähe, und als der Morgen im Osten dämmerte, sahen wir den alten Herrn aus einem Hain kommen, der in gleicher Richtung lag. Er begrüßte uns mit lauter Stimme, und da er alle wach fand, befreite er uns, führte uns zum Bach hinab und befahl, daß alle sich ausziehen und baden sollten. »Alli Manni klar, mei Jungi, henna, henna!« (waschen!) rief er, denn Bob war ein Sprachgelehrter und auf See gewesen, wie er uns noch oft erzählte.

Wir waren allein mit ihm, und nichts wäre leichter gewesen, als durchzubrennen; aber der Gedanke, daß so etwas möglich sei, kam ihm offenbar gar nicht; er ging auch so offen und freundlich mit uns um, daß, wenn wir selbst ans Davonlaufen gedacht hätten, wir uns geschämt hätten, es zu versuchen. Er wußte übrigens, und wir kamen sehr bald gleichfalls dahinter, daß jeder Fluchtversuch fehlschlagen mußte, wenn

man es nicht so einrichten konnte, daß man sogleich auch die Insel
verließ.

Bob war überhaupt ein ungewöhnlicher Bursche. Schon seine äußere
Erscheinung war auffallend. Er war ein dicker Riese, über sechs Fuß
hoch und hatte einen Umfang wie eine Tonne. Die ungeheure Körper-
größe mancher Taheitier ist vielen Reisenden aufgefallen. Abgesehen
von seiner Stellung als Gefängnisdirektor des englischen Konsuls, trieb
er Landwirtschaft nach der auf der Insel üblichen Weise: er besaß ein
paar Brotfrucht- und Kokos-Haine, die er im Wachstum nicht hinderte;
dicht daneben lag ein Tero-Feld, das ihm gehörte und das er manchmal
besichtigte. Bob verkaufte die Produkte seines Bodens nur höchst selten;
er brauchte sie für sich selbst. Drei Ratsherren bei einem Bürgermeister-
essen wären ihm an Appetit nicht gewachsen gewesen. Ein Freund Bobs
sagte mir, daß seine Besuche infolge seiner Gefräßigkeit sehr gefürchtet
seien. Nach taheitischem Brauch, von dem niemand abgehen kann,
herrscht allenthalben die freieste Gastfreundschaft. Zwar ist sie fast immer
gegenseitig, aber bei Bob war das ausgeschlossen: der Schaden, den er
bei einem Morgenbesuch in der Speisekammer seines Wirts anrichtete,
wäre durch einen ganzen Ferienaufenthalt des anderen bei ihm nicht
ausgeglichen worden.

Der Alte hatte tatsächlich ein oder zwei Fahrten auf einem Walfischfänger mitgemacht und war stolz auf sein Englisch; da er, was er davon
wußte, im Vorderkastell aufgelesen hatte, so kannte er nur Seemannsaus-
drücke, und die klangen in seinem Munde drollig genug.

Eines Tages fragte ich ihn, wie alt er sei. »Ali?« rief er mit tiefsinnigem
Ausdruck, der Tiefe meiner Frage entsprechend, »oh, sehr ali, dausen
Ahr – mehr – große Mann, wenn Käpen Tuti (Cook) in Sitt komi.« (In
Sicht kommen.)

Das war natürlich unmöglich, aber ich richtete meine Rede nach dem
Mann und antwortete: »Ah, du sehen Käpen Tuti – nun, wie du lieben
ihn?«

»Oh, er mehteh (gut): Freund von mick und kenni mei Weib!«

Als ich ihm ernsthaft versicherte, daß er damals noch nicht geboren
sein konnte, erklärte er, daß er die ganze Zeit von seinem Vater gesprochen habe, und das war ganz gut möglich. Sonderbarerweise erzählen
alle diese Leute, jung und alt, daß sie die persönliche Bekanntschaft des
großen Seefahrers gemacht hätten, und wenn man ihnen zuhört, erzählen
sie Anekdoten ohne Ende von ihm. Und das nur aus dem Wunsch, lie-

benswürdig zu sein; sie wissen, daß es für die weißen Männer kein angenehmeres Gesprächsthema gibt. Für Zeit und Möglichkeit haben sie gar keinen Sinn, Tage und Jahre zählen für sie gleich.

Nachdem wir bei Sonnenaufgang unser Bad genommen hatten, machte Bob uns wieder in dem Stock fest. Er vergoß beinahe Tränen darüber, daß er so hart gegen uns verfahren mußte, aber er könnte nicht anders, sagte er, sonst würde der Konsul böse werden. Wie lange wir hier im Gefängnis bleiben, noch was nachher mit uns geschehen sollte, wußte er nicht.

Als es Mittag wurde und keine Anzeichen einer Mahlzeit zu bemerken waren, fragte einer von uns, ob wir im Hotel Calabusa nur Wohnung oder auch volle Pension hätten.

»Ganespili fest!« (Gangspill fest) sagte Bob, »kaukau (essen) kommi Schiffi mit Zeit.« Und tatsächlich kam Tauendchen mit einem Holzeimer, der mit dem schändlichen Zwieback der »Julia« gefüllt war. Grinsend sagte er, es wäre ein freundliches Geschenk von Herrn Wilson, und wir würden an diesem Tage sonst nichts bekommen. Jetzt tobten alle, und es war ein Glück für den Kerl, daß er ein paar Beine hatte und die Leute die ihren nicht gebrauchen konnten. Samt und sonders beschlossen wir, das Hartbrot nicht anzurühren, mochte geschehen, was da wollte. Wir sagten das auch den Eingeborenen; die aber lieben nichts so wie Schiffszwieback; je härter desto besser; sie waren daher überglücklich und boten uns dafür täglich ein bestimmtes, nicht sehr großes Maß gebackener Brotfrucht und indischer Rüben zum Tausch. Das wurde abgemacht, und von da an wurde, sobald der Eimer kam, der Inhalt sofort Bob und seinen Freunden abgeliefert, die bis zum späten Abend daran knabberten.

Als unsere recht spärliche Brotfruchtmahlzeit zu Ende war, kam Käpen Bob zu uns gewatschelt; er trug ein paar lange, oben gekrümmte Stangen und mehrere große Körbe, die aus Kokoszweigen geflochten waren. Nicht weit von uns befand sich ein ausgedehnter Orangenhain, der reife Früchte in Menge trug; ich und noch einer wurden ausgewählt, mit Bob zu gehen und Vorrat zu holen. Noch nie hatten wir einen so üppigen Obstgarten gesehen; schon der Duft, der von jedem Zweig strömte, wenn er sich nur ein wenig im Winde bewegte, labte die Sinne. So dicht standen die Bäume, daß ihre Zweige eine Art Kreuzgewölbe bildeten, das ganz mit goldenen Kugeln besetzt war; darunter lag alles in tiefem Schatten; an manchen Stellen bogen die Zweige sich unter ihrer Last bis zum Boden, und das Laub war so dicht, daß man den Stamm nicht sah. Tiefer im Hain sahen wir nur Orangen und wieder Orangen ringsum und nichts sonst. Um die Früchte nicht zu beschädigen, faßte Bob die Zweige mit dem gebogenen Ende seines Stabs und streifte die Orangen in den Korb; wir aber hatten nicht soviel Geduld: wir faßten den Zweig und schüttelten solch einen Regen von Früchten herab, daß unser alter Freund flüchtete; wir hörten auf keine Vorstellung, sondern legten uns in den Schatten und aßen nach Herzenslust. Dann füllten wir den Korb, daß die Früchte hoch angehäuft lagen, und kehrten zu unseren Kameraden zurück, die uns mit frohen Rufen empfingen; und in unglaublich kurzer Zeit waren nur noch die Schalen übrig. Solange wir in der Calabusa wohnten, hatten wir Früchte, soviel wir wollten; darauf, vielleicht aber auch auf andere Gründe, war vermutlich die rasche Wiederherstellung der Kranken zurückzuführen, die bald alle verhältnismäßig wohl waren.

Die Orangen von Taheiti sind köstlich, klein und süß, mit dünner trockener Schale. Vor Cooks Zeit waren sie unbekannt, ihm verdanken die Eingeborenen diese Wohltat. Er führte auch andere Früchte ein, Feigen, Ananas und Zitronen; aber man sieht sie nicht häufig; nur die Limonen wachsen noch in großer Zahl, und die ärmeren Eingeborenen pressen ihren Saft aus, um ihn den Schiffern zu verkaufen. Er wird als Mittel gegen Skorbut sehr geschätzt. Und nicht nur ausländische Früchte und Gemüse verdanken die Gesellschaftsinseln ihren ersten Besuchern; auch Rindvieh und Schafe wurden an verschiedenen Orten zurückgelassen. Darüber wird noch mehr zu sagen sein, und nach allem, was in späteren Jahren für die Insel geschah, kann man Cook und Vancouver in diesem Sinn zum mindesten als ihre größten Wohltäter ansehen.

30.

Ich war zu einer politisch sehr interessanten Zeit auf die Insel gekommen und hörte von den Eingeborenen viel darüber. Manches erfuhr ich bei einem späteren Besuch sowie aus verläßlichen Berichten, die ich seither in der Heimat erhielt.

Die Franzosen hatten schon wiederholt vergeblich versucht, eine römisch-katholische Mission auf der Insel einzurichten. Die Missionare wurden verspottet und beschimpft; manchmal griffen die Eingeborenen zur Gewalt, und das Ende war jedesmal, daß jene die Insel wieder verlassen mußten. Einmal wurden zwei Geistliche, Laval und Gaset, von den Eingeborenen angegriffen und mißhandelt und zuletzt an Bord eines kleinen Handelsschoners gebracht, der sie auf der wilden Wallis-Insel, zweitausend Meilen westlich von Taheiti, ans Land setzte. Daß die englischen Missionare ihre Verbannung guthießen, leugnen sie selber nicht; ich hörte auch wiederholt, daß sie die Eingeborenen zu ihren Gewalttätigkeiten aufgehetzt hatten. Jedenfalls hätten sie bei ihrem unbegrenzten Einfluß auf die Eingeborenen sie leicht hindern können, wenn sie es gewollt hätten.

Dieses Beispiel trauriger Unduldsamkeit der protestantischen Missionare ist leider weder das einzige noch das schlimmste; ich will hier nicht weiter darauf eingehen; neuere Reisende haben genug darüber berichtet. Auch ist das Verhalten der Missionare auf den Südsee-Inseln in letzter Zeit viel besser geworden.

Das Verfahren gegen diese beiden Geistlichen war der wesentliche und jedenfalls der einzige gerechtfertigte Grund, aus dem Du Petit-Thouars Genugtuung verlangte, und führte schließlich dazu, daß er sich der Insel bemächtigte. Er hatte sich auch darüber beschwert, daß die Flagge des französischen Konsuls Merenhout wiederholt beschimpft und das Eigentum eines französischen Ansiedlers von der Regierung gewaltsam weggenommen worden war. Im letztgenannten Fall waren die Eingeborenen durchaus im Recht gewesen: das Gesetz gegen den Handel mit geistigen Getränken, das wiederholt aufgehoben und wieder erneuert wurde, war damals gerade in Kraft, und da auf dem Grundstück eines gewissen Victor, der ein ganz gemeiner und schuftiger Abenteurer aus Marseille war, ein größerer Vorrat von geistigen Getränken gefunden wurde, erklärten die Taheitier ihn für beschlagnahmt.

Für diese und andere angebliche Übergriffe hatten die Franzosen eine große Geldentschädigung – 10.000 Dollar – gefordert, und da die Staatskasse sie nicht leisten konnte, hatten sie die Insel sogleich besetzt und einen Vertrag geschlossen, der den Häuptlingen auf dem Geschützdeck der Fregatte diktiert worden war. Es unterliegt wohl keinem Zweifel, daß auch ohne diese Formalität der Sturz der Pomaris in den Tuilerien beschlossen worden war.

Nachdem der Konteradmiral ein sogenanntes Protektorat errichtet hatte, segelte er ab. Er ließ einen Herrn Bruat als Gouverneur zurück;

der Konsul Merenhout wurde zum königlichen Kommissar ernannt, und zwei Zivilbeamte, Reine und Carpegne, als Mitglieder des Staatsrats dem Gouverneur zur Seite gestellt. Militär wurde damals nicht gelandet, sondern erst mehrere Monate später. Gegen Reine und Carpegne hatten die Eingeborenen persönlich nichts einzuwenden, aber Bruat und Merenhout waren ihnen tief verhaßt. Der Gouverneur suchte die Königin einzuschüchtern, legte die Hand an den Degen, bedrohte sie mit der Faust und fluchte heftig, um sie gefügig zu machen. »O König eines großen Volkes«, schrieb Pomari in ihrem Brief an Louis Philippe, »rufe diesen Mann zurück; ich und mein Volk können seine Übeltaten nicht länger ertragen. Er ist ein schamloser Mensch.«

Nach der Abfahrt des Admirals legte sich die Aufregung der Eingeborenen zwar nicht vollständig, aber es kam doch zunächst nicht zu offenen Gewalttätigkeiten. Die Königin war nach Imio geflohen; und die Streitigkeiten zwischen den einzelnen Häuptlingen, sowie das unkluge Verhalten der Missionars ließen eine Einigung über ein gemeinsames Vorgehen nicht zustande kommen. Die große Menge des Volks wie die Königin bauten zuversichtlich auf ein rasches Eingreifen der englischen Regierung, denn sie hatten viele Verbindungen mit England, das auch ihre Unabhängigkeit wiederholt feierlich gewährleistet hatte. Die Missionare boten dem französischen Gouverneur ganz offen Trotz; kindisch prophezeiten sie, daß bald Flotten und Armeen aus England, kommen würden. Was bedeutete ein Fleckchen Erde wie Taheiti für die ungeheuren Interessen Frankreichs und Englands? Die englische Regierung schickte eine Protestnote, die französische eine Antwortnote, und dabei blieb es. Einmal in ihrem langen streitsüchtigen Leben standen der heilige Georg und der heilige Dionys auf gutem Fuß, und sie hatten keine Lust, wegen Taheitis die Klinge zu kreuzen.

Während meines Aufenthalts auf der Insel war, soweit meine Beobachtungen reichten, kaum zu merken, daß ein Regierungswechsel stattgefunden hatte. Die Gesetze, soweit solche vorhanden waren, blieben die gleichen, die Missionare wurden nicht belästigt, und überall herrschte verhältnismäßige Ruhe. Aber ich hörte die Eingeborenen öfters auf die Franzosen schimpfen – die, nebenbei bemerkt, in ganz Polynesien nicht beliebt sind –, und bitter bedauerten sie, daß die Königin nicht gleich von Anfang an Widerstand geleistet hatte. Im Hause des Häuptlings Adia wurde wiederholt die Frage erörtert, ob die Insel in der Lage sei, sich der Franzosen zu erwehren; die Zahl der waffenfähigen Krieger und der Musketen wurde abgeschätzt, die Befestigung der Anhöhen, die Papiti beherrschten, erwogen. Ich sah in alledem Zeichen des Grolls über die Vergewaltigung, die sie erduldet hatten, nicht einen entschlossenen Willen zum Widerstand. Den tapferen, wenn auch vergeblichen Kampf, der so bald auf meine Abreise folgen sollte, hatte ich nicht erwartet.

Nach meinem ersten Besuch hatte Bruat als Gouverneur und Oberrichter die Insel, die vordem in neunzehn Distrikte eingeteilt war, an deren Spitze je ein eingeborener Häuptling stand, in vier Provinzen geteilt, und hatte zu Vorstehern die abtrünnigen Häuptlinge Kitoti, Teti, Utamai und Pareta eingesetzt. Er hatte jedem tausend Dollar bezahlt, um sich ihre Unterstützung bei der Ausführung seiner schlimmen Pläne zu sichern.

Bei Marhenar auf der Halbinsel Tarebu floß das erste Blut in regelrechtem Kampf. Leute, die zu einem der französischen Kriegsschiffe gehörten, hatten Frauen am Ufer fortgeschleppt. Die Eingeborenen fochten verzweifelt und töteten etwa fünfzig Franzosen; sie selbst verloren etwa neunzig Mann. Die französischen Matrosen und Marinesoldaten, die, wie berichtet wurde, völlig betrunken waren, gaben keinen Pardon. Die Überlebenden retteten sich durch die Flucht in die Berge. Es folgten die Gefechte von Hararparpi und Farrarar, in denen die Franzosen nur mäßige Erfolge errangen. Bald nach dem Gefecht von Hararparpi wurden drei Franzosen in einem Paß überfallen und von den erbitterten Eingeborenen niedergemacht. Einer davon war Lefevre, ein berüchtigter Gauner und Spion, den Bruat einem Major Fergus – der Pole gewesen sein soll – als Führer mitgegeben hatte, um das Versteck von vier Häuptlingen zu finden, die der Gouverneur gefangennehmen und hinrichten lassen wollte. Hierdurch wurde der Haß auf beiden Seiten noch mehr entflammt.

Damals veranlaßte Bruat den verräterischen Häuptling Kitoti, der sein gefügiges Werkzeug war, im Tal von Peri ein großes Fest zu geben, zu dem er alle seine Landsleute einlud. Der Gouverneur wünschte so viele als möglich für sich zu gewinnen; er lieferte Wein und Schnaps im Überfluß, und die natürliche Folge war, daß beim Fest alle sich viehisch betranken. Immerhin hatten die Eingeborenen vorher bemerkenswerte Reden gehalten. So auch ein alter Krieger, der einst an der Spitze des berühmten Eioreh-Bundes gestanden. »Dies ist ein sehr gutes Fest«, sagte der trunkene alte Mann, »auch der Wein ist sehr gut, aber ihr übelgesinnten Wih-wihs (Franzosen) und ihr falschherzigen Männer von Taheiti, seid alle sehr schlecht.«

Nach den letzten Nachrichten, die ich bekommen habe, weigert sich die Mehrzahl der Insulaner noch heute, die französische Herrschaft anzuerkennen; was geschehen wird, läßt sich schwer sagen; aber jedenfalls müssen diese Kämpfe die endgültige Vernichtung des Stammes beschleunigen.

Zugleich mit den wenigen Beamten, die Du Petit-Thouars auf der Insel einsetzte, blieben auch mehrere französische Geistliche dort. In einem Artikel des Vertrages war ihnen die freie Ausübung ihres Berufes unter den stärksten Schutzmaßnahmen gewährleistet. Niemand durfte sie bei ihrer Tätigkeit zur Ausbreitung ihres Glaubens stören; aber es war auch niemand verpflichtet, sie ihnen zu erleichtern, noch weniger ihnen etwa ein Mittagessen zu geben. Sie hatten wohl Geld genug, aber für die Eingeborenen war es »tabu«, und während einiger Stunden nach der Ankunft der französischen Priester rührten sie es wirklich nicht an. Diese galten für Sendlinge des Papstes und des Teufels; welcher Insulaner hätte gewagt, nicht nur sein Seelenheil zu gefährden, sondern auch Verderben auf seine Brotfruchternte heraufzubeschwören, indem, er mit ihnen Umgang pflog!? Am ersten Tag mußten die Geistlichen tatsächlich Kokosnüsse im Hain auflesen; aber ehe es Abend wurde, fanden sie in einem nahen Hause christliche Gastfreundschaft für den genauen Gegenwert in harten Dollars.

Zweifellos war die Haltung der englischen Missionare unhöflich, die den katholischen Geistlichen den Aufenthalt auf diese Weise zu verleiden suchten; aber schließlich hatten die letzteren sich grundlos in diese unangenehme Lage gebracht. Sie hätten viel besser getan, sich auf einer der noch unbekannten Inseln im Stillen Ozean niederzulassen, als sich einem Volke aufzudrängen, das sich bereits zu einer anderen christlichen Sekte bekannte.

31.

Da unser Gefängnis allseits offen war und so nahe an der Straße lag, konnte uns jeder Vorübergehende sehen, und da die Taheitier ein müßiges und neugieriges Volk sind, fehlte es uns nicht an Besuch. Einige Tage hindurch war es ein beständiges Kommen und Gehen, und so, schimpflich an einem Fuß festgebunden, erteilten wir passive Audienzen. Das hinderte nicht, daß wir die Löwen der taheitischen Gesellschaft waren. Fremde aus fernen Dörfern, wurden mitgenommen, die »Karhauris« (weiße Männer) zu sehen, etwa wie Leute aus der Provinz, wenn sie in die Stadt kommen, in den Zoologischen Garten geführt werden.

Wir konnten dabei unsere Beobachtungen machen. Was mir schmerzlich auffiel, war die große Zahl kränklicher und entstellter Personen, die Folge einer ansteckenden Krankheit, die bei der Behandlung der Eingeborenen stets so verläuft, daß sie zuletzt Muskeln und Knochen angreift. Bei einer besonders schlimmen Form der Krankheit entsteht eine häßliche Verkrümmung des Rückgrats. Dieses und manche anderen Leiden waren unbekannt, ehe die Insel von den Weißen entdeckt und heimgesucht worden; dafür gab es mehrere Fälle von Fe-Fe oder Elefantiasis, einer Eingeborenenkrankheit, die seit dem fernsten Altertum unter ihnen herrscht. Sie greift nur Beine und Füße an, die bisweilen zum Umfang eines menschlichen Körpers anschwellen, während die Haut sich mit Schuppen bedeckt. Man sollte glauben, daß ein Mensch, der an dieser Krankheit leidet, nicht gehen könnte, aber die Leute sind ganz beweglich, fühlen anscheinend keinen Schmerz und tragen ihr Unglück mit unglaublicher Heiterkeit. Die Fe-Fe entwickelt sich ganz allmählich, Jahre vergehen, ehe das Glied völlig geschwollen ist. Die Eingeborenen schreiben sie verschiedenen Ursachen zu, aber die allgemeine Meinung ist, daß sie vom Genuß unreifer Brotfrüchte und indischer Rüben kommt. Sie gilt für unheilbar, eine Behandlung wird gar nicht versucht, auch nicht im Beginn der Krankheit.

Ich erinnere mich eines armen Matrosen, den ich später auf Rurutu, einer einsamen Insel traf, die man von Taheiti mit dem Segelschiff in zwei Tagen erreichen konnte. Es ist eine ganz kleine Insel, und die Bewohner sind nahezu ausgestorben. Wir setzten ein Boot aus, um zu sehen, ob man noch wie früher Yamswurzeln bekam, da die Yamswurzeln von Rurutu in der Gegend so berühmt waren wie die sizilischen Orangen im Mittelmeer. Als ich ans Ufer stieg, wurde ich zu meinem Erstaunen in der Nähe eines winzigen Kirchleins, das wie ein Blockhaus aussah, von einem weißen Mann angeredet, der aus einer elenden Hütte auf mich zuhumpelte. Sein Bart und Haar waren unrasiert, das Gesicht totenbleich und hager und das eine Bein durch die Fe-Fe zu unglaublicher Größe angeschwollen. Es war das erstemal, daß ich einen Europäer an dieser Krankheit leiden sah, oder auch nur davon gehört hätte, und ich war erschrocken und ergriffen. Er befand sich seit Jahren auf der Insel. Als die ersten Symptome auftraten, hatte er nicht glauben wollen, daß es Elefantiasis sei, und gehofft, sie würden bald wieder schwinden. Als es klar wurde, daß die einzige Aussicht für ihn in raschem Klimawechsel lag, wollte kein Schiff ihn als Matrosen aufnehmen, und als Passagier unterzukommen, war ganz hoffnungslos. Das spricht nicht für die Menschlichkeit der Schiffskapitäne, aber diese Tugend ist in der Südsee überhaupt nicht verbreitet; es werden auch, so viele Forderungen an ihre Mildtätigkeit gestellt, daß sie unempfindlich geworden sind.

Ich bemitleidete den armen Kerl von ganzem Herzen; aber auch ich konnte nichts tun; unser Kapitän blieb unerbittlich. »Ich habe sechs Monate Fahrt vor mir«, sagte er, »und kann nicht seinetwegen umkehren. Auf der Insel geht's ihm besser, als es ihm auf See gehen würde. Er muß auf Rurutu bleiben und sterben.« Es war nichts zu machen. Ich hörte später noch zweimal durch Matrosen von ihm; seine Versuche waren alle vergeblich geblieben, und sein trauriges Schicksal mußte sich bald erfüllen.

Obwohl das Volk der Taheitier heruntergekommen und entartet ist, findet man unter den Häuptlingen noch sehr ansehnliche Erscheinungen, majestätisch aussehende Männer und winzige Frauen, lieblich wie die Nymphen, die vor einem Jahrhundert um Wallis' Schiffe schwammen. Wenn die Taheitierinnen schön sind, dann sind sie noch immer so verführerisch, wie sie es seinerzeit für die Mannschaft der »Bounty« waren; kein Dichter könnte sich junge Mädchen in den Tropen schöner vorstellen; sie sind sanft, mit vollen Formen und träumerischen Augen. Die Hautfarbe ist bei beiden Geschlechtern von Natur aus ganz hell, aber die Männer erscheinen viel dunkler, weil sie sich der Sonne aussetzen. Auch wird eine dunkle Hautfarbe bei einem Mann sehr geschätzt, sie soll körperliche und geistige Kraft anzeigen. Es ist ein alter Spruch bei ihnen:

»Wenn dunkel die Wange der Mutter,
Wird der Sohn die Kriegsmuschel blasen,
Wenn stark ihr Leib, wird Gesetze er geben.«

Da dies ihre Vorstellung von Männlichkeit ist, so darf man sich nicht wundern, wenn die Taheitier die blassen, matt aussehenden Europäer für weibische Schwächlinge hielten; dagegen gelten die Seeleute, deren

Wangen wie die Brust eines gebratenen Puters aussehen, für kräftige Kerle, oder wie sie dort sagen: er ist ein »tahita tona«, ein Mann, der Knochen hat.

Dabei fällt mir eine jetzt veraltete häßliche Sitte der Taheitier ein, daß sie aus den Knochen ihrer erschlagenen Feinde Angelhaken und Bohrer zu machen pflegten. Nun, die alten Skandinavier machten aus den Schädeln Trinkgefäße und Suppenschüsseln.

In der Calabusa Biriteni erregten wir bei unseren zahlreichen Besuchern das lebhafteste Interesse. Stundenlang redeten sie über uns und gerieten dabei in eine ganz unnötige Aufregung; sie hopsten geradezu hin und her. Stets nahmen sie unsere Partei und schimpften auf den Konsul, den sie »eita mehteh« (ganz außerordentlich schlecht) nannten. Sie mußten einen besonderen Groll gegen ihn hegen. Auch die guten Seelen, die Weiber, kamen zu Besuch; sie zeigten sogar ein noch größeres Interesse für uns als die Männer, sahen uns mit sehr bedeutungsvollen Blicken an und sprachen mit unglaublicher Schnelligkeit. Aber ach, wenn sie auch neugierig waren und zweifellos ein gewisses flüchtiges Mitleid für uns empfanden, wirkliche Gefühle waren es nicht. Viele von ihnen nahmen das Lächerliche unserer Lage sehr wohl wahr und spotteten. Etwa am zweiten Tage unserer Gefangenschaft kam ein wildes schönes Mädchen in die Calabusa gelaufen, blieb in einiger Entfernung von uns stehen und sah uns drollig an. Sie war ein ganz herzloses Geschöpf. Der schwarze Daniel, der seinen entzündeten Knöchel rieb und seine Meinung über den Konsul und den Kapitän energisch äußerte, machte ihr großen Spaß. Nachdem sie genug über ihn gelacht hatte, nahm sie die übrigen in Augenschein; einen nach dem anderen sah sie gründlich und herausfordernd an, und wenn ihr an einem etwas Komisches auffiel, wies sie mit dem Finger auf ihn, warf sich zurück und lachte ein kleines gedämpftes, tiefes Lachen. Es war in unserer Lage natürlich schwer, heroisch auszusehen. Trotzdem war mir der Gedanke nicht angenehm, von der kleinen Hexe verlacht zu werden, obwohl sie nur eine Eingeborene war. Ihre Schönheit mochte daran mit schuld sein. Ich war höchst unpassend gekleidet und lag an einen Holzblock gefesselt da. Dennoch versuchte ich die anmutigste Haltung einzunehmen, die mir möglich war. Ich stützte das Haupt auf die Hand und suchte gedankenschwer auszusehen; das Gesicht hatte ich abgewendet, aber ich fühlte, daß ich rot wurde, wußte, daß ihr Blick auf mir ruhte, und immer heißer wurde meine Wange. Sie lachte nicht; das war entzückend, mein Anblick rührte sie!

Jetzt hielt ich es nicht länger aus und richtete mich auf. Da stand sie, ihre Augen wurden größer und größer wie zwei Sterne, ihre ganze Gestalt bebte vor Lustigkeit und um ihren Mund spielte ein Ausdruck, der nur zu deutlich war. Im nächsten Augenblick drehte sie sich blitzschnell um, lachte laut auf, lief aus der Calabusa und kam zu meinem Glück nicht wieder.

32.

Ein paar Tage vergingen, und Kapitän Bob belohnte unseren Gehorsam durch Vergünstigungen. Er gestattete uns, den ganzen Tag frei umherzugehen. Nur mußten wir auf Rufweite bleiben. Da er Wilsons ausdrücklichem Befehl zuwiderhandelte, mußte er dafür sorgen, daß der Konsul nichts davon erfuhr. Daß die Eingeborenen uns verraten würden, besorgten wir nicht, aber Ausländer, die auf der Ginsterstraße verkehrten, konnten es tun. So wurden vorsichtshalber Knaben als Späher ausgestellt; sowie sie einen weißen Mann erblickten, schlugen sie Alarm und jeder eilte an sein Loch im offenen Stock, der obere Balken wurde gesenkt, und wir waren Gefangene. Sowie der Wanderer außer Sicht war, wurden wir wieder in Freiheit gesetzt.

Was wir an Lebensmitteln von Kapitän Bob und seinen Freunden erhielten, war so wenig, daß wir oft unerträglichen Hunger hatten. Wir konnten ihnen keinen Vorwurf daraus machen, denn wir sahen bald, daß sie sich absparten, was sie uns gaben, und sie erhielten ja nichts dafür als den täglichen Eimer mit Hartbrot. Not kann für ein Volk wie die Taheitier nur Nahrungsmangel bedeuten; aber das gewöhnliche Volk ist dort zum Teil so arm, daß dieses Elend, das sonst eine traurige Begleiterscheinung der Zivilisation ist, häufig ist. Die Leute in unserer Nachbarschaft hatten Orangen und Zitronen im Überfluß, aber diese Früchte allein erregten nur noch heftigeren Appetit nach anderer Nahrung. Zur Zeit der Brotfruchtreife sind sie besser daran; sonst werden die Erzeugnisse der Insel, auf der es ja so gut wie keine Landwirtschaft gibt, und Früchte nur soweit vorhanden sind, als sie wild wachsen, als Schiffsvorrat verkauft; die Häuptlinge, denen das ganze Land gehört, befriedigen ihre Geldgier, und für das geringe Volk bleibt nichts übrig. Wenn sie nicht ihre Fischnetze hätten, würden viele tatsächlich verhungern.

Da Kapitän Bob in seiner Wachsamkeit allmählich immer mehr nachließ, und wir unsere Wanderungen immer weiter ausdehnten, gelang es uns, durch systematisches Fouragieren uns einigen Ersatz zu schaffen. Zum Glück standen die Häuser der reichen Eingeborenen uns ebenso offen wie die der Armen. Wir wurden hier wie dort gleich gütig behandelt. Manchmal kamen wir zurecht, wenn bei einem Häuptling ein Schwein geschlachtet wurde, denn der Lärm war auf große Entfernung hörbar. Bei solchen Gelegenheiten kommen die Nachbarn zusammen und feiern ein kleines Fest, bei dem jeder Fremde willkommen ist. Das Quieken war daher Musik in unseren Ohren; wir wußten dann, daß in der Gegend etwas im Gange war, und wenn wir plötzlich und lärmend erschienen, erregten wir jedesmal Sensation. Mitunter war das Tier noch am Leben und sträubte sich und wurde bei unserem Eintritt losgelassen; dann trat Schwindel-Jack sogleich auf den Schauplatz, ein Bordmesser zwischen den Zähnen und eine Holzkeule in der Hand. Alle waren gefällig. Die einen halfen beim Absengen der Borsten, andere beim Ausnehmen des Tieres. Nur der lange Doktor und ich nahmen an diesen Vorbereitungen nie teil und sparten unsere Kräfte für die Mahlzeit. Wie alle sehr mageren Leute hatte das lange Gespenst einen mächtigen Appetit. Andere gingen manchmal umher und suchten, was sie verschlingen konnten: er lag immer auf der Lauer. Er hatte auch ein Mittel gefunden, einem Übelstand abzuhelfen, den wir alle fühlten: die Südsee-Insulaner salzen ihre Nahrung fast nie. Daher bat er Tauende, ihm ein wenig Salz und womöglich auch etwas Pfeffer vom Schiff zu bringen. Das geschah, und er tat beides in ein kleines Ledertäschchen, einen »Affenbeutel«, wie die Seeleute es nennen, der gewöhnlich als Geldbörse um den Hals getragen wird. »Meines Erachtens«, sagte er, als er den Beutel verbarg, »tut ein Fremder in Taheiti gut daran, sein Messer zur Hand zu haben und die Streubüchse um den Hals.«

33.

Wir waren noch nicht lange an Land, als wir Dr. Johnson auf der Ginsterstraße daherkommen sahen. Wir hatten schon gehört, daß er uns einen Besuch zudachte, und errieten den Grund. Da wir dem Konsul übergeben waren, mußten alle Auslagen für uns aus der amtlichen Kasse bezahlt werden, und, als Wilsons Freund der Bezahlung sicher, war der

Herr Doktor nicht abgeneigt, eine Rechnung für ärztliche Besuche auflaufen zu lassen. Über die kleine Schwierigkeit, die darin lag, daß er auf dem Schiff erklärt hatte, wir hätten weder Behandlung noch Arznei nötig, und daß wir jetzt plötzlich beides brauchen sollten, setzte er sich entschlossen hinweg.

Einer der Späher kündete uns sein Nahen an, und es wurde der Vorschlag gemacht, daß wir ihn ruhig hereinlassen und dann im Stock festmachen sollten. Aber das lange Gespenst hatte einen besseren Einfall.

Dr. Johnson kam freundlich lächelnd, er war die Herzlichkeit selbst, stützte sich mit dem Rohrstock auf den oberen Balken des Stocks, blickte nach rechts und nach links, wie wir vor ihm lagen, und »Nun, meine Jungens«, begann er, »wie geht's euch heute?«

Alle sahen so still und bescheiden wie möglich drein und antworteten irgend etwas. Darauf fuhr er fort: »Die armen Kerle, die ich neulich gesehen habe, die Kranken, meine ich, wie befinden sie sich?« und er sah alle forschend an. Endlich wandte er sich an einen, der eine erbarmungswürdige Miene machte und meinte, er sähe wirklich sehr krank aus.

»Ach ja, Herr Doktor«, sagte der Matrose in kläglichem Ton, »ich fürchte mich, Herr Doktor, ich werde bald meine Meßnummer abgeben müssen.« Dabei schloß er die Augen und stöhnte.

»Was meint er?« fragte Dr. Johnson und sah sich nach en anderen um. Der Ausdruck bedeutet in der Seemannssprache sterben.

Schwindel-Jack machte den freiwilligen Dolmetscher. »Er meint, er wird bald abkratzen.«

»Abkratzen? und was heißt das, wenn man von einem Patienten spricht?« Man erklärte es ihm. »Ach so, ich verstehe«, sagte er, trat über den Stock und fühlte dem Mann den Puls. »Wie heißt er?« fragte er und wandte sich zum Marine-Bob.

»Wir nennen ihn den Klingel-Joss«, erwiderte dieser würdige Seemann.

»Ja, Leute, ihr müßt auf den armen Joseph gut acht haben. Ich werde ihm ein Pulver schicken, das er genau nach dem Rezept einnehmen muß. Jemand von euch wird doch lesen können?«

»Der junge Mensch da kann's«, erwiderte Bob, indem er mit dem Arm nach meinem Platz zeigte, als ob er auf ein Segel fern am Horizont weisen würde.

Nachdem Johnson alle anderen der Reihe nach untersucht hatte – einige waren wirklich krank, andere gaben vor, an den verschiedensten Übeln zu leiden –, drehte er sich um. »Leute«, sagte er, »wenn noch jemandem etwas fehlt, so müßt Ihr es sagen und mich wissen lassen, ich habe auf Anordnung des Konsuls euch täglich zu besuchen, und wenn einer von euch krank ist, so ist's meine Pflicht, ihm das Nötige zu verordnen. So ein plötzlicher Wechsel vom Schiffsessen zur Landdiät bekommt Seeleuten verteufelt schlecht. Seid also vorsichtig beim Obstessen. Guten Tag! Morgen frühzeitig schicke ich euch die Medizinen!«

Ich möchte annehmen, daß Johnson, obschon er nicht sehr gescheit war, doch ahnte, daß wir ihn verhöhnten. Aber das war ihm gleichgiltig, wenn er seinen Zweck erreichte; falls er uns durchschaute, verriet er es nicht. Am nächsten Morgen kam tatsächlich ein Eingeborener, der ein Körbchen aus Kokosnußstielen trug, in dem Pulver, Pillen-Schachteln und Fläschchen lagen. Auf jeder war der Name und die Verordnung in großer runder Schrift zu lesen. Alle griffen sogleich danach in der sonderbaren Erwartung, daß in einigen der Flaschen auch etwas Alkohol sein könnte. Aber schließlich wurde das Körbchen dem langen Doktor überlassen, der die Etiketten in seiner Eigenschaft als Arzt zu lesen verlangte. Das erste, was er ergriff, war eine größere Phiole, auf der stand: »für William; gut einreiben.«

Die Flasche roch zweifellos nach Weingeist, und sowie der Doktor sie dem Patienten reichte, wandte der sie sogleich innerlich an, und zwar die ganze Dosis auf einmal. Der Doktor war starr. Jetzt geriet alles in Erregung. Pulver und Pillen wurden für wertlos erklärt, während die glücklichen, die ein Fläschchen erhielten, beneidet wurden. Johnson mußte die Matrosen gekannt haben und hatte offenbar wenigstens einige seiner Heilmittel so zubereitet, daß sie ihnen schmecken konnten, wenigstens vermutete unser Doktor dies. Sicher ist, daß alle die Flaschen nahmen, ihr Inhalt mochte sein, wie er wollte; um die Vorschrift kümmerten sie sich nicht weiter, sie wurden sämtlich ausgetrunken. Auf der größten, – wirklich eine ganz gehörige Flasche, die auch annähernd wie Weinbrand, roch, – stand: »Für Daniel, ordentlich trinken, bis es ihm besser geht.« Dies tat der schwarze Daniel denn auch sogleich, und er würde sie auf einen Zug erledigt haben, wenn man ihm nicht nach hartem Kampf die Flasche entrissen hätte, die nun herumging wie ein fröhlicher Weinkrug. Die alte Teerjacke hatte geklagt, daß das Obstessen im Unmaß ihm nicht bekommen sei.

Als unser Arzt am nächsten Tag kam, fand er die ganze Reihe seiner kostbaren Patienten hinter dem Stock liegend; ihr Befinden war so, wie es den Umständen nach zu erwarten war. Es zeigte sich, daß die Pulver und Pillen gar nicht gewirkt hatten, vielleicht, weil keiner sie genommen hatte. Um sie wirksamer zu machen, schlug einer vor, in Zukunft eine Flasche Pisco mitzuschicken. Schwindel-Jack setzte dem Doktor auseinander, so ungemischt wären die Mittel viel zu trocken, man müsse etwas haben, sie hinunterzuspülen.

Bis dahin hatte unser eigener Doktor der gesamten Heilkunde, das Lange Gespenst, den ganzen Scherz zwar in die Wege geleitet, sich aber nicht daran beteiligt. Beim dritten Besuch Dr. Johnsons nahm er ihn beiseite und hatte eine längere Unterredung mit ihm. Was er ihm sagte, weiß ich nicht, aber aus gewissen sehr deutlichen Zeichen und Gebärden schloß ich, daß er ihm die Symptome einer geheimnisvollen inneren Störung schilderte, die ganz plötzlich bei ihm zum Ausbruch gekommen sein mußte. Da er die medizinischen Ausdrücke beherrschte, machte er offenbar Eindruck. Jedenfalls versprach Johnson laut, ihm zu schicken, was er wünschte.

Als der Medizinjunge am anderen Morgen kam, nahm der Doktor ein kleines Fläschchen in Empfang, das eine dunkle Flüssigkeit enthielt. Diesmal war sonst fast nichts mitgekommen, als eine Korbflasche mit dem Stärkungsmittel, das nach Weinbrand roch. Nach langer Debatte wurde darüber so entschieden, daß einer den Inhalt in kleineren Mengen in eine halbe Kokosschale goß, so daß jeder, der wollte, seinen Teil erhielt. Da weitere ärztliche Labung nicht vorhanden war, gingen die Leute ihrer Wege.

Ein oder zwei Stunden vergingen, als Schwindel-Jack die Aufmerksamkeit auf meinen langen Freund lenkte, der seit dem Fortgehen des Medizinjungen nichts von sich hatte hören lassen. Er lag mit geschlossenen Augen hinter dem Stock; Jack hob seinen Arm auf und ließ ihn wieder fallen wie den eines Toten. Ich brachte diese Erscheinung sogleich mit dem geheimnisvollen Fläschchen in Verbindung. Ich durchsuchte des Doktors Taschen, fand das Fläschchen, hielt es in die Höhe und sah, daß es Laudanum[14] war. Schwindel-Jack riß es mir begeistert aus der Hand, sagte allen anderen, was es sei, und schlug allen ein fröhliches Schläfchen vor. Da ihn einige nicht gleich verstanden, so wurde das allem Anschein nach endgültig entschlafene Gespenst, das so still hielt, daß mir Zweifel an der Echtheit seines Schlafes kamen, umhergerollt, um zu zeigen, welche Wirkung das Mittel hatte. Das gefiel allen glänzend; sie

14 Opiumtinktur

warfen sich sogleich hin, und der Zaubertrank ging von Hand zu Hand. Da sie glaubten, daß sie im Augenblick die Besinnung verlieren müßten, ließ sich jeder, nachdem er seinen Schluck genommen, zurücksinken und schloß die Augen. Angst brauchten wir nicht zu haben, da wir das Narkotikum in so viele gleiche Teile geteilt hatten. Aber ich war doch neugierig zu sehen, wie es wirkte, und richtete mich nach einer Weile ein wenig auf und sah mich um. Es war gegen Mittag und alles still; da wir täglich Siesta hielten, war ich nicht sehr überrascht, alle so ruhig zu finden. Immerhin war mir, als ob einer oder der andere durch die Lider blinzelte.

Jetzt hallten Schritte, und ich sah Dr. Johnson kommen. Er schien nicht wenig betroffen, als er alle seine Patienten leblos hingestreckt sah, alle in tiefen, unerklärlichen Schlaf versenkt. »Daniel!« rief er schließlich, indem er dem Genannten den Rohrstock in die Rippen stieß. »Daniel, mein guter Bursch', steh' auf! Hörst du nicht?«

Aber der schwarze Daniel blieb unbeweglich, und der Doktor stieß den nächsten Schläfer an. »Josef, Josef, komm, wach' auf! Ich bin's, Dr. Johnson!« Aber der Klingel-Joss schlief mit offenem Mund und geschlossenen Augen und war nicht zu wecken. »Herr im Himmel!« rief der Doktor und hob Stock und Hände in die Höhe, »was haben die? Leute, Leute! Leute, sage ich!« brüllte er, auf und ab rennend, »bewegt euch doch! Was in aller Welt ist denn mit euch los?« und er schlug noch heftiger auf den Stock und schrie noch lauter. Endlich hielt er inne, faltete die Hände über seinem Stockknopf und betrachtete uns. Die Töne des Schnarchorchesters schlugen rhythmisch an sein Ohr, und es kam ihm ein Gedanke, »Ja, ja, die Halunken müssen sich einen angetrunken, haben. Nun, das geht ja mich nichts an; ich gehe!« Und er ging.

Kaum war er außer Hörweite, als fast alle aufsprangen, und in helles Gelächter ausbrachen. So wie ich hatten die meisten den ganzen Vorgang beobachtet. Auch das Lange Gespenst war jetzt völlig wach. Wozu er Laudanum genommen, – wenn er es getan, – mußte er am besten wissen; mich geht's nichts an.

34.

Wir waren etwa vierzehn Tage in der Calabusa, als Kapitän Bob eines Morgens vom Bade kam; er war völlig nackt, trug aber über einem Arm ein Bündel von altem Tappa und begann sich damit zu bekleiden, um auszugehen. Das geschah in folgender Weise: es war Tappa gröbster Art, ein langes schweres Stück, das er mit dem einen Ende an einem Hybiskuspfeiler befestigte, auf dem das Dach der Calabusa ruhte; dann machte er ein paar Schritte, legte das andere Ende des Stoffs an seine Hüften, und indem er wieder auf den Pfeiler zuschritt und sich dabei beständig drehte, wickelte er sich darein. Dieses einzige Kleidungsstück, das wie ein Reifrock um ihn lag, steigerte seinen ohnedies gewaltigen Umfang ins ungeheure. Er hielt sich an die Sitte der Väter: in der alten Zeit war das »Keihi«, der »große Gürtel«, für beide Geschlechter üblich gewesen, und Bob, der Neuerungen abhold war, hatte es beibehalten.

Nun erst sagte er uns, daß er Befehl habe, uns vor den Konsul zu führen. Wir waren nicht abgeneigt und traten in Marschordnung an. Der alte Mann ging pustend und stöhnend wie eine Maschine an der Spitze, eine Wache von etwa zwanzig Eingeborenen an unserer Seite, und so marschierten wir ins Dorf. Im Konsulat angekommen fanden wir Wilson und vier oder fünf Europäer, die in einer Reihe uns gegenüber saßen und offenbar einen möglichst richterlichen Eindruck auf uns machen sollten. Auf der einen Seite befand sich eine Ruhebank, auf der Kapitän Guy lag. Er sah weit besser aus und hatte, wie wir erfuhren, die Absicht, bald wieder an Bord zu gehen. Er sagte übrigens kein Wort und überließ alles dem Konsul.

Dieser stand jetzt auf, zog aus einer großen, mit einem roten Siegel verschlossenen Rolle ein Papier, das er laut vorlas. Es sollte ein »eidlich beschworenes Zeugnis des John Jermin, ersten Offiziers der britisch-kolonialen Bark ›Julia‹, Schiffer Guy«, sein und enthielt eine ausführliche Darstellung der Ereignisse seit der Ausfahrt aus Sydney bis zur Ankunft im Hafen von Papiti. In den Einzelheiten ziemlich richtig, war es doch so abgefaßt, daß jeder von uns schwer belastet erschien; über die verschiedenen Fehler im Verhalten des Steuermannes war kein Wort gesagt, so daß der feierliche Schlußsatz »und weiter saget der Zeuge nicht aus«, eine wesentliche Bedeutung bekam.

Niemand von uns sprach ein Wort; wir sahen uns alle nach dem Steuermann um, da wir es für unmöglich hielten, daß er seinen Namen dazu hergegeben hatte; aber er war nicht da.

Dann folgte ein Dokument, das die Aussage des Kapitäns enthielt; er hatte auch bei dieser Gelegenheit nicht viel zu sagen gewußt, und das Blatt war bald erledig.

Die dritte beschworene Aussage war die der Seeleute, die an Bord geblieben waren, darunter die des Verräters Spund, der als Kronzeuge gegen uns aufgetreten war. Dieses Dokument war vom Anfang bis zum Ende eine unerhörte Übertreibung, und die Leute hatten es zweifellos unterschrieben, ohne den Inhalt zu kennen. Insbesondere konnte Weimontu nichts davon begriffen haben, dessen Zeichen sich gleichfalls darauf fand. Vergeblich befahl der Konsul Schweigen, während er las. Bei jedem Absatz protestierten die Leute lärmend. Als die Aussage verlesen war, nahm Wilson, der die ganze Zeit steif wie ein Ladestock gestanden, feierlich die Schiffsartikel aus der Zinnkassette. Es war ein verfärbtes und verschimmeltes, widerwärtig aussehendes Aktenstück, das er nur schwer lesen konnte. Als er fertig war, hielt er es in die Höhe, wies auf die Zeichen, die die Mannschaft darunter gesetzt, und fragte uns der Reihe nach, ob wir Unterschrift und Zeichen anerkannten.

»Wozu denn die Frage?« sagte der schwarze Daniel, »Kapitän Guy weiß das ebensogut wie wir.«

»Schweigen Sie, Herr!« rief Wilson, da er den ganzen feierlichen Eindruck, den er machen wollte, zerstört sah.

Es folgte eine kurze Pause; die von der Richterbank sprachen leise mit dem Konsul, während die Mannschaft sich fragte, was der Konsul mit den eidlichen Aussagen bezwecken mochte; die meisten meinten, daß er uns einschüchtern wollte. Und so war es auch, denn er stand wieder auf und sagte: »Ihr seht, Leute, daß alles für das gerichtliche Verfahren gegen euch, vorbereitet ist. Die Rosa«, – ein kleiner australischer Schoner, der im Hafen lag, – »segelt in längstens zehn Tagen nach Sydney und nimmt euch mit. Die ›Julia‹ fährt von heute in einer Woche aus. Weigert ihr euch noch immer, eure Pflicht zu tun?«

Wir weigerten uns.

Der Konsul und der Kapitän wechselten einen Blick; der des Kapitäns verriet seine bittere Enttäuschung. Er sah mich an, zum erstenmal nahm er das Wort und ersuchte mich vorzutreten. »Waren Sie es nicht, der von der Insel geholt wurde?«

»Jawohl.«

»Sie also verdanken Ihr Leben meiner Menschlichkeit. Das ist Seemannsdankbarkeit, Herr Wilson!«

»O nein, Herr«, sagte ich und machte ihm klar, daß ich sehr genau wußte, warum er das Boot in die Bucht geschickt hatte: er hatte nicht genug Mannschaft und brauchte einen Matrosen; ich wurde wohl durch das Schiff gerettet, aber dem Wohlwollen seines Kapitäns hatte ich nichts zu danken.

Auch der Doktor sagte ein Wörtlein. In zwei Sätzen gab er eine kurzgefaßte aber meisterliche Charakteristik Kapitän Guys, die die anwesenden Seeleute höchlich befriedigte.

Die Lage wurde ernst, denn die Seeleute wurden ausfällig und zeigten Lust, den Konsul und den Kapitän mit nach der Calabusa zu nehmen. Die Richter wurden unruhig und geboten laut Schweigen, das auch schließlich wiederhergestellt wurde. Wilson sprach noch ein letztes Mal von Sydney und dem Gericht und wiederholte, daß noch eine Woche Zeit sei, bis die »Julia« absegelte. Damit entließ er uns und befahl Kapitän Bob und seinen Freunden, uns nach Calabusa zurückzuführen.

35.

Es war ein oder zwei Tage später, wir lungerten gerade in der Calabusa Biriteni herum, als drei der französischen Geistlichen uns die Ehre ihres Besuches erwiesen. Da die englischen Missionare uns lediglich ein Paket mit frommen Traktätchen geschickt hatten, fanden wir die französischen viel wohlerzogener. Sie hatten sich in unserer nächsten Nähe angesiedelt; wenn man einen kleinen Spaziergang auf dem Ginsterwege machte, so sah man ein rohgezimmertes Kreuz zwischen den Bäumen und kam bald zu einem ganz reizenden Platz; es war ein sanft gerundeter Hügel, mit alten Brotfruchtbäumen bewachsen, ein Wiesenabhang davor führte zu einem Palmenhain, dazwischen glitzerten die blauen sonnbeglänzten Wogen auf. Auf der Spitze des Hügels stand eine kleine recht einfache Kapelle aus Bambus, über der sich das Kreuz erhob. Wenn die Eingeborenen bei Nacht zwischen den Stäben durchlugten, sahen sie einen kleinen tragbaren Altar, ein Kruzifix, vergoldete Leuchter und Weihrauchgefäße. Weiter ging ihre Neugier nicht; nichts konnte sie bewegen, am Gottesdienst teilzunehmen; die Meßgesänge waren böse Zauberei für sie und die Geistlichen teuflische Hexenmeister.

Dicht neben der Kapelle stand eine Reihe von Häuschen, die einem Häuptling abgemietet und ganz hübsch eingerichtet waren. Die geistlichen Herren wohnten da recht angenehm. Auf den Wegen machten sie einen frommen Eindruck; aber in ihrer Häuslichkeit waren sie ein Klub lustiger Brüder, die nächtens manches Glas mit rotem Likör leerten und spät aufstanden. Sehr schade war, daß sie nicht heiraten konnten, ich meine, um der Damen der Insel und der Moral willen, denn wozu brauchten die geistlichen alten Junggesellen so bildhübsche eingeborene Dienstmädchen? Diese Fräulein waren die ersten Konvertiten und zweifellos voller Hingabe.

Zwei unserer Besucher sahen tatsächlich wie Schwarzkünstler aus, kleine vertrocknete Franzosen, in langen schwarzen Soutanen mit häßlichen dreieckigen Hüten, so groß, daß die ehrwürdigen Herren wie wandernde Pilze aussahen. Ganz anders war der dritte: er trug eine Art gelben Morgenrocks und einen breitrandigen Manilahut, war groß und stämmig, ein sonnengebräunter Fünfziger mit hellen blauen Augen, schönen Zähnen und sprach den unverfälschten Dialekt des Milesius.[15] Kurz, er war ein Irländer. Pater Murphy war sein Name, bei allen protestantischen Missionen wohlbekannt und gründlich verhaßt. Er war in früher Jugend auf ein Priesterseminar in Frankreich geschickt worden, hatte dort die Weihen empfangen und seine Heimat nur ein- oder zweimal wiedergesehen. Er kam munter auf uns zu und fragte sogleich, ob kein Landsmann von ihm unter uns wäre. Da waren ihrer zwei, ein sechzehnjähriger Junge, ein kluger, krausköpfiger Spitzbube, der natürlich Pat hieß. Der andere war ein häßlicher, traurig aussehender Lump, ein gewisser M'Gee, der sehr früh zur Deportation nach Sydney verurteilt worden war; wenigstens ging so das Gerücht, vielleicht war es Verleumdung. Die meisten meiner rauhen Schiffsgenossen hatten irgendeine versöhnende Eigenschaft; M'Gee nicht, und bei meinem erzwungenen Verkehr mit ihm habe ich oft bedauert, daß der Galgen sein Teil so spät bekam. Er verriet sich auf den ersten Blick, seine schielenden Augen waren die eines Schurken. Der prächtige Geistliche warf auch nur einen Blick auf ihn und sah sogleich wieder weg; dafür verweilten seine Augen auf Pats gutmütigem Gesicht, der seinerseits mit drolliger Spitzbüberei die ungeheuren Hüte beäugelte, unter denen die zwei kleinen Franzosen wie Schnecken hervorguckten.

Pat und der Geistliche kamen aus derselben Stadt in Meath, und als sie das herausgefunden hatten, da fand Pater Murphy des Fragens kein Ende; Pat war für ihn ein Brief aus der Heimat und noch viel mehr. Die zwei unterhielten sich lange, die Franzosen sprachen ein wenig in gebrochenem Englisch; dann entfernten sich die Besucher, aber Pater Murphy

15   Ein irischer König im Mittelalter.

war noch keine hundert Schritt gegangen, als er umkehrte und fragte, ob wir irgend etwas brauchten.

»Ja«, rief einer, »was zu essen!« Darauf versprach er uns selbstgebackenes frisches Weizenbrot zu schicken; das war auf Taheiti ein großer Luxus, und wir alle beglückwünschten Pat zu seinem neuen Freund und sagten ihm, sein Glück sei gemacht.

Am nächsten Morgen erschien denn auch ein französischer Diener des Geistlichen; er brachte ein Bündel Kleider für seinen jungen Landsmann und das versprochene Brot für uns. Da Pats Anzug an Knien und Ellbogen Löcher aufwies, und er wie wir alle innerlich gleichfalls eine große Leere fühlte, waren diese Gaben hochwillkommen. Nachmittags kam Pater Murphy selbst und fügte zu seinen Geschenken viel guten Rat hinzu; er bedauerte, Pat auf schlechten Wegen zu sehen, und sagte, er werde mit dem Konsul sprechen. Nach zwei oder drei Tagen kam er wieder und sagte Pat, Wilson sei unerbittlich und wolle ihn nur in Freiheit setzen, wenn er an Bord seines Schiffes ginge. Der Geistliche bat ihn auch, dies schnellstens zu tun, damit er der drohenden Strafe entginge; aber Pat blieb fest und mit der ganzen Heftigkeit seemännischer Jugend schwor er, daß er durchhalten würde; er war kaum zu beruhigen, und Pater Murphy sagte nichts mehr.

War es, daß Murphy mit dem Konsul gesprochen oder sonst aus einem Grunde, am anderen Tage schickte Wilson nach Pat; unser guter alter Wärter brachte ihn ins Dorf, und er kam erst nach drei Tagen zurück.

Man hatte ihn an Bord gebracht und in der Kabine reichlich bewirtet; da dies nichts nützte, hatten sie ihn in den Laderaum gestoßen, in doppelte Eisen gelegt und auf Brot und Wasser gesetzt; auch das nützte nichts, und so wurde er nach der Calabusa zurückgeschickt. Sie hatten geglaubt, es bei dem Jungen mit Gewalt durchsetzen zu können.

Das Interesse, das sein freundlicher Landsmann an Pat nahm, kam uns allen sehr zustatten; wir wurden sämtlich katholisch und gingen zu Kapitän Bobs schmerzlichem Erstaunen täglich zur Messe. Als er es entdeckte, drohte er uns den ganzen Tag im Stock zu halten, wenn wir nicht damit aufhörten; er führte aber seine Drohung nicht aus, und so gingen wir alle paar Tage nach der Wohnung des Geistlichen und erhielten stets einen Mundvoll Essen und etwas Tüchtiges zu trinken. Besonders der lange Doktor stand bei Pats Freund in großer Gunst; und so manches Mal bewirtete er uns aus einem sonderbaren Reiseetui, das in einer Ecke seiner Wohnung verborgen lag. Es enthielt vier viereckige

Flaschen, die immer voll waren und geleert werden mußten. Der nette alte Irländer war ein prächtiger Kerl im Priestergewand. Sein Gesicht und seine Seele glühten in gleicher Weise. Es ist vielleicht nicht recht, daß ich seine Schwäche erwähne, aber er sprach bisweilen schwer und schwankte manchmal beim Gehen. Dennoch trinke ich niemals französischen Likör, ohne auf Pater Murphys Gesundheit zu trinken. Er lebe hoch! Und möge er auf den Südseeinseln viele fröhliche Proselyten machen!

36.

Um das Possenspiel, das er mit den beschworenen Aussagen in Szene gesetzt hatte, ganz durchzuführen, ließ der Konsul uns innerhalb der Woche noch einmal aufs Konsulat kommen. Dort wiederholte sich der gleiche Auftritt; er erreichte nichts und wir wurden zurückgeschickt; unser entschlossenes Verhalten ärgerte ihn ganz außerordentlich.

Wir erklärten uns die ganze Sache so: als Wilson bei unserer Ankunft hörte, wie es auf der »Julia« stand, hatte er zu seinem Freunde, dem kranken Kapitän, offenbar gesagt: »Rege dich nicht wegen dieser Halunken auf, armer Kerl; das richte ich dir schon. Überlasse alles mir und sei ganz unbesorgt!«

Aber Handschellen, Stock, zornige Blicke, Drohungen, dunkle Anspielungen und Zeugenaussagen, alles war fruchtlos geblieben; wir wußten jetzt, daß das Ganze nicht ernst zu nehmen war; wir durchschauten Wilson vollkommen, wußten, daß er nie ernstlich geglaubt hatte, uns vor Gericht bringen zu können, und lachten ihn aus.

Seitdem wir die »Julia« verlassen, hatten wir den Steuermann nicht mehr gesehen, aber oft von ihm gehört. Er war an Bord geblieben und wirtschaftete in der Kajüte mit seinem Freunde Viner, den er bei seinem versprochenen Besuch eingeladen hatte, als sein Gast zu bleiben. Die beiden Kumpane ließen sich's gut gehen, zapften des Kapitäns Fässer an, spielten Karten auf dem Heckbalken und gaben Bälle für die Damen vom Strande. Kurz, sie führten sich derartig auf, daß die Missionare beim Konsul Klage führten und Jermin einen scharfen Verweis erhielt. Dies nahm er sich so zu Herzen, daß er noch mehr trinken mußte als früher, und eines Abends, als er so voller Saft war wie eine reife Traube, regte ihn ein vorbeifahrendes Kanu mit Eingeborenen fürchterlich auf:

er schrie den Leuten zu, sie sollten augenblicklich an Bord kommen und ihre Ausweispapiere zeigen. Erschrocken paddelten die Insulaner zum Ufer zurück; Jermin ließ sogleich ein Boot zu Wasser, bewaffnete Weimontu und den Dänen mit Messern, ergriff selbst eines und setzte ihnen mit am Heck des Bootes wehender Schiffsflagge nach. Die erschrockenen Eingeborenen trieben ihr Kanu an den Strand und flohen schreiend durchs Dorf, der Steuermann mit dem blanken Messer um sich schlagend hinter ihnen her; eine Volksmenge sammelte sich an, und der »Karhauri Tani« (der verrückte Fremde) wurde gefaßt und vor Wilson geführt.

Der Zufall wollte, daß der Konsul und Kapitän Guy in einem Eingeborenenhaus in der Nähe gerade beim Kartenspiel saßen; eine Karaffe mit Wein stand vor ihnen auf dem Tisch. Der tobende Jermin wurde vor sie gebracht; aber der Anblick, der sich ihm bot, besänftigte ihn auf der Stelle: er verlangte nur, an Spiel und Trank beteiligt zu werden. Da der Konsul beinahe ebenso betrunken war wie er, und der Kapitän nichts zu sagen wagte, um Jermin nicht zu verletzen, so blieben alle drei beisammen und tranken lustig weiter; die Vergehen des Steuermanns wurden summarisch erledigt und die Eingeborenen nach Hause geschickt.

Damals trieb sich in Papiti eine scheußliche verrunzelte alte Engländerin umher, die unter den Seeleuten als »Mutter Glasel« bekannt war. Von Neuseeland bis zu den Sandwich-Inseln war sie überall in der Südsee gewesen, hatte ein Vergnügungslokal für Seeleute gehalten und sie mit Rum, Karten und Würfeln versehen. Wo es Missionen gab, war dies Verhalten strafbar, und so waren schon auf verschiedenen Inseln ihre Etablissements geschlossen und sie selbst auf dem ersten verfügbaren Schiff abgeschoben worden; aber mit zäher Beharrlichkeit begann sie ihr Geschäft an jedem neuen Orte wieder und war überall bekannt und berüchtigt. Ein geduldiger, einäugiger kleiner Schuster, auf den sie einen bösen Zauber geworfen haben mußte, folgte ihr überallhin nach; er flickte für weiße Leute die Schuhe, kochte für die Alte und ertrug ihr Keifen und Schimpfen ohne Klagen. Sonderbarerweise führte er immer eine zerlesene alte Bibel mit, und sowie das Weib ihm den Rücken wendete, saß er über dem Buch. Gerade das aber brachte die alte Hexe in eine unglaubliche Wut, sie schlug ihm das Buch um die Ohren und versuchte, es ins Feuer zu werfen. Mutter Glasel und ihr Mann Josy waren ein seltsames Paar.

Acht oder vierzehn Tage nach unserer Ankunft war die Alte wieder einmal aufgespürt worden, und man hatte ihr ihr schändliches Gewerbe verboten. Wilson hatte dies verfügt, der sie haßte, und sie gab es ihm mit Zinsen zurück. An dem Abend, an dem die drei sich in dem Hause erlustigten, kam sie gerade vorüber, guckte zwischen den Bambusstäben durch, und nach dem, was sie sah, beschloß sie, ihrem Groll Luft zu machen. Es war eine finstere Nacht; sie holte eine riesige Schiffslaterne, die sie in ihrer Hütte hängen hatte, dann wartete sie geduldig vor dem Haus. Gegen Mitternacht erschien Wilson auf der Straße, von zwei Eingeborenen gestützt, die ihn an den Armen aufrecht hielten. Die Straße lag im tiefsten Schatten: plötzlich stieg vor Wilsons Nase ein helles Licht auf: die alte Hexe kniete vor ihm und hielt die Laterne hoch: »Haha, du scheener Konsuler!« krähte sie, »eine arme alte Person wie mich verfolgste firs Rumverkaufen – ja? und selbst wirste betrunken nach Hause gebracht! Pfui, du Schuft, da haste!« Und sie spie ihn an.

Die erschrockenen Eingeborenen, die ein Gespenst zu sehen glaubten, ließen den Konsul, der selbst zitterte, fallen und rannten davon. Als die Alte ihre Wut ausgetobt hatte, humpelte sie weg, und die drei Schlemmer taumelten gleichfalls nach Hause, so gut es eben ging.

Am Tag nach unserer letzten Unterredung mit Wilson hörten wir, daß Kapitän Guy sich an Bord seines Schiffes begeben hatte, um eine neue Mannschaft einzustellen. Ein anständiges Handgeld wurde geboten, und ein schwerer Sack voll spanischer Dollars sowie die Schiffsartikel der »Julia« lagen auf dem Gangspillkopf. Es gab genug unbeschäftigte Seeleute in Papiti; vornehmlich waren es »Strandräuber«, die sich organisiert hatten und einen Schotten namens Mack zu ihrem Hauptmann gewählt hatten, den sie den Kommodore nannten. Nach den Satzungen der Brüderschaft durfte kein Mitglied sich ohne Erlaubnis der anderen auf einem Schiff anwerben lassen. Jeder entlassene Seemann wurde gezwungen, sich ihnen anzuschließen, und die Bande beherrschte den Hafen. Mack und seine Leute kannten unsere Geschichte; sie hatten uns manchmal aufgesucht und nahmen als Seeleute sowie aus Seelenverwandtschaft scharf gegen Kapitän Guy Stellung. Da sie die Sache für wichtig hielten, kamen sie jetzt in corpore nach der Calabusa und wünschten zu wissen, ob wir es für gut und richtig hielten, wenn einige von ihnen sich auf der »Julia« anwerben ließen. Da wir nur den einen Wunsch hatten, das Schiff so rasch als möglich loszuwerden, so waren wir entschieden dafür; einige gingen so weit, die »Julia« ins Blaue hinein zu loben, sie wäre das beste und schnellste Schiff, Jermin ein guter Kerl und jeder Zoll ein Seemann, der Kapitän ein ruhiger Mensch, der niemandem etwas zuleide tat. Kurz, wir taten, was wir konnten, und der Schwindel-Jack versicherte den Strandräubern feierlich, daß jetzt, da wir alle wieder wohl und kräftig waren, wir selbst an Bord gehen würden und nur des Prinzips wegen an unserer Weigerung festhielten.

Das Ergebnis war, daß schließlich eine neue Mannschaft zusammengebracht wurde, dazu ein verläßlicher Neuengländer als zweiter Offizier und drei tüchtige Walfischjäger als Harpuniere. Auch der Schiffsvorrat wurde wenigstens teilweise wieder aufgefüllt, und soweit es sich auf Taheiti tun ließ, die Schäden des Schiffes ausgebessert. Der Maori wurde, da die Inselbehörden nicht gestatteten, ihn auszuschiffen, gefesselt im Schiffsraum mitgeführt. Was aus ihm geworden ist, haben wir nie erfahren.

Tauchen, das arme arme Tauchen war wenige Tage vorher erkrankt und blieb im Matrosenspital in Taunor, einem kleinen Ort am Ufer zwischen Papiti und Metaveh. Hier tat er bald darauf den letzten Atemzug. Niemand wußte, was ihm fehlte; er starb wohl an all dem Unglück und der schlechten Behandlung, die er erfahren hatte. Mehrere von uns gingen mit, als er im Sande verscharrt wurde, und ich pflanzte einen Pfahl ein, um seine Ruhestätte kenntlich zu machen.

Der Bottler und alle, die an Bord geblieben waren, gehörten natürlich zur neuen Mannschaft. Daß der Konsul und der Kapitän sich erst soviel vergebliche Mühe gemacht hatten, die alte Mannschaft zu behalten, hatte einen sehr einfachen Grund. Jeder Matrose, der in Taheiti angeworben wird, verlangt einen Vorschuß von fünfzehn bis fünfundzwanzig Dollar, und der gleiche Betrag muß für jeden Mann an die Behörde als Hafengebühr bezahlt werden. Außerdem verheuern sich die Leute mit wenig Ausnahmen nur für eine Fahrt und haben daher das Recht, im nächsten Hafen entlassen zu werden; die Folge ist, daß der Kapitän neue Leute werben muß und nochmals die gleichen Kosten hat. In der Kasse der »Julia« aber war es Ebbe oder vielmehr, sie war völlig leer; und um diese Ausgaben zu bestreiten, hatte das wenige Öl, das an Bord war, für ein Butterbrot an einen Händler in Papiti verkauft werden müssen.

Es war Sonntags und ein herrlicher Morgen, an dem Kapitän Bob in die Calabusa watschelte und uns mit der Mitteilung überraschte: »Ah, mei Jungi, Schiffi ihr los – segli fort!« Die »Julia« war in See. Der Strand war ganz nahe und an dieser Stelle gänzlich unbewohnt. Wir liefen daher alle hinunter und sahen »Klein-Julchen«, nur eine Kabellänge entfernt, vorübergleiten, die Bramsegel geschwellt, während ein Junge oben mit einem Bein über der Rahe saß und das Vorroil losmachte. Auf Deck war alles in Bewegung, die Matrosen auf der Back sangen: »Lustig, Leute, ho!«, und der brave Jermin stand, barhaupt wie gewöhnlich, auf dem Bugspriet und gab seine Befehle. Neben dem Mann am Ruder stand Kapitän Guy, ruhig und elegant, und rauchte seine Zigarre. Am Korallenriff änderte das Schiff den Kurs, glitt durch die Öffnung und fuhr davon.

So verschwand »Klein-Julchen« drei bis vier Wochen, nachdem sie in den Hafen eingelaufen war, und nie wieder habe ich etwas von ihr gehört.

37.

Als das Schiff fort war, brannten wir zu erfahren, was mit uns geschehen sollte. Kapitän Bob konnte uns nichts darüber sagen, nur daß er sich vorläufig noch verpflichtet fühlte, uns in Gewahrsam zu halten. Aber er brachte uns nicht mehr zu Bett, und wir taten, was wir wollten. Am Tag, nachdem die »Julia« ausgelaufen war, kam der Alte sehr bedrückt zu uns und sagte, der Eimer mit Hartbrot komme nun nicht mehr und Wilson weigere sich, irgend etwas für uns zu senden. Wir sahen darin einen Wink, ruhig auseinander und unserer Wege zu gehen. Aber wir wollten uns nicht so leicht abschütteln lassen; jetzt machte es uns ein boshaftes Vergnügen, unseren alten Feind zu ärgern, und wir beschlossen, im Gefängnis zu bleiben. Wir wußten bereits, daß das Verfahren des Konsuls gegen uns ihn zum allgemeinen Gespött gemacht hatte und daß die Leute ihn mit seinen hoffnungsvollen Schützlingen in der Calabusa Biriteni aufzogen. Da wir völlig mittellos waren, solange wir auf der Insel blieben, konnten wir gar keinen besseren Aufenthaltsort als bei Kapitän Bob wählen. Außerdem hatten wir den alten Herrn herzlich liebgewonnen und dachten nicht daran, ihn zu verlassen; wir sagten ihm daher, er möge sich um unsere Kleidung und Nahrung weiter keine Sorge machen und beschlossen, durch Ausdehnung unserer Streifungen uns selbst zu versorgen. Dabei kam uns ein Abschiedsgeschenk Jermins zugute. Er hatte alle unsere Koffer mit ihrem Inhalt ans Land schaffen lassen; sie waren einem kleinen Häuptling in der Nähe übergeben worden, dem der Konsul aufgetragen hatte, sie nicht fortschaffen zu lassen; doch konnten wir zu ihm gehen und uns alles Nötige holen.

Wir begaben uns daher zu Maheini, so hieß der alte Häuptling; Kapitän Bob kam mit und bestand darauf, daß unsere Habseligkeiten uns ausgeliefert würden. Dies geschah denn auch zuletzt, und in feierlichem Zuge wurden die Kisten von den Eingeborenen nach der Calabusa gebracht. Hier brachten wir sie unter, ordneten sie mit vielem Geschmack und machten damit einen solchen Eindruck, daß die Calabusa Biriteni in den Augen des alten Bob und seiner Freunde bald die glänzendste Wirtschaft in Taheiti wurde. So vornehm schien das Haus jetzt, daß, solange wir dort blieben, der eingeborene Gerichtshof seine Sitzungen darin abhielt. Maheini, der Richter, und seine Beisitzer saßen auf einem Koffer, die Angeklagten und Zuschauer lagerten auf dem Fußboden, teils innerhalb des Gebäudes, teils im Schatten der Bäume draußen, während die ehrenwerte Mannschaft der »Julia« über den Stock gelehnt, wie von einer Galerie zusah und Bemerkungen über das Verfahren austauschte.

Schon vor der Abfahrt des Schiffes hatten die Leute fast alle entbehrlichen Kleidungsstücke gegen anderes getauscht; nun wurde beschlossen, vorsichtiger zu sein. Der Inhalt der Kisten war höchst mannigfaltig: Nähzeug, Splißeisen, Kattunstreifen, Tauenden, Klappmesser, kurz, was sich bei einem Seemann findet. Nur an Kleidungsstücken war nicht viel anderes da als alte Jacken, Reste von besseren Röcken, Hosenbeine und hier und da noch ein einzelner Strumpf oder eine Socke. Aber auch das war keineswegs ohne Wert, da die ärmeren Taheitier jeden Gegenstand europäischer Herkunft schätzen. Daß etwas aus »Biriteni, finua pereri« (Britannien, dem Land der Wunder) kommt, genügt. Den höchsten Wert hatten die Koffer selbst, besonders, wenn unversehrte Schlösser daran waren, die wirklich zugingen, so daß der Eigentümer mit dem Schlüssel in der Tasche fortgehen konnte. Schrammen und eingedrückte Stellen setzten den Wert allerdings erheblich herab. Ein alter Mann, der sich in die große und wohlgefüllte Mahagonikiste des Doktors verliebt hatte, so daß es ihm die größte Freude machte, nur darauf sitzen zu dürfen, suchte eine böse Schramme auf dem Deckel, die seine Schönheit beeinträchtigte, durch Einreiben mit Fett zu kurieren. Die Vorliebe für Matrosenkoffer ist unglaublich. Sie halten sie für solche Prunkstücke, daß die Weiber ihre Männer beständig quälen, ihnen einen zu schenken; kein Pfeilertisch im Salon erregt solches Entzücken. Es war daher für uns von nicht geringer Bedeutung, daß wir im Besitz dieser Wertgegenstände waren. Die Taheitier sind Menschen wie andere: die Nachricht, daß es

116

uns so gut ging, führte uns Scharen von »Tejos« (Freunden) zu, die nach der Nationalsitte einen Freundschaftsbund mit uns schließen und uns jeden Wunsch erfüllen wollten.

Diese Freundschaftsbündnisse sind eine merkwürdige Sitte auf den Inseln. Bei einem, durch europäischen Einfluß schon verdorbenen und verbildeten Volk wie die Taheitier, ist es nur mehr Spekulation; aber bei ihren Vätern entsprang diese Sitte einem schönen und heroischen Empfinden. In der Geschichte der Insel wird von wundervollen Freundschaften berichtet, die der von Dämon und Pythias nicht nachstanden, die auf den ersten Blick für einen Fremden empfunden wurden und eine Hingabe bis zum Tode bedeuteten.

Die Polynesier fühlten Liebe und Bewunderung für die ersten Weißen, die zu ihnen kamen, und sie konnten die Wärme ihrer Empfindung nicht besser bezeugen, als indem sie ihnen auf der Stelle ihre Freundschaft antrugen. Darum liest man in alten Reiseberichten von Häuptlingen, die in ihren Kanus vom Strande kamen und mit sonderbaren Zeichen ihren Wunsch kundtaten. Die geringeren Leute sprachen die Matrosen an, und so hat sich die Sitte auf manchen Inseln bis auf den heutigen Tag erhalten.

Einige Tagesfahrten von Taheiti liegt eine kleine Insel, die von Schiffen selten besucht wird und an der das Schiff anlegte, zu dem ich damals gehörte. Jeder von uns hatte sogleich einen Freund. Der meine war Poki, ein hübscher Junge, der nicht genug für mich tun konnte. Jeden Morgen bei Sonnenaufgang kam sein Kanu längsseits, mit Früchten jeder Art beladen. Wenn es geleert war, wurde es mit einer Leine am Bugspriet befestigt und lag den ganzen Tag dort, damit sein Besitzer ans Ufer fahren konnte, so oft ich einen Auftrag für ihn hatte. Eines Tages sagte ich ihm, daß ich Muscheln und merkwürdige Dinge jeder Art sammelte. Das genügte; schon paddelte er nach dem Ausgang der Bucht, und ich sah ihn vierundzwanzig Stunden nicht wieder. Am nächsten Morgen glitt sein Kanu langsam am Ufer hin, ein Zweig mit seinem dichten Laub war als Mast und Segel darin aufgestellt. Damit alles trocken blieb, hatte er am Bug ein Bretterdach mit grünem Weidengeflecht festgemacht. Darunter lagen Haufen gelber Bananen und Kaurimuscheln, junge Kokosnüsse, rote Korallenzweige, zwei oder drei Holzschnitzereien, ein kleiner Taschengötze, schwarz wie Nephrit, und Rollen von bedrucktem Tappa.

Wir erhielten einen Tag Urlaub, und als wir ans Land gingen, war Poki natürlich mein Begleiter und Führer. Seine Heimat war nicht groß, und er kannte jeden Fußbreit. Wer uns begegnete, wurde angehalten und Pokis »Tejo Karhauri nui«, seinem »besonderen weißen Freunde«, feierlich vorgestellt. Er zeigte mir alle hervorragenden Persönlichkeiten der Insel, vor allem eine reizende, junge Dame, die Tochter eines Häuptlings, die so schön war, daß ihr Ruf sich auf den Nachbarinseln verbreitet und von überall Freier herbeigelockt hatte. Unter ihnen war Tuboi, der Erbe Tamatoris, des Königs von Rejatehr, einer der Gesellschaftsinseln. Das Mädchen war wirklich schön; viele Himmel waren in ihrem sonnig glänzenden Auge, und die Rundung ihres Arms, der unter einem zierlichen Tappakleide hervorsah, war wundervoll.

Und so viele Aufmerksamkeiten Poki mir erwies, nie sprach er eine Silbe von einer Belohnung, wenn er auch manchmal ein schlaues Gesicht machte. Endlich kam der Tag der Abfahrt und mit ihm sein Kanu, bis an den Rand mit einem Vorrat von Früchten beladen. Ich gab ihm, was ich aus meinem Koffer irgend entbehren konnte, dann ging ich an Deck, um meinen Platz am Gangspill einzunehmen, denn der Anker wurde gehievt; Poki kam mit und drehte mit mir an derselben Speiche.

Bald war der Anker eingezogen, und wir fuhren aus der Bucht, während mehr als zwanzig Boote uns im Kielwasser folgten. Endlich kehrten sie um; aber solange ich ihn überhaupt sehen konnte, stand Poki allein und regungslos am Bug seines Kanus und sah mir nach.

38.

Durch die Ankunft der Kisten wurde mein Freund, der Doktor, bei weitem der reichste Mann unter uns. Das kam mir um so mehr zustatten, als ich selbst wenig oder nichts besaß; aber weil wir so befreundet waren, bewarben die Eingeborenen sich um meine Gunst fast ebensosehr wie um die seine. Unter anderem trat Kulu als Bewerber um meine Freundschaft auf, und da er ein hübscher Junge, ja in seiner Art ein Stutzer war, ging ich darauf ein; dies befreite mich von den Zudringlichkeiten der anderen; denn der Taheitier, der in Liebesverhältnissen nicht zur Eifersucht neigt, duldet in der Freundschaft keinen Nebenbuhler.

Als Kulu mir seine empfehlenswerten Eigenschaften aufzählte, teilte er mir vor allem mit, daß er ein »Mikkoneri« sei; das bedeutete, daß er zur christlichen Kirche gehöre. Seine Wertschätzung bewies mir mein Tejo dadurch, daß er mir immer wieder versicherte, seine Liebe zu mir sei »nui, nui, nui ...«, also unendlich groß. Überall in diesen Meeren bedeutet das Wort »nui« die Menge, und die Wiederholung hat die gleiche Bedeutung, wie wenn wir Nullen hinter eine Ziffer setzen; je mehr Stellen, desto größer ist die Summe. Das Bild ist um so treffender, als Kulus Erklärungen an sich vollkommen wertlos waren. Er war leider ein tönendes Erz und eine klingende Schelle, und zwar von denen, die nur dann Musik machen, wenn sie mit einem silbernen Klöppel angeschlagen werden. Im Verlauf weniger Tage hatten unsere Tejos dem Doktor, mir und den anderen alles abgeschmeichelt, worauf ihre Neigung merklich kühler wurde. So unaufmerksam wurden sie, daß wir uns nicht einmal mehr auf die Lieferung der täglichen Speisen verlassen konnten, die sie uns so treulich versprochen hatten. Kulu sprang eines Tages, nachdem er mich gehörig ausgesogen hatte, ab. Er teilte mir mit, daß ein anderes Freundschaftsgefühl ihn beherrsche; er war auf den ersten Blick von heftiger Zuneigung zu einem jungen Matrosen ergriffen, worden, der eben, von einer erfolgreichen Walfischjagd kommend, mit vollen Taschen auf Taheiti gelandet war. Der Abschied war rührend und unsere Verbindung war zu Ende. Ich wäre auch nicht sehr betrübt gewesen, wenn er nicht die Unzartheit bewiesen hätte, mit meinen Geschenken Staat zu machen, als seine Neigung schon einem anderen galt. Fast täglich traf ich ihn auf der Ginsterstraße in einem Ruderhemd, das ich ihm in einer glücklicheren Stunde geschenkt hatte. Er schlenderte nachlässig vorbei, sah mich vergnügt an und grüßte mich kühl mit: »Ei'r Ehren, bojoih!«, was etwa ein hingeworfenes »Guten Morgen« bedeutete. Immerhin mußte ich anerkennen, daß Kulu ein erfahrener Weltmann war: acht Tage später schnitt er mich bereits vollständig und nickte nicht einmal, wenn er mich traf; ich war ein Teil der Landschaft für ihn geworden.

Ehe unsere Kisten völlig geleert waren, hatten wir eine große Wäsche am Bach gehalten und unsere besten Sachen gereinigt, um uns anständig anziehen zu können und die europäische Kapelle im Dorf zu besuchen. Jeden Sonntagmorgen hielt ein Mitglied der Mission dort Gottesdienst ab. Es war das erstemal, daß wir Papiti ohne Wache betraten. Etwa vierzig Personen waren in der Kapelle, darunter die Offiziere mehrerer im Hafen liegender Schiffe. Die Predigt war voll Saft und der Geistliche schlug mehrmals kräftig aufs Pult. Auf einem der besten Sitze saß steif wie ein Flaggenstock unser geliebter Beschützer und Hüter Konsul Wilson. Nie werde ich den Ausdruck des Erstaunens in seinem Gesicht vergessen, als er seine interessanten Schützlinge durch die Kirchentür eintreten und in einer Reihe gerade ihm gegenüber Platz nehmen sah. Als der Gottesdienst zu Ende war, warteten wir draußen, um ihn nochmals zu sehen; aber er schien keine Freude daran zu haben, denn er spähte aus einem Fenster und verließ die Kirche nicht eher, als bis wir die Geduld verloren hatten und nach Hause gegangen waren.

39.

Kaum eine Woche war seit der Abfahrt der »Julia« vergangen, als einige der Leute, mit der sprichwörtlichen Unruhe der Seeleute, der Calabusa Biriteni müde wurden und sich an Bord der in der Bucht liegenden Schiffe anzubieten beschlossen. Sie versuchten es auch, aber obwohl der Kommodore der Strandräuber sie warm empfahl, das Ende war immer, daß die Schiffer, an die sie sich wandten, ihnen sagten, sie stünden in schlechtem Ruf und wären nichts für ihn. Sie wurden so oft abgelehnt, daß wir beinahe alle Hoffnung aufgaben, die Insel auf diese Weise verlassen zu können und uns bei Kapitän Bob wieder häuslich einrichteten.

Um diese Zeit begannen die Walfischfänger, die ihre regelmäßige Jagdzeit haben, in Papiti einzulaufen, und die Mannschaften machten uns ihren Besuch. Das ist auf dem ganzen Stillen Ozean so der Brauch. Jeder Matrose, der an Land steigt, geht geradeswegs nach der Calabusa Biriteni, wo er fast immer ein paar arme Teufel findet, die wegen Desertion oder angeblicher Meuterei oder aus sonst einem Grunde dort in Haft sind. Der Besucher bringt ihnen sein Mitgefühl, und wenn sie danach Bedarf haben, auch Tabak. Nach diesem ist große Nachfrage, es gibt für Gefangene keinen besseren Trost.

Da wir über Konsul und Kapitän glänzend gesiegt hatten, waren wir für diese Menschenfreunde doppelt interessant, und sie konnten unser Verhalten nicht genug loben. Sie brachten uns jedesmal Erfrischungen mit und schmuggelten gelegentlich sogar ein wenig Pisco ein. Einmal, als ihrer mehrere kamen, wurde eine Kalebasse herumgereicht und eine Sammlung für uns eingeleitet; ein andermal schlug einer der Besucher vor, zwei oder drei von uns sollten ihn heimlich des Nachts an Bord seines Schiffs besuchen; er versprach, uns mit Vorräten beladen heimzu-

schicken. Das schien kein übler Gedanke, und wir gingen sogleich darauf
ein. Jedes Schiff wurde der Reihe nach besucht, und wenn wir alle durch
waren, wurde von vorne angefangen. Zu diesem Zweck liehen wir Kapitän Bobs Kanu aus, und da wir zu zwei und zwei abwechselten, kam
schließlich die Reihe auch an mich und den langen Doktor, denn die
Matrosen betrachteten uns als unzertrennlich. Aber gerade bei diesem
Unternehmen hatte ich zum Doktor wenig Vertrauen; er war kein Seemann und sehr lang, und ein Kanu ist das heikelste von allen Fahrzeugen.

Wie alle Fähigkeiten der Eingeborenen, ist auch die Schiffsbaukunst
auf den Gesellschaftsinseln sehr zurückgegangen. Ihre Kanus sind die
mindest eleganten und die unsichersten in der Südsee. Cook berichtet,
daß zu seiner Zeit Taheiti eine königliche Flotte von 1720 großen
Kriegskanus besaß, die alle schön geschnitzt und reich verziert waren.
Heute gibt es nur ganz kleine Boote, die kaum etwas anderes als ausge-
höhlte und an einem Ende zugespitzte Baumstämme sind. Um das
Schwanken zu verhindern, bringen die Taheitier, wie alle Polynesier, am
Kanu einen Ausleger an, einen Stamm, der, mit dem Kanu parallel,
durch eine Anzahl Querhölzer von mindestens zwei Fuß Länge mit ihm
verbunden ist. Das Kanu kann nicht kentern, solange es nicht so überla-
stet wird, daß die Schwimmfähigkeit des Auslegers nicht mehr reicht
oder er ganz aus dem Wasser gehoben wird.

Kapitän Bobs Kanu war besonders klein und so seltsam geformt, daß
die Matrosen es die »Pillenschachtel« nannten. Es war eine Art Seelen-
tränker, eigentlich nur für einen einzigen Paddler bestimmt, konnte aber
im Notfall zwei oder drei Personen tragen; der Ausleger war eine dünne
Stange, die bald in der Luft schwebte, bald tief im Wasser schwamm.
Als Seemann übernahm ich das Kommando, setzte den langen Doktor
mit dem Paddelruder an den Bug, schob das Kanu vom Strand, sprang
hinein und setzte mich ans Hinterende; das heißt, ich überließ ihm die
Arbeit und übernahm das ehrenvolle und mühelose Amt des Steuerns.
Das wäre soweit ganz gut gewesen, wenn sich der Doktor nicht beim
Paddeln so ungeschickt angestellt hätte, daß er uns beide unaufhörlich
mit Wasser bespritzte. Da er energisch weiterruderte, dachte ich, es
würde mit der Zeit schon gehen, aber es ging nicht, und in kurzer Zeit
war ich so vollkommen naß, daß ich ihn um aller Barmherzigkeit willen
beschwor, inne zu halten, damit ich meine Kleider ausringen könnte.
Er drehte sich plötzlich um, das Kanu schwankte gewaltig, der Ausleger
flog in die Luft, schlug kräftig gegen des Doktors Kopf, und wir lagen

beide im Wasser. Zum Glück befanden wir uns gerade über einem Korallenriff, dessen Grat keinen halben Faden unter der Oberfläche lag. Ich drückte das eine Ende des ganz mit Wasser gefüllten Kanus hinab und ließ es plötzlich los, es schnellte in die Höhe und entleerte dabei den größten Teil des Wassers, so daß wir den Rest leicht ausschöpfen und uns wieder hineinsetzen konnten. Ich schärfte dem Doktor ein, keinen unnötigen Atemzug zu tun, und führte das Kanu nun selber; wirklich machte er sich so klein als irgend möglich, sprach kein einziges Wort und rührte sich nicht. Ich war ganz überrascht, aber die Erklärung war, daß er nicht schwimmen konnte, und wenn uns ein zweiter Unfall zustieß, hatten wir nicht wieder ein Riff unter uns, auf dem wir stehen konnten. »Ersaufen ist ein schäbiger Tod!« sagte er, als ich ihn neckte, »und es soll nicht mein Verschulden sein, wenn es mir begegnet.«

Endlich waren wir am Schiff und näherten uns vorsichtig, wir wollten nicht vom Achterdeck aus angerufen werden. Als wir still unter dem Bug lagen, hörten wir einen leisen Pfiff; das war das verabredete Zeichen, und ein umfangreicher Sack wurde herabgelassen. Wir schnitten ihn los und paddelten so rasch als möglich davon. Die anderen erwarteten uns schon ungeduldig: der Inhalt bestand aus gekochten Süßkartoffeln, Scheiben von eingesalzenem Rind- und Schweinefleisch und einem vorzüglichen Schiffspudding, der aus Mehl und Wasser bereitet wird und etwa die Konsistenz eines nicht vollständig gedörrten Ziegelsteins hat. Mit diesen Leckerbissen und einem tüchtigen Appetit setzten wir uns im Mondlicht ins Freie und veranstalteten ein nächtliches Gelage.

40.

Die »Pillenschachtel« wurde bisweilen auch zu anderen Zwecken verwendet. Wir machten Vergnügungsfahrten darin. Mitten im Hafen von Papiti liegt eine helle grüne Koralleninsel, die kaum zweihundert Schritt im Durchmesser hat und einen kreisrunden Palmenhain trägt. Auf viele Klafter im Umkreis ist das Wasser so flach, daß man weit hinauswaten kann. Es ist durchsichtig, und auf seinem Grunde sieht man Korallenpflanzen von jeder Farbe und Form: verzweigtes Gehörn, azurblaue Muscheln, wogende Halme wie gekörnte Stäbe und blaßgrüne Moose und Knospen. Stellenweise kann man durch stachlige Zweige auf schneeweißen Sandgrund sehen, aus dem kieselige Knollen hervorwachsen; zwischen ihnen kriechen seltsam gestaltete Geschöpfe, manche von Stacheln starrend, andere in leuchtende Panzer gehüllt, und da und dort runde Wesen, die über und über mit Augen besetzt sind.

Das Inselchen heißt Motu-Otu, und oft bin ich in hellen Mondnächten um Motu-Otu herumgefahren und habe von Zeit zu Zeit angehalten, um den Meeresgarten unter mir zu betrachten. Es gehörte der Königin, die dort eine Residenz hat; ein paar traurig aussehende Bambushäuser, die, vernachlässigt und verfallen, in einer Reihe zwischen den Bäumen liegen. Da die Insel den Hafen beherrscht, hat ihre Majestät sie befestigen lassen; das Ufer ist erhöht und nivelliert und mit einer Brustwehr aus behauenen Korallenblöcken versehen. Dahinter, in weiten Zwischenräumen, liegen rostige alte Kanonen von jeder Art und jedem Kaliber auf langen gebrechlichen Karren, die unter ihrem nutzlosen Gewicht einzusinken drohen. Zwei oder drei sind schon niedergebrochen, und die Rohre liegen halb begraben unter den Brettern. Einige der Kanonen sind vernagelt; sie müssen furchtbar für jeden sein, der sie abzufeuern versucht. Fast alle sind Geschenke, die Pomari zu den verschiedensten Zeiten von Kapitänen britischer Kriegsschiffe erhalten hat, arme, alte, zahnlose Kriegshunde, die hier verkommen, und die einst in großer Meute als die Schlachthunde Altenglands ihr schweres Gebell ertönen ließen. Die Insel regte meine Phantasie an; ich schwor mir, sie zu betreten, obwohl eine alte Schildwache mich im Mondlicht mit einer unförmigen Muskete bedrohte. Da mein Kanu kaum drei Zoll Wassertiefe hatte, konnte ich bis dicht an die Brustwehr heranrudern, ohne den Grund zu streifen, aber jedesmal lief der alte Mann auf mich los und stieß mit seiner Muskete vor, jedoch ohne auf mich anzulegen. Da ich glaubte, er wolle mich nur schrecken, trieb ich mein Kanu zuletzt an die Mauer und beschloß hinüberzuspringen. Es war der unbedachteste Schritt meines Lebens. Nie war eine Nuß in größerer Gefahr, zerschmettert zu werden, als damals mein Schädel; der alte Wächter holte mit dem Kolben zu einem furchtbaren Streich aus, dem ich eben noch ausweichen konnte, dann stieß ich rasch ab und paddelte davon. Der Mann muß stumm gewesen sein, denn er sprach kein Wort; er grinste nur; mit seinem weißen Baumwollkleide glitt er durch den Mondschein wie ein Inselspuk. Ich versuchte den Angriff im Rücken, aber er lief um die Insel herum, und wo ich immer erschien, hielt er mir die Muskete entgegen. Schließlich zog ich mich zurück, und mein Gelübde ist bis heute unerfüllt geblieben.

Wenige Tage, nachdem ich vor den Mauern von Motu-Otu zurückgeschlagen worden, erlebte ich eine merkwürdige Diskussion zwischen einem der intelligentesten Eingeborenen, einem Manne namens Arhitu, und unserem kundigen Thebaner, dem Doktor. Es handelte sich darum, ob ein Eingeborener den europäischen Sonntag feiern dürfe. Als nämlich vor mehr als einem halben Jahrhundert die Missionare mit dem guten Schiff »Duff« auf Taheiti landeten, da waren sie über das Kap der Guten Hoffnung gekommen und hatten, immer nach Osten segelnd, einen kostbaren Tag ihres Lebens verloren, da sie der Zeit von Greenwich um vierundzwanzig Stunden vorausgekommen waren. Infolgedessen finden die Schiffe, die, wie das heute meist der Fall ist, um Kap Horn kommen, daß es auf Taheiti Sonntag ist, wenn ihrer Ansicht nach Sonnabend sein müßte. Und da man das Logbuch nicht ändern kann, so feiern die Schiffsleute ihren Sabbat einen Tag später. Für die Eingeborenen ist dies höchst verwirrend, aber wie soll man es ihnen erklären? Ich sah einmal einen alten Missionar den Versuch machen; ich verstand zwar von seinen Worten nur wenig, begriff aber seine Gebärden. »Ihr seht diesen Kreis«, sagte er und beschrieb mit seinem Stock einen großen Kreis auf dem Boden; »gut. Ihr seht diesen Fleck«, und er bezeichnete eine Stelle in der Peripherie, »gut, das ist Biriteni (England), und ich fahre jetzt rundherum nach Taheiti – da fahre ich«, er folgte dem Kreis, »und so geht die Sonne«, er nahm einen anderen Stock und hieß einen säbelbeinigen Eingeborenen in der entgegengesetzten Richtung den Kreis entlang gehen. »So seht ihr, wie wir voneinander weggehen – und da bin ich in Taheiti«, hier hielt er an, »und nun seht, wo Säbelbein ist!«

Aber die Umstehenden behaupteten fest und steif, daß Säbelbein oben in der Luft sein müsse, denn sie wußten aus der Überlieferung, daß die »Duff« angekommen war, als die Sonne hoch im Mittag stand; und der alte Herr, der zweifellos ein braver Mann, aber kein Astronom war, mußte die Sache aufgeben.

Arhitu, der Kasuist, war ein frommer Christ, der den Sabbat gewissenhaft hielt, aber in anderen Dingen dachte er liberaler. Da er hörte, daß ich eine Art »Mikoneri« war, womit er diesmal einen Mann meinte, der lesen und schreiben konnte, so meinte er, ich könnte ihm die kleine Gefälligkeit erweisen und ein paar Zeugnisse für ihn fälschen; er wollte mir dafür ein gutes Mittagessen, aus Schweinebraten und indischen Rüben bestehend, geben. Er pflegte nämlich an Bord der Schiffe zu gehen, um Wäsche zu übernehmen, und die Konkurrenz war groß, da selbst die stolzesten Häuptlinge es nicht verschmähen, persönlich Kunden zu werben, wenn sie auch die Arbeit von ihrer Dienerschaft ausführen lassen. Ein Matrose hatte ihm geraten, sich Papiere zu verschaffen, in denen die Kapitäne verschiedener Kriegsschiffe und Kauffahrer, die die Insel angelaufen hatten, ihn empfahlen und bezeugten, daß er feine Wäsche besonders gut behandle. Da er mich erst seit zwei Stunden kannte, hielt ich dieses Ansinnen für eine ungewöhnliche Frechheit und sagte es ihm auch. Es war ihm jedoch nicht beizubringen, daß die Sache nicht ganz anständig wäre, und so beschloß ich, nicht beleidigt zu sein, sondern beschränkte mich auf die Ablehnung.

41.

Wenn auch das eigenartige Leben bei Kapitän Bob mir gefiel, weil es mich interessierte, so fehlte es doch nicht an verdrießlichen Begleiterscheinungen für feinfühligere Leute. Die übelwollende Schilderung des Konsuls und anderer hatten viele Europäer gegen uns eingenommen, die uns für schlimme Landstreicher ansahen, obwohl sicherlich selten Matrosen sich auf der Insel so gut benommen und die Eingeborenen so wenig belästigt haben wie wir. Aber wenn ein anständig gekleideter Europäer uns begegnete, so war zehn zu eins zu wetten, daß er uns auswich und auf die andere Seite der Straße ging. Die anderen machten sich nicht viel daraus, aber mir war es unangenehm.

An schönen Abenden – aber auf Taheiti sind alle Abende schön! – konnte man zahlreiche Seidenhüte und Sonnenschirme auf der Ginsterstraße sehen, vielleicht auch blasse, kleine, weiße Jungen, kränkliche Ausländer, öfters auch gesetzte ältere Herren mit Rohrstöcken, bei deren Erscheinen die Eingeborenen in ihre Hütten verschwanden. Manchmal sind sie zu Pferde und reiten die paar Meilen bis zur Venusspitze und wieder zurück. Dort hat sich der einzige Überlebende aus der Zahl der ersten Missionare, die auf der Insel landeten, angesiedelt, ein weißhaariger alter Mann, der recht heilig aussah und Wilson hieß – der Vater unseres Freundes, des Konsuls. Wir begegneten diesen kleinen Gruppen öfters, und da sie in mir manche frohe Erinnerung an die Heimat und an Damengesellschaft wachriefen, hätte ich gerne einen anständigen Anzug und Hut gehabt, um sie begrüßen zu dürfen. In meiner Lage war das ausgeschlossen; einmal aber warf mir eine ältere Dame einen guten forschenden Blick zu. Die liebe Frau! – ich habe sie nicht vergessen; sie trug ein Gewand von schottischem Stoff. Aber nicht immer erhielt ich so freundliche Blicke.

Eines Abends kam ich an der Veranda eines Missionarshauses vorbei. Seine Frau und ein hübsches, blondes, junges Mädchen mit Locken saßen im Freien und genossen den Seewind, der kühl und erfrischend von der Brandung am Riff hereinkam. Als ich mich näherte, blickte die alte Dame mich scharf an; selbst ihre Haube schien schweren Tadel auszudrücken. Auch die blauen englischen Augen an ihrer Seite waren auf mich gerichtet, aber o Himmel, wie konnte ein so schönes Geschöpf einen so ansehen! An der Spitzenhaube war mir nichts gelegen; aber von dem Lockenkopf nicht für einen Kavalier gehalten zu werden, war unerträglich. Ich beschloß, meine Erziehung wenigstens durch meinen Gruß zu zeigen; da ich jedoch eine Art Turban trug, der schwer wieder aufzusetzen gewesen wäre, und meine Jacke so weit war, daß auch eine Verbeugung nicht sehr anmutig ausgesehen hätte, so trat ich einfach mit der liebenswürdigsten Miene näher und sagte: »Guten Abend, meine Damen, welch eine entzückende Seeluft!« Bei allen hysterischen Krämpfen und sechspfündigen Kanonen! wer hätte das erwartet? Die junge Dame stieß einen Schrei aus, und die alte fiel beinah in Ohnmacht. Ich aber zog mich im Laufschritt zurück und wagte kaum zu atmen, bis ich mich in der Calabusa in Sicherheit befand.

42.

Sonntags besuchte ich stets die Hauptkirche der Eingeborenen, die am Rande des Dorfes nicht weit von der Calabusa gelegen war. Sie galt für das beste Bauwerk taheitischer Architektur. In letzter Zeit haben die Eingeborenen ihre Gotteshäuser mehr für die Dauer erbaut; einmal aber gab es ihrer sechsunddreißig, die nicht viel besser als Scheunen waren, lediglich aus durch Bastzweige zusammengehaltenen Stäben bestanden und sehr bald wieder verfielen. Eines dieser Gebäude war merkwürdig. Pomari II hatte es errichtet und allen Eifer eines neubekehrten Fürsten dabei gezeigt. Es war über siebenhundert Fuß lang und entsprechend breit. Die gewaltige Dachstange wurde in regelmäßigen Zwischenräumen von sechsunddreißig Brotfruchtbaumstämmen getragen; die Wände ruhten auf Palmenschäften; das Dach, das schräg und steil bis zu

Mannshöhe über dem Erdboden abfiel, war mit Blättern bedeckt, die Seiten des Gebäudes standen offen. Dies war die königliche Missionska-pelle von Pepoar. Bei der Einweihung wurde gleichzeitig von drei ver-schiedenen Kanzeln gepredigt, unter ungeheurem Zulauf der Bevölkerung aus allen Teilen der Insel. Da die Kirche auf königlichen Befehl errichtet wurde, hatte eine ungeheure Menge am Gerüst mitgearbeitet, beinahe wie beim Tempel Salomonis, nur daß sie in viel schnellerer Zeit vollendet wurde, denn kaum drei Wochen, nachdem der erste Pfeiler in den Grund gerammt war, wurde das letzte Zwergpalmenblatt oben festgebunden. So riesenhaft die den einzelnen Häuptlingen und ihren Untergebenen auferlegte Arbeit auch war, sie wurde dadurch sehr erleichtert, daß jeder Mann seinen Pfeiler, Sparren oder Stange bereits mit dem Dachblatt zusammengebunden gebrauchsfertig mitbrachte. Das so vorbereitete Material wurde zusammengefügt und mit Bastzweigen verbunden. So hörte man tatsächlich »weder Hammer noch Axt noch irgendein eisernes Werkzeug während des ganzen Baues.«

Das merkwürdigste an dieser Südseekathedrale war, daß ein breiter Bach durch sie hindurchfloß. Die Eingeborenen lieben die Nähe fließen-der Wasser, um ihrer Schönheit und um ihres Nutzens willen, und das Murmeln der Wellen begleitete die Gesänge im Heiligtum. An drei Stellen innerhalb der Kirche führten Brücken über den Bach.

Leider ist dieser großartige Tempel längst verlassen, die tausend Hy-biskusträger sind verwittert und heruntergefallen, und der Bach fließt über sie hin. Die gegenwärtige Metropolitankirche von Taheiti ist ganz anders. Sie hat nur mäßigen Umfang, ist mit Brettern bedeckt und weiß getüncht, sie hat Fenster, zwar ohne Rahmen, aber mit Läden, und wäre nicht das Laubdach, sie würde an eine einfache heimische Kapelle erin-nern. Alles Fachwerk wurde von fremden Zimmerleuten hergestellt. Der Anblick im Innern ist einzigartig: die Dachsparren sind mit schönen bunten Matten umwunden, und längs dem Hauptdachbalken hängen abwechselnd Quasten oder Fransen von gefärbtem Gras; der Boden ist mit rauhen Brettern belegt. Zwischen den Sitzreihen für die Eingebore-nen, die mit Rückenlehnen und gekreuzten Kokosmatten für die Füße versehen sind, führen regelrechte Chorgänge durch den Bau. Die Kanzel aus dunklem glänzenden Holz ist überraschend hoch angebracht; der Prediger sieht die Gemeinde beinahe aus der Vogelperspektive. An drei Seiten läuft eine von Kokosstämmen getragene Galerie um die Kirche. Ihr Geländer ist da und dort in grellem Blau gestrichen; auch an anderen

Stellen sieht man Flecken der gleichen Farbe unregelmäßig aufgesetzt, als ob die eifrigen Neubekehrten jeder ein wenig Farbe mitgebracht und an der ersten besten Stelle darauf losgestrichen hätten.

Das Innere ist auffallend düster, denn alles ist in dunkler Farbe gehalten und durch die Fenster dringt nur wenig Licht herein. Ein seltsamer Holzgeruch, den man in fast jedem größeren Gebäude in Polynesien merkt, erfüllt den Kirchenraum, man möchte glauben, daß er von wurmstichigen alten Götzenbildern, die in einer nahen Rumpelkammer liegen, herrührt.

Die Gemeinde gehört größtenteils den besseren Ständen an, den Häuptlingen und ihrem Gefolge. Man erkennt sie sogleich an ihrer Schönheit und ihrem gesunden Aussehen, da sie nicht wie die »Merenhoa«, das gemeine Volk, den verderblichen Übeln des Verkehrs mit den Fremden ausgesetzt waren. Des Sonntags erscheinen sie in Staat; sie werden auch nicht wie das Volk zur Kirche getrieben, sondern gehen freiwillig, schon weil sie intelligenter sind und ihre Würde zu wahren wissen.

Diese Kirche, die ich ihrer hölzernen Säulen wegen die Kokosnußkirche nannte, war das erste christliche Gotteshaus in Polynesien, das ich sah, und machte einen bedeutenden Eindruck. Majestätische Häuptlinge, deren Väter noch die Kriegskeule geschleudert hatten, alte Männer, die noch die Rauchopfer auf Oros Altären hatten dampfen sehen, saßen darin; von draußen tönte eine Glocke, die am Ast eines Brotfruchtbaumes hing und von einem eingeborenen Jungen mit einem Eisenstab angeschlagen wurde. An der gleichen Stelle gellten einst die Sturmklänge der Kriegshörner.

Die Kirche ist voll von Menschen; überall sieht man hellen Kattun, in den die höheren Klassen sich bei festlichen Gelegenheiten hüllen, mit merkwürdigen bunten Mustern und Farben. Manche tragen möglichst europäischen Schnitt, aber das ist schlechter Geschmack; da und dort sieht man sogar Rock und Hose: sie sehen ungeschickt aus und verderben das Bild. Aber am meisten fallen die Gesichter auf, jedes voll von Leben und Ausdruck, wie überall in Polynesien, wo viele Menschen beisammen sind; die Kleider rauschen, die Leute bewegen sich, alles murmelt und flüstert, die Stimme des sanften alten Predigers, die sich eben erhebt, ist kaum vernehmlich. Ein halb Dutzend Burschen in weißen Hemden und Hosen suchen die Ruhe herzustellen, sie laufen zwischen den Sitzreihen umher und, indem sie den anderen vorhalten, wie unanständig es sei, in der Kirche nicht still zu sein, vergrößern sie den Lärm. Es war höchst komisch.

Mit der Kirche ist eine Sonntagsschule verbunden; die Schüler, eine lebhafte, nichtsnutzige Bande, saßen auf der Galerie. Am Ende einer Bank sah ich den Lehrer sitzen und einen geduckten kleinen Kerl neben ihm: so oft die anderen störten, erhielt der Ärmste ein Kopfstück: die anderen sollten wohl sehen, was sie erwartete, wenn sie sich nicht besser benahmen.

Mitten in der Kirche stand an einen Pfeiler gelehnt ein alter Mann, der ganz anders aussah als die übrigen. Er trug nichts als einen groben kurzen Mantel aus entfärbtem Tappa; aus seiner verblüfften Haltung schloß ich, daß er aus dem Innern der Insel kam und ein neues ungewohntes Schauspiel sah. Er wurde übrigens scharf zurechtgewiesen, weil er anderen die Aussicht nahm, und da er nicht gleich verstand, was man von ihm wollte, packte ihn einer der weißgekleideten Kirchendiener einfach bei der Schulter und drückte ihn auf einen Sitzplatz nieder.

Der alte Missionar auf der Kanzel und die anderen Weißen enthielten sich jeder Einmischung und überließen alles den Eingeborenen; das ist auch in einer größeren Versammlung auf den Südseeinseln die einzige Möglichkeit, mit ihnen fertig zu werden.

Als endlich die Ruhe einigermaßen hergestellt war, begann der Gottesdienst mit Gesang. Der Chor bestand aus zwölf bis fünfzehn Damen der Mission, die auf einer langen Bank links von der Kanzel saßen. Fast die ganze Gemeinde sang mit. Zu meinem Staunen hörte ich als erstes die wohlbekannte Melodie eines unserer alten Kirchenlieder zu einem taheitischen Psalm. Viele Stimmen waren süß und voll. Die Sänger schienen freudig erregt, hielten manchmal inne und sahen umher, dann sangen sie die feierliche Weise fröhlich weiter. Die Taheitier haben ein natürliches Talent für den Gesang und lieben ihn sehr. Oft habe ich flotte und liederliche junge Kerle ein oder zwei Strophen eines Psalms vor sich hinsummen hören, als wäre es der neueste Schlager aus einer Operette. Darin wie in fast allem anderen unterscheiden sich die Taheitier sehr von den Bewohnern der Sandwich-Inseln, wo die Pfarrgemeinden mehr blöken als singen.

Nach dem Psalm kam ein Gebet. Der gute alte Missionar war klug genug, es sehr kurz zu machen, denn die Gemeinde wurde sogleich unruhig. Dann wurde ein Kapitel aus der Taheitischen Bibel gelesen, ein

Text ausgewählt, und die Predigt begann. Sie wurde aufmerksamer angehört, als ich erwartet hatte.

Da ich schon gehört hatte, daß die Predigten der Missionare, die für eine primitive Zuhörerschaft bestimmt sind, recht eigenartig seien, daß darin viel von Dampfschiffen, von der Kutsche des Lord Mayors, von der Londoner Feuerwehr die Rede wäre, so hatte ich mir einen Dolmetsch mitgebracht, einen sehr geweckten Matrosen aus Hawaii, den ich kennengelernt hatte. »Paß gut auf, Jack«, sagte ich ihm beim Eintritt, »und sag' mir, soviel du kannst, während er spricht!« Jacks Übersetzung war vielleicht keine kritische; ich teile sie aus der Erinnerung mit und möglichst in seinen Worten.

»Meine guten Freunde«, sagte der Prediger, »ich froh, euch zu sehen und ich lieben sehr, heute bischen mit euch zu plaudern. Gute Freunde, sehr schlechte Zeit jetzt in Taheiti; machen mich weinen. Pomari ist fort, die Insel nicht mehr eure, die Wui-Wuis da. Böse Priester auch da und böses Götzenbild in Weiberkleid mit Messingketten«, – damit war das geschmückte Bild der heiligen Jungfrau in der katholischen Kapelle gemeint – »gute Freunde, ihr nicht mit ihnen sprechen, nicht sie anschauen. Aber ich weiß, ihr nicht tun. Gehören zu diesen Räubern, bösen Wui-Wuis. Werden diese schlechten Menschen müssen gehen sehr schnell. Biriteni Donnerschiffe kommen, und fort sie gehen. Aber nicht mehr darüber jetzt, ich mehr sagen später.

Gute Freunde, viele Walfischschiffe jetzt hier, und viele schlechte Männer kommen darin. Seeleute alle schlecht, das ihr sehr gut wissen. Sie kommen her, weil so schlecht, daß zu Hause nicht bleiben dürfen. Meine gute kleine Mädchen, nicht laufen zu Seeleuten! Nicht gehen, wo sie gehen, sie euch Böses tun. Wo sie herkommen, gute Leute nicht mit ihnen sprechen, sind wie Hunde. Hier sie sprechen zu Pomari und trinken Awa (Branntwein) mit dem großen Pufeh!« Pufeh war einer der obersten Häuptlinge der Insel, der ein lustiges Leben führte.

»Gute Freunde, diese Insel sehr klein, aber sehr böse und sehr arm. Die zwei immer zusammen. Warum Biriteni so groß? Weil diese Insel gute Insel. Schicken Mikoneri zu arme Kanaka. In Biriteni jedermann reich, viele Sachen zu kaufen und viele Sachen zu verkaufen, Häuser viel größer als die von Pomari und viel schöner. Jeder dort fahren in Kutschen, größer als die von Pomari ...« Die Königin hatte kurz vorher von der Königin Viktoria eine Karosse geschenkt bekommen. Sie wurde später nach Oëhu auf den Sandwich-Inseln geschickt und dort verkauft, um die Schulden der Königin zu bezahlen. – »und tragen schöne Tappa jeden Tag.« Es folgte die Aufzählung weiterer Herrlichkeiten und Genüsse der Zivilisation.

»Gute Freunde, wenig Essen mehr in meinem Haus. Schoner von Sydney nicht bringen Sack Mehl und Kanaka nicht bringen genug Schwein und Früchte. Mikoneri tun sehr viel für Kanaka, Kanaka tun wenig für Mikoneri. So, gute Freunde, ihr flechten viel Kokoskörbchen und füllen und bringen morgen!«

Das war der wesentliche Inhalt des größeren Teils der Predigt, und es läßt sich nicht bestreiten, daß sie der Geistesverfassung der Inselbewohner angepaßt war, die nur für greifbare und neuartige Dinge Sinn und Interesse haben. Der Taheitier denkt nicht, bei ihm ist alles impulsiv, und anstatt Glaubenssätze zu erklären, geben ihnen die Missionare alles in hübschen Bildern und kleinen Ausschnitten, und leichte Gebete, wie aus der Kinderfibel. Eine dauernde religiöse Wirkung wird denn auch nicht erreicht. In der Tat gibt es vielleicht keine Rasse, die ihrer Natur nach weniger für die Lehren des Christentums geschaffen ist wie die Bevölkerung der Südsee. Ich weiß von der »großen religiösen Erneuerung« auf den Sandwich-Inseln im Jahre 1836, wo mehrere Hunderte in wenigen Wochen in den Schoß der Kirche aufgenommen wurden. Das geschah nicht aus innerer Überzeugung, und die Leute fielen auch sogleich in ihr altes Lasterleben zurück. Damals herrschte Hungersnot auf der Insel und ein abergläubisches Volk war durch fanatische Prediger davon überzeugt worden, daß die Götter der Missionare die Insel gestraft hätten, weil sie so schlecht gewesen war.

Gerade die Züge im Charakter der Taheitier, die die englischen Missionsgesellschaften bewogen, sie als besonders geeignet zur Bekehrung anzusehen, und die Insel als erste zum Feld ihrer Tätigkeit zu wählen, wurden später die schwersten Hindernisse. Ihr sanftes Wesen, ihre scheinbare Naivität und Fügsamkeit täuschte die Europäer; diese Eigenschaften waren nur Begleiterscheinungen geistiger und körperlicher Indolenz. Dazu kommt eine starke Sinn- und Genußfreudigkeit und eine Abneigung gegen jeden Zwang, Anlagen, die zur üppigen Natur der Tropen sehr wohl passen, aber der strengen christlichen Moral entgegengesetzt sind.

Die Eingeborenen sind auch stets bereit, ein leidenschaftliches Interesse an Dingen vorzugeben, für die sie nichts empfinden, sobald sie glauben, daß Personen, deren Macht sie fürchten oder um deren Gunst sie werben, an diesen Dingen Interesse nehmen. Als sie noch Heiden waren, brachen die Sandwich-Insulaner sich die Zähne aus oder rissen ihre Haare ab und verstümmelten sich mit scharfen Muscheln, um den untröstlichen Schmerz beim Tod eines großen Häuptlings oder eines Mitglieds der königlichen Familie zu zeigen. Und doch berichtet Vancouver, daß dieselben Menschen, die eben noch rasend vor Schmerz schienen, sogleich glückselig wurden, wenn man Ihnen eine kleine Pfeife oder einen Spiegel schenkte.

Auf einer der Gesellschafts-Inseln, – ich glaube, es war Rejatehr, – wünschten die Eingeborenen aus irgendeinem Grunde sich die Missionare besonders geneigt zu machen. Sie benahmen sich daher beim Gottesdienst so, wie sie es früher als Heiden getan: sie stellten sich, als brächte die Predigt sie zur Raserei und Verzückung, rollten die Augen, hatten Schaum vorm Mund, stürzten in Krämpfen hin und ließen sich nach Hause tragen. Die Missionare hielten es für ein Wunder des Höchsten und posaunten es überall aus.

Um zur Kokosnußkirche zurückzukehren: sowie der Segen gesprochen war, zerstreute sich die Gemeinde und belebte die Ginsterstraße mit ihren flatternden Gewändern, dann verloren sie sich in den schattigen Seitenwegen, die von der Hauptstraße abzweigen und zu kleinen Ortschaften in den Hainen oder zu den Villen am Strande führen. Allgemeine Heiterkeit herrschte, als ob sie von einem altmodischen »Hivar«, einem ihrer fröhlichen heidnischen Tanzfeste kämen. Viele ließen ihre Bibel, die sie an Schnüren trugen, hin und her baumeln.

Der Sabbat wird gewissenhaft gefeiert, besonders was die Enthaltung von jeder Arbeit betrifft. Die Kanus sind auf den Strand gezogen, die Netze zum Trocknen ausgebreitet, in den Hütten, die wie Hühnerställe aussehen, liegen die Bewohner müßig wie sonst, schwatzen aber etwas weniger. Nach dem Gottesdienst herrscht Ruhe auf der ganzen Insel, die Täler, die ins Innere führen, sehen noch stiller und verlassener aus. Kurz, es ist der »Tabu-Tag« der Taheitier; das gleiche Wort, das sie als Heiden für ihren Kult gebrauchten, bedeutet jetzt die christliche Sonntagsheiligung.

43.

Mein früherer Freund Kulu, dieser würdige junge Mann, wohnte in einem »Meru Boro«, im »Brotfruchtschatten«, einem hübschen Waldwinkel auf halbem Weg zwischen der Calabusa Biriteni und der Kokosnußkirche. Er war daher ein regelmäßiger Besucher des Gotteshauses. Kulu war ein schneidiger Jüngling. Elegant in seinem gestreiften Kattunhemd, das über seinen weißen Marinehosen herausfordernd gebauscht war, das Haar mit Kokosöl gesalbt, warf er den Damen siegesbewußte Blicke zu, die keineswegs unerwidert blieben.

Aber die taheitischen Schönen haben auch Blicke füreinander; manches Näschen wird gerümpft, wenn ein neuer Baumwollmantel erscheint, der vor kurzem noch in der Kiste eines verliebten Matrosen lag. Einmal sah ich eine Gruppe junger Mädchen in fleckigen Röckchen verächtlich auf eine andere weisen, die ein feuerrotes Röckchen trug: »Oih tuteh auri!« sagten sie mit unsäglicher Verachtung, »itteh meteh!« (»Du bist ein nichtswürdiges Frauenzimmer, wirklich schlecht!«)

Kulu wie die sittenstrengen jungen Damen hatten das Abendmahl genommen, aber noch am selben Abend, nachdem sie die heilige Brotfrucht genossen, begingen einige, wie ich weiß, schlimme Verstöße.

Ich wollte wissen, was ihre religiösen Vorstellungen eigentlich waren, aber das zu erfahren, war eine heikle Aufgabe.

Famo, der vordem der Läufer der Königin gewesen war, hatte sich vom aktiven Dienst zurückgezogen und in einem hübschen kleinen Häuschen, keine hundertfünfzig Schritte von der Calabusa entfernt, niedergelassen; vielleicht hatte er bereits mit dieser Nachbarschaft gerechnet, um seine drei Töchter in die gute Gesellschaft einzuführen. Jedenfalls ließen sich die Schwestern die Huldigungen des galanten Doktors gerne gefallen, und er war zu jeder Zeit und Stunde in ihrem Hause willkommen. Eines Abends sprachen wir vor. Mein langer Freund begann mit den beiden jüngeren Mädchen »Nau« zu spielen, wobei ein Stein unter drei Stößen Tuch gefunden werden muß. Ich ließ mich auf einer Matte neben Idia, der ältesten, nieder, spielte mit ihrem Grasfächer und versuchte meine Kenntnisse des Taheitischen zu vervollkommnen. Die Gelegenheit schien günstig, und ich begann: »Ah, Idia, Mikoneri, oih?« fragte ich. Das hieß etwa: »Nebenbei bemerkt, Fräulein Idia, gehören Sie zur Kirche?«

»Ja, mich mikoneri«, antwortete die Schöne, aber sie schränkte diese Erklärung sogleich in kennzeichnender Weise ein: »Mikoneri ina«, sagte sie (»Christin hier!«), die letzte Silbe nachdrücklich betonend, und sie legte ihre Hand auf den Mund, und mit den gleichen Worten berührte sie Augen und Hände. Dann veränderte sich ihr ganzes Aussehen und mit nicht mißzuverstehenden Gebärden bedeutete sie mir, daß sie in anderer Hinsicht keineswegs »mikoneri« sei. Damit brach sie in ein helles Gelächter aus, in das die zwei Schwestern einstimmten, und auch der Doktor und ich, um nicht gar zu dumm auszusehen. Kurz, sie war, wie Pope sagt:

> »Im Herzen wohl ein guter Christ,
> Doch heidnisch in dem, was des Fleisches ist.«

Der Übereifer der Missionare, der Zwang und die stete Beaufsichtigung ruft diese religiöse Heuchelei hervor; aber nur beim gemeinen Volk, die Vornehmen werden nicht belästigt. An Sonntagen, an denen in den kleineren Kirchen ein zu geringer Besuch befürchtet wird, werden Leute mit Rohrstöcken als »Einpeitscher« nach der frommen Gemeinde ausgeschickt. Dies ist eine Tatsache, die auch in den »Denkwürdigkeiten aus dem Leben und der evangelischen Sendung des verstorbenen Herrn Daniel Wheeler« einem vortrefflichen Werk, auf das ich mich noch öfter berufen werde, auf S. 763 mit Abscheu erwähnt wird. Diese Leute, die an ihren weißen Drillichanzügen kenntlich sind, bilden eine Art religiöser Polizei. Sie sind an Wochentagen ebenso geschäftig wie an Sonntagen. Sie spionieren zum Schrecken der Eingeborenen auf der ganzen Insel nach Sünden und Schlechtigkeit, und sie treiben auch die Geldstrafen ein, die meistens in Grasmatten bestehen, und die für beharrliches Fernbleiben vom Gottesdienst und ähnliche Vergehen verhängt werden, für die das geistliche Gericht der Mission zuständig ist. Der alte Bob nannte diese Leute »Kennakippers«. Ich vermute, daß dies aus dem englischen Wort »Constabler« verdorben ist. Er hegte bitteren Groll gegen sie, und als er eines Tages nach Hause kam und erfuhr, daß sie ihm gerade einen Besuch abstatteten, verbarg er sich hinter einem Busch, und als sie aus dem Hause kamen, trafen, von unsichtbarer Hand geschleudert, zwei schwere grüne Brotfrüchte jeden der beiden zwischen die Schulterblätter. Unsere Matrosen und verschiedene Eingeborene waren Zeugen und priesen, sobald die Eindringlinge außer Sicht waren,

Kapitän Bob in allen Tönen, besonders die Damen. Die Kennakippers sind ihre größten Feinde, denn die lästigen Kujone fallen zu allen Stunden ins Haus und spähen nach ihren kleinen Sünden.

Kulu, der zu Zeiten patriotisch und nachdenklich war, und die Leiden beklagte, die sein Vaterland heimsuchten, schalt auf die Gesetze, die Fremden den Zutritt zu jedem Hauswesen gestatten. Er selbst, der den Damen sehr ergeben war, hatte oft Unannehmlichkeiten dadurch gehabt. Sie schädigen die Leute auch materiell, denn sie laden sich täglich in einer anderen Hütte ihres Sprengels zum Essen ein, und den guten Leuten bleibt nichts übrig, als sie so gastfreundlich als möglich zu bewirten. Die Kennakippers sind unermüdlich; in tiefster Nacht lauern sie vor den Häusern und bei Tag stöbern sie Liebespaare in den Hainen auf.

Sechs Wochen vor meiner Ankunft auf der Insel hatten der Gatte einer Frau und die Gattin eines anderen Mannes Gefallen aneinander gefunden und waren miteinander ausgegangen. Sofort schlugen die Kennakippers Lärm, und eine wilde Verfolgung begann. Aber drei Monate vergingen, ehe man die Sünder entdeckte. Dann wurden wir aus der Calabusa gerufen und sahen einen Pöbelhaufen, der die Liebenden vor Gericht schleppte. Sie waren bis auf den Lendenschurz völlig nackt, ihr Haar war lang, an den Enden gebleicht und mit Blättern und Stengeln verfilzt, ihre Leiber ganz zerkratzt. Sie waren ins Innere geflüchtet, hatten in einem ganz unbewohnten Teil der Insel eine Hütte errichtet und dort zusammen gelebt, bis sie auf einem Spaziergang Pech hatten, entdeckt und, obwohl sie sich ins Dickicht flüchteten, gefangen wurden. Sie wurden verurteilt, hundert Faden am Ginsterweg zu bauen, was mindestens sechs Monate schwerer Arbeit bedeutete.

Oft, wenn ich in einem Hause saß, in ruhigem Gespräch mit den Bewohnern, sah ich sie in die größte Verwirrung und Aufregung geraten, wenn sie hörten, daß ein Kennakipper auftauchte, denn von einem dieser Kirchendiener als »tuteh auri« als »Gottloser« angezeigt zu werden, wird auf Taheiti beinahe so gefürchtet, wie einst in Europa die Inquisition. Oft, wenn sie in ein Haus traten, beschränkten sie sich darauf, pharisäisch Betstunden zu veranstalten. Die Eingeborenen nennen sie daher »Bura Artuas«, »Gottesanbeter«. –

44.

Der Klang des Tuchklöppels ist in den Tälern von Taheiti längst verstummt. Nur zur Strafe wird das Tuchmachen noch auferlegt. Früher verbrachten die Mädchen die Vormittage damit, wie unsere Damen am Stickrahmen; jetzt leben sie träge dahin; allerdings nähen die meisten ihre Kleider selbst, aber dazu braucht es nur ein oder zwei Stiche. Die Damen der Mission lehren sie nähen.

Der »Keihi weihenih«, der Unterrock, ist nichts als ein Streifen weißer Baumwolle oder Kattuns, der die Figur vom Gürtel bis zu den Füßen lose umhüllt. Er wird meistens einfach aufgesteckt oder die beiden oberen Enden zusammengebunden, gerät daher auch leicht in Unordnung und läßt sich sehr kokett tragen. Über dem Keihi tragen sie eine Art losen weiten Gewandes, das vorn offen ist und lässig übergeworfen wird. Dazu schreckliche Hüte, Strohbündel, die etwa in Form einer Kohlenschippe geflochten sind und aufrecht auf den Kopf gesteckt werden, während ein oder zwei Ellen roten Bandes wie die Schnüre hinter einem Drachen flattern. Sie werden zwar von den Eingeborenen verfertigt, aber die Frauen der Missionen sollen das Schrecknis eingeführt haben. Strohflechten ist eine der wenigen Arbeiten, die von den höheren Klassen noch betrieben werden. Übrigens trägt kein junges Mädchen diese Hüte; sie überlassen es ihren Müttern, sich so zu verunstalten.

Die Männer suchen sich europäisch zu kleiden, haben aber keine Ahnung von den Beziehungen, die zwischen den einzelnen Teilen unserer Anzüge bestehen. Wer eine Jacke hat, trägt darum noch keine Hose, und ein runder steifer Hut und ein Lendenschurz gehen sehr wohl zusammen. Der junge Matrose, zu dem Kulu übergegangen war, hatte ihm eine alte zottige Pelzjacke geschenkt, die er bis zum Kinn zugeknöpft trug und in der er in tropischer Hitze stolz spazieren ging. Der lange Doktor, der ihn traf, vermutete, daß er eine Schwitzkur machte.

Ein unverheirateter Freund Kapitän Bobs erfreute sich des Besitzes eines vollständigen, europäischen Anzugs, in dem er viele Damenherzen eroberte. Da er militaristische Neigungen hatte, zierte er den Rock mit einem scharlachroten Flecken, den er vorn aufnähte, und brachte an den verschiedensten Stellen Metallknöpfe mit Regimentsnummern an, die er Marinesoldaten auf Urlaub, als sie betrunken waren, heimlich abgeschnitten hatte. Da die Jacke ihm viel zu eng war, standen seine

Ellbogen ab wie bei einem Sonntagsreiter, und seine strammen Schenkel füllten die engen Hosenbeine derart aus, daß bei jedem Schritt die Nähte zu platzen drohten.

Es herrscht keine bestimmte Mode mehr auf Taheiti, und oft tragen sie die Kleidung ihrer Väter in der ungeschicktesten Weise, um sie ihrem neuen, durch die Bewunderung alles Europäischen verdorbenen Geschmack anzupassen.

Aber so lächerlich viele von ihnen heute in europäischer Kleidung aussehen, so vortrefflich stand ihnen ihre Nationaltracht, die für unverdorbene Augen durchaus anständig und dem Klima völlig entsprechend war. Die kurzen Röckchen aus farbigem Tappa, die quastenbesetzten Gürtel und all die anderen Kleidungsstücke, die man früher trug, sind heute als unanständig vom Gesetz verboten. Warum den Frauen die Blumenkränze und die Halsketten aus Blüten gleichfalls untersagt sind, habe ich nie begriffen. Offenbar weil sie mit vergessenen heidnischen Gebräuchen zusammenhingen. Desgleichen ist den Eingeborenen viel unschuldiger Zeitvertreib verboten. In alten Zeiten hatten sie athletische Spiele, wie Ringen, Wettlauf, Speerwerfen und Bogenschießen. In all diesen Übungen brachten sie es zu hoher Vollkommenheit, und es wurden große und glänzende Festspiele veranstaltet. Sonst pflegten sie täglich zu tanzen, Fußball zu spielen, Drachen steigen zu lassen, Flöte zu blasen und ihre alten Lieder und Balladen zu singen. All das ist heute bei Strafe verboten und nun auch schon solange außer Gebrauch, daß das meiste vergessen ist.

Ebenso wurde das »Opeio«, das Brotfruchterntefest, abgeschafft, obwohl nach der Schilderung, die Kapitän Bob mir davon gab, nichts daran unsittlich war. Jede Tätowierung ist durch ein strenges Gesetz verboten. Daß die Eingeborenen diese Abschaffung ihrer nationalen Gebräuche und Feste nicht gutwillig hinnahmen, geht schon aus der häufigen Verletzung der Verbote hervor; besonders die »Hivars«, die Tanzfeste, werden viel im geheimen gefeiert.

Gewiß hatten die Missionare die beste Absicht, als sie die Taheitier derart entnationalisierten, aber da ihnen keine andern Unterhaltungen an Stelle derer geboten wurden, die ihnen genommen waren, versanken die Taheitier, die mehr als andere Stämme solchen auffrischenden Zeitvertreibs bedurften, in Gleichgültigkeit und Trägheit, oder sie geben sich sinnlichen Genüssen hin, die tausendmal schlimmer und verderblicher sind, als all die Spiele und Feste, die im Tempel von Teni gefeiert wurden.

45.

Ich bin den Missionaren gewiß nicht übel gesinnt; ich will nur die Zustände wahrheitsgemäß schildern. Für die Folgeerscheinungen, die der Verkehr zwischen Europäern und Südseeeingeborenen und der Versuch, ihnen Christentum und Zivilisation beizubringen, gezeitigt hat, sind die Zustände auf Taheiti besonders kennzeichnend. Nirgends ist das Experiment so vollständig durchgeführt worden. Die heutige Generation ist schon unter der Leitung ihrer religiösen Lehrer aufgewachsen. Die Mission auf Taheiti besteht seit sechzig Jahren, und wenn ihr auch wie überall Hindernisse, auch durch gewissenlose Europäer, in den Weg gelegt wurden, so ist doch nur selten ein Unternehmen so von guten Wünschen und durch Geldbeiträge gefördert worden. Gewiß, die ersten Missionare waren meist unwissend und von beschränktem Eifer; und wenn ihre Nachfolger heute vielleicht nicht mehr so eifrig, aber auch nicht ganz so uneigennützig sind, wie ihre Vorgänger, so haben sie doch sicherlich das ihre getan. Wir wollen das Ergebnis untersuchen.

Der Götzendienst ist völlig verschwunden und mit ihm barbarische Gebräuche, die im Zusammenhang mit ihm standen. Dies ist aber vielleicht weniger den Missionen als dem langen ununterbrochenen Verkehr mit Weißen aller Nationen zuzuschreiben, die durch viele Jahre vornehmlich nach Taheiti kamen. Auf den Sandwich-Inseln ist die so bedeutungsvolle Einrichtung des »Tabu« zugleich mit dem gesamten Heidentum durch freiwilligen Entschluß der Eingeborenen schon einige Zeit vor der Ankunft der ersten Missionare völlig abgeschafft worden.

Die zweite bedeutende Veränderung ist die folgende: da so viele einflußreiche und angesehene Europäer sich dauernd auf Taheiti angesiedelt haben, da sehr häufig Kriegsschiffe eintreffen und die taheitische Nationalität anerkennen, so erlaubt man sich ihnen gegenüber nicht mehr die Schandtaten, die man sonst gegen »bloße Wilde« verübt. Infolgedessen finden auch keine Repressalien statt und alle Schiffe sind in den Häfen von Taheiti in völliger Sicherheit. Was die Leistungen der Missionare betrifft, so haben sie sich überall und immer bemüht, die Übel zu lindern, die der Verkehr mit den Weißen nach sich zieht. Ihre Bemühungen sind vielfach unklug und oft unwirksam gewesen, aber wesentlich wird der Erfolg doch durch die natürliche Anlage der Bevölkerung unmöglich gemacht. Immerhin sind die sittlichen Zustände auf Taheiti im ganzen durch die Tätigkeit der Missionare gebessert worden.

Ihre größte und beste Leistung ist, daß sie die ganze Bibel in die taheitische Sprache übersetzt haben. Ich habe mehrere Eingeborene kennengelernt, die sie ohne Schwierigkeiten lasen. Sie haben auch Kirchen gebaut und Schulen für Kinder wie für Erwachsene; die letzteren sind leider heute sehr vernachlässigt, wesentlich infolge der Unruhen, die das Vorgehen der Franzosen verursacht hatte. Über die innere Kirchen- und Schulverfassung weiß ich zu wenig, um darüber etwas sagen zu können. Es handelt sich auch nur um das Ergebnis und die Zustände im allgemeinen, und weil ein einzelner nach seiner persönlichen Erfahrung allein darüber zu urteilen nicht berechtigt sein mag, so möchte ich auch einige bekannte Autoren kurz zitieren, von denen besonders die beiden ersten in dem Werk eines Geistlichen, des hochwürdigen M. Russell, »Über das Wirken der christlichen Missionen in Polynesien« viel zitiert werden.

Der berühmte russische Forschungsreisende Otto von Kotzebue ist vielleicht etwas zu streng gegen die Fehler der Missionare; er sagt: »Eine Religion, die jedes unschuldige Vergnügen verbietet und jede geistige Kraft drückt oder lähmt, scheint mir eine Lästerung des göttlichen Stifters unserer Religion. Gewiß, die Missionare haben neben vielem Üblen auch manches Gute getan. Sie haben den Diebstahl und die Unsittlichkeit eingeschränkt; aber sie haben Unwissenheit, Heuchelei und den Haß gegen jeden anderen Glauben großgezogen, die dem offenen und liebenswürdigen Wesen der Taheitier früher fremd waren.«

Kapitän Beechy sagt, daß er auf Taheiti »Dinge sah, die dem Kurzsichtigsten klar machen mußten, wie tief unsittlich die Zustände geworden sind, und daß der Verkehr der Bevölkerung mit Europäern sie nur verschlechtert und in keiner Weise gehoben hat.«

Daniel Wheeler, ein ehrlicher Quäker, den die reinste Menschenliebe trieb, besuchte 1834 in seinem eigenen Schiff die meisten Missionssiedlungen in der Südsee. Er war auch einige Zeit in Taheiti, von den Missionaren gastfreundlich aufgenommen, und versuchte selbst auf die Eingeborenen zu wirken. Er findet die sozialen Zustände schlimm und über ihre Religiosität bekennt er offen: »Wie ungern ich es auch sage, eine aufrichtige christliche Gesinnung scheint mir äußerst selten zu sein.«

Das wären die Zeugnisse ehrlicher und unvoreingenommener Männer, die an Ort und Stelle waren. Sie haben die wirklichen Ergebnisse und Zustände untersucht, während man in den Veröffentlichungen in Europa und Amerika einfach triumphierend die Zahl derer anführt, die sich äußerlich zum Christentum bekennen. Diese Bekehrungen sind meistens von Häuptlingen durchgesetzt worden, die irgendeinen weltlichen Vorteil davon hatten oder erwarteten. Auch in den wundergleichen Fällen, in denen die Eingeborenen impulsiv ihre Götzenbilder verbrannten und zum Taufwasser stürzten, zeigte die Plötzlichkeit des Entschlusses auch seine Hohlheit. Williams, der zu Erromanga den Märtyrertod starb, berichtet solch einen Fall, in dem die christlichen Eingeborenen eines Tages ebenso plötzlich und feierlich in großer Versammlung ihre heidnischen Bräuche wiederherstellten.

Auf der Insel Imio, die zur taheitischen Mission gehört, gibt es eine Schule, die der hochwürdige Mr. Simpson und seine Frau leiten und die ausschließlich für die Kinder der Missionare bestimmt ist. Die Schüler lernen dort nur die Anfangsgründe, nicht mehr, als in den Eingeborenenschulen gelehrt wird, sie werden dann oft in sehr zartem Alter nach England geschickt, um ihre Schulbildung zu vollenden. Trotzdem werden die beiden Rassen sorgfältig getrennt gehalten, damit die kleinen Weißen nicht von den Eingeborenenkindern verdorben würden. Die Eltern suchen sogar in jeder Weise zu verhüten, daß ihre Kinder auch nur die taheitische Sprache lernen. Auf den Sandwich-Inseln ging man noch weiter. Als dort ein Spielplatz für die Kinder der Missionare angelegt wurde, schloß man ihn durch einen viele Fuß hohen Zaun ab, um die verdorbenen kleinen Hawaier fernzuhalten.

Ist es nicht seltsam, daß die Polynesier vor ihrer Berührung mit den Weißen keineswegs so verdorben waren? Der treffliche Kapitän Wilson, der die ersten Missionare nach Taheiti brachte, berichtet, daß »die Einwohner in vielen Dingen feinere Begriffe von Anstand und Sitten hatten, als wir«. Ähnliches berichtet Vancouver von den Sandwich-Insulanern. Daß die Unsittlichkeit beständig schlimmer wird, geht schon aus den Gesetzen gegen die Ausschweifung auf beiden Inselgruppen hervor, die unaufhörlich erneuert und verschärft und ebenso unaufhörlich übertreten werden.

Man kann natürlich nicht erwarten, daß die Missionare dieses Ergebnis und von diesen Zuständen berichten werden. Darum sagt Kapitän Beechy von Ellis' »Polynesischen Forschungen«, daß der Autor die sittlichen

Zustände und die Kultur auf Taheiti viel zu günstig geschildert habe, und er fügt hinzu, »da die Eingeborenen mich nicht fürchteten, bin ich besser als die Missionare in der Lage gewesen, ihre wirkliche Gesinnung und ihre Handlungen kennenzulernen.«

Das gleiche darf ich von mir behaupten.

Wenn die Arbeitsamkeit eines Volkes ein Gradmesser für seine Zivilisation ist, so sind die Taheitier heute weniger zivilisiert als früher. Wohl ist ihre Trägheit angeboren. Aber wie kommt es, daß die christliche Zivilisation sie noch gesteigert hat, anstatt sie zu vermindern? Wie ich bereits sagte, ist die Herstellung von Tappa in vielen Teilen der Insel außer Gebrauch gekommen. Werkzeug und Hausgerät werden nicht mehr angefertigt, weil die aus Europa eingeführten natürlich viel besser sind. Dies würde auch nichts schaden, wenn die Eingeborenen wenigstens all das herstellen würden, was sie brauchen und wofür sie europäischen Ersatz nicht haben können. Aber sie tun auch das nicht, und so ist die Lebenshaltung des ärmeren Volkes immer schlechter geworden.

Mir, der ich von primitiven Wilden auf den Marquesas kam, schienen die Wohnstätten der armen Taheitier und ihre Lebenshaltung keineswegs schön oder sauber und mit denen der unzivilisierten Taïpis gar nicht zu vergleichen. »Nichts fällt so peinlich auf und ist so erbarmungswürdig«, sagt der gute Quäker Wheeler, »als ihr zielloses und leeres Dasein.« Wohl sind Versuche gemacht worden, sie aus dieser Trägheit zu reißen, aber immer vergeblich. Vor einigen Jahren wurde die Baumwollkultur eingeführt, und wie sie schon alles Neue lieben, gingen sie eifrig ans Werk; aber das rasch erwachte Interesse schwand ebenso rasch wieder, und heute wird auch nicht ein Pfund Baumwolle auf den Inseln erzeugt. Webemaschinen wurden aus London geschickt und in Afreheitu auf Imio eine Fabrik errichtet. Das Sausen der Räder und Spindeln lockte Freiwillige von allen Seiten herbei, die es für eine Vergünstigung hielten, arbeiten zu dürfen; aber sechs Monate später fand sich auch nicht ein einziger, der für Lohn arbeiten wollte; die Maschinen mußten abmontiert und nach Sydney geschickt werden.

Genau so ging es mit dem Zuckerrohr, das auf der Insel heimisch ist und auf dem Boden und in dem Klima in solcher Qualität gedeiht, daß Bligh Setzlinge davon nach Westindien mitnahm. Die Eingeborenen liefen scharenweise in die Felder, sie schwärmten wie die Ameisen, und alles war in außerordentlicher Bewegung: die wenigen Pflanzungen, die heute noch übrig sind, gehören Weißen und werden von Weißen betrieben, die lieber einem versoffenen Matrosen achtzehn bis zwanzig spanische Dollar im Monat zahlen, als einen nüchternen Eingeborenen für seine »Portion Fisch und Rübe« in Dienst nehmen würden.

In Honolulu, der Hauptstadt der Sandwich-Inseln, sieht man schöne Wohnhäuser, mehrere Hotels, Barbierstuben, ja Billardsäle; aber alle gehören Weißen und werden von Weißen besucht. Es gibt Schneider, Schmiede und Zimmerleute; aber es ist kein Eingeborener darunter. Und so geht es natürlich nicht an, all dies als Beweis für die Kultur der Eingeborenen anzuführen.

Handwerk, Fabrikarbeit und Landwirtschaft, wie sie in europäischen Ländern betrieben werden, erfordern eine stetige Beschäftigung und Tätigkeit, die einem indolenten Volk wie den Polynesiern zuwider ist. Sie sind für den Naturzustand geschaffen, den das Klima erlaubt und begünstigt, und für jeden anderen ungeeignet, und sie können als Rasse nur im Naturzustand und in keinem anderen existieren. Im Jahr 1777 schätzte Cook die Bevölkerung von Taheiti auf etwa 200.000 Seelen. »Nach den ungeheuren Mengen, die sich überall zeigten«, sagte er, »kann diese Schätzung nicht zu hoch sein.« Bei einer Volkszählung, die vor vier oder fünf Jahren stattfand, waren es nur mehr neuntausend. In den offiziellen Veröffentlichungen der amerikanischen Forschungsexpedition sowie in den Schilderungen, die der Marinearzt D. Ruschenberger von seiner Reise um die Welt in den Jahren 1835 bis 1837 gab, wird die geradezu unglaubliche Entvölkerung auf den Sandwich-Inseln geschildert: im Bezirk von Rohelo in Hawai sank die Zahl innerhalb von vier Jahren von 8.679 auf 6.175 Seelen!

Dieser erstaunliche Rückgang zeigt nicht nur, wie furchtbar die Übel sein müssen, die ihn zur Folge haben; es ergibt sich daraus auch der unabweisliche Schluß, daß all die Kriege zwischen den Stämmen, die Sitte des Kindesmordes und die andern Ursachen, die in früheren Zeiten schädigend wirkten, im Vergleich dazu nichts sind. Jene verheerenden Übel sind lediglich europäischen Ursprungs. Abgesehen von den Folgen der Trunksucht, zeitweisen Blatternepidemien und anderen Ursachen, genügt es, auf die eine ansteckende Krankheit hinzuweisen, die heute das Blut von mindestens zwei Dritteln der niederen Bevölkerung der Insel vergiftet und von einem Geschlecht zum anderen vererbt wird. Mit Schauder und Schrecken sahen die Insulaner die ersten Verheerungen, die die gräßliche Seuche anrichtete. Der Name, den sie der Krankheit gaben, ist eine Verbindung von allem, was für den Kulturmenschen abscheuerregend und unnennbar ist. Entsetzt und zur Verzweiflung getrieben von ihren Leiden, trugen sie die Kranken vor die Missionare und schrien: »Lüge! Lüge! Ihr sprecht uns vom Heil, und sehet, wir sterben! Wir wollen kein anderes Heil, als in dieser Welt zu leben. Wo ist jemand durch eure Worte gerettet worden? Pomari ist tot, und wir alle sterben an euren verfluchten Krankheiten. Wann werdet ihr von uns ablassen?«

Heute hat die Furchtbarkeit der Krankheit in Einzelfällen etwas abgenommen, aber das Gift ist um so mehr verbreitet.

»Wie furchtbar, wie niederschmetternd ist es«, sagt der alte Quäker Wheeler, »zu denken, daß der Verkehr mit fernen Völkern über diese armen ahnungslosen Inselbewohner einen nie gekannten und unerhörten Fluch gebracht hat!«

Unleugbar sind also die Taheitier, was ihr zeitliches Wohl betrifft, heute schlimmer daran als früher, und obschon die Missionare ihnen auch Gutes gebracht haben, bedeuten diese Wohltaten doch wenig gegenüber dem Unheil, das auf anderen Wegen über sie gekommen ist.

Die Aussichten sind hoffnungslos. Alle Anstrengungen scheitern an dem geschichtlichen Gesetz, das sich bisher immer gleich geblieben ist. Ihr gegenwärtiger Zustand vereint die Verderbnis der Barbarei mit der der Zivilisation, und wie andere unkultivierte Völker werden auch sie an der Berührung mit den Europäern zugrunde gehen. Sie selbst erwarten trauernd ihr Schicksal. Vor einigen Jahren sagte Pomari II zu Tyreman und Bennet, den Abgesandten der Londoner Missionsgesellschaft: »Ihr seid zu einer sehr schlimmen Zeit gekommen. Eure Vorfahren kamen in der Zeit, da Taheiti noch bewohnt war; ihr sehet nur noch die Überbleibsel meines Volkes.«

Und es erfüllt sich die Prophezeiung Tiarmoas, des Hohepriesters von Peri, der vor mehr als einem Jahrhundert lebte. Oft habe ich alte Taheitier sie in leisem traurigen Ton singen hören:

»E herri te fau
e toro te farrero
e nau te tararta.«

»Der Palmbaum wird wachsen,
die Koralle sich breiten,
der Mensch wird schwinden.«

46.

Am Tag, ehe die »Julia« aussegelte, machte Dr. Johnson uns den letzten Besuch. Er war an diesem Tage nicht so freundlich wie sonst und er wollte auch nur die Unterschrift der Leute auf einem Papier als Bestätigung, daß sie von ihm die verschiedenen, darauf verzeichneten Medikamente erhalten hatten. Auf Grund dieses Zeugnisses, auf das Kapitän Guy noch sein Indosso setzen sollte, erhielt er seine Bezahlung. Aber er würde die Handzeichen der Schiffsleute nicht bekommen haben, wenn der Doktor oder ich da gewesen wären. Mein langer Freund empfand keine Liebe für Herrn Johnson; im Gegenteil, er haßte ihn von ganzem Herzen und aus guten Gründen. Man soll aber nur den hassen, der es verdient; wirklicher Haß ist gleichsam eine Anerkennung zur linken Hand. Ich fühlte nur eine kühle gleichgültige Verachtung für den geldgierigen Apotheker und widersprach unserm langen Gespenst, wenn er sich über ihn aufhielt und ihm die ausgefallensten Schimpfnamen gab. Wenn der Kollege anwesend war, stellte er sich freundlich, um die Streiche in Gang zu halten, die ihm gespielt wurden. Er bedauerte, daß Johnson zuletzt doch Geld aus der Sache herausgeschlagen hatte, und »ich möchte wissen«, sagte er, »ob er jetzt, da er keine Bezahlung mehr erwarten kann, uns noch einen Besuch machen würde?«

Es war ein ganz merkwürdiger Zufall, daß der Doktor keine fünf Minuten, nachdem er dies gesprochen hatte, in einem unerklärlichen Anfall hinstürzte. Kapitän Bob, der gerade zugegen war, schickte sogleich einen Jungen, dem er die größte Eile gebot, zu Dr. Johnson. Wir trugen den Kranken indessen in die Calabusa, und die Eingeborenen, die sich rasch ansammelten, schlugen die verschiedensten Behandlungen vor. Einer dieser Naturärzte riet, den Patienten an den Schultern festzuhalten, während ein anderer ihn kräftig an den Beinen ziehen sollte. Diese Methode, die für Krampfanfälle empfohlen wurde, nannten sie »Poteta«; aber da ich unseren Freund bereits für lang genug hielt, lehnte ich weiteres Strecken ab.

Jetzt sahen wir auch bereits den Arzt in großer Eile den Ginsterweg entlang kommen. Er bedachte gar nicht, wie unklug es ist, in den Tropen zu eilen, und schwitzte heftig. Er schien also doch wärmerer Empfindungen fähig zu sein; aber es zeigte sich, daß es nur berufliche Wißbegier war, einen in seiner polynesischen Praxis ganz ungewöhnlichen Fall zu beobachten. Die Schiffsleute, die, obwohl sonst zu Scherzen aufgelegt, unter Umständen darauf bestehen, daß alles streng anständig zugeht, verlangten, daß ich mich neben dem langen Gespenst hinsetzen und alle Fragen beantworten sollte.

»Was ist los?« rief Johnson, als er ganz atemlos in die Calabusa trat, »wie ist das geschehen? Schnell!«

Ich berichtete ihm, wie der Anfall gekommen war.

»Merkwürdig«, sagte er, »sehr merkwürdig. – Der Puls ist ganz gut.« Er ließ die Hand des Patienten los und legte ihm die seine aufs Herz. »Aber was bedeutet der Schaum am Mund? – Und mein Gott! Seht das Abdomen!«

Aus der so bezeichneten Gegend tönte ein leises rollendes Geräusch und unter der Baumwolljacke war eine Art Wellenbewegung bemerkbar.

»Vielleicht Kolik, Herr Doktor?« fragte einer der Umstehenden.

»Unsinn!« brüllte der Doktor. »Wer hat je von Bewußtlosigkeit bei Kolik gehört?« Der Patient lag gerade und steif auf dem Rücken und gab außer dem geschilderten kein Lebenszeichen von sich. »Ich werde ihn zur Ader lassen«, rief Johnson, »lauft, einer von euch, um eine Kalebasse!«

»Leben ahoi!« sang der Marinebob aus, als ob er ein Segel erspäht hätte.

»Was mag nur mit ihm sein?« rief der Arzt. Denn der Mund des Patienten war plötzlich völlig schief geworden und blieb so.

»Vielleicht Veitstanz«, meinte Bob.

»Halten Sie die Kalebasse!« und er hatte die Lanzette bereit. Aber ehe er den Doktor anstechen konnte, bekam dessen Gesicht wieder seinen natürlichen Ausdruck; ein tiefer Seufzer folgte; die Augenlider zuckten, öffneten sich, schlossen sich wieder, und das lange Gespenst rollte in Zuckungen zur Seite und begann hörbar zu atmen. Mit der Zeit erholte er sich hinreichend, um sprechen zu können. Aber Johnson versuchte vergeblich, irgend etwas Zusammenhängendes von ihm zu erfahren; schließlich zog er sich enttäuscht zurück. Bald nach seinem Fortgehen setzte unser Doktor sich auf, und als wir ihn fragten, was ihm fehle, schüttelte er nur geheimnisvoll den Kopf und klagte, wie bitter es sei, an einem Ort krank zu werden, an dem so gar keine Pflege zu haben wäre. Damit erregte er das Mitleid unseres guten alten Wärters, der sich erbot, ihn nach einem Hause zu schicken, in dem er besser versorgt werden würde. Das lange Gespenst war einverstanden und wurde sogleich auf den Schultern von vier Eingeborenen in feierlicher Prozession fortgetragen.

Ich fühle mich nicht berufen, den Ohnmachtsanfall zu erklären; aber seine Zustimmung zu diesem Wohnungswechsel führten wir lediglich auf den Wunsch und die Hoffnung zurück, im Hause irgendeines gutmütigen Eingeborenen regelmäßigere Mahlzeiten zu erhalten; und wir beneideten ihn bereits alle, als er am nächsten Morgen in sehr schlechter Laune wieder bei uns eintraf.

»Hol's der Henker!« sagte er, »es geht mir nur noch schlechter. Gebt mir was zum Frühstück!« Wir ließen unseren geringen Vorrat an Schiffsproviant von einem Träger herab und reichten ihm einen Zwieback. Er kaute daran und erzählte: »Die Kerle trabten mit mir in ein Tal und brachten mich in eine Hütte, in der ein altes Weib allein wohnte. Das wird die Pflegerin sein, dachte ich, und bat sie, ein Schwein zu schlachten und zu backen, denn ich fühlte, daß mein Appetit wiederkam. ›Eita! Eita – oi mettih – mettih nui‹, sagte sie. ›Nein, nein, dich zu krank.‹ ›Der Teufel soll dich mit deinem mettih holen!‹ sagte ich, ›ich will was zu essen!‹ Aber nichts bekam ich. Es wurde schon Nacht und ich mußte bleiben. Ich kroch in eine Ecke und versuchte zu schlafen, aber die alte Person muß die Bräune haben; sie nieste und pustete die ganze Nacht, bis ich zuletzt aufsprang und sie packen wollte; sie humpelte davon wie ein Kobold und ich sah sie nicht mehr. Als die Sonne aufging, machte ich mich auf den Heimweg, und da bin ich.«

Er verließ uns nicht wieder und bekam auch keinen Anfall mehr.

47.

Etwa drei Wochen nach der Abfahrt der »Julia« begann unsere Lage schwierig zu werden. Wir erhielten von keiner Seite regelmäßig Nahrung geliefert; Schiffe kamen jetzt seltener; und was noch schlimmer war, alle Eingeborenen bis auf den guten alten Kapitän Bob begannen unser müde zu werden. Das war auch kein Wunder; wir mußten von ihrer Freigebigkeit leben, und sie hatten selbst wenig genug. Außerdem hatten wir manchmal aus Not geräubert, Schweine abgefangen und im Wald gekocht, und die Eigentümer waren durchaus nicht erfreut darüber.

Wir beschlossen daher in corpore zum Konsul zu marschieren. Er hatte uns in diese Lage gebracht und er sollte uns nun verköstigen. Ka-

pitän Bobs Leute erhoben ein wildes Geschrei und suchten uns zurückzuhalten; diese Ansammlung aller Streitkräfte zu einer gemeinsamen
Expedition erschreckte sie. Aber wir versicherten, daß wir keinen Angriff
auf den Ort vorhatten, und nach langem Palaver ließen sie uns ziehen.

Wir marschierten geradeswegs auf die Villa Pritchard zu, in der der
Konsul wohnte. Es ist, wie ich schon erwähnte, ein geräumiges Haus
mit einer weiten Veranda, Glasfenstern und was sonst zu einer zivilisierten Wohnung gehört. Auf der Wiese vor der Veranda stehen einzelne
Palmen wie Schildwachen. Das Konsulat, ein eigenes kleines Gebäude,
liegt innerhalb der gleichen Umzäunung wie Wiese und Haus. Es war
geschlossen. Auf der Veranda der Villa sahen wir eine Dame damit beschäftigt, das Haupt eines älteren, fein aussehenden europäischen Herrn,
der eine weiße Krawatte trug, zu stutzen; seitdem ich meine Heimat
verlassen, hatte ich keine häusliche Szene dieser Art gesehen. Wir aber
wollten mit Wilson sprechen, und die Schiffsleute schickten den Doktor
hinein, um sich höflich nach seinem Befinden zu erkundigen.

Der Herr und die Dame auf der Veranda sahen ihn scharf an, als er
sich näherte, aber gänzlich uneingeschüchtert grüßte er ernst und höflich
und fragte nach dem Konsul. Man sagte ihm, er sei zum Strand hinab-
gegangen. Wir richteten unsere Schritte gleichfalls dahin; auf dem Wege
begegneten wir einem Eingeborenen, der uns sagte, Wilson wisse schon,
daß wir kämen, und wolle uns ausweichen. Wir aber waren entschlossen,
ihn zu treffen. Als wir durchs Dorf marschierten, sahen wir ihn plötzlich
auf uns zukommen; er hatte wohl eingesehen, daß er uns nicht entgehen
konnte. »Was wollt ihr von mir, ihr Schufte?« rief er uns zu. Auf diesen
Gruß folgte eine entsprechende und keineswegs maßvolle Antwort. Die
Eingeborenen begannen sich anzusammeln, auch verschiedene Europäer
zeigten sich, und Wilson, dem es peinlich war, im Gespräch mit so un-
reputierlichen Bekannten getroffen zu werden, wurde unruhig und schritt
rasch nach dem Konsulat; wir folgten; er drehte sich wütend um und
hieß uns gehen: er wolle nichts mehr mit uns zu tun haben; dann sagte
er Kapitän Bob schnell einige Worte auf Taheitisch und eilte fort, ohne
anzuhalten, bis die rückwärtige Pforte der Pritchardschen Umzäunung
sich hinter ihm geschlossen hatte.

Unser guter alter Wirt war sehr aufgeregt; er wackelte heftig in seinem
gewaltigen Unterrock und beschwor uns, nach der Caiabusa zurückzukehren. Nach einigem Hin- und Herreden willigten wir ein.

Wir wußten nun, woran wir waren. Der Konsul hatte erkannt, daß die Anklagen, die er gegen uns vorgebracht hatte, unhaltbar waren, und da es ihm peinlich war, sie förmlich zurückzuziehen, so wollte er uns irgendwie loswerden, aber die Leute sollten nicht merken, daß er selbst unsere Flucht wünschte und uns dazu trieb. Eine andere Erklärung für sein Verhalten gab es nicht. Einige von uns hatten heroische Grundsätze: sie schworen, ihn nicht zu verlassen, es möge geschehen, was da wolle. Ich für meine Person war der Sache satt, und da keine Aussicht schien, auf einem Schiffe fortzukommen, suchte ich nach einem anderen Weg. Und ich verabredete mit dem langen Doktor einen Plan, den wir zunächst geheim hielten.

Ein paar Tage vorher hatte ich zwei junge Amerikaner kennengelernt, Zwillingsbrüder, die auf der Fannings-Insel, einem unbewohnten Fleck Erde, auf dem es aber die herrlichsten Früchte gibt, von einem Schiff desertiert waren. Dort waren sie lange geblieben, hatten sich dann auf den Gesellschaftsinseln umhergetrieben und kamen jetzt von Imio, der nächsten Insel, wo sie im Dienst zweier Fremden gearbeitet hatten, die dort eine Pflanzung besaßen. Diese hatten sie, wie sie sagten, beauftragt, ihnen von Papiti womöglich zwei weiße Feldarbeiter zu schicken. Nun gefiel uns das sehr, bis auf die Feldarbeit; zum Graben und Harken hatten wir wenig Lust; aber die Gelegenheit, die Insel zu verlassen, wollten wir nicht unbenutzt lassen. Wir waren daher bereit, den beiden Pflanzern zu folgen, die innerhalb zweier Tage in ihrem Boot nach Papiti kommen sollten.

Als sie kamen, wurden wir ihnen als Peter und Paul vorgestellt, und machten ab, daß Peter und Paul monatlich fünfzehn Silberdollar erhalten sollten, und, falls sie sich dauernd zu bleiben entschließen könnten, auch mehr; denn das war es, was die Pflanzer wollten. Da die Gefahr bestand, daß die Eingeborenen, die sich über unser Verhältnis zum Konsul nicht im klaren sein mochten, uns festhalten könnten, beschlossen wir in der folgenden Mitternacht abzufahren.

Erst in letzter Stunde teilten wir den anderen unsere Absicht mit; einige wurden böse und warfen uns vor, daß wir sie im Stich ließen; aber die anderen gaben uns recht und meinten, sie würden es bei der ersten Gelegenheit ebenso machen. Wir nahmen Abschied, und ich würde mit stiller Wehmut daran denken – da wir keinen der Leute jemals wiedersahen –, wäre nicht alles dadurch gestört worden, daß M'Gee bei der Abschiedsumarmung des Doktors Klappmesser aus seiner Tasche stahl.

Wir schlichen uns zum Strand hinab, wo das Boot im Schatten der Bäume wartete. Wir griffen an die Ruder und pullten, bis wir außerhalb des Riffs waren; dann setzten wir das Segel und glitten mit gutem Winde nach Imio hinüber. Es war eine angenehme Fahrt, der Mond schien, die Luft war warm, die Wogen rauschten wie Musik, und über uns war die Tropennacht, ein riesiges purpurnes Gewölbe mit milden zitternden Sternen.

Der Kanal zwischen beiden Inseln war etwa fünf Meilen breit. Auf der einen Seite sieht man die drei großen Gipfel von Taheiti hoch über Bergen und Tälern ragen; auf der anderen die Gebirge von Imio und über ihnen eine einsame grüne Spitze, die unsere neuen Gefährten das »Splißeisen« nannten.

Es waren ganz umgängliche Leute; sie waren auf See gewesen, was sogleich ein Band zwischen uns knüpfte. Zur weiteren Verbesserung der Beziehungen wurde eine Flasche Wein hervorgeholt, eine von mehreren, die sie vom Steward des französischen Admirals bekommen hatten. Sie hatten ihm bei einem früheren Besuch auf Papiti eine Gefälligkeit erwiesen, indem sie den liebebedürftigen Franzosen mit den Damen am Strand bekannt machten. Außerdem hatten sie eine Kalebasse mit Wildschweinbraten, gebackenen Yamswurzeln, Brotfrucht und Kartoffeln von Tombez;[16] auch Pfeifen und Tabak fehlten nicht, und während wir uns so gütlich taten, wurden zahlreiche Geschichten von den umliegenden Inseln erzählt.

Endlich schlug die Brandung am Riff von Imio an unser Ohr; wir glitten durch eine Öffnung in die Lagune, die glatt war wie eine Mädchenwange, landeten und zogen das Boot an den Strand.

48.

Durch Palmenhaine gelangten wir zu einer Rodung, aus der wir Stimmen hörten, und sahen aus einem Bambushaus Licht schimmern. Das war die Wohnung der Pflanzer; in ihrer Abwesenheit hielten mehrere Mädchen Haus, sowie ein alter Eingeborener, der in Tappa gehüllt, rauchend

---

16 Tombez ist ein Bezirk in Peru in der Nähe von Cap Blanco, wo vielleicht die besten süßen Kartoffeln wachsen; sie werden dort in großem Maß gezogen; die Wurzel wird sehr groß, manchmal wie eine stattliche Melone.

in einer Ecke lag. Schnell wurde ein Mahl bereitet; dann versuchten wir zu schlafen; aber eine unerwartete Plage hielt uns wach: Moskitos, die auf Taheiti unbekannt waren, tanzten in Schwärmen um uns.

Am nächsten Morgen waren wir zeitig auf und schlenderten hinaus, um uns das Land anzusehen. Wir waren in dem Tal von Martehr, das eingeschlossen zwischen Bergen liegt. Da und dort war schroffer Fels, mit bunten Blumenbüschen bewachsen, oder die Blüten schaukelten an den von den Felsen hängenden Zweigen der Schlingpflanzen in der Luft. Das am Meer ziemlich breite Tal verengerte sich nach dem Innern der Insel und stieg zu grotesken Felsformationen empor, die Türmen und Zinnen glichen, und mit üppigem Grün und schaukelnden Palmen überwachsen war. Das ganze Tal war ein wilder Wald, durch den blitzende Bäche schossen und enge Pfade unter Laubwölbung durchs Dickicht führten. In dieser Wildnis stand einsam die Wohnung der Pflanzer; ihre einzigen Nachbarn, einige wenige Fischer mit ihren Familien wohnten in einem kleinen Kokoshain, an dessen Wurzeln die See spülte. Die Pflanzung war etwa dreißig Morgen groß; sie war völlig eben und zum Teil angebaut; zum Schutz gegen die wilden Rinder und Schweine war sie mit einem starken Palisadenzaun aus festgerammten Stämmen und Zweigen eingehegt.

Sie zogen bis dahin hauptsächlich Süßkartoffeln von Tombez, die auf den Schiffen, die in Papiti einlaufen, stets verkäuflich waren; kleinere Flächen waren mit indischen Rüben oder mit Yam bepflanzt, in einer Ecke wuchs ganz anständiges Zuckerrohr, das bereits reifte. Das Haus war neu erbaut, aus Bambus, im Stil der Eingeborenen. Die Einrichtung bestand aus ein paar Schiffskoffern, einer alten Kiste, Kochgeräten und landwirtschaftlichen. Werkzeugen. An einem Träger hingen drei Vogelflinten, und in den entgegengesetzten Ecken des Hauses je eine riesige Hängematte aus getrockneten, an Stangen ausgespannten Stierhäuten.

Rings um die Pflanzung lag dichter Wald; ganz nahe am Hause hatten sie eine verkrüppelte Ava, eine Art Bananenbaum, absichtlich stehen lassen, so daß er sich, seltsam gestaltet, über die Palisade zwängte und auf der Innenseite angenehmen Schatten spendete. Die Zweige dieses merkwürdigen Baumes breiteten sich so aus, daß die Eingeborenen oft darauf hockten wie auf Vogelstangen und stundenlang, rauchend und schwatzend, im Baum saßen.

Wir erhielten ein gutes Frühstück, das aus Fisch, Pudding von indischen Rüben, gebackenen Bananen und gebratener Brotfrucht bestand.

Die Fische hatten die Eingeborenen vor Sonnenaufgang am Riff gespeert. Bei der Mahlzeit zeigten unsere neuen Bekannten sich freundlich und mitteilsam. Wie fast alle ungebildeten Ausländer, die sich in Polynesien niederlassen, waren auch sie offenbar vor einiger Zeit von einem Schiff desertiert, und da sie gehört hatten, daß man am Schiffsvorrat für die Walfischjäger gut verdienen konnte, hatten sie es damit zu versuchen beschlossen. Auf ihrer Wanderung waren sie nach Martehr gekommen, fanden den Boden dort gut und gingen an die Arbeit. Zunächst suchten sie den Eigentümer des Landes auf und machten ihn zu ihrem »Tejo«. Dies war Tonoi, der Häuptling der Fischer am Strand, der eines Tages, von Branntwein begeistert, den armseligen Tappaschurz von seinen Lenden riß und mich wissen ließ, daß er Pomari blutsverwandt war, während seine Mutter von dem erlauchten Stamm der Hohepriester war, die in alten Tagen mit ihrem Bambuskrummstab über die Heiden von Imio geherrscht hatten. Also ein königliches und zugleich hochehrwürdiges Geschlecht. Leider war der dunkelhäutige Edle zurzeit recht herabgekommen und daher gerne bereit, ein paar nutzlose Morgen Landes zu verkaufen. Als Gegenwert empfing er von den Fremden zwei oder drei rheumatische alte Gewehre, mehrere rote Wollhemden und die Zusage einer Versorgung für seine alten Tage. Er sollte auf ihrer Pflanzung ein Heim finden. Er hätte am liebsten auf dem behaglichen Fuß eines Schwiegervaters mit ihnen gelebt und bot ihnen seine zwei Töchter zu Frauen an; dies wurde jedoch höflich abgelehnt; denn die Abenteurer waren zwar zu einer Liebschaft bereit, wollten sich aber nicht in ehelichen Schlingen fangen lassen, wie glanzvoll die Familienverbindung auch sein mochte.

Tonois Leute, die Fischer im Hain, waren eine traurige Gesellschaft. Die Missionare kamen nicht viel in diesen Winkel, und so lebten sie in Faulheit und Sünde dahin. Wenn man am Morgen zwischen den Bäumen umherwanderte, sah man sie im Schatten eines auf den Strand gezogenen Kanus schlummern, oder rauchend auf einem Baumzweig liegen und noch öfter mit Kieseln spielen, obschon schwer zu sagen gewesen wäre, um was sie spielten, wenn es nicht etwa ein wenig Tabak war. Sie hatten auch anderen müßigen Zeitvertreib, dem sie sich mit Genuß hingaben. Auf die Fischerei verwandten sie den geringsten Teil ihrer Zeit; so lebten sie arm, vergnügt und gottlos. Tonoi, der alte Sünder, verschwendete jeden Vormittag beim Spiel. Er lehnte an einem Baumstamm, und ein anderer alter grauhaariger Eingeborener gewann ihm jede Schnitte Tabak ab, die er von den Pflanzern erhielt. Gegen Abend wanderte er wieder nach ihrem Hause, wo er, rauchend oder schlummernd, bis zum anderen Morgen blieb und zuzeiten über das traurige Geschick seines Hauses schwatzte. Dabei war er, wie so mancher alte Schwätzer, im Grunde glücklich und zufrieden, wenn er nur Quartier und Essen hatte.

Im ganzen war Martehr der stillste Fleck Erde, den man sich denken konnte, und ohne die Moskitos wäre der August dort wirklich angenehm gewesen.

49.

Beide Pflanzer waren brave Kerle, aber sonst einander so unähnlich wie nur möglich. Der eine war ein langer kräftiger Yankee, in den Hinterwäldern von Maine geboren, mit einem langen blassen Gesicht; der andere ein kurzgewachsenes Londoner Kind, das mitten in der Riesenstadt das Licht der Welt erblickt hatte. Zeke, der Yankee, hatte eine Stimme wie eine zerbrochene Geige; der Kleine, wie sein Kamerad ihn nannte, sprach unverfälschten Londoner Dialekt. Wenn auch klein, war er ein ganz hübscher Junge von fünfundzwanzig Jahren; er hatte die roten Wangen des Angelsachsen, noch röter gebrannt von seinem Wanderleben, offene blaue Augen; blonde Locken hingen ihm über die wohlgebaute Stirn.

Zeke hingegen war keine Schönheit; er war stark, häßlich und ein tüchtiger Arbeiter. Im Vergleich zu dem kleinen Engländer war er ernst und schweigsam, hatte aber Humor; sonst war er offen und gutherzig, dabei schlau und entschlossen und wie der Kleine völlig ungebildet.

Beide kamen sehr gut miteinander aus; aber Zeke hatte die Oberhand. Er hatte dem Kleinen seinen Willen zu unbeugsamer Tätigkeit und seine Hoffnung, durch die Pflanzung ein Vermögen zu erwerben, eingeimpft. Dies tat uns leid; denn das Beispiel harter Arbeit, das sie uns gaben, war uns keineswegs erfreulich; aber zur Reue war es zu spät. Am ersten Tage brauchten wir glücklicherweise nichts zu tun; da sie uns bisher als Gäste behandelt hatten, hielten sie es offenbar nicht für taktvoll, zu schnell Ernst zu machen. Aber am zweiten Tag ging es an die Arbeit.

»Na, Jungs«, sagte Zeke nach dem Frühstück, und blies die Asche aus seiner Pfeife, »jetzt müssen wir uns dranhalten. Kleiner, gib Peter da« – das war der Doktor – »die große Harke, und Paul die andere, und gehen wir.« Der Kleine holte drei Werkzeuge aus dem Winkel, verteilte sie unparteiisch und folgte seinem Kompagnon, der voranging. Einen Augenblick allein gelassen, sahen wir uns vernichtet an. Jeder von uns hielt einen dicken Holzstamm in der Hand, an dessen Ende ein schweres flaches Eisen angebracht war. Das Eisen kam von Sydney, der Stiel war Heimarbeit. Die Harken, von denen wir gehört oder die wir gesehen hatten, waren harmloses Spielzeug im Vergleich zu diesen riesigen Apparaten.

»Was soll damit geschehen?« fragte ich.

»Irgendwie wird man sie wohl in Bewegung setzen müssen«, erwiderte Peter; »Paul, wir sind schlimm hereingefallen. Aber sie rufen uns, komm!« Wir schulterten die Harken, und gingen. Auf der anderen Seite der Pflanzung war der Grund zwar zum Teil gerodet, aber noch nicht umgebrochen, und daran wollten sie jetzt gehen. Ich fragte schüchtern, ob es nicht besser wäre, einen Pflug zu verwenden; einige der wilden Stiere könnten ja eingefangen und zum Ziehen abgerichtet werden. Zeke erwiderte, daß, soviel er wüßte, noch niemals in Polynesien Rinder dazu verwendet worden wären, auch sei der Boden von Martehr so mit Wurzeln durchsetzt und verfilzt, daß man keinen Pflug gebrauchen konnte. Nur die schweren Sydneyer Harken waren für diesen Boden das Richtige. Ich versuchte nun den Yankee in ein freundliches Gespräch über die Landwirtschaft auf jungfräulichem Boden im allgemeinen und im Tal von Martehr im besonderen zu verwickeln; das lange Gespenst nahm sogleich verständnisvoll Teil; aber das landwirtschaftliche Interesse des Yankee beschränkte sich auf das Stück Land vor uns, und seine Rede auf die Anweisung, wie wir es zu machen hätten. Darauf begann er sogleich selbst, und der Kleine, der bis dahin zugesehen hatte, folgte seinem Beispiel.

Wo vorher ein Dickicht gewesen war, ragten jetzt die dicht am Boden abgeschnittenen Äste aus der Erde; sie ragten nur um soviel hervor, daß man sie fassen und herausreißen konnte. Zunächst wurde der harte Boden gelockert und aufgeschlagen, dann begann der Yankee an einer der Wurzeln zu zerren. »So helft doch!« rief er, und wir zogen alle vier. Aber das zähe Ding widerstand.

»Verdammt!« rief Zeke, »wir müssen ein Seil nehmen; – lauf mal nach dem Haus, Kleiner; und hole eins.«

Das Seil wurde an der Wurzel befestigt; wir schritten reichlich aus und begannen anzuziehen.

»Sing mal dazu, Kleiner!« sagte der Doktor, der trotz der kurzen Bekanntschaft intim wurde. Bei schweren Arbeiten auf See wirkt ein Lied dazu immer befeuernd und erleichternd. Der Kleine begann auch sogleich »Warst du je in Dumbarton?«, einen außerordentlich anregenden, aber etwas unanständigen Chor, der am Gangspill gesungen wird. Der Yankee aber dämpfte seinen Enthusiasmus, indem er ärgerlich ausrief: »Zum Teufel noch mal, laß das Singen! Sei still und zieh ordentlich an!«

Dies taten wir denn auch in peinlichem Schweigen, bis mit einem Ruck, daß uns allen die Ellbogen summten, die Wurzel herauskam und wir sämtlich am Boden lagen. Der Doktor blieb auch gleich liegen, und in der Meinung, daß man ihm nach solcher Leistung weitere Arbeit ersparen würde, nahm er seinen Hut und begann sich zu fächeln.

»Schwerer Fall, das, Peter«, bemerkte der Yankee und begab sich zu ihm. »Aber es hilft ihnen nichts; alle müssen raus, – oder der Teufel soll mich holen. Hurra! Los!«

»Gott sei uns gnädig!« sagte der Doktor, indem er langsam aufstand und sich umsah, »der Mann ist mein Tod!«

Wir griffen wieder zu den Harken und arbeiteten einzeln oder zusammen, je nachdem es nötig war, bis die Mittagszeit kam. Diese Zeit umfaßte etwa drei Stunden, in denen es in diesem abgeschlossenen Tal – da es sich nach der Leeseite öffnete, so daß der Passatwind keinen Zugang fand – so heiß wurde, daß an Arbeit in der Sonne nicht zu denken war. Wie der Kleine sagte, »es war so heiß, daß einem bronzenen Affen die Nase abschmelzen konnte.« Wir kehrten daher ins Haus zurück und der Kleine kochte mit Tonois Hilfe das Mittagessen. Nachdem alle gegessen hatten, legten Zeke und der Londoner sich in die eine Hängematte und boten uns die andere an. Dies schien nicht schlecht, und nach einigen Scharmützeln mit den Moskitos schlummerten wir ein. Die Pflanzer schnarchten bereits; Tonoi schlief auf einer Matte in der Ecke.

Zeke weckte uns. »Auf, Jungens!« rief er, »es ist Zeit, sich dranzuhalten!«

Ich sah den Doktor an und erkannte sofort, daß er einen Entschluß gefaßt hatte. Mit matter Stimme sagte er Zeke, daß er sich nicht wohl fühle, daß er die ganze letzte Zeit nicht wohl gewesen sei, daß aber ein wenig Ruhe ihn bald wiederherstellen würde. Der Amerikaner, der fürchtete, daß er durch zu große Strenge im Anfang ganz um unsere kostbare Mitarbeit kommen könnte, bat uns beide sogleich, nur an uns zu denken und uns durchaus nicht anzustrengen, wenn wir keine Lust hätten. Die Krankheitserklärung meines Freundes ließ er unbeachtet und meinte nur, wenn er so »müde« wäre, täte er besser, in der Hängematte zu bleiben; ich aber könnte ihn auf einer Rinderjagd in den Bergen begleiten. Dazu war ich gerne bereit, und der Doktor, der ein großer Jagdfreund war, machte ein langes Gesicht. Musketen und Munition wurden herabgeholt und als alles bereit war, rief Zeke: »Tonoi, komm! erameh! (steh auf); wir brauchen dich als Führer. Kleiner, sieh nach allem, und wenn du Lust hast: die Wurzeln im Feld sind dort!«

Ich weiß nicht, ob der Kleine mit dieser Einteilung sehr zufrieden war; aber Zeke hing das Pulverhorn um und wir zogen ab. Tonoi wurde vorausgeschickt und schlug einen Pfad ein, der nach den Bergen führte.

Wir eilten eine kurze Zeit durchs Dickicht, dann kamen wir im Schatten der Hügel zu einer Lichtung, und Zeke wies auf einen überhangenden Felsen, auf dem ein Stier, den gehörnten Kopf zurückgelegt, regungslos wie eine Statue stand.

50.

Vor etwa fünfzig Jahren hatte Vancouver mehrere Rinder, Schafe und Ziegen an verschiedenen Stellen der Gesellschaftsinseln zurückgelassen und die Eingeborenen belehrt, daß sie auf die Tiere sorglich achten und vor allem keines schlachten sollten, ehe sie zu einer ansehnlichen Herde geworden wären.

Die Schafe müssen ausgestorben sein, denn ich habe keine Wollflocke in Polynesien gesehen. Was die Ziegen angeht, so traf man hier und da einen schwarzen menschenfeindlichen Bock, der das spärliche Gras auf unzugänglichen Höhen abweidete und es den süßen Gräsern der Täler vorzuziehen schien. Die Ziegen sind nicht zahlreich. Dagegen haben die Rinder sich stark vermehrt; es ist eine kräftige Rasse, die man besonders auf Imio findet; in Taheiti sah man sie weniger. Auf Imio muß das erste Paar sich ins Innere der Insel verlaufen haben; seine verwilderten Nachkommen finden sich dort in großen Mengen. Die Herden sind Eigentum der Königin Pomari; die Pflanzer hatten die Erlaubnis erhalten, für ihren Privatgebrauch so viele davon abzuschießen, als sie wollten.

Die Eingeborenen haben große Angst vor den Rindern und wagen sich daher ungern ins Innere; sie segeln lieber rund um die Insel, als daß sie quer hindurch gehen, um ein Dorf an der anderen Seite zu erreichen. Tonoi wußte wundersame Geschichten von ihnen zu erzählen. So berichtete er, daß er einmal mit seinem Bruder übers Gebirg gewandert war, als ein großer Stier brüllend aus dem Walde kam, und beide die Flucht ergriffen. Er war auf einen Baum geklettert, sein Bruder wurde vom Stier eingeholt, niedergetreten, auf die Hörner gespießt, in die Luft geschleudert und wieder aufgefangen; zuletzt lief der Stier mit ihm davon. Tonoi wartete mehr tot als lebendig auf seinem Baum, bis alles vorbei war. Irgendwie gelangte er nach Hause. Am anderen Tage zogen die Nachbarn, mit zwei oder drei Flinten bewaffnet, aus, um die Reste des unglücklichen Bruders zu finden. Sie fanden sie nicht; aber Tonoi sah am anderen Morgen einen Stier über den Bergeskamm schreiten, der eine dunkle Last auf den Hörnern trug.

Auch auf Hawai setzte Vancouver seine Rinder aus. Hawai hat mehr als hundert Meilen im Umfang und eine Fläche von über viertausend Quadratmeilen. Bis vor wenigen Jahren war das Innere fast unbekannt. Die Eingeborenen, wagten aus abergläubischen Gründen nicht, es zu durchforschen: Pili, die schreckliche Göttin der Vulkane Mount Roa und Mount Kia, hütete die Pässe, die nach den Tälern an ihrem Fuß führten. Die Sage erzählt, daß sie jene, die sich gottlos hineinwagten, mit Feuerströmen verfolgte. Bei Heilo zeigte man eine glänzende schwarze Klippe, über die ein spiegelnder Strom, nach solch einem übernatürlichen Ausbruch erstarrt, sich ins Meer zu ergießen scheint. Vancouvers Rinder wanderten nach diesen üppigen Tälern und, lange Jahre unbelästigt, vermehrten sie sich zu gewaltigen Herden. Vor etwa zwölf oder fünfzehn Jahren lernten die Eingeborenen den Wert des Leders kennen; darauf ließen sie von ihrem Aberglauben und begannen die Tiere zu jagen. Furchtsam und unerfahren, hatten sie wenig Erfolg. Erst als ein paar spanische Jäger eintrafen, die ihr Handwerk in Kalifornien gelernt hatten, begann die Schlächterei. Die Spanier sahen prächtig aus, in weiten, mit Stachelschweinnadeln durchwirkten Hosen, klingenden Sporen und bunten Manteldecken. Auf wohlzugerittenen Indianerpferden verfolgten sie die Beute bis an den Fuß der Feuerberge; die Einsamkeit hallte von ihren wilden Rufen wider, und vor der Nase der bösen Göttin Pili schleuderten sie ihre Lassos. Das Dorf Heilo an der Küste war ihr Sammelplatz, und weiße Abenteurer von allen Inseln strömten dort zusammen. Es waren zumeist versoffene Kerle, die von den Spaniern die Jagd lernten, leichtsinnig losritten und, da sie keinen festen Sitz hatten, von den Stieren aus dem Sattel gezerrt und zertrampelt wurden.

Das war im Jahre 1835, als der jetzige König Tammahamaha III. noch ein Junge war. Mit königlicher Frechheit beanspruchte er das alleinige Eigentum an dem ganzen Viehstand, zog vergnügt jeden zweiten Silberdollar, der für die Häute bezahlt wurde, ein, und so wurden die Rinder nahezu ausgerottet. Achtzehntausend Stück wurden auf Hawai in drei Jahren zur Strecke gebracht. Als die Herden nahezu vernichtet waren, legte der schlaue junge Fürst ein strenges Tabu auf die überlebenden Tiere, das zehn Jahre gelten sollte. Innerhalb dieser Zeit, die noch nicht vorüber ist, darf niemand ohne besondere königliche Erlaubnis jagen.

Das Gemetzel erstreckte sich auch auf die unglücklichen Ziegen. In einem Jahre wurden dreitausend Häute an die Händler von Honolulu verkauft, für einen Quartillo, einen Schilling, das Stück.

51.

Am Fuß des Berges führte ein stiller Pfad zwischen Felsen und Schründen aufwärts. Da und dort sah man in schwindelnde Tiefen. Wir gelangten schließlich auf einen überhängenden bewaldeten Absatz, an dem der beschattete Pfad wie eine Galerie entlanglief. Die Landschaft war wundervoll. Das Laub im Tal erzitterte in dem leise rauschenden Wind; in der Ferne lag blau und still das Meer, und landeinwärts erhob sich Kamm auf Kamm und türmte sich ein Gipfel über dem anderen auf, alle in den Dunstschleier der Tropen getaucht und nur wie in einem Traum zu sehen. Meilenfern lagen stille Täler im tiefen Schatten der Berge; Wasserfälle erhoben ihre Stimme in der Einsamkeit, und hoch über allen ragte in der Mitte das »Splißeisen« wie mit drohendem Finger. An den Bergabhängen sahen wir Rinder in kleinen Rudeln, die ruhig weideten oder langsam talwärts zogen.

Wir suchten einen Abhang zu gewinnen, an dem die nächsten Rinder sich befanden und der etwa ein oder zwei Meilen vor uns lag. Sorgsam hielten wir uns windwärts von den Tieren, denn ihr Geruch und Gehör sind, wie bei allen wilden Geschöpfen außerordentlich scharf; und da wir im Dickicht unversehens auch auf anderes Wild stoßen konnten, krochen wir vorsichtig weiter. Die wilden Schweine der Insel sind sehr bösartig, und da sie oft die Eingeborenen angreifen, folgte ich unwillkürlich Tonois Beispiel und warf von Zeit zu Zeit spähende Blicke unter das Laubwerk, sah auch häufig zurück, um sicher zu sein, daß uns der Rückzug nicht abgeschnitten wurde.

Wir umgingen gerade ein dichtes Gebüsch, als wir das Krachen trockener Zweige dahinter vernahmen. Schon hatte Tonoi einen Zweig gefaßt, bereit, sich emporzuschwingen, während Zeke den Finger am Drücker seines Gewehres hatte. Noch einmal hörten wir das gleiche Geräusch, und ich hob das Gewehr. »Aufgepaßt!« rief der Yankee, ließ sich auf ein Knie nieder und bog die Zweige zur Seite. Sein Gewehr krachte, und wild schnaubend schoß ein schwarzer Eber mit gesträubten Borsten, die kirschroten Lippen mit zwei glänzenden Hauern bewehrt, über den Weg und brach krachend durch das Dickicht auf der anderen Seite. Ich schickte ihm gleichfalls eine Kugel nach, der er keine Beachtung schenkte.

Inzwischen befand sich Tonoi, der erlauchte Nachkomme der Hohepriester von Imio, bereits zwanzig Fuß über dem Boden. »Erameh! Komm herunter, du alter Narr!« rief der Yankee, »das vertrackte Vieh ist ja schon auf der anderen Seite der Insel!«

»Ich glaube«, fuhr er fort, während wir beide frisch luden, »wir werden uns mit dem Feuern auf das verteufelte Schwein die ganze Jagd verdorben haben. Die Bullochsen drüben haben den Knall gehört und schmeißen ihren Schwanz in die Höhe und rennen. Schnell, Paul, wir wollen auf den Felsen dort klettern und schauen, ob was zu sehen ist.«

Aber nichts war zu sehen, außer daß die Rinder klein wie die Ameisen schienen. Da es Abend wurde, schlug Zeke vor, heimzukehren, um nach einer erfrischenden Nachtruhe am anderen Morgen mit der gesamten Macht zu einer tüchtigen Jagd für den ganzen Tag aufzubrechen.

Wir stiegen auf einem anderen Weg abwärts und kamen durch einen wundervollen Wald. Besonders eine Baumart fiel mir auf. Der dunkle moosbewachsene Stamm war über siebzig Fuß hoch; aber erst in einer Höhe von mehreren Fuß über dem Boden sandte er mächtige Äste mit glänzenden tiefgrünen Blättern aus. Weiter unten ragten rund um den Stamm nach allen Richtungen dünne, flache, pfeilerartige Rindenauswüchse, die völlig glatt um mindestens zwei Ellen vorsprangen. Nach oben verdünnten sich diese natürlichen Stützen, bis sie allmählich in den Stamm verliefen. Man konnte merken, daß die wilden Tiere hinter ihnen Schutz gesucht hatten. Zeke nannte den Baum den Kanubaum, da er in alten Zeiten das Holz für die Kriegsflotte der Könige von Taheiti lieferte. Es wird noch jetzt für Kanus gebraucht, denn es ist äußerst fest, so daß die Würmer es nicht angreifen können, und daher sehr dauerhaft.

Als wir etwa auf halbem Wege den Berg hinab aus dem Walde kamen, gelangten wir zu einer Lichtung, die mit Gras und Farnkräutern bewachsen war, und über die einige wenige einsame Bäume in der sinkenden Sonne lange Schatten warfen. Eine Fläche von etwa hundert Quadratfuß war von einer verfallenen Steinmauer umgeben; im Innern wuchsen Sträucher und Unkraut. Tonoi sagte, es sei ein sehr alter, fast vergessener Begräbnisplatz, auf dem niemand mehr beigesetzt worden war, seitdem die Eingeborenen das Christentum angenommen hatten. In trockenen tiefen Gewölben verschlossen lagen viele tote Heiden. Gern hätte ich die Worte des Alten nachgeprüft und einen Blick in die Katakomben getan, aber sie waren so dicht überwachsen, daß keine Öffnung zu entdecken war.

Ehe wir den Talboden erreichten, kamen wir an einem lang verlassenen Dorf vorbei, das an einem Wasserlauf lag. Nichts war übrig als Steinmauern und steinerner Untergrund, auf dem einst Häuser gestanden; mächtige Bäume und dichtes Gesträuch wuchs wild dazwischen. Ich fragte Tonoi, seit wann hier niemand mehr wohnte. »Mich tammarih (Junge) – viele Kannaka Martehr«, erwiderte er, »jetzt nur arme pehi kannaka (Fischer) übrig – mich geboren hier.«

Die Vegetation im Tal war von der im Hochland sehr verschieden. Der prächtigste Baum in den ebenen Teilen der Insel ist der »Eti«, groß und breit, mit mächtigem Stamm und breiten, lorbeerartigen Blättern. Er hat ein herrliches Holz. In Taheiti hatte man mir ein schmales poliertes Stück gezeigt, aus dem man ein Schränkchen für einen König hätte machen können. Es war aus dem innersten Kernholz ausgesägt, tief scharlachrot, von gelben Adern durchzogen, an manchen Stellen haselnußfarben gewölkt. In demselben Hain wächst neben dem königlichen Eti der wundervoll blühende »Hotu«, eine Pyramide von glänzenden Blättern, die mit zahllosen kleinen, weißen Blüten abwechseln. Aber von all den Bäumen des Tals hatten nur wenige für die Eingeborenen Nutzen; nicht einer von hundert war ein Kokosnuß- oder Brotfruchtbaum. Auch das erklärte mir Tonoi: in den blutigen Religionskämpfen, die auf die Bekehrung des ersten Pomari folgten, hatte Kriegsvolk aus Taheiti ganze Wälder der unschätzbaren Bäume vernichtet, indem sie Gürtelstreifen aus der Rinde schnitten: nach kurzer Zeit standen die Bäume abgestorben und laublos in der Sonne, traurige Denkmale des Schicksals, das die Eingeborenen des Tales traf.

<h2 style="text-align:center">52.</h2>

In dieser Nacht mußten das lange Gespenst und ich nach tapferer Verteidigung vor den Moskitos aus dem Hause flüchten.

Die Eingeborenen erzählen folgende Geschichte davon, wie diese Insekten nach der Insel kamen. Vor einigen Jahren war ein Walfischfänger in eine benachbarte Bucht eingefahren; der Kapitän war mit den Eingeborenen in Streit geraten, hatte vor ihrem Gericht Klage geführt und nicht recht erhalten, während er sich im Recht glaubte. Er beschloß, sich zu rächen und schleppte in einer Nacht ein Faß mit fauligem Wasser hinter seinem Boot ans Land und ließ es auf einem verlassenen Rübenfeld liegen, wo der Boden warm und feucht war. Daher kamen die Moskitos. Er hieß Nathan Coleman und das Schiff kam aus Nantucket. Wenn die Moskitos mich zu sehr plagten, schuf es mir eine gewisse Erleichterung, ein einsilbiges Wort vor den Namen Coleman zu setzen und beide in heftigem Ton auszusprechen.

Auf den Rat des Doktors gingen wir an den Strand hinab, wo auf einem Gerüst ein langes Dach zu sehen war, das mählich zerfiel; der Luftzug, hofften wir, würde die Moskitos abhalten. Unter dem Dache befand sich ein altes Kriegskanu, das gleichfalls langsam zu Staub zerfiel; es lag auf rauhen Blöcken und war wohl nie auf dem Wasser gewesen. Ursprünglich schien es mit grüner Farbe gestrichen, die jetzt zu einem schmutzigen Purpur geworden war. Die Spitze endete in einem hohen stumpfen Schnabel; an beiden Seiten war reiches Schnitzwerk; am Hinterende sah man zwei Haifische mit Falkenklauen, die einen aus dem Holz ragenden Knoten umfaßten. Es sah ganz heraldisch aus, und der Doktor behauptete, es wäre das Wappen des königlichen Hauses der Pomari. Das Kanu war mindestens vierzig Fuß lang, etwa zwei Fuß breit und vier tief. Der obere Teil, aus schmalen, mit Bindseln zusammengehaltenen Brettern, war teilweise abgefallen und lag verwitternd auf dem Boden. Zum Schlafen war Platz genug, und wir kletterten hinein, der Doktor am Bug, ich am hinteren Ende. Ich schlief bald, wachte aber plötzlich ganz steif wieder auf, mir war, als läge ich bereits in meinem Sarge. Ich fragte den Doktor nach seinem Befinden. »Schlecht«, antwor-

tete er und warf sich in dem staubigen Abfall umher, der auf dem Boden
unserer Schlafstätte lag. »Pfui, wie diese alten Matten riechen.« In dieser
Weise fuhr er fort, aber ich antwortete bald nicht mehr und nahm eine
arithmetische Träumerei auf, um einzuschlafen; da dies nichts nützte,
beschwor ich ein graues Bild eines flutenden Chaos, und lag bereits in
halbem Schlaf, als ich ein Summen hörte – das Unheil war da! Das Geschöpf schoß ins Kanu wie ein Schwertfisch, und ich schoß hinaus. Ich
fand den Doktor bereites im Freien, der sich wild mit einem Paddelruder
fächelte. Er war einem Schwarm entflohen, der das andere Ende des
Kanus angegriffen hatte.

Wir wollten es nun anders versuchen und schoben ein kleines Fischer-
boot, das in der Nähe am Strande lag, ins Wasser, paddelten ein gutes
Stück vom Ufer fort und warfen dann den bei den Eingeborenen üblichen
Anker, einen schweren Stein, der an einer geflochtenen Rindenschnur
hing, über Bord. Das die Insel umgebende Riff lag hier ziemlich nahe,
das Wasser der Lagune war glatt und ganz flach. Es war ein herrlicher
Gedanke. Wir schliefen fest, bis die Sonne aufging und die Bewegung
des Bootes uns weckte. Aufblickend sah ich Zeke, der zum Strande watete und uns an der Rindenschnur nachzog. Er wies nach dem Riff: wir
waren gerade noch dem Tode entgangen. Die Wassergeister hatten unseren Stein aus der Schlinge gerollt, und wir waren auf das Riff zugetrie-
ben.

53.

Schön kam über den Bergen von Martehr der fröhliche Morgen unseres
zweiten Jagdtages herauf. Über Nacht war alles vorbereitet worden; als
wir ins Haus kamen, hatte der Kleine ein gutes Frühstück gemacht; der
alte Tonoi war geschäftig wie ein Herbergswirt. Mehrere seiner Leute
standen bereit, uns mit Kalebassen, die Proviant enthielten, zu begleiten,
und falls die Jagd erfolgreich sein sollte, die Beute heimzuschleppen.

Der Doktor, der am Abend zuvor von unserer Absicht gehört, hatte
sich sofort bereit erklärt mitzugehen. Spätere Ereignisse ließen uns in
dieser Expedition einen schlauen Gedanken des Yankee sehen; wenn er
uns jetzt auf einen Vergnügungsausflug mitnahm, wie konnten wir
nachher die Arbeit verweigern? Wir waren ihm noch Dank für den

freien Tag schuldig. Überdies versicherte er, daß, ob wir arbeiteten oder nicht, unser Lohn in jedem Fall weiter fällig würde.

Für den Doktor wurde eines der baufälligen alten Gewehre von Tonoi geborgt; es war ungewöhnlich kurz und schwer, mit einem plumpen alten Schloß; man mußte einen kräftigen Finger haben, um es abzuziehen. Das lange Gespenst versuchte es zunächst, indem er auf ein Ziel schoß, und konnte sich überzeugen, daß es ordentlich losging, denn die Ladung flog nach der einen Seite und er nach der anderen. Daraufhin knüpfte er Verhandlungen mit dem Kleinen an, um mit ihm Waffen zu tauschen; aber der Kleine ließ sich nichts abschmeicheln, worauf der Doktor seine Flinte zunächst einem der Träger übergab.

Wir wanderten nun bis ans Talende. Dort führte ein Pfad nach einer Hochebene, die der Lieblingsplatz der wilden Rinder sein sollte. Wir hatten auch kaum die Höhe erklommen, als wir in einiger Entfernung eine kleine Herde in einen Wald eintreten sahen. Wir eilten vorwärts, teilten uns und schlichen uns von vier verschiedenen Seiten an sie heran, jeder Weiße von mehreren Eingeborenen gefolgt.

Ich war bald in dichtem Holz und wollte eben auf eine Lichtung treten, als ich einen Knall hörte und eine Kugel die Rinde von einem nahen Baum riß; im selben Augenblick hörte ich auch ein Stampfen und Krachen, und fünf Rinder, fast in einer Reihe, brachen in die Lichtung und stürmten gerade auf den Platz zu, auf dem ich und drei Eingeborene standen. Es waren kleine schwarze, bösartig aussehende Tiere mit kurzen spitzen Hörnern, roten Nüstern und Augen wie glühende Kohlen. Die dunklen wolligen Köpfe gesenkt, kamen sie heran. Mein eingeborenes Gefolge saß bereits hoch oben in den Baumwipfeln; ich sah mich nach einem Weg zum Rückzug für den Notfall um und legte an; aus dem Wald rief eine Stimme: »Gerade zwischen die Hörner, Paul! Gerade zwischen die Hörner!« Ich zielte auf ein kleines weißes Haarbüschel an der Stirn des vordersten Bullen, drückte ab und sprang zur Seite. Die fünf Tiere schossen vorbei wie ein Sturmwind, daß die Luft hinter ihnen zitterte. Der Yankee sprang vor und schoß sie aus der Flanke an; der wilde kleine Bulle mit dem weißen Haarbüschel peitschte seine Schenkel mit dem langen Schweif und schoß um seine volle Länge vorwärts; aber es war nur ein Streifschuß: im nächsten Augenblick waren sie außer Sicht, und nur nach der Bewegung in den Büschen konnten wir den Weg ihrer Flucht verfolgen.

Als das Gefecht vorüber war, rückte die schwere Artillerie an, in der Gestalt des langen Doktors mit seinem mächtigen Feuerrohr. »Wo sind sie?« rief er atemlos.

»Jetzt so ein oder zwei Meilen weit weg«, erwiderte der Kleine. »Mein Gott, Paul, warum haben Sie dem kleinen Schwarzen kein Blei aufgebrannt?«

Ich entschuldigte meine Ungeschicklichkeit, so gut ich konnte, als Zeke vorsprang und schrie: »Schockschwerenot! Was tun Sie denn, Peter?'«

Wütend über unser Pech, das er der Feigheit der Eingeborenen zuschrieb, hatte Peter sein Gewehr auf einen der zitternden Träger angelegt, der eben vorn Baum herabkletterte. Er drückte auch los; die Kugel flog harmlos in die Höhe, der Kerl sprang auf den Boden und lief blökend wie ein Rind davon, so schnell seine Füße ihn tragen konnten. Die anderen folgten uns mit Furcht und Zittern.

Wir stellten unsere Marschordnung wieder her und wanderten mehrere Stunden, ohne ein Wild zu Gesicht zu bekommen. Die Schüsse waren zu weit hörbar gewesen. Zuletzt bestiegen wir einen hohen Felsen, um einen weiten Ausblick zu haben, und sahen von dort drei Tiere, die auf einer Waldlichtung unter uns ruhig weideten. Wir prüften unsere Gewehre, nahmen ein eiliges Frühstück aus den Kalebassen; dann setzten wir uns in Bewegung. Beim Abstieg sahen wir die Rinder unter uns; erst als wir den Wald betraten, verloren wir sie aus dem Gesicht, sahen sie aber sogleich wieder, als wir uns an die Lichtung heranpirschten. Es war ein Bulle, eine Kuh und ein Kalb. Die Kuh lag ruhig im Schatten am Waldesrand; das Kalb stand mit gespreizten Beinen vor ihr im Gras und leckte ihre Lippen, während der alte Stier daneben stand, mit väterlichen Blicken die häusliche Szene betrachtete und gelegentlich die Nase in die Luft hob.

»Jetzt!« flüsterte Zeke, »wir müssen die armen Dinger kriegen, während sie beisammen sind. Kriecht vorwärts, Jungens, kriecht vorwärts; feuert alle zugleich, aber nicht, ehe ich es sage.«

Wir krochen bis an den Rand der Lichtung, knieten hinter einem Gebüsch nieder und stützten die angelegten Rohre auf Zweige; das verursachte ein leichtes Geräusch; der Stier wendete sich um, senkte den Kopf und stieß ein plötzliches tiefes Gebrüll aus, dann schnoberte er in die Luft; die Kuh erhob sich auf die Vorderknie, sprang dann ängstlich hoch und stand auf den Füßen, während das Kalb mit gespitzten Ohren sich unter sie flüchtete. Im nächsten Augenblick mußten alle drei auf der Flucht sein.

»Ich nehme den Stier«, rief Zeke, »Feuer!«

Das Kalb fiel wie ein Klotz hin; das Muttertier brüllte los und war bereits mit dem Kopf im Dickicht, kehrte aber jammernd zu dem leblosen Kalb zurück und ging um es herum, mit blutenden Nüstern an ihm schnobernd. Ein Krachen im Holz und ein lautes Gebrüll verriet den fliehenden Bullen. Ein zweiter Schuß krachte, und die Kuh fiel. Wir hießen die Eingeborenen nach den erlegten Tieren sehen und eilten dem Bullen nach. Sein fürchterliches Brüllen wies uns den Weg zur Stelle, wo er lag. In die Schulter getroffen, war er vor Schmerz und Schrecken in den Wald gesprungen; als wir ihn erreichten, war er in einer grünen Mulde zur Erde gesunken; er stieß sein schwarzes Maul in eine Lache seines eigenen Blutes und warf es über sich, so daß es in Klümpchen auf sein Fell spritzte. Der Yankee legte an und feuerte; das wilde Tier machte einen Luftsprung und fiel tot hin.

Jetzt waren unsere Insulaner begeistert, voll Mut und Begier; selbst der alte Tonoi hatte nicht mehr die geringste Furcht, ja er wagte, den armen Stier bei den Hörnern zu packen und in seine verglasten Augen zu schauen. Wir zogen unsere Schiffsmesser, häuteten die Tiere ab und hingen sie an Rindenschnüren hoch an den Zweigen eines Baumes auf. Dann nahmen wir Deckung und warteten auf die wilden Schweine, die, wie Zeke versicherte, vom Blutgeruch angezogen, bald kommen würden. Wir hörten sie auch bereits von mehreren Seiten, und einen Augenblick später wühlten sie in den Eingeweiden.

Da nur mit einem einzigen Schuß auf diese Tiere zu rechnen war, wollten wir alle zugleich feuern, aber irgendwie ging des Doktors Rohr zuerst los, und eines der Schweine fiel; die anderen rasten ins Dickicht, wir sprangen ihnen nach, um noch zum Schuß zu kommen; der Londoner voran; wenige Augenblicke später hörten wir den Knall seiner Muskete; ein Aufschrei folgte; wir eilten zur Stelle und sahen ihn im Kampf mit einem kohlschwarzen jungen Eber, dem die Schnauze von der Kugel zum Teil weggerissen war. Das Tier war gerade auf ihn zugelaufen, als er es anschoß, und griff ihn jetzt mit rasender Wut an; es biß auf den Kolben der Büchse, mit dem der Kleine es niederzuschlagen versucht hatte, während er das Rohr festhielt und nach seinem Messer fühlte. Ich war der vorderste und beendete den Kampf, indem ich den Eber mit dem Kolben erschlug.

Da es bereits Abend wurde, beluden wir die Träger. Die Rinder waren so klein, daß ein stämmiger Eingeborener ein ganzes Viertel tragen konnte und anscheinend mühelos damit durch die Büsche eilte und die Felsen hinabstieg. Keiner von uns Weißen hätte das so leicht, nachmachen können. Dagegen wollte keiner der Eingeborenen das junge Wildschwein schleppen; die schwarze Farbe machte es »tabu«: wir mußten es liegen lassen. Das andere, das gefleckt war, wurde mit Zweigen an eine Stange gebunden und von zwei jungen Eingeborenen fortgetragen.

Die Träger voran, machten wir uns auf den Rückweg durchs Tal. Auf halbem Wege wurde es dunkel; wir machten Fackeln aus trockenen Palmzweigen und schickten zwei Burschen voraus, die immer neues Holz auflesen mußten. So bewegten wir uns bei Fackelschein durch den Wald; wo er halbwegs eben war, gingen die Eingeborenen trotz ihrer Last im Laufschritt; ihre nackten Rücken waren mit Blut beschmiert, und aneinander vorbeilaufend, stießen sie von Zeit zu Zeit ein wildes Geschrei aus, daß alle Berghänge widerhallten.

54.

Zwei Rinder und ein Eber! Das war keine schlechte Beute an einem Tage! Bei Fackellicht marschierten wir in die Pflanzung ein; das wilde Schwein schaukelte an der Stange, der Doktor sang mit seiner prachtvollen Stimme ein altes Jagdlied, dessen Refrain die wilden Rufe der Eingeborenen übertönte.

Wir zündeten nun außerhalb des Hauses ein großes Feuer an; ein Kuhviertel wurde an einem Zweig des Bananenbaumes aufgehängt, und jeder konnte sich davon abschneiden und backen, was er wollte. Körbe mit gebratener Brotfrucht, Teropudding, Bananenbüschel und junge Kokosnüsse waren von den Eingeborenen bereitgelegt worden. Das Feuer flammte hell, es hielt die Moskitos ab, und der rote Schein fiel auf die Gesichter, die zu glühen schienen. Das Fleisch hatte vollkommenen Wildgeschmack; unser gewaltiger Appetit tat das seine hinzu; ein paar Flaschen weißen Branntweins, die Zeke aus seinem Geheimvorrat holte, machten die Runde. Das Temperament des langen Doktors war unerschöpflich. Nachdem er seine Geschichten erzählt und seine Lieder gesungen hatte, sprang er auf, faßte eine der jungen Damen aus dem Hain um die Hüfte und walzte mit ihr über die Wiesen. Ich würde nicht fertig, wenn ich all seine Streiche und Einfälle in dieser Nacht erzählen wollte. Die Eingeborenen, die nichts lieber haben als lustige Leute, erklärten ihn für »mehteh«, »herrlich«. Es war lange nach Mitternacht, als wir aufbrachen; aber als die anderen sich zur Ruhe begaben, ging Zeke mit der Wirtschaftlichkeit des Yankees erst ans Einsalzen des übrigen Fleisches.

Der folgende Tag war ein Sonntag, und auf meine Bitte begleitete mich der Kleine nach Afreheitu, einer benachbarten Bucht, die Papiti gegenüberlag und Sitz einer Mission war. Dort war auch eine große Kirche und ein Schulhaus, beide ganz verfallen; zwischen Büschen auf einem schönen Hügel stand ein geschmackvolles Landhaus, von dem man die Aussicht über die Wasserstraße hat. Beim Vorübergehen konnte ich gerade noch ein nettes Kattunkleid sehen, das eben mit anmutiger Bewegung durch eine Türe vom Vorplatz verschwand. Dort wohnte der Missionar. Am Ufer tanzte ein schmuckes kleines Segelboot an seiner Vertäuung. In dem tiefer gelegenen Land in der Nachbarschaft zerstreut, lagen mehrere Eingeborenenhütten, die immer noch unsauber genug, aber doch weit besser als die meisten in Taheiti aussahen.

Wir gingen zum Gottesdienst in die Kirche; die Gemeinde war klein, und ich konnte nichts besonders Interessantes beobachten. Immerhin fiel mir auf, daß die Zuhörer merkwürdig unruhig schienen. Die Erklärung war, daß der Prediger das achte Gebot zu seinem Text gewählt hatte.

Ein Engländer hatte in dem Bezirk eine Pflanzung, in der er wie unsere beiden Freunde Tombez-Kartoffeln für den Markt in Papiti zog. Trotz all seinen Vorsichtsmaßregeln machten die Eingeborenen nächtliche Streifzüge auf sein umzäuntes Gebiet und stahlen die Kartoffeln. Einmal feuerte er eine mit Pfeffer und Salz geladene Vogelflinte auf mehrere Schatten ab, die sich auf seinem Grunde bewegten und sogleich flohen. Aber es schien, daß diese Würze ihr Vergnügen nur erhöht hatte; schon in der nächsten Nacht erwischte er eine Bande, die einen Korb voll Kartoffeln unter seinem eigenen Küchendach röstete. Schließlich führte er Klage beim Missionar, der zum Besten der Gemeinde die Predigt hielt, die wir eben angehört hatten.

In Martehr gab es keine Diebe. Allerdings wurden die Leute für ihre Ehrlichkeit bezahlt. Zwischen ihnen und den Pflanzern bestanden geschäftliche Abmachungen: sie erhielten ein bestimmtes Maß Süßkartoffeln auf die Hand; dafür durften sie nicht räubern. Daß ihr Häuptling Tonoi in der Pflanzung wohnte, gewährte weitere Sicherheit.

Als wir nachmittags nach Martehr zurückkamen, machten der Doktor und Zeke sichs gerade bequem. Der Hausherr lag pfeiferauchend auf dem Boden und sah dem Doktor zu, der nach türkischer Art vor einem mächtigen eisernen Kessel sitzend, Kartoffeln und indische Rüben schnitt, dann wieder einen Knochen zerkleinerte und all dies der Reihe nach in den Topf warf, in dem er eine Ochsenbrühe bereitete. Er war in allen gastronomischen Dingen ein Künstler und verbrachte den ganzen Tag mit »experimentellem Kochen«, wie er es nannte. Er schmorte, briet am Rost, würzte Fleischschnitten und unterwarf sie allen möglichen Behandlungen über verschiedenem Feuer. Es war übrigens das erste frische Rindfleisch gewesen, das wir seit mehr als einem Jahr gekostet hatten.

»Es wird bald besser mit ihm gehen«, sagte Zeke, als es Nacht wurde und das lange Gespenst eben ein mächtiges Rippenstück über den Kohlen wendete, »was glaubst du, Paul?«

»Er wird es schon machen«, erwiderte ich, »seine Wangen müssen nur Farbe kriegen.« Es war mir sehr recht, daß der Glaube an die Krankheit des Doktors so rasch dahinschwand; denn er hatte sich daraufhin ein angenehmes Dasein auf der Pflanzung versprochen, und zweifellos auf meine Kosten.

55.

Wir schliefen noch in unserem Kanu, als wir durch Zekes laute Rufe geweckt wurden. Wir paddelten zum Strande und erfuhren, daß während der Nacht ein Kanu aus Papiti angekommen war, das für ein dort im Hafen liegendes Schiff eine Lieferung Kartoffeln bestellt hatte; da sie bis Mittag an Bord sein mußten, sollten wir ihm helfen, sie in sein Segelboot zu schaffen.

Mein langer Freund gehörte zu den Leuten, die mit dem linken Fuß aufstehen und beim Frühstück sehr schlechter Laune sind. Vergeblich bedauerte der Yankee, daß die Sache so dringend wäre und er uns so früh hatte wecken müssen. Der Doktor wurde immer düsterer und gab keine Antwort. Endlich sagte der Yankee ermunternd: »Was meint ihr, Jungs, sollen wir es angehen?«

»Ja, in des Teufels Namen!« erwiderte der Doktor wie eine schnappende Schildkröte, und wir begaben uns ins Haus. Offenbar hielt er es nach den gastronomischen Leistungen vom Vorabend für unmöglich, jetzt nicht mitzutun. Im Hause fanden wir den Kleinen schon bereit mit den Harken, und wir begaben uns nach dem entfernteren Teil des Grundstücks, um die Kartoffeln aus der Erde zu graben.

Der üppige lohfarbene Boden schien besonders für sie geeignet; die großen gelben Kartoffeln rollten aus den aufgeworfenen Hügelchen wie Eier aus dem Nest. Ich war ganz überrascht zu sehen, wie eifrig der Doktor seine Harke schwang. Auch ich arbeitete, von der kühlen Morgenluft erfrischt, tüchtig mit. Zeke und der Londoner schienen sehr erfreut, uns so arbeitswillig zu finden. Bald war die nötige Menge Kartoffeln beisammen; und jetzt kam das Schlimmste: wir mußten sie fast eine Viertel Meile Wegs zum Strand hinabschleppen. Da es auf der ganzen Insel weder Karren noch Handwagen gab, blieben uns nur Rücken und Schultern zur Verfügung. Zeke wußte im voraus, daß dieser Teil der Arbeit uns nicht gefallen konnte; er machte ein möglichst ermunterndes Gesicht, und ohne uns zu Bedenken Zeit zu lassen, lenkte er unsere Aufmerksamkeit mit freudigen Rufen auf einen Stoß grob geflochtener Körbe, die schon bereitlagen. Wir sagten kein Wort, füllten sie, und dann wankten wir alle vier unter der Last dem Strande zu. Zekes anfeuernde Rufe waren unwiderstehlich: auf dem ersten Gang kamen wir alle vier zugleich unten an. Beim zweiten oder dritten begannen meine Schultern sich aufzulehnen; während des Doktors lange Figur sichtlich gebeugter wurde. Und dann stellten wir beide unsere Körbe nieder und erklärten, wir könnten nicht mehr. Aber unsere Brotgeber, die uns offenbar durch einen stummen Appell an unsere Anständigkeit zur Arbeit bewegen wollten, schleppten weiter, ohne auf uns zu achten. Wir verstanden das sehr gut, es hieß: »So, Leute, wir haben euch durch drei Tage beherbergt und verköstigt; gestern habt ihr überhaupt nichts getan als gegessen; jetzt habt einmal die Stirn, dazustehen und uns beim Arbeiten zuzusehen!« Was blieb uns übrig – wir nahmen die Körbe wieder auf. Aber wie sehr wir uns mühten, wir blieben hinter Zeke und dem Kleinen zurück, die, keuchend und schwitzend, ohne anzuhalten weiterschufteten. Aber obgleich ich selbst unter meinem Korbe keuchte, mußte ich doch über das lange Gespenst lachen, wie er, den langen Hals vorgestreckt, die Arme nach hinten unter den Korb geschoben, vorwärts taumelte, während seine langen Stelzen von Zeit zu Zeit unter ihm nachgaben, als ob seine Kniegelenke sich nach der falschen Richtung gedreht hätten.

»So, jetzt trage ich nichts mehr!« rief er plötzlich und schüttete seine Kartoffeln ins Boot, wo der Yankee sie verstaute.

»Nun, dann«, sagte Zeke munter, »könnten Sie und Paul vielleicht die ›Faßmaschine‹ probieren. Kommt nur, ich zeig's euch.« Damit watete er zum Strand und eilte uns voran; wir folgten ihm hinkend; wir hatten kein Zutrauen zu der uns unbekannten »Faßmaschine«. Im Hause machte er eine Art Sänfte zurecht: ein altes Faß hing an einem Seil, das in der Mitte eines Ruders befestigt war. »So! da!« sagte er, als er fertig war. »Damit braucht ihr euch nicht das Rückgrat zu brechen; darunter könnt ihr gerade gehen; versucht's einmal!« Und er legte die Ruderschaufel höflich dem Doktor auf die rechte Schulter, das andere Ende der Stange auf die meine, so daß das Faß zwischen uns schaukelte. »Wundervoll!« rief er, als wir so dastanden.

Es blieb uns nichts übrig; mit gebrochenem Herzen und wundem Rücken kehrten wir zum Feld zurück; der Doktor schien Gebete zu murmeln. Als das Faß beladen war, ging es ein paar Schritte weit ganz gut, und wir hielten die Idee für nicht schlecht. Aber wir blieben nicht lange bei dieser Ansicht. Nach fünf Minuten standen wir still, das Schlagen und Hüpfen des schweren Ruders war nicht zu ertragen. »Wir wollen den Platz wechseln!« rief der Doktor, dem das Ruderblatt ins Schulterblatt schnitt.

Schließlich, indem wir kurze Strecken machten und häufig anhielten, gelang es uns, bis zum Strand zu kommen, wo wir unsere Ladung etwas ärgerlich ausschütteten.

»Warum laßt ihr denn die Eingeborenen nicht helfen?« fragte das Gespenst, sich die Schultern reibend.

»Der Teufel soll die Eingeborenen holen!« sagte der Yankee. »Zwanzig von ihnen können es nicht mit einem Weißen aufnehmen. Die Kerle sind nicht zur Arbeit bestimmt, und sie wissen's auch; was schon einer von denen je tut!« Aber trotz seiner schlechten Meinung mußte Zeke sie zuletzt anstellen. »Erameh!« schrie er einigen zu, die am Ufer liegend bisher unser Verfahren kritisch beobachtet hatten und insbesondere unsere Leistungen mit der Sänfte höchst amüsant gefunden hatten. Der Yankee hieß sie Körbe füllen, füllte seinen eigenen und trieb sie vor sich hin zum Strand hinab, wie die berittenen Indianer auf dem großen Callao die Herden von beladenen Maultieren vor sich hertreiben.

Schließlich war das Boot beladen, der Yankee nahm ein paar Eingeborene mit, setzte das Segel und fuhr über den Kanal nach Papiti.

Am nächsten Morgen beim Frühstück kam der alte Tonoi hereingelaufen und sagte uns, daß sie zurückkehrten. Wir eilten zum Strand hinab und sahen das Boot herangleiten; ein Eingeborener döste am Steuer, und am Bug stand Zeke und ließ einen kleinen Sack mit Silbertalern klappern, die er für seine Ladung erhalten hatte.

<h2 style="text-align:center">56.</h2>

Es vergingen nun einige ruhige Tage, an denen wir gerade nur soviel arbeiteten, daß wir tüchtigen Hunger bekamen, da die Pflanzer uns mit schwererer Arbeit verschonten. Es wurde immer deutlicher, wie gern sie uns hier behalten wollten; das war auch nicht weiter verwunderlich; denn erstens fanden sie in uns von Anfang an ein paar höfliche und gutmütige Burschen, mit denen sich auskommen ließ, dann aber hatten sie auch bald heraus, daß wir anders waren als die gewöhnlichen Landstreicher; unsere Gesellschaft war für ein paar einsame und ungebildete Leute wie sie unterhaltend und belehrend. Unsere Bildung erregte ihr Staunen und beinahe ihren Neid; den Doktor betrachteten sie geradezu als ein Naturwunder. Der Londoner hatte herausgefunden, daß er ein Buch lesen konnte, ohne die längeren Worte vorher buchstabieren zu müssen; und der Yankee vernahm von ihm im Augenblick die Gesamtsumme mehrerer Posten, die er ihm laut vorsagte, um seine mathematischen Kenntnisse auf die Probe zu stellen. Mein langer Freund gebrauchte so großartige Ausdrücke im Gespräch, daß sie zuletzt den Hut abnahmen, wenn er redete. Kurz, ihre günstige Meinung von ihm stieg mit jedem Tag, und sie versprachen sich wunder was für Vorteile von einer so gelehrten Arbeitskraft. Unter anderem planten sie, ein kleines Fahrzeug von etwa vierzig Tonnen zu erbauen, um mit den Nachbarinseln Handel zu treiben. Mit einer eingeborenen Mannschaft konnten wir dann auf dem Stillen Ozean kreuzen, anlegen, wo wir wollten, und romantische Handelsartikel, Trepang, Perlmuscheln, Pfeilwurz, Ambra, Sandelholz, Kokosnußöl, eßbare Vogelnester einsammeln und vertreiben. Diese Jagdfahrten auf der Südsee ließen sich reizend ausmalen, und der Doktor erklärte sich auch sofort bereit, den künftigen Schoner sicher durch alle Untiefen und Riffe zu steuern. Seine Unverschämtheit war unglaublich.

Er hielt ganze Vorträge über Navigationskunde, sprach von Mercators Segelkunst und dem Azimuth-Kompaß und gab eine verwickelte Erklärung, wie man die geographische Länge nach einer von ihm erfundenen Methode unfehlbar feststellen konnte. Wenn der Doktor so seine Phantasie spielen ließ, war es ein Vergnügen, ihm zuzuhören; ich widersprach daher nie, sondern lauschte gleich den Pflanzern in stummer Bewunderung. Aber die Folge war, daß sie, wie ich zu meinem Mißvergnügen bemerkte, mich weit geringer einschätzten als ihn. Vielleicht hatte er zu ihnen privatim eine Bemerkung darüber gemacht, welche ganz andere Stellung er auf der »Julia« gehabt hatte als ich; jedenfalls hielten die Pflanzer ihn bald für einen hervorragenden und berühmten Mann, der aus unbekannten Gründen sein Inkognito wahrte; sie fanden seine unverhohlene Abneigung gegen jede Arbeit verzeihlich und zählten mehr auf die Vorteile, die er ihnen dereinst als wissenschaftlicher Hilfsarbeiter leisten sollte. Natürlich tat auch der Doktor alles, eine für ihn so vorteilhafte Meinung zu erhalten und zu pflegen, und nahm zuzeiten auch mir gegenüber einen so überlegenen Ton an, daß, obwohl ich darüber lachen mußte, ich mich doch ärgerte. Schließlich wurde es mir zuviel, und ich sagte ihm eines Tages gerade heraus, daß ich keine Lust hätte, mich seinen Prätensionen zu fügen, und wenn er als Gentleman auftreten wollte, ich desgleichen tun würde.

Er lachte herzlich; wir plauderten vergnügt über die Sache und beschlossen, das Tal zu verlassen, sobald es irgendwie geschehen konnte, ohne unsere Wirte zu sehr zu verletzen.

Noch am selben Abend, als wir beim Essen saßen, deutete der Doktor unsere Absicht an. Obwohl er sehr erstaunt und keineswegs erfreut war, verzog Zeke keine Miene. Er dachte lange nach, dann sagte er sehr ernst: »Peter, wollen Sie vielleicht das Kochen übernehmen? Das ist leichte Arbeit, und Sie brauchen nichts anderes zu tun. Paul ist kräftiger; er kann im Feld arbeiten, wenn es Ihm paßt; und in kurzer Zeit werden wir überhaupt angenehmere Arbeit für euch haben; nicht wahr, Kleiner?«

Der Kleine bejahte. Der Vorschlag war soweit ganz gut, besonders für den Doktor; meine Pflichten schienen mir etwas zu unbestimmt. Wir sagten indessen an diesem Abend nichts weiter, und der Yankee verdoppelte seine Bemühungen, uns zufrieden zu stellen.

Eines Morgens vor dem Frühstück schickten sie uns, das Unkraut in einem Kartoffelfeld auszujäten; sie waren im Hause beschäftigt, und wir waren allein. Unkraut ausjäten betrachteten sie als leichte Arbeit und hatten sie uns darum zugewiesen; es mag auch als Gartenarbeit ganz vergnüglich sein, aber auf die Dauer wird es unbequem. Wir schufteten eine geraume Zeit, bis der Doktor, der infolge seiner Länge sich in einem sehr scharfen Winkel bücken mußte, sich plötzlich aufrichtete und, mit der einen Hand nach dem Rücken greifend, ausrief: »Wenn man nur an den Gelenken Löcher hätte, um sie regelmäßig ölen zu können!«

Obgleich die Hoffnung auf eine derartige Verbesserung unseres Körperbaues gering war, war ich doch von Herzen der gleichen Ansicht, denn jeder meiner Rückenwirbel stimmte gefühlsmäßig zu. Die Sonne ging eben auf und brachte jene schwere Morgenmattigkeit, die jeder Anstrengung im warmen Klima so verhängnisvoll wird. Wir hielten es nicht länger aus, schulterten unsere Harken, schritten nach dem Hause, entschlossen, weder die Gutmütigkeit der Pflanzer länger auszunützen, noch selber bei einer Beschäftigung zu bleiben, die uns so gar nicht paßte. Wir sagten es ihnen ganz offen. Zeke schien sehr verstimmt und redete, was er konnte, um uns davon abzubringen; als alles nichts nützte, bat er uns freundlich, wenigstens nicht gleich fortzugehen; wir könnten ruhig als Gäste bei ihm wohnen, bis wir etwas Neues gefunden und einen Plan für die Zukunft gefaßt hätten. Wir dankten ihm aufrichtig für seine Freundlichkeit, blieben aber dabei, daß wir am nächsten Morgen das Tal von Martehr verlassen müßten.

57.

Der Doktor wollte gerne Tameh sehen, ein einsames Dorf im Innern der Insel, das am Ufer eines Sees von beträchtlicher Größe zwischen Wäldern gebettet lag. Von Afreheitu führte ein einsamer Pfad durch die wildeste Landschaft dahin. Wir hatten auch viel von dem See gehört; er war reich an Fischen, die so köstlich schmeckten, daß früher ganze Gesellschaften aus Papiti hinkamen, um zu angeln. Auch wuchsen an seinen Ufern die herrlichsten und besten Früchte der Insel. Die »Wi« oder brasilianische Pflaume erreichte hier die Größe einer Orange, und die prächtige »Arhia«, der rote Apfel von Taheiti, leuchtete dort in tieferen Farben als in irgendeinem anderen Tal. Außerdem fand man in Tameh die schönsten Frauen der ganzen Inselgruppe, die auch noch am wenigsten durch die Berührung mit Europäern verbildet und verdorben waren. Das Dorf lag so fern von der Küste und war von den Zeitungsereignissen so wenig berührt, daß das Leben dort noch fast das gleiche war, wie einst in den Tagen des jungen Otu, des Knaben, der, als Cook nach den Inseln kam, König von Taheiti war. Dahin beschlossen wir zu gehen, eine Zeit dort zu bleiben, dann zum Strande zurückzukehren und rund um die Insel nach Telu zu wandern, einem Hafen, der auf der entgegengesetzten Seite lag.

Wir machten uns sogleich reisefertig. Als ich Taheiti verließ, bestand meine Garderobe nur mehr aus zwei Anzügen, die schon recht abgenützt waren, und um sie zu schonen, hatte ich sie nach Seemannsweise zu einem einzigen zusammengenäht und dabei freilich eine rote Jacke durch Teile einer blauen ergänzt, was eine auffällige Farbenpracht ergab. Der Doktor war nicht viel besser dran. Er hatte sich zuletzt gleichfalls nach Seemannsart kleiden müssen; aber seine leichte baumwollene Jacke war nicht mehr zu brauchen, und er hatte nichts anderes. Der Kleine bot ihm großmütig eine an, die etwas weniger zerfetzt war, aber dieses Almosen wurde stolz abgelehnt: das lange Gespenst zog es vor, die alte taheitische Tracht, die »Rura« anzulegen. Man sieht dieses Kleidungsstück, das einst als Festanzug getragen wurde, jetzt nur noch selten; aber Kapitän Bob hatte uns oft eines gezeigt, das er als Erbstück bewahrte. Es war eine Art Mantel aus gelbem Tappa, ähnlich wie der »Poncho« der südamerikanischen Spanier. Der Kopf wird durch einen Schlitz in der Mitte gesteckt und der Stoff fällt in Falten um den Körper. Tonoi trieb hinreichend grobes braunes Tappa auf, um einen kurzen Mantel dieser Art herzustellen, und in fünf Minuten war der Doktor eingekleidet. Zeke zwar betrachtete diese Toga mit kritischen Blicken; auf unserem Wege, meinte er, zwischen Martehr und Tameh würden wir manche Bäche durchwaten und manchen steilen Felsen erklettern müssen; wenn unser langer Freund in Röcken reisen wollte, würde er besser tun, sie aufzustecken.

Schuhe hatten wir überhaupt nicht. In der bequemen Freiheit, die an der Südsee herrscht, gehen Seeleute meistens barfuß. Meine Schuhe waren an dem Tag, an dem wir das Gebiet des Passat erreichten, über Bord gegangen, und seitdem hatte ich kaum welche getragen. In Martehr wären sie ganz erwünscht gewesen; es waren aber keine zu haben. Auf der Reise, die wir nun vorhatten, waren sie unentbehrlich. Zeke besaß ein Paar gewaltiger alter Stiefel, die wie Sattelsäcke von einem Träger hingen, und überließ sie dem Doktor für ein Messer mit Scheide. Ich machte mir Sandalen aus Stierhaut, wie sie die Indianer in Kalifornien tragen. Die Sohle wird ungefähr nach der Form des Fußes geschnitten und mit drei Lederriemen über dem Spann befestigt; sie waren in einer Minute hergestellt.

Auf dem Kopf trug der Doktor einen alten Panamahut, der aus Grashalmen, fein wie Seidenfäden, geflochten und so elastisch war, daß, wenn man ihn zusammenrollte, er sogleich wieder seine frühere Form annahm. In diesem Sombrero und seiner »Rura« sah er wie ein herabgekommener spanischer Grande aus. Ich in meinem orientalischen Turban war nicht minder elegant. Mein Hut war wenige Tage, ehe wir nach Papiti kamen, über Bord geflogen, und ich hatte ihn durch eine scheußliche schottische Mütze aus Strickwolle ersetzen müssen, die mir zu heiß war. Vergeblich schnitt ich Luftlöcher hinein, sie schienen augenblicklich zuzuheilen. In der Sonnenhitze war das schwere Zeug auf dem Kopf ganz unerträglich. Da veranlaßte mein würdiger Freund Kulu mich, sie ihm zu schenken; ich riet ihm, die ursprüngliche schottische Farbenpracht durch gründliches Aussieden wieder herzustellen. Mir aber legte ich einen Turban zu. Ich nahm eine neue Segeljacke aus buntem Kattun, die dem Doktor gehört hatte, wand sie mir ums Haupt, so daß die Ärmel rückwärts herabfielen und reichlichen Schutz gegen die Sonne sowie gegen einen Regenschauer gewährten. Die herabhängenden Ärmel machten einen großartigen Eindruck, und der Doktor nannte mich den Pascha mit zwei Roßschweifen.

So angetan, machten wir uns auf den Weg nach Tameh, in dessen grünen Salons wir kein geringes Aufsehen zu erregen gedachten.

58.

Lange vor Sonnenaufgang am nächsten Morgen waren meine Sandalen befestigt und der Doktor war in Zekes Stiefel getaucht. Die Pflanzer hofften uns noch einmal zu sehen, ehe wir den Weg nach Telu antraten, sie wünschten uns eine gute Reise und schenkten uns zum Abschied ein oder zwei Pfund virginischen Tabak, den wir in kleine Stücke schneiden sollten, weil dies die gangbarste Scheidemünze auf der Insel war. Zwar lag Tameh nicht mehr als drei bis vier Meilen entfernt; aber wir mußten damit rechnen, daß der Weg durch die Wildnis führte, wollten in der Mittagshitze einige Stunden ruhen, außerdem die Reise bequem machen, und so gedachten wir mit der Abenddämmerung an den See zu gelangen.

Mehrere Stunden wanderten wir langsam durch Wälder und Schluchten, über Berge und Abgründe, und sahen nichts, als manchmal eine Herde von wilden Rindern in der Ferne; wir rasteten öfters und waren gegen Mittag im innersten Teil der Insel angelangt. Wir befanden uns in einer kühlen grünen Schlucht zwischen den Bergen, in der hundert kleine Wasserläufe rieselten, im Schatten großer feierlicher Bäume, auf deren moosigen Stämmen die feuchten Tropfen wie Perlen glänzten. Keine Spur verriet, daß die wilden Rinder sie je betreten hatten. Kein Ton war zu hören, kein Vogel zu sehen, kein Windhauch bewegte die Blätter. Die vollkommene Einsamkeit und das tiefe Schweigen waren bedrückend; nichts war zu sehen als die düsteren regungslosen Stämme. Wir eilten weiter und stiegen einen steilen Abhang auf der anderen Seite empor. Auf halbem Wege kamen wir zu einer Stelle, wo die Erde an den Wurzeln dreier Palmen einen natürlichen Altan bildete. Dort setzten wir uns nieder und sahen in die Schlucht hinab, die jetzt als eine grüne dunkle Masse unter uns lag. Wir zogen eine kleine Kalebasse mit Poïpoï hervor, ein Abschiedsgeschenk Tonois. Nachdem wir uns satt gegessen hatten, machten wir mit zwei Hölzern Feuer, warfen uns auf den Rücken und rauchten. Zuletzt schliefen wir ein, und als wir erwachten, stand die Sonne schon so tief, daß ihre Strahlen unter dem Laub zu uns drangen.

Wir sprangen auf und eilten weiter, und als wir die Bergspitze erreicht hatten, sahen wir zu unserer Überraschung den See und das Dorf vor uns. Wir hatten sie mindestens noch eine Meile entfernt geglaubt. Oben erreichten uns noch die letzten Strahlen der in gelbem Dunst sinkenden Sonne; über das Tal unter uns schlichen bereits lange Schatten; der grüne See spiegelte die Häuser und Bäume an seinem Ufer wieder. Einige kleine Kanus, die da und dort an Pfählen im Wasser befestigt waren, schaukelten auf der Flut; ein einsamer Fischer paddelte nach einer grasbewachsenen Landspitze. Vor den Häusern lagen die Eingeborenen in Gruppen teils auf der Erde oder lehnten lässig an den Bambuswänden.

Mit großem Hallo liefen wir abwärts, und die Dorfbewohner liefen zusammen, um zu sehen, wer da käme. Bald umstanden sie uns in großer Neugier und wollten wissen, was die »Karhauris« in ihr stilles Land führte. Der Doktor machte ihnen begreiflich, daß wir nur als Besucher kämen, worauf sie uns in echt taheitischer Weise willkommen hießen, auf ihre Hütten zeigten und sagten, daß die Hütten uns gehörten, solange wir zu bleiben wünschten.

Es fiel uns auf, wieviel gesünder Männer und Frauen hier aussahen als die Küstenbewohner. Die jungen Mädchen waren weit zurückhaltender und sittsamer, viel sauberer angezogen und sahen weit frischer und schöner aus als die jungen Damen an der Küste.

Wir verbrachten die Nacht im Hause Rartus, eines gastlichen alten Häuptlings, das dicht am Seeufer lag. Während des Abendessens sahen wir durch rauschende Blätter auf das sternbeglänzte Wasser.

Am nächsten Tag schlenderten wir umher und fanden eine glückliche kleine Gemeinde, die von dem Elend, das ihre Landsleute betroffen hatte, so ziemlich verschont geblieben war. Sie waren auch arbeitsamer; Tappa wurde in mehreren Häusern gemacht, europäische Stoffe und andere Gegenstände ausländischer Herkunft waren nur wenig zu sehen. Dem Namen nach waren die Leute Christen, aber sie wohnten so entfernt von aller geistlichen Aufsicht, daß ihre Religion nicht sehr tief ging. Man hatte uns gesagt, daß viele heidnische Spiele und Tänze noch heimlich im Dorfe stattfanden.

Nun hatte unter anderem die Hoffnung, einen echten alten »Hiwar«, einen wirklichen taheitischen Tanz zu sehen, uns hergelockt. Und da Rartu ziemlich freisinnige Ansichten entwickelte, teilten wir ihm unseren Wunsch mit. Erst machte er Umstände, zuckte die Achseln wie ein Franzose, meinte, die Sache wäre gefährlich und könnte für alle Beteiligten unangenehme Folgen haben. Aber es gelang uns, ihn zu überzeugen, daß das alles nicht so schlimm wäre, und so wurde ein »Hiwar«, ein echter heidnischer Fandango, noch für diese Nacht angesetzt.

59.

Es gab einige böse Zungen in Tameh, darum wurde die Sache ziemlich geheimnisvoll aufgezogen. Ein oder zwei Stunden vor Mitternacht kam Rartu, warf uns Kleider aus Tappa über und hieß uns, ihm in einiger Entfernung folgen; solang wir im Dorfe waren, mußten wir unsere Gesichter verhüllen. Wir freuten uns des Abenteuers und folgten ihm. Auf weitem Umweg gelangten wir an den entferntesten Teil des Seeufers. Dort lag ein großer tauiger Platz, vom vollen Mond beschienen und mit einem Teppich kleiner dichter Farnkräuter bewachsen, der sich bis zum Wasser herabzog. Man sah die Lichter im Dorf gegenüber unter den Hainen schimmern. Am Rande der Lichtung lag ein großer verfallener

Steinhaufen, auf dem einst ein Tempel Oros gestanden hatte. Jetzt stand nur noch eine Hütte auf der untersten Terrasse, in der, wie es schien, heimisches Tuch hergestellt wurde. Zwischen dem Bambus sahen wir Lichter aufleuchten, die lange dünne Schatten auf den Boden warfen; wir hörten auch Stimmen. Wir standen daher auf und sahen nach den Tänzerinnen, die sich fertig machten. Es waren ihrer etwa zwanzig; eine Anzahl häßlicher alter Weiber, offenbar Duennas, waren ihnen behilflich. Das lange Gespenst meinte, man sollte die Alten nach Hause schicken; aber Rartu sagte, das ginge nicht, und sie blieben. Wir wollten nun in die Hütte, aber das Tor war fest verschlossen. Es folgte eine heftige Diskussion mit einer der alten Hexen drinnen, unser Führer wurde unruhig und ersuchte uns, das zu lassen, sonst würden wir alles verderben. Wir mußten in einiger Entfernung warten, da die Mädchen unerkannt zu bleiben wünschten, und versprechen, nicht näher zu kommen, als bis alles vorüber wäre.

Wir warteten ungeduldig; endlich kamen sie. Sie trugen kurze Röckchen aus weißem Tappa und Blumenkränze im Haar. Die alten Weiber folgten ihnen, blieben aber in einer Gruppe am Haus stehen, während die Mädchen ein paar Schritte vortraten; einen Augenblick später standen zwei von ihnen, die größer waren als die anderen, nebeneinander, während die übrigen mit verschlungenen Händen einen Ring um sie schlossen. All dies geschah in tiefem Schweigen. Jetzt reichten die beiden Mädchen einander über ihren Häuptern die Hände und begannen, »Ehlu! Ehlu!« rufend, die Arme hin und her zu bewegen. Gleichzeitig begannen die anderen sich langsam im Kreise zu drehen, wobei die Tänzerinnen mit ein wenig gesenkten Armen seitwärts ausschritten. Immer schneller bewegten sie sich und flogen zuletzt in der Runde; die Busen wogten, das Haar flatterte, die Blumen fielen, und ihre funkelnden Augen schienen einen leuchtenden Kreis zu bilden.

Indessen wechselte das Paar in der Mitte unaufhörlich den Platz, indem sie Tanzschritte aneinander vorüber machten. Sich zur Seite beugend, so daß das lange Haar überfiel, glitten sie hin und her; den einen Fuß beständig erhoben, während die Finger im Mondlicht wirbelten. »Ehlu! Ehlu!« riefen sie wieder; trafen sich in der Mitte des Kreises, schlossen wieder die erhobenen Hände zum Bogen und standen bewegungslos.

»Ehlu! Ehlu!« – Der Kreis bricht auseinander, und tiefatmend stehen alle Mädchen still. Ein oder zwei Augenblicke hört man sie keuchen, und dann, während die tiefe Röte von den Wangen weicht, schreiten sie alle gleichzeitig rückwärts, so daß der Kreis viel weiter wird. Wieder schwingen die zwei Führerinnen ihre Hände, während die anderen weit entfernt im stillen Mondlicht wie schattenhafte Elfen im Kreise stehen. Jetzt stimmen sie einen seltsamen Gesang an und beginnen sich langsam zu bewegen, werden allmählich schneller, bis sie sich zuletzt für einige leidenschaftliche Augenblicke, mit pochenden Brüsten und glühenden Wangen, dem Tanz völlig hingeben und alles andere vergessen. Dann werden die Bewegungen wieder matt und langsam wie vorher, bis sie regungslos stillstehen und plötzlich alle, vorwärtsstürzend, mit einem wilden Chorgesang einander schwindelig in die Arme sinken.

Das ist der Lory-Lory: der »Tanz der rückwärtsgleitenden Mädchen« von Tameh.

Die ganze Zeit hatten wir den Doktor mit Mühe festgehalten, der unter sie stürzen, sich eine Partnerin holen und mittanzen wollte.

An diesem Abend wollten sie uns nichts mehr zeigen. Rartu schleppte uns zu einem Kanu, und widerwillig schifften wir uns ein und paddelten nach dem Dorf hinüber, wo wir noch rechtzeitig ankamen, um vor Sonnenaufgang noch ein paar Stunden gut zu schlafen.

Am nächsten Morgen wollte der Doktor die nächtlichen Tänzerinnen ausfindig machen. Er hoffte sie an ihrem späten Aufstehen zu erkennen; aber er wurde schwer enttäuscht: denn das ganze Dorf lag noch in tiefem Schlaf, und eine Stunde später waren alle wach. Im Lauf des Tages begegnete er mehreren, denen er sogleich sagte, sie wären beim Hiwar gewesen. Es standen einige fremd und anständig aussehende ältere Leute dabei, und die Mädchen sahen verlegen drein, wußten ihm aber sehr geschickt zu erwidern. Denn wenn die Damen von Tameh auch im allgemeinen sanft wie Tauben sind, so haben sie doch den Teufel im Leibe und wissen es zu zeigen; als der Doktor gegen eine von ihnen zudringlich wurde, drehte sie sich um, gab ihm eine Ohrfeige und hieß ihn »Herih perrar!« »sich wegtrollen«.

60.

In Tameh wohnte ein kleiner scheußlich aussehender alter Mann, der in einem groben Tappamantel im Dorf umherzog, dabei tanzte, sang und Gesichter schnitt. Er folgte uns auf allen Wegen, und wenn niemand es sah, zupfte er uns an den Kleidern und machte uns greuliche Zeichen, die bedeuteten, daß wir mit ihm irgend wohin gehen und etwas ansehen sollten. Vergeblich suchten wir ihn loszuwerden, zuletzt mit Schlägen; aber obwohl er heulte wie besessen, ließ er doch nicht von uns ab. Wir beschworen die Eingeborenen, uns von ihm zu befreien; aber sie lachten nur, und wir mußten ihn ertragen. In der vierten Nacht kamen wir spät von einigen Besuchen im Dorf zurück; als wir um eine dunkle Baumgruppe bogen, trafen wir unseren Kobold, der wieder schwatzte und uns mit den Händen Zeichen machte. Der Doktor fluchte und eilte weiter; mich aber bewog irgend etwas, stehenzubleiben; ich wollte wissen, was das sonderbare Geschöpf von uns wollte. Sowie ich stehen blieb, schlich er sich ganz nahe heran, starrte mir ins Gesicht, zog sich dann zurück und winkte mir, ihm zu folgen. Ich tat es; nach wenigen Augenblicken waren wir außerhalb des Dorfes und im Schatten der Höhen auf der anderen Seite des Tales. Er wartete, bis ich ihn erreicht hatte; dann stiegen wir schweigend nebeneinander den Berg empor und kamen zuletzt zu einer elenden Hütte, die im Schatten der Bäume kaum sichtbar war. Der Kobold schob eine mit Zweigen befestigte Türe zur Seite und bedeutete mir mit Geberden, daß ich eintreten sollte. Da es drinnen völlig dunkel war, machte ich ihm begreiflich, daß er erst Licht machen müßte. Er verschwand im Dunkeln; ich hörte ihn zwei Hölzer aneinander reiben und sah einen Funken, an dem er eine der heimischen Kerzenfackeln anzündete, und gebückt trat ich ein. Es war ein Hundeloch. Halb verfaulte alte Matten, Bruchstücke von Kokosnußschalen und Kalebassen bedeckten den Boden; durch Ritzen im Dach, das da und dort eingefallen war, glänzten die Sterne.

Ich hieß ihn schnell mir zeigen, was er wollte. Er sah sich furchtsam um, als fürchtete er, dabei entdeckt zu werden, und suchte unter dem alten Gerümpel in einer Ecke. Endlich griff er nach einer schwarzgefärbten Kalebasse, deren Hals abgebrochen war und die an der einen Seite ein großes Loch hatte. Irgend etwas schien in das Gefäß hineingestopft, und nach einigem Zerren brachte er ein schadhaftes und vermodertes altes Paar europäischer Hosen hervor, die er eifrig vor mir ausbreitete und mich fragte, wieviel Stücke Tabak ich ihm dafür geben wollte. Ohne zu antworten, eilte ich fort; der Alte schreiend hinter mir her, bis wir das Dorf erreichten; hier gelang es mir, ihm zu entkommen. Ich beschloß, dieses ruhmlose Abenteuer niemals zu verraten. Vergeblich bat mich mein Gefährte am nächsten Morgen, ihm mein nächtliches Erlebnis

mitzuteilen; ich hüllte mich in ein geheimnisvolles Schweigen. Immerhin
hatte ich einen Vorteil von der Sache; denn der alte Kleiderhändler ließ
mich hinfort in Frieden, wogegen er den Doktor ohne Ende verfolgte,
der den Himmel vergeblich anflehte, ihn von seinem Plagegeist zu befreien.

61.

»Doktor«, rief ich einige Tage nach diesem Abenteuer, als wir eines
Morgens allein auf den Matten im Hause unseres Wirtes lagen und unsere Rohrpfeifen rauchten, »wollen wir uns nicht in Tameh niederlassen?«

»Es wäre vielleicht kein schlechter Gedanke, Paul; aber glaubst du,
daß sie es uns auf die Dauer gestatten?«

»Doch, natürlich; sie werden glücklich sein, ein paar Karhauris zu
Mitbürgern zu haben.«

»Du hast wirklich recht, mein Lieber! Haha! Ich könnte ja ein Bana-
nenblatt vor die Türe stecken, und mich darauf als praktischen Arzt aus
London empfehlen; ich könnte Vorlesungen über polynesische Altertümer
halten oder englischen Sprachunterricht in fünf Stunden anzeigen,
Dampfwebstühle für Tappa-Manufaktur einrichten, einen Volkspark im
Dorf anlegen und ein Fest zu Cooks Ehren einführen!«

»Hoffentlich wirst du inzwischen noch Zeit zum Atemholen finden«,
bemerkte ich.

Trotz diesen phantastischen Projekten dachten wir ganz ernstlich,
unseren Aufenthalt im Tal über eine unbestimmte Zeit auszudehnen,
und wir machten eben verschiedene Pläne, diese Zeit so vergnügt als
möglich zu verbringen, als mehrere Weiber angelaufen kamen und uns
baten, eilig zu »herih! herih!« (zu fliehen), wobei sie uns etwas von
»Mickonerihs« zuriefen. Vielleicht sollten wir wegen Übertretung der
Gesetze gegen Landstreicherei verhaftet werden; jedenfalls eilten wir aus
dem Haus, sprangen in ein Kanu, das vor der Türe lag, und paddelten
mit aller Macht nach dem entgegengesetzten Ufer. Wir sahen, daß eine
Menge Menschen auf Rartus Haus zukam, darunter mehrere Eingeborene,
die, nach ihrer halb europäischen Tracht zu schließen, sicherlich nicht
in Tameh zu Hause waren.

Wir eilten tiefer in den Hain und dankten dem Geschick, daß wir so
entkommen waren. Denn was wir wirklich fürchteten, war, daß man

uns als Schiffsdeserteure aufgreifen und nach dem Strand bringen wollte. Wir konnten auch nicht daran denken, in der Nähe des Dorfes zu bleiben und wieder dahin zurückzukehren; dazu war uns unsere Freiheit zu lieb. So wanderten wir denn nach Martehr zurück zu den Pflanzern, deren Haus wir bei Einbruch der Nacht erreichten. Sie nahmen uns sehr freundlich auf, gaben uns ein tüchtiges Abendbrot und wir saßen noch lange und erörterten unsere Aussichten und Pläne. Wir beschlossen rund um die Insel nach Telu zu gehen. In Tameh waren wir nicht weit davon entfernt gewesen, wollten aber so viel von der Insel sehen, als wir konnten, und waren darum zunächst nach Martehr zurückgekehrt.

Telu, der einzige Hafen von Imio, den europäische Schiffe anlaufen, liegt an der westlichen, Martehr gerade entgegengesetzten Seite der Insel. An dem einen Ufer der Bucht liegt das Dorf Partuwei. Dort befindet sich ein Missionshaus und in der Nähe eine ausgedehnte Zuckerpflanzung, vielleicht die beste in der ganzen Südsee, die von einem Mann aus Sydney betrieben wird. Partuwei ist ein Erbgut des Gatten Pomaris, entzückend gelegen, und der Hof hielt sich manchmal dort auf. Jetzt, seitdem die Königin aus Taheiti geflohen war, bildete es die ständige Residenz. Es war kein belebter Ort wie Papiti; Schiffe legten nur selten an und nur wenige Fremde lebten dort. Ein einsamer Walfischfänger sollte zurzeit im Hafen liegen, der Holz und Wasser einnahm und Leute brauchte.

Alles in allem schien Telu uns glänzende Aussichten zu bieten. Wir konnten uns auf dem Walfischfänger verdingen, oder als Tagelöhner in der Zuckerpflanzung, vor allem aber konnten wir hoffen, in der Umgebung Ihrer Majestät zu irgendeinem reich dotierten Vertrauensposten zu gelangen. Das war durchaus keine phantastische Erwartung. Im Gefolge vieler polynesischer Fürsten findet man weiße Umherstreicher als vornehme Staatspensionäre, die sich im Tropenlicht des Hofes sonnen und das angenehmste Leben führen. Auf Inseln, die von Fremden nur selten besucht werden, pflegt der erste Seemann, der sich dort niederläßt, in den Haushalt des obersten Häuptlings oder Königs aufgenommen zu werden, wo er die verschiedensten Ämter bekleidet. Als Hofhistoriograph gibt er den Eingeborenen Kunde von fernen Ländern; als Kommissar für Kunst und Wissenschaften lehrt er sie den Gebrauch des Klappmessers, und wie man alte Eisenhaken in Speerspitzen umarbeitet, als Dolmetscher Seiner Majestät vermittelt er den Verkehr mit Fremden; außerdem erteilt er allgemeinen Sprachunterricht, lehrt die Leute englisch sprechen und fluchen, vorzugsweise das letztere. Diese Leute machen gewöhnlich gute Partien, oft heiraten sie, wie Hardy auf Hannamenu, Damen der königlichen Familie. Sehr häufig findet man sie in der Stellung erster Kammerherren. Auf Amboi, einer der Tonga-Inseln, ist ein Landstreicher aus Wales Mundschenk Seiner Kannibalischen Majestät. Er mischt ihm seinen Morgentrank aus Awa und reicht ihn dem Herrscher kniend in einer schön geschnitzten Kokosnußschale. Auf einer anderen Insel der gleichen Gruppe, wo es Sitte ist, das Haar zu einem mächtigen und schwierigen tiaragleichen Aufbau zu frisieren, ist ein alter Marinesoldat königlicher Barbier. Da Seine Majestät nicht sehr reinlich ist, so ist sein Schopf reich bevölkert; und wenn John nicht mit der Frisur beschäftigt ist, so ist es seine Aufgabe, seinen Herrn sachte zu kratzen; ein spitzes Stäbchen, das zu diesem Zweck dient, steckt beständig im Haar des Königs.

Selbst auf den Sandwich-Inseln sind eine Menge Ausländer niederster Herkunft um die Person Tammahammahas beschäftigt. Ein munterer kleiner Neger in einer fleckigen blauen Jacke, die über und über mit rostigen Schellenknöpfen und mit abgenutzten Goldlitzen besetzt ist, Billy Loon genannt, ist königlicher Trommler und Tamburinschläger. Ein Portugiese mit einem Holzbein – das echte verlor er auf der Walfischjagd –, spielt die Geige, und Mordechai, wie er sich nennt, ein höchst verdächtig aussehendes Individuum, unterhält den Hof mit Taschenspielerstückchen. Alle diese Müßiggänger bekommen kein festes Gehalt und sind auf die gelegentliche Freigebigkeit ihres Herrn angewiesen. Hie und da lassen sie in den Tanzhäusern von Honolulu eine Rechnung anstehen, die der erlauchte Tammahammaha III., wenn er höchstselbst diese Häuser besucht, für sie bezahlt. Vor einigen Jahren kam ein Auktionator hin und führte auf den Sandwich-Inseln die erste Versteigerung durch; der König bot begeistert mit und fand die Sache entzückend. Er ersuchte den Mann, bei ihm zu bleiben: er sollte gut versorgt werden. Aber der Auktionator wollte nicht, und so kam er um die Ehre, einen elfenbeinernen Hammer auf einem Samtkissen bei der nächsten Krönungsfeierlichkeit im Zuge tragen zu dürfen.

Wir dachten natürlich nicht an so niedrige Stellungen, sondern hofften, wenn wir der Königin von Taheiti nur vorgestellt wurden, irgendein weit ehrenvolleres Amt zu bekleiden und mit einer anständigen Versorgung in Brotfrucht und Kokosnüssen auf die Zivilliste gesetzt zu werden. Wir hatten gehört, daß die Königin, um den Ansprüchen der Franzosen besser widerstehen zu können, so viel Fremde als möglich um sich versammelte. Ihre Vorliebe für Engländer und Amerikaner war bekannt. Zeke hatte uns mitgeteilt, daß die Räte der Königin in Partuwei ernstlich an einen Angriff auf die Eindringlinge dachten. In diesem Fall rechnete der Doktor als Militärarzt und ich mindestens als Leutnant unterzukommen. Aber wenn wir auch nach Hohem strebten, so ließen wir doch auch geringere Aussichten nicht unbeachtet. Der Doktor hatte mir gesagt, daß er vortrefflich die Geige spiele. Ich riet ihm daher dringend, gleich nach unserer Ankunft in Partuwei sich irgendwo eine Violine zu leihen und, wenn das nicht ging, selbst irgendein derartiges Instrument zu konstruieren und dann um eine Audienz bei der Königin zu bitten. Ihre wohlbekannte Leidenschaft für Musik mußte ihm zugute kommen. »Und wer weiß«, sagte mein witziger Freund, indem er den Kopf zurückwarf und mit dem einen Arm über dem anderen bereits die Bewegung des Fiedelns machend, »ob ich mich nicht in die Gunst Ihrer Majestät hineingeige und eine Art Rizzio der taheitischen Fürstin werde?«

Nur die unrühmliche Art, in der wir Tameh vorzeitig hatten verlassen müssen, ließ den Doktor und mich nicht mit vollem Vertrauen in die Zukunft blicken. Unter Zekes Schutz waren wir vor jeder ungehörigen Einmischung der Eingeborenen sicher. Aber auf einsamen Wanderwegen liefen wir stets Gefahr, als Ausreißer aufgegriffen und nach Taheiti zurückgeschickt zu werden. Die Belohnungen, die immer wieder auf das Ergreifen von Schiffsdeserteuren ausgesetzt werden, machen den Eingeborenen jeden Fremden verdächtig.

Wir hätten daher gerne einen Paß gehabt; aber derartige Papiere waren auf Imio noch vollkommen unbekannt. Da meinte das lange Gespenst, wir könnten von dem Yankee, der auf der ganzen Insel wohlbekannt und geachtet war, ein Papier bekommen, in dem er bestätigte, daß wir in seinen Diensten gestanden hatten und weder Räuber noch Deserteure waren. Auch wenn es in englischer Sprache geschrieben wurde, genügte es für unseren Zweck; denn die unwissenden Eingeborenen haben vor jedem Schriftstück die größte Ehrfurcht und wagten sicherlich nicht, uns zu belästigen, solange sie den Inhalt nicht genau kannten. Im schlimmsten Fall konnten wir uns an den nächsten Missionar wenden und ihn bitten, den Paß zu verlesen. Zeke fühlte sich sehr geschmeichelt, da wir von seinem Ruf eine so hohe Meinung hatten; der Doktor wollte ihm das Schreiben aufsetzen; aber er erklärte, es selbst verfassen zu wollen. Mit einer Hahnenfeder, einem fleckigen Papierbogen und einem mutigen Herzen ging er ans Werk. Er war an schriftliche Aufsätze nicht sehr gewöhnt, und die Geburt war eine schwierige. Aber schließlich kam das merkwürdige Dokument zustande. Es wurde nicht datiert, denn »in dem verdammten Klima hier«, sagte Zeke, »kann man sich unmöglich die Monate merken; Jahreszeiten gibt's nicht, keinen Sommer und keinen Winter, und so denkt man immer, es ist Juli, weil's so verteufelt heiß ist.«

Einen Paß hatten wir nun und überlegten, wie wir am besten nach Telu kommen konnten. Die Insel Imio ist beinahe überall von einem regelrechten Wellenbrecher aus Korallen umgeben, der nicht ganz eine Meile vom Strande liegt. Der glatte Kanal innerhalb des Riffs bietet die beste Verkehrsstraße, um so mehr als alle Niederlassungen mit Ausnahme Tamehs an der See liegen. Die Einwohner sind so träge, daß sie lieber dreißig Meilen um die Insel fahren als eine Viertelstunde über Land zum nächsten Ort gehen. Allerdings hat auch die Furcht vor den wilden Rindern damit zu tun.

Wir wären ganz gerne gleichfalls in einem Kanu gefahren, aber wir konnten keines bekommen. Erstens hatten wir kein Geld, die Miete zu bezahlen; zweitens hätte der Eigentümer es selbst wieder holen und den ganzen Weg am Strande zu Fuß machen müssen. Dazu hatte niemand Lust, und so mußten wir zu Fuß gehen; allerdings hofften wir unterwegs bald ein Kanu zu sehen, das in gleicher Richtung fuhr und uns aufnehmen würde. Die Pflanzer sagten uns, daß es keinen angelegten Weg gäbe und wir nur immer dem Strand folgen und keinen noch so verlockenden Pfad ins Land hinein einschlagen sollten. Kurz, der längste Weg nach Telu war der nächste. Wir konnten gewiß sein, kleine Ortschaften und hie und da einsame Fischerhütten am Strande zu finden, in denen wir reichlich Essen erhalten könnten und niemand Bezahlung fordern würde; Vorräte brauchten wir also nicht mitzunehmen.

Am nächsten Morgen vor Sonnenaufgang wollten wir aufbrechen und die kühlste Tageszeit zur Wanderung benutzen; wir sagten daher unseren freundlichen Wirten schon jetzt Lebewohl, gingen an den Strand hinab, schoben unser schwimmendes Bett ins Wasser und schliefen vergnügt bis zur Morgendämmerung.

62.

Am vierten Tage des ersten Monats der Hegira oder der Flucht aus Tameh – denn dies war von nun an unsere Zeitrechnung – standen wir
frisch und früh auf und hatten das Tal von Martehr hinter uns, noch
ehe selbst die Fischer sich rührten. Der Morgen dämmerte eben am
unteren Rande einer Schicht purpurfarbener Wolken, aus denen die
dunstigen Bergspitzen von Taheiti ragten. Der tropische Tag schien zu
matt, sich zu erheben. Von Zeit zu Zeit färbte er die Wolkenränder grau
und rot, aber dieses zarte Licht schwand wieder, und alles lag im Trüben
wie vorher. Endlich streute er dünne blasse Strahlen aus, die heller und
heller wurden, bis zuletzt der goldene Morgen wie mit einem mächtigen
Entschluß aus dem Osten aufsprang und seine leuchtenden Strahlen
immer höher und höher nach allen Seiten über den Himmel sendete.
Ein schwacher Luftzug kam, mit allen Düften aus den Hainen Taheitis
beladen und von seinem Weg über die Wasser gekühlt, herüber; zu unseren Füßen lag der feuchte, weiche Strand, von dem die Wellen sich
eben zurückgezogen hatten. Der Doktor war in seiner besten Laune; er
legte seine Rura ab und stieg um sich spritzend ins Meer, schwamm ein
paar Schritte, watete wieder zum Ufer zurück und hüpfte, tanzte und
sprang den Weg entlang.

Was ist selbst die gepriesene Unabhängigkeit, die man im Sattel fühlt,
gegen die erste Morgenfreude fröhlicher Fußgänger!?

Leichtherzig und sorgenfrei zogen wir unseres Weges. Wie wundervoll
sind die Tropen für jeden Landstreicher, wie wir es waren, und für
geldlose Leute überhaupt! In diesen üppigen Gebieten werden alle Be-
dürfnisse von selbst geringer, und die übrigen sind so leicht befriedigt:
auf ein Dach, auf Brennholz und, wenn es sein muß, auch auf Kleidung
kann man leicht und vollständig verzichten. Wie schlimm ist es dagegen
in unseren harten nördlichen Breiten! Das Los eines armen Teufels
zwanzig Grad nördlich vom Wendekreis des Krebses ist beklagenswert.

Aber der Strand wurde immer enger, und zuletzt reichte das Dickicht
beinahe bis ans Meer. An Stelle des glatten Sandes war der Boden mit
scharfem Korallenbruch bedeckt, der das Gehen höchst unangenehm
machte. »Herrgott! mein Fuß!« brüllte der Doktor, und er holte das
verletzte Glied, wie von einem elektrischen Schlag getroffen, behufs genauerer Untersuchung in die Höhe. Ein scharfer Splitter war ihm durch

ein Loch im Stiefel ins Fleisch gedrungen. Meine Sandalen waren noch schlimmer; sie behielten gleichsam ein Tiefdruckbild von jedem Gegenstand, auf den ich trat.

Als der Strand eine scharfe Krümmung machte, kamen wir wieder auf offenen Grund. In der Ferne auf einem Hügel, dessen Abhang ins Wasser führte, stand ein Fischerhaus. Als wir näher kamen, sahen wir, daß es eben erst und höchst einfach gebaut war; die Bambusstäbe waren noch grün wie Gras und das Blätterdach neu und duftend wie frisch gemähtes Heu. An drei Seiten stand die Hütte offen; wir konnten also bequem hineinsehen. Niemand rührte sich darin, und wir sahen auch nichts als eine plumpe, alte Truhe, wie die Eingeborenen sie herstellen, ein paar Kalebassen und Tappabündel, die von einem Pfahl hingen, und in einer dunkeln Ecke einen Haufen, der noch nicht deutlich erkennbar war. Erst bei genauerer Untersuchung erwies er sich als ein liebevolles, altes Paar, das Arm in Arm, in einen Tappamantel eingerollt, schlief.

»Hallo! Philemon!« rief der Doktor, indem er den, der einen Bart trug, schüttelte. Aber Philemon hörte ihn nicht; dagegen fuhr Baucis, ein verrunzeltes, altes Geschöpf, in Schrecken auf und begann laut zu schreien. Da keiner von uns sie zu knebeln versuchte, beruhigte sie sich, und nachdem sie uns lange angestarrt und ein paar unverständliche Fragen gestellt hatte, versuchte sie ihren noch immer schlummernden Gatten zu wecken. Aber er war nicht zu wecken. Alles Knuffen, und Kneifen sowie alle Liebesworte der treuen Gattin waren vergeblich; er lag auf dem Rücken wie ein Klotz und schnarchte wie ein Kavallerietrompeter.

»Na, meine gute Frau«, sagte das lange Gespenst, »laßt mich einmal versuchen.« Damit faßte er den Schläfer an der Nase, zog ihn daran empor in sitzende Haltung und hielt ihn fest, bis er die Augen öffnete. Philemon sah verblüfft um sich, dann sprang er auf, zog sich in eine Ecke zurück und betrachtete uns ernst und ehrerbietig. »Gestatten Sie, mein lieber Philemon, daß ich Ihnen meinen hochgeschätzten Freund und Kameraden Paul vorstelle«, sagte der Doktor, mich mit höchster Eleganz und Grazie heranführend. Allmählich kam Philemon zu sich, und zu unserer Überraschung redete er sogar ein wenig englisch. Soweit wir ihn verstehen konnten, wollte er sagen, daß er bereits wisse, daß zwei »Karhauris« sich in der Nachbarschaft befänden, daß er sich freue, uns zu sehen, und uns sogleich etwas zu essen bereiten werde. Er war früher in Papiti gewesen, wo die Sprache der Eingeborenen überall mit den beliebtesten Seemannsausdrücken verbrämt ist, schien auch sehr stolz darauf zu sein und teilte es uns sogleich mit, wie ein Provinzler einem überall zu verstehen gibt, daß er seinerzeit in der Hauptstadt gewohnt hat. Er redete uns zuviel, so daß wir ihm scharf bedeuteten, er möge zunächst das Frühstück machen; dann wollten wir seine Geschichten hören. Höchst amüsant war es zu beobachten, wie liebevoll die beiden alten Halbwilden miteinander umgingen, während sie sich mit den Kalebassen beschäftigten. Offenbar sagten sie in ihrer Sprache beständig »ja, mein Lieb« und »nein, mein Leben«, wie es junge Paare tun.

Sie gaben uns auch ein ordentliches Essen und versicherten uns, als wir es lobten, immer wieder, daß sie nichts dafür verlangten; ja mehr, wir sollten nur bleiben, solange wir wollten, und solange wir blieben, wäre ihr Haus und alles, was sie hätten, nicht ihr Eigentum, sondern das unsere; sie selbst wären unsere Sklaven, und die alte Dame in einem Maße, das uns völlig überflüssig schien. Das ist taheitische Gastlichkeit. In Polynesien ist die Gastfreundschaft höchstes Gebot. Ein Eingeborener von Waierar, dem westlichen Teil Taheitis, kommt auf der Reise nach Partuwei, dem östlichsten Dorf von Imio: er ist dort völlig fremd, aber an allen Haustüren rufen die Bewohner ihm zu, bitten ihn, einzutreten und ihr Haus als das seine anzusehen. Der Reisende geht ruhig weiter, prüft jedes Haus, bis er vor einem stehenbleibt, das ihm gefällt, und mit den Worten »Ah, ina mehteh« (»dies scheint gut«) tritt er ein, wirft sich auf die Matten und bittet um eine junge Kokosnuß und um ein Stück gerösteter Brotfrucht, aber dünn geschnitten und gut gebräunt.

Wenn es sich aber dann später zeigt, daß dieser Fremde kein eigenes Haus hat, dann kann er nachher um einen Unterstand betteln gehen. Nur bei den »Karhauris«, den Weißen, wird eine Ausnahme gemacht. Es ist also genau, wie in den zivilisierten Ländern, wo diejenigen, die selbst Häuser und Landgüter haben, mit Einladungen überschüttet werden, während mancher andere anständige Mensch, der einen fadenscheinigen Rock trägt und dem die Einladung wirklich willkommen und wertvoll wäre, lange darum bitten kann. Zur Ehre der alten Taheitier muß ich sagen, daß diese Einschränkung ihrer Gastfreundschaft, wie Kapitän Bob mir sagte, in alten Zeiten unbekannt war und erst mit der neuen Verderbnis aufkam.

Es gilt in Polynesien für einen »Treffer«, wenn es einem Manne gelingt, in eine Familie zu heiraten, mit der der bessere Teil der Gemeinde verwandt ist (bei uns in Europa gibt es das natürlich nicht), denn dann stehen ihm, wenn er auf Reisen geht, um so mehr Häuser offen und um so vollkommener zur Verfügung.

Schließlich verabschiedeten wir uns von Philemon und Baucis, die uns mit ihrem väterlichen Segen entließen, und beschlossen, an der nächsten Stelle, die uns gefiel, wieder zu verweilen. Wir brauchten nicht lange zu suchen. Nach einer angenehmen Wanderung über den muschelbedeckten Strand kamen wir an weite Wiesen, die sich zum Wasser senkten; das Ufer war schilfbewachsen, auf den Wiesen standen Baumgruppen. In einer kleinen, korallenummauerten Bucht schaukelte eine Flotte von Kanus. Wenige Schritte davon entfernt, standen auf einer natürlichen Terrasse mehrere Eingeborenenhäuser mit neuen Dächern, die wie Sommerlauben durch die Blätter glänzten. Näherkommend, hörten wir ein Stimmengewirr, und jetzt erschienen drei fröhliche Mädchen, die von Lebenslust, Gesundheit und Jugend strahlten und voll heiteren Mutwillens waren. Die eine trug ein flatterndes Kattunkleid; ihr langes, schwarzes Haar hing in zwei prachtvollen Flechten, die an den Enden verschlungen und mit grünen Ranken umwunden waren. Aus ihrem freien und selbstbewußten Auftreten schloß ich, daß sie eine junge Dame aus Papiti sein mußte, die bei Verwandten auf dem Lande zu Besuch war. Ihre Begleiterinnen trugen nur winzige Baumwollröckchen und das Haar aufgelöst, und obschon auch sie sehr hübsch waren, waren sie doch zurückhaltend und verlegen, wie es Provinzlerinnen zu sein pflegen. Die zuerst genannte kleine Zigeunerin kam sehr herzlich auf mich zu, begrüßte mich auf taheitische Art und überschüttete mich derart mit Fragen, daß ich nichts davon verstand und noch weniger antworten konnte. Aber soviel war klar, daß wir in Luhulu, wie sie den Ort nannte, herzlich willkommen waren. Der Doktor bot jeder der beiden anderen jungen Damen galant den Arm; sie verstanden diese Höflichkeit zwar nicht, hielten es aber zuletzt für einen scherzhaften Einfall und nahmen es an. Die drei Fräulein stellten sich uns sogleich vor: mein Kamerad führte Farnowar, die Taggeborene, und Farnupu, die Nachtgeborene. Die mit den langen Flechten hieß Marhar-Rarar, die Wachsame oder die Helläugige.

Inzwischen erschienen auch die übrigen Hausbewohner, ein paar alte Männer und Frauen und mehrere stämmige junge Burschen, die sich die Augen rieben und gähnten. Alle drängten sich um uns und fragten, woher wir kämen. Als sie hörten, daß wir mit Zeke bekannt waren, zeigten sie sich hocherfreut; einer erkannte sogar die Stiefel, die der

Doktor trug. »Kiki (Zeke) mehte«, riefen sie, »nui nui hanna poterto« (macht viele Kartoffeln).

Es gab nun einen kleinen freundlichen Streit, wer die Ehre haben sollte, uns zu bewirten. Endlich nahm ein hochgewachsener alter Herr namens Marharweh, mit kahlem Kopf und weißem Bart, uns bei der Hand und führte uns in sein Haus. Drinnen wies Marharweh mit seinem Stab auf seine ganze Habe und versicherte uns so oft, daß sein Haus das unsere sei, daß der Doktor zuletzt vorschlug, er möchte die Sache gleich notariell machen.

Es war gegen Mittag, und nach einem leichten Frühstück von gerösteter Brotfrucht, einigen Zügen aus der Pfeife und fröhlichem Geplauder mahnte unser Wirt an die Siesta. Wir folgten dem Rat, und alles legte sich schlafen.

63.

Mitten am fröhlichen milden Nachmittag wurden wir zum Essen im Grünen unter einem offenen Schutzdach von Palmenzweigen gerufen, das mit seinem Rande so weit herabreichte, daß wir uns bücken mußten, um darunter zu treten. Der Boden war mit wohlriechenden Farnkräutern, Nehi genannt, bestreut; sie waren frisch gepflückt und verbreiteten, wenn man sie mit dem Fuß bewegte, den süßesten Duft. Auf der einen Seite lagen gelbe Matten mit eingewebten hellroten Rindenstreifen. Hier saßen wir auf türkische Art und sahen über das grüne Ufer auf das weite, blaue, stille Meer hinaus. Wir waren nun so weit um die Insel herumgekommen, daß Taheiti nicht mehr zu sehen war.

Über die Farnkräuter waren mehrere Lagen dicker breiter Purublätter gelegt und über sie neugepflückte Bananenblätter, jedes mindestens vier Fuß lang und sehr breit, ohne die Stiele, so daß sie völlig flach lagen. Dieses grüne Tischtuch war in folgender Weise gedeckt: als Teller dienten Purublätter; neben jedem stand eine einfache Kokosnußschale, die zur Hälfte mit Meerwasser gefüllt war, und ein taheitisches Brötchen, nämlich eine braungeröstete kleine Brotfrucht. Eine ungeheure Kalebasse in der Mitte war mit zahllosen kleinen Päckchen aus feuchten dampfenden Blättern hoch angefüllt, und jedes Blatt enthielt einen kleinen in der Erde gebackenen Fisch. Neben dieser Pyramide stand auf jeder Seite noch eine schöne Kalebasse, die eine bis an den Rand mit goldfarbenem

»Pol«, einem Pudding aus rotem Bergwegerich, gefüllt, die andere mit Kuchen aus indischer Rübe, die in einem Mörser zerrieben, mit Kokosmilch vermischt, zu einem Teig geknetet und dann gebacken wird. Zwischen den drei Schüsseln lagen junge, geschälte Kokosnüsse aufgeschichtet, die oben geöffnet waren, so daß jede einen vollen Trinkbecher darstellte.

In einer Ecke war eine Art Seitentisch gebreitet, auf dem in ihrem hellen Kleide die fettesten Bananen lagen, außerdem rote, reife »Ewis« oder »Guavas«, deren purpurnes Fleisch durch die durchsichtige Schale leuchtete, dann Orangen, die zum Teil braun wie Beeren waren, und große stattliche Melonen; ein wunderbarer Haufen, alle Früchte frisch, rötlich reif und rund, vom überquellenden Reichtum des tropischen Bodens zeugend, der all diese Herrlichkeiten trug!

»Welch ein Land der Gärten!« rief der Doktor entzückt und damit kostete er rasch von einer Frucht, die temperamentvolle Herren wie er besonders lieben, nämlich von den reifen, roten Lippen Fräulein Taggeborens, die dastand und zusah.

Marbarweh wies seinen Gästen Plätze an und das Mahl begann. Ich fühlte mich verpflichtet, ihm irgendwie unsere Anerkennung auszusprechen; ich stand daher auf und hob den Kokosnußbecher mit Pflanzenwein ihm entgegen, wobei ich den üblichen Gruß sprach: »Eir Ehren, boyoih.« Er begriff, daß ich ihm eine Höflichkeit nach der Sitte der Weißen erweisen wollte, und mit einem Lächeln und einer höflichen Handbewegung bat er mich, Platz zu nehmen. Kein Volk kann die Leute von Imio an unbefangenem und vornehm-anmutigem Benehmen übertreffen.

Den Doktor, der neben ihm saß, nahm unser Wirt in seinen besonderen Schutz. Er legte eines der Fischpäckchen vor ihn, öffnete es und empfahl ihm den Inhalt ganz besonders. Aber mein Gefährte gehörte zu denen, die für sich zu sorgen wissen. Er aß unzählige »Pihih Li Lis« (kleine Fische), aß seine Brotfrucht und die seines Nebenmannes und bediente sich rechts und links mit all der Sicherheit eines erfahrenen Tischgastes. »Paul«, sagte er schließlich, »du kommst ja nicht vorwärts; warum versuchst du die Pfeffersoße nicht?« Und damit tauchte er einen Bissen in die Nußschale mit Seewasser. Ich folgte seinem Beispiel und fand es bitter, aber wohlschmeckend; es ersetzte das Salz. Auf Imio wird das Seewasser stets in dieser Weise verwendet.

Die Fische waren köstlich; bei dem Backen in der Erde geht kein Saft verloren, und sie werden ungewöhnlich mild und zart. Der Wegerichpudding war fast zuviel, die Kuchen aus indischer Rübe ganz wohlschmeckend und die geröstete Brotfrucht knusprig wie frische Brötchen.

Während des Mahles ging ein eingeborener Bursche mit einem langen Bambusstab rund um die Tafel und klopfte von Zeit zu Zeit vor jedem Gast mit dem Stab auf das Tischtuch, wobei eine helle Masse aus der Höhlung fiel, die »Launih« genannt wurde und etwa wie weißer Käse schmeckte. Sie wird folgendermaßen bereitet: das geröstete Fleisch reifer Kokosnüsse wird mit Kokosmilch und Salzwasser angefeuchtet und unter Verschluß gehalten, bis es in Gärung übergegangen ist.

Während der Mahlzeit wurde lebhaft geplaudert, und an Gesprächigkeit waren uns die Eingeborenen weit überlegen. Die jungen Damen plauderten lebhaft mit und trugen zur allgemeinen Heiterkeit bei. Als der Doktor sich schließlich völlig befriedigt zurücklehnte, sprangen sie auf und bewarfen ihn mit Orangen und Guavas. Mit diesem Spiel endete das Mahl.

Durch hundert launige und seltsame Einfälle machte sich mein langer Freund bei den Leuten beliebt; sie gaben ihm einen langen und komischen Beinamen, der zugleich auf seine Größe und die Rura anspielte, denn dieses Kleidungsstück erregte die Aufmerksamkeit jeder Person, der wir begegneten. Die Leute von Taheiti haben eine Leidenschaft für Spitznamen. An wem sie nur die geringste Eigentümlichkeit entdecken, der erhält einen solchen. Der Kapitän eines Kriegsschiffs, der besonders wichtig und großartig auftrat, mußte, als er Taheiti zum zweitenmal besuchte, entdecken, daß die Eingeborenen ihn nicht sehr ehrerbietig »Puddingkopf« nannten. Davor schützt kein Rang. Der erste Gatte der regierenden Königin war in Hofkreisen als der »Topfbauch« bekannt. Er trug, wie seinerzeit König Georg IV., den größten Teil seines Körpers vor sich her. Sogar »Pomari« selbst, der Name des königlichen Hauses, war ursprünglich nur ein Spitzname und bedeutet wörtlich »einen, der durch die Nase spricht«. Der erste Monarch des Namens hatte sich auf einem Kriegszug, als er in den Bergen übernachten mußte, einen Schnupfen geholt, und ein witziger Höfling hatte ihm sogleich diesen Namen beigelegt.

Wie unendlich verschieden vom beweglichen Polynesier ist darin, wie in allem und jedem, der ernste und würdevolle nordamerikanische Indianer! Während in der Südsee die Namen stets nach irgendeiner humoristischen oder schimpflichen Eigenheit gegeben werden, bringt der rote Mann seine stolze Würde und seine kriegerischen Eigenschaften in ihnen zum Ausdruck; ein aristokratisches und kriegerisches Pathos ist ihm eigen, das sich in Namen wie »Weißer Adler«, »Junge Eiche«, »Feuerauge«, »Gespannter Bogen« verrät.

64.

Während der Doktor und die Eingeborenen ihr Verdauungsschläfchen hielten, sah ich mir die Landschaft an, die so herrliche Früchte spendete. Zu meiner Überraschung fand ich einen stattlichen Streifen Landes in der Nähe, der auf der Seeseite durch einen Hain von Kokospalmen und Brotfruchtbäumen geschützt war, trefflich angebaut. Süße Kartoffeln, indische Rübe und Yams, Melonen, auch Ananas und andere Früchte wuchsen dort. Sehr schön war eine sorgfältig gehaltene Pflanzung junger Brotfrucht- und Kokosnußbäume: hier schien der sorglose Polynesier einmal an seine Nachkommen zu denken. Aber dies war auch der einzige Fall, in dem ich bei einem Eingeborenen ein wirtschaftliches Verhalten beobachten konnte. Sonst fiel mir bei allen Wanderungen über Taheiti und Imio nur auf, wie spärlich die Fruchtbäume waren, die in Überzahl vorhanden sein könnten. Ganze Täler von unerschöpflicher Fruchtbarkeit, wie in Martehr, bleiben sich selbst und dem wilden Pflanzenwuchs überlassen. Schwemmland am Seeufer, das die Gießbäche von den Bergen bewässern, ist mit wilden, Guavabüschen überwachsen, die die Fremden eingeführt hab und die sich mit so verhängnisvoller Schnelligkeit ausbreiten, daß sie demnächst die ganze Insel bedecken werden. Selbst baumloses Land, das mit sehr geringer Mühe in Obstgärten verwandelt werden könnte, liegt vernachlässigt. Wenn ich an diesen unvergleichlichen Boden und das herrliche Klima dachte, dann erschienen mir die Eingeborenen in der Umgegend von Papiti unbegreiflich, die zum Teil Hunger leiden, aber die Gärten ringsumher wüst liegen lassen. Auf anderen ebenso fruchtbaren Inseln, auf denen die Eingeborenen noch im Urzustand leben, habe ich dies nie gefunden. Diese Lässigkeit ist um so erstaunlicher, als auch die Leute von Taheiti und Imio ihre Fruchtbäume hochschätzen. Sie kennen ihre Schönheit, all ihren Nutzen, die Leichtigkeit der Aufzucht, und trotzdem geschieht nichts. Die Kokospalme ist für den Polynesier der wahrhaftige Baum des Lebens; ihr mannigfacher Nutzen übertrifft selbst den des Brotfruchtbaums. Schon ihr Anblick ist herrlich. Neben ihren stolzen, hohen, graden Stämmen erscheinen die anderen Bäume wie geringere Geschöpfe. Jahr um Jahr ruht der Inselbewohner unter ihrem Schatten; ihre Früchte geben ihm Speise und Trank; mit ihren Zweigen deckt er seine Hütte und flicht aus ihnen die Körbe, in denen er seine Nahrung heimträgt; mit einem Fächer, der aus ihren jungen Blättern geflochten ist, verschafft er sich Kühlung, und ein Hut aus ihren Blättern schützt sein Haupt vor den Sonnenstrahlen; aus dem Faserstoff, der die Stiele an ihrer Basis umhüllt, macht er bisweilen Kleider; die einzelnen elastischen Fasern, an denen man Lambertsnüsse aufreiht, werden als Dochte benützt; die größeren Fruchtschalen dienen, ausgefeilt und geglättet, als Trinkbecher, die kleineren als Pfeifenköpfe; die getrocknete, zottige äußere Schale gibt Brennstoff; aus den Fasern dreht er Angelschnüre und Seile; mit einem Balsam, der aus dem Saft der Nuß gewonnen wird, heilt er seine Wunden; mit dem Öl, das aus dem Fruchtfleisch gepreßt wird, balsamiert er seine Toten ein.

Aus dem Stamm sägt er Pfähle, die sein Haus stützen; zu Kohle gebrannt, dient es ihm zum Kochen seiner Nahrung; mit einem Zaun aus Palmholzbohlen über einer Stütze von Steinblöcken hegt er sein Grundstück ein. Mit einem Paddelruder aus ihrem Holze treibt er sein Kanu durchs Wasser; die Keulen und Speere, mit denen er in die Schlacht zieht, sind gleichfalls daraus geschnitzt.

Als Taheiti noch heidnisch war, war ein Kokoszweig das Symbol der königlichen Würde. Palmenzweige, auf das Opfer im Tempel gelegt, heiligten es; mit ihnen trieben die Priester die bösen Geister aus. Das Abbild Oros, des großen Gottes ihrer Sagen, wurde stets in Kokosholz geschnitzt. Auf einer der Tongainseln steht ein Baum, der selbst als Gottheit verehrt wird. Auf den Sandwich-Inseln will man ihn zum nationalen Abzeichen machen.

Um die Kokospalme zu pflanzen, braucht man nur einen geeigneten Platz zu suchen, eine vollausgereifte Nuß in den Boden zu stecken und sich selbst zu überlassen. Nach wenigen Tagen drängt sich ein dünner lanzettförmiger Schößling durch eine winzige Öffnung in der Schale, durchbohrt die zottige Hülle und entfaltet drei blaßgrüne Blätter; nach unten treibt das weiche, weiße, schwammige Fleisch, das die Nuß jetzt vollkommen ausfüllt, ein paar Wurzelfasern; die natürlichen Pfropfen, die zwei Löcher an der entgegengesetzten Seite verschließen, werden ausgestoßen, die Fasern dringen hinaus und wachsen senkrecht in die

Erde. Ein oder zwei Tage später, und die Schale, die zur Zeit der Keimreife so hart ist, daß man ihr mit einem Messer kaum beikommen kann,
wird von der inneren Kraft gesprengt, und die kräftige junge Pflanze
wächst empor; sie bedarf keiner Pflege, keines Pfropfens und reift schnell.
Nach vier oder fünf Jahren trägt der Baum Frucht; in zehn Jahren hat
er seine Höhe erreicht, wird in den folgenden immer stärker und hält
sich beinahe ein Jahrhundert. Während dieser ganzen Zeit trägt er
Früchte. Man kann oft an einem Baum zweihundert Nüsse zugleich
zählen und daneben ungezählte weiße Blüten, die wieder zu Nüssen
werden; und wenn auch ein ganzes Jahr nötig ist, ehe eine Nuß die
Keimreife erreicht, so findet man doch nicht zwei Nüsse gleichzeitig am
Stamm im selben Reifestadium. Mit Recht sagte ein Reisender, daß der
Mann, der nichts weiter tut, der nur eine reife Kokosnuß in die Erde
steckt, mehr für sich und seine Nachkommen leistet, als mancher durch
seine Lebensarbeit in einem minder glücklichen Klima erreicht.

Am herrlichsten gedeiht der Baum dicht am Seeufer, wenn das Wasser
bis an die Wurzeln spült. Das ist natürlich nur auf den Inseln möglich,
die von einem Riff eingekreist sind, so daß die Brandung nicht an den
Strand schlagen kann. Im Innern des Landes gedeiht er nicht so gut,
obwohl er in jedem Boden Früchte trägt.

Auffällig ist, daß, wenn man das grüne Laubbüschel an der Spitze des
Baumes abschneidet oder zerstört, er augenblicklich abstirbt; der Stamm,
dessen Rinde so hart ist, daß eine Gewehrkugel sie kaum zu durchdringen
vermag, verwittert und zerfällt in kurzer Zeit zu Staub. Vielleicht kommt
das daher, daß der Stamm aus lauter dünnen, hohlen Fasern besteht,
die hart und dicht aneinanderliegend von der Wurzel zum Gipfel laufen,
so daß der Lebenssaft wie der Verfall sogleich den ganzen Stamm
durchdringen können.

Die schönste und einzige Kokospalmenpflanzung, die ich auf den Inseln sah, befindet sich am Südufer der Bucht von Papiti. Sie wurde vor
etwa einem halben Jahrhundert von dem ersten Pomari angelegt; der
Boden war dafür besonders geeignet, und heute bilden die Palmen einen
herrlichen Hain von etwa einer Meile Länge, durch den der Ginsterweg
führt. Keine andere Pflanze, kaum ein Busch ist zwischen den Bäumen
zu sehen. Ich wüßte keinen bezaubernderen Ort als diesen Hain in den
Mittagstunden. Hoch oben rauschen die grünen Bogen, durch die die
Sonnenstrahlen nur wie Funken dringen. Man glaubt durch unendliche
Pfeilerhallen zu wandeln; nach allen Richtungen schneiden sich die

stattlichen Schiffe und Gewölbe. Weit und breit herrscht das tiefste Schweigen; die Luft ist still und die Farben sind gedämpft und weich wie bei Sonnenuntergang. Nach der langen Windstille des Vormittags kommt der Seewind herein und die Kronen der tausend Bäume beginnen sich zu regen. Wenn die Brise stärker wird, hört man die Zweige aneinander schlagen und sieht die biegsamen Stämme schaukeln. Gegen Abend bewegt sich der ganze Hain hin und her und der Wanderer auf dem Ginsterweg hört von Zeit zu Zeit den Aufschlag der zur Erde fallenden Nüsse. Wie geworfene Bälle fliegen sie durch die Luft und springen oft viele Klafter weit über den Boden.

65.

Da wir die Gesellschaft in Luihulu sehr angenehm fanden, insbesondere die jungen Damen ganz umgänglich waren, und wir außerdem das herrliche Essen im Hause des alten Marharweh zu schätzen wußten, nahmen wir seine Einladung, noch ein paar Tage zu bleiben, gerne an. Dann, sagte er, konnten wir uns einem kleinen Ausflug in Kanus nach einem Platz, der ein oder zwei Meilen entfernt lag, anschließen. Die Eingeborenen sind selbst jeder Anstrengung so abgeneigt, daß sie wirklich glaubten, die Aussicht, ein paar Meilen Fußwegs zu ersparen, würde uns fraglos zum Bleiben bestimmen.

In den Häusern auf dem Hügel wohnte eine gemütliche Vetterngemeinde, deren Haupt unser Wirt war. Marharweh war ein kleiner Häuptling, dem das Land gehörte. Wie Kapitän Bob war er von der alten Schule und pflegte die Sitten der vergangenen Zeit und des Heidentums. Nirgends, außer in Tameh, fanden wir die Lebenshaltung der Eingeborenen weniger verdorben und verändert. Das taheitische Mahl nach alter Art, das uns am Tag unserer Ankunft gegeben wurde, entsprach dieser Lebensführung.

Wir verbrachten eine köstliche Zeit. Der Doktor ging seine Wege und ich die meinen; er wanderte mit einer hübschen Gefährtin ins Land hinein, angeblich, um zu botanisieren, während ich mich meistens im Wasser aufhielt und manchmal die Mädchen in einem Kanu mit mir nahm. Oft gingen wir fischen, aber nicht mit stumpfsinnigen Angeln, sondern wir sprangen einfach ins Wasser und jagten unsere Beute, den Speer in der Hand, über die Korallenfelsen. Das ist ein herrlicher Sport.

Die Leute von Imio fangen die Fische stets in dieser Weise. Die seichte Lagune zwischen Riff und Ufer und bei der Ebbe das Riff selbst eignen sich besonders dafür. Fast zu jeder Tageszeit, die der Mittagsruhe ausgenommen, kann man Fischjäger an der Arbeit sehen; mit lautem Hallo, die Speere schwingend, sieht man sie nach allen Richtungen durch das aufspritzende Wasser eilen. Bisweilen kann man einen einsamen Eingeborenen weit draußen auf einer Sandbank waten sehen, scharf ausblickend, mit gesenktem Speer. Aber am schönsten ist es bei Fackellicht auf dem großen Riff. Die Fackel ist nichts weiter als ein gut zusammengeschnürtes Bündel von trockenem Rohr, der Speer eine lange leichte Stange mit eiserner Spitze, die auf der einen Seite einen Widerhaken bildet. Nie werde ich die Nacht vergessen, in der der alte Marharweh und wir anderen zum Riff paddelten und bei Mitternacht unter lodernden Fackeln auf die Korallenbänke sprangen. Wir waren mehr als eine Meile vom Land entfernt. Das finstere Meer, das von draußen an die Felsen donnerte, spritzte den Schaum in unsere Gesichter und drohte die Fackeln zu verlöschen; soweit das Auge reichte, sahen wir zwischen dem dunkeln Himmel und dem Wasser einen weißen Streifen wolkigen Schaumes, der den Lauf der Korallenwand verriet. Die wilden Fischer sprangen, ihre Waffen schwingend, brüllend und schreiend wie Dämone, um die Fische aufzuscheuchen, von Bank zu Bank und schleuderten ihre Speere oft mitten in die Brandung.

Fische speeren war nicht der einzige Sport in Luhulu. Dicht am Ufer stand ein mächtiger alter Kokosnußbaum, dessen Wurzeln von den Wellen so ausgewaschen waren, daß der Stamm sich weit hinaus übers Wasser beugte. Von seiner Spitze hing ein kräftiges Rindenseil, dessen Ende etwa acht bis zehn Schritte vom Ufer das Wasser berührte. Das war eine taheitische Schaukel. Ein eingeborener Junge faßt das Seil, schwingt sich erst gemächlich hin und her, bis er plötzlich wie eine Rakete in die Luft steigt, daß er fünfzig und sechzig Fuß hoch über dem Wasser schwebt. Ich hatte nicht das Herz dazu; daher schickte ich einen Jungen hinauf, der eine zweite Schnur oben befestigte, und brachte unten einen bequemen Korb aus grünen Zweigen an, in dem ich mich mit einigen guten Freundinnen stundenlang über Land und Meer schaukelte.

<h1 style="text-align:center">66.</h1>

Hell war der Morgen und noch heller das Lächeln der jungen Damen, die uns begleiteten, als wir uns in einer Art Familienkanu – so weit und geräumig war es – einschifften und dem gastlichen Marharweh und seiner Gefolgschaft Lebewohl sagten. Sie blieben noch lange am Strande stehen und winkten, während wir davonruderten, und riefen »Eroha! Eroha!« (»Lebt wohl! Lebt wohl!«) solange wir in Hörweite waren. Auch uns machte der Abschied traurig, aber wir versuchten uns mit der Gesellschaft unserer Reisegenossen zu trösten. Von zwei alten Damen im Schiff, die kein Wort mit uns sprachen, ist nicht die Rede, noch von den alten Männern, die ruderten. Wohl aber von drei mutwilligen, dunkeläugigen, jungen Hexen, die sich's in der Gondel bequem machten. An erster Stelle Marhar-Rarar, die helläugige; weder sie noch die beiden Rangen, ihre Gespielinnen, hatten je daran gedacht, an der Fahrt teilzunehmen, bis der Doktor und ich die Absicht ausgesprochen hatten. Ihr Mitkommen war ein toller Streich, und alle drei waren ein paar mutwillige, nichtsnutzige Rangen, die uns ins Gesicht lachten, wenn wir sentimental wurden, und sich beständig über uns lustig machten. Irgend etwas an uns reizte sie unaufhörlich zum Lachen. Der Doktor, der dies seiner bemerkenswerten Erscheinung zuschrieb, vermehrte ihr Vergnügen, indem er den Hanswurst machte. Aber seine Schellenkappe klingelte immer zu einem bestimmten Leitmotiv, und während er den Hansnarren spielte, versuchte er in Wirklichkeit, Hans Liederlich zu sein. Bei uns zu Hause gilt es für vorteilhaft, in Uniform um Damengunst zu werben, bei den Polynesiern hat das bunte Gewand des Narren am meisten Erfolg.

Da sich eine frische Brise erhob, setzten wir unser Bastsegel und glitten zwischen dem weißen Riff und dem grünen Ufer so ruhig dahin, wie auf einem Fluß. Als wir um eine Landspitze bogen, begegneten wir einem anderen Kanu, in dem die Leute mit Macht in entgegengesetzter Richtung ruderten; wir wechselten Rufe, und ein langer Kerl am Bug tanzte wie verrückt umher. Sie schossen wie ein Pfeil vorüber, unsere Reisegenossen riefen vergeblich, daß sie anhalten sollten. Die Leute in unserem Boot sagten uns, es wäre ein königliches Postkanu, das eine Botschaft der Königin nach irgendeinem entfernten Teil der Insel trug.

Wir kamen nun an einigen schattigen Häuschen vorbei, die ganz einladend aussahen, und beschlossen, die Eintönigkeit der Seereise durch einen Spaziergang am Strande zu unterbrechen. Wir trieben unser Kanu durch die Büsche, wo ein verwitterter Palmbaum zum Teil im Wasser lag, und während die alten Leute im Schatten ein Schläfchen taten, führten wir die jungen Damen galant in den Hain, in dem Schlingpflanzen und kriechendes Buschwerk sich um die Stämme wanden.

Am frühen Nachmittag gelangten wir ans Ziel, nach dem die anderen fuhren, einem einsamen Hause, das von vier oder fünf alten Frauen bewohnt war, die, als wir eintraten, im Kreis auf den Matten saßen und aus einer gesprungenen Kalebasse Poï aßen. Sie schienen entzückt, unsere Gefährtinnen zu sehen, wurden aber steif, als wir vorgestellt wurden. Sie betrachteten uns argwöhnisch und wollten wissen, wer wir wären; auch dann behandelten sie uns mit betonter Kälte und Zurückhaltung und schienen unserem Verkehr mit den Mädchen ein Ende machen zu wollen. Wir aber hatten wenig Lust zu bleiben, wo wir nicht willkommen waren, und beschlossen sogleich aufzubrechen, ohne auch nur eine Mahlzeit zu nehmen. Damit aber waren Marhar-Rarar und ihre Freundinnen keineswegs einverstanden, und wie munter sie eben noch gewesen waren, und ohne sich um die Einwendungen der alten Damen zu kümmern, brachen sie in Schluchzen und Klagen aus, denen wir nicht widerstehen konnten. Wir beschlossen zu bleiben, bis auch sie aufbrachen, also bis zum »Ehiharar«, dem Sinken der Sonne.

Als die Stunde kam, schifften sie sich nach einem warmen und gerührten Abschied ein, und als das Kanu um einen Vorsprung bog, nahmen sie den alten Leuten die Ruder aus den Händen und winkten uns schweigend damit zu. Das bedeutete Schmerz und Rührung, denn mit dem Ruder winken beim Abschiednehmen nur die, die auf kein Wiedersehen rechnen.

Wir aber setzten unsere Wanderung am Strande fort und kamen bald zu einem überhängenden hohen Ufer, das, stellenweise mit Bäumen bewachsen, sich um einen beträchtlichen Teil der Insel zog. An seinem Rande führte ein guter Weg entlang, und oft hielten wir an, um das Bild der Landschaft zu genießen. Der Abend war besonders still und schön, selbst für dieses himmlische Klima. So weit das Auge reichte, sahen wir nur den blauen Himmel und den Ozean. Und so weit wir gingen, sahen wir das Riff vor uns, an das die Brandung unaufhörlich schlug und donnerte. Wie sie so immer wieder gegen die Korallenmauer anstürmten, sahen die Wogen aus der Ferne wie eine Reihe anspringender weißer Pferde aus, die, plötzlich angehalten, ihre weißen Mähnen schäumend schütteln. Diese großen natürlichen Wasserbrecher, die fast alle Inseln der Gruppe umgeben, bieten ihnen einen herrlichen Schutz. Wenn die mächtige Dünung des Stillen Ozeans an das lockere Schwemmland gelangen könnte, das an vielen Stellen das Ufer bildet, würde es bald weggespült und die Eingeborenen des fruchtbarsten Landes beraubt sein.

Die Korallenbänke bilden auch alle Häfen auf der Gruppe, und merkwürdig genug liegen die Öffnungen in den Riffen, durch die allein die Schiffe zu ihrem Ankergrund gelangen können, stets gegenüber der Mündung eines fließenden Wassers – für die Schiffer, die des frischen Wassers wegen anlegen, ein unschätzbarer Vorteil. Es scheint, daß das fließende Wasser, das vom Lande kommt, die Salzlösung des Meerwassers so verändert, daß die Korallenbildung an diesen Stellen gehindert wird. Da und dort liegen kleine Inselchen, grün wie Smaragd und mit nickenden Palmen bewachsen, wie Schildwachen an der Einfahrt. Man kann sich keine schönere Unterbrechung der langen weißen Brandung denken. Mit echt taheitischer Liebe zum Wasser wählte Pomari II. solch ein Inselchen, an dem wir auf unserem Wege vorüber kamen, für einen königlichen Landsitz aus.

67.

Etwa am zehnten Tage der Hegira waren wir die Gäste Varvys, eines alten Einsiedlers, der ein paar Meilen von Telu wohnte. Etwa einen Steinwurf vom Strande entfernt, stand in einer tiefen Senkung ein phantastischer, moosbewachsener Fels. Er erhob sich wie eine Insel aus einem seichten Bach, der ihn umfloß. Eine knorrige »Aoa«, die den Stein mit ihren Wurzeln umfing, breitete über ihm ihr Laubdach aus; die elastischen Luftwurzeln, die von den größeren Ästen hingen, drangen in jede Ritze des Felsens ein, andere, die den Stein noch nicht erreicht hatten, bewegten sich wie Peitschenschnüre in der Luft.

Varvys Hütte, die mehr einem Hühnerstall aus Bambus glich, lag auf einer abgeplatteten Stelle; die Dachstange hatte er mit einem Ende auf eine Astgabel des Baumes gestützt, während ein gespaltener Zweig, der in einer Ritze steckte, das andere trug.

Obwohl wir ihn anriefen, merkte der Alte, der auf einem Stein kniete und im Bache Fische reinigte, unsere Ankunft doch erst, als der Doktor seine Schulter berührte; er sprang auf und starrte uns an, dann hieß er uns mit vielen ungeschlachten Gebärden willkommen und machte uns gleichzeitig klar, daß er taubstumm wäre. Er winkte uns einzutreten; wir taten es, warfen uns auf eine alte Matte und sahen uns um. Die schmutzigen Bambusse und die Kalebassen sahen nicht eben einladend aus, und der Doktor war dafür, weiter bis Telu zu marschieren, obwohl die Sonne bereits im Sinken war. Zuletzt entschlossen wir uns dennoch, zu bleiben. Nachdem er sich eine Weile in einem verfallenen Schuppen draußen zu tun gemacht hatte, erschien der Alte mit dem Abendessen. In der einen Hand hielt er einen flackernden Docht, in der anderen eine große flache Kalebasse mit spärlichen Lebensmitteln. Seine Augen gingen zwischen uns und der Schüssel hin und her, als wollte er sagen: Was sagt ihr nun, Jungens? Das ist ein Essen! Was? Aber weder die Fische noch die Rüben waren gut; es war eine traurige Mahlzeit. Als sie beendet und die Reste weggeräumt waren, verließ unser Wirt uns für einen Augenblick und kam mit einer Kalebasse von stattlicher Größe zurück; sie hatte einen langen, gebogenen Hals, die Öffnung war mit einem hölzernen Pfropfen verschlossen. Erdkrumen hafteten an ihr, als wäre sie eben ausgegraben worden. Unter seltsamen Gebärden und dem schauerlichen Gekicher der Stummen öffnete der Alte das Gefäß; dabei sah er sich vorsichtig um und wies auf den Krug. Wir wußten, daß berauschende Getränke den Eingeborenen streng verboten waren, und betrachteten den Alten mit Interesse. Er füllte eine Kokosnußschale, stürzte sie hinunter, füllte sie neu und reichte sie mir. Der Geruch war unangenehm und ich machte ein Gesicht; darüber geriet er in so große Erregung, daß ein Wunder geschah. Er riß mir den Becher aus der Hand und rief: »Ah, Karhauri sabbi li-li ina awa tih mehteh!«; das hieß ungefähr: »Was für ein Dummkopf von einem Weißen! Das ist ein herrliches Getränk!«

Wenn ihm ein Frosch aus dem Munde gesprungen wäre, wir hätten nicht erstaunter sein können. Einen Augenblick schien er selbst verwirrt; dann legte er geheimnisvoll den Finger auf den Mund und gab uns zu verstehen, daß er nur zeitweilig der Sprache beraubt war. Der Doktor fand die Sache sehr merkwürdig und wollte seinen Kehlkopf untersuchen, aber darauf ließ er sich nicht ein.

Unser Wirt war uns einigermaßen verdächtig geworden; wir vermuteten, daß seine gespielte Stummheit ihm bei seinem verbotenen Gewerbe zustatten kam. Um ihm zu Gefallen zu sein, nahmen wir einen Schluck von seinem »Awa tih«; es war ein grober Fusel und stark wie die Hölle. Wir fragten ihn, wie er dazu käme, worauf er freudestrahlend das Licht nahm und uns aus der Hütte führte. Wir folgten ihm in den Wald und kamen zu einem verfallenen Dachschuppen aus Baumzweigen; darunter lagen Haufen von welkem Laub und ein mächtiges schwerfälliges Gefäß mit weiter Öffnung, das rauh aus einem großen Stein gehöhlt war. Der alte Mann setzte das Licht in den Steinkrug und verschwand. Er kam mit einem großen breiten Bambusrohr und einem gegabelten Stock zurück, warf beides hin, zog unter Laub und Gerümpel einen rauhen Holzblock hervor, durch den ein Loch gebohrt war, und legte ihn auf den Krug. Dann pflanzte er den gegabelten Stock in einer Entfernung von etwa vier Fuß in den Boden, legte das eine Ende des Bambusrohrs darauf, steckte das andere in das Loch im Holzblock und setzte eine alte Kalebasse unter das entferntere Ende. Dann sah er uns schlau an, wies mit bewundernder Gebärde auf den ganzen Apparat und rief: »Ah, Karhauri, ina henna henna awa tih!« »So, weißer Mann, wird mein Branntwein gemacht!« Es war ein Destillationsapparat, wie ihn die Eingeborenen gebrauchen, und die Unordnung, in der alles lag, war offenbar eine beabsichtigte, um ihn vor Entdeckung zu schützen. Bevor wir den Platz verließen, nahm der Alte wieder alles auseinander und verbarg die Geräte.

Daß er uns sein Geheimnis enthüllte, war charakteristisch: der »Tuteh Aurihs« oder »Verächter der Missionare« nimmt an, daß alle Ausländer die Herrschaft der Missionare mißbilligen.

Er braute sein Getränk aus »Tih«; einer großen fasrigen Wurzel, ähnlich wie Yam, nur etwas kleiner. Im frischen Zustand ist sie außerordentlich herb, gebacken oder gesotten wird sie süß wie Zucker. Das »Tih« wird gekocht, mazeriert und in einen gewissen Gärungszustand gebracht, dann mit Wasser angerührt, und das Getränk kann destilliert werden.

Wir kehrten zur Hütte zurück, der Alte bot uns Pfeifen an; das lange Gespenst, dem der »Awa Tih« erst ebensowenig gemundet hatte wie mir, begann Geschmack daran zu finden, der alte Säufer leistete ihm Gesellschaft und der Doktor hatte bald einen Schwips. Man weiß, es gibt kein stärkeres Band des Wohlwollens und der Sympathie zwischen Männern, als wenn sie sich gemeinsam, betrinken, wenn es auch nur so lange hält, als der Zustand dauert. So saßen, auch Varvy und der Doktor in schöner Eintracht beisammen und machten nähere Bekanntschaft. Aus übergroßer Höflichkeit versuchte jeder in der Sprache des anderen zu sprechen; und die Folge war ein derartiges Frikassee von Vokalen und Konsonanten, daß man, auch ohne mitzutrinken, betäubt werden konnte.

Als ich am nächsten Morgen erwachte, hörte ich den Doktor sich mit Grabesstimme für verloren erklären. Er saß, beide Hände an die Stirn gedrückt, da, und sein blasses Gesicht war noch bleicher als sonst. »Das schauderhafte Zeug ist mein Tod!« rief er. »In meinem Kopfe dreht sich alles – was soll ich nur machen, Paul? Ich bin vergiftet!«

Nachdem er einen Kräuterabguß getrunken, den unser Wirt ihm braute, und mittags eine leichte Mahlzeit genommen hatte, wurde ihm besser, und er war bereit weiter zu wandern. Als wir aufbrachen, fehlten die Stiefel und waren trotz allem Suchen nicht zu finden. Rasend vor Wut erklärte der Doktor, Varvy müsse sie gestohlen haben; angesichts seiner Gastfreundschaft hielt ich das für sehr unwahrscheinlich, obwohl ich nicht wußte, wer es sonst getan haben konnte. Der Doktor blieb dabei, daß, wer unschuldige Reisende mit »Awa Tih« zu vergiften vermochte, zu allem fähig wäre. Aber sein Wettern und unser Suchen waren gleich vergebens; die Stiefel waren fort. Wäre das nicht passiert und Varvys Schnaps nicht so schlecht, so würde ich allen Reisenden, die den Strand entlang nach Partuwei wandern, empfehlen, auf dem Felsen einzukehren, um so mehr, als der alte Herr dort gratis ausschenkt.

68.

Meine Sandalen waren indessen völlig unbrauchbar geworden; daher warf ich sie weg und ging mit dem Doktor barfuß. Auch er war jetzt der Ansicht, Stiefel seien nur eine Last, und barfuß zu gehen sei viel männlicher. Allerdings sagte er das, als wir über weichen Rasen gingen, der noch zu Mittag tauig im Waldesschatten lag. Nun aber kamen wir an einen sandigen Strich, auf den die Sonne niederbrannte, so daß der lose Kies unter unseren Füßen heiß wie ein Ofenrohr war. Was wir da an Schreien und Springen leisteten, war nicht zu übertreffen. Wir hätten bis zum Abend warten müssen, wären nicht im Sandboden kleine, zähe, einzelnstehende Büsche gewachsen, in denen wir unsere Füße kühlen konnten. Dabei mußten wir jeden Schritt überlegen, denn wenn der nächste Busch zu weit war, mußte man zu dem früheren zurück. Als wir diese Feuerwüste überschritten hatten, kam ein angenehmer Weg durch eine Wiese von hohem Gras, der unseren halbverbrannten Füßen

wohltat und uns bis zu den ersten Häusern in einem Hain am Rande
des Dorfes Partuwei führte. Der Doktor wollte gleich in das allererste
eintreten; aber es sah für eine Eingeborenenwohnung so vornehm aus,
daß ich zögerte; es mochte der Wohnsitz eines der höheren Häuptlinge
sein, von dem wir keinen sehr warmen Empfang erwarten konnten.
Während wir noch unentschlossen dastanden, rief eine Stimme aus dem
nächsten Hause: »Erameh! Erameh, karhauri!« (Tretet ein! Tretet ein,
Fremdlinge!)

Wir traten ein und wurden warm begrüßt. Der Herr des Hauses war
ein sehr aristokratisch aussehender Eingeborener in weiten Leinenhosen,
einem feinen weißen Hemd und einer rotseidenen Schärpe, wie sie die
Spanier in Chile tragen. Er kam unbefangen auf uns zu, schlug mit der
Hand auf die Brust und stellte sich als Eremiah Pao-Pao vor, was Jeremias Pao-Pao bedeutete.

Wenn ein Eingeborener getauft wird und etwas an seinem Namen
dem Missionar bedenklich erscheint, so besteht dieser auf einer Ände-
rung. Unser Wirt hatte Narmo-Nena Pao-Pao geheißen, was etwa bedeutete »Der den Teufeln bei Nacht trotzt«. Der Geistliche hatte ihm gesagt,
daß solch ein heidnischer Name unmöglich sei und zum mindesten der
Teil, der des Teufels war, ersetzt werden müßte. Es wurden ihm darauf
eine Anzahl hochanständiger christlicher Namen vorgelegt, aus denen
er wählen durfte: Adamo, Nuar (Noa), Davidar, Iarcobar (Jakob), Iorna
(John), Petura (Peter), Eremiah usw. So wurde er Jeremias Pao-Pao, was
etwa »Jeremias im Dunkeln« bedeutet.

Wir nannten ihm auch unsere Namen; darauf bat er uns, Platz zu
nehmen, setzte sich selbst und stellte uns viele Fragen in einer Sprache,
die eine Mischung von Englisch und Taheitisch war. Auch seine Gattin,
eine starke, freundlich aussehende Frau von über vierzig Jahren, setzte
sich zu uns, nachdem sie erst einen alten Mann beauftragt hatte, das
Essen zu bereiten. Wir sahen in unseren beschmutzten und zerrissenen
Reisekleidern nicht eben fein aus, und die gute Dame sah uns sehr
mitleidig an und sprach in klagenden Lauten darüber.

Sie waren übrigens nicht die einzigen Bewohner des Hauses. In einer
Ecke, auf einer großen Lagerstätte, die auf Pfosten stand, lag ein junges
Mädchen, das, halb in ihr langes Haar gehüllt, sich erst noch anziehen
mußte. Sie war Pao-Paos Tochter, und eine sehr schöne kleine Tochter,
nicht über vierzehn, mit der entzückendsten Figur und großen haselnuß-
braunen Augen. Sie wurde Lu gerufen, und dieser hübsche vornehme

Name paßte durchaus zu ihr, denn ein hübscheres und vornehmeres kleines Geschöpf wäre auf Imio nicht zu finden gewesen. Sie war übrigens eine kalte und hochmütige junge Schönheit und schenkte uns nicht die geringste Beachtung, höchstens daß sie uns hier und da mit gleichgültigen Blicken streifte. Da die Tränen, die die Mädchen von Luhulu an unserem Halse geweint hatten, noch kaum getrocknet waren, fühlten wir uns durch diese verächtliche Behandlung nicht wenig gekränkt.

Als wir eintraten, hatte Pao-Pao eben den Teppich von getrockneten Farnkräutern, die am Morgen frisch gestreut worden waren, mit einem Rechen geglättet; auf diesen duftenden Boden wurde auf einem großen Bananenblatt uns das Mahl vorgesetzt. Wir warfen uns hin und aßen gebackenes Schweinefleisch mit Brotfrucht von irdenen Tellern und zum erstenmal seit vielen Monaten mit Messer und Gabel.

Diese und andere Zeichen hoher Kultur erklärten uns die Zurückhaltung der kleinen Lu. Ihre Eltern waren zweifellos Magnaten, und sie eine Erbin.

Als sie hörten, daß wir im Tal von Martehr gewesen waren, wünschten sie zu wissen, was uns nach Telu führte. Wir deuteten nur an, daß wir des Schiffes wegen kämen, das im Hafen lag. Afriti, Pao-Paos Frau, war eine mütterliche Dame. Nach dem Mahl empfahl sie uns ein Schläfchen; und als wir erfrischt erwachten, führte sie uns zur Haustüre und wies in den Hain, wo wir zwischen den Bäumen Wasser schimmern sahen. Wir gingen dahin und fanden einen tiefen schattigen Teich, badeten und kehrten ins Haus zurück. Unsere Wirtin setzte sich zu uns, und nachdem sie den Mantel des Doktors mit großem Interesse betrachtet hatte, befühlte sie mein schmutziges, zerfetztes Gewand zum hundertsten Mal und rief klagend »ah, nui nui oli meni! oli meni!« (Ach! sehr, sehr alt! sehr alt!) Dabei glaubte die gute Frau das beste Englisch zu sprechen. Das Wort »nui« ist so allgemein gebräuchlich, auch bei den Fremden, daß die Eingeborenen es für ein Wort halten, das allen Sprachen gemeinsam ist. »Oli meni« ist die Eingeborenen-Aussprache des englischen »old man« (alter Mann), das sie auf Sachen wie auf Personen anwenden.

Darauf öffnete sie eine Truhe und entnahm ihr zwei vollständig neue Seemannsanzüge, Jacken und Hosen, bot sie uns mit freundlichem Lächeln, schob uns hinter einen Wandschirm aus Kattun und ließ uns dort allein. Ohne uns weiter zu sperren, legten wir die neuen Kleider an und sahen nach dem Mahl, dem Schlaf und dem Bad wie zwei Hochzeiter aus.

Als der Abend kam, wurden Lampen angezündet: die Lampe ist eine halbe grüne Melone, bis zu einem Drittel mit Kokosöl gefüllt; ein aus Tappa gedrehter Docht schwimmt auf der Oberfläche. Es gibt keine bessere. Nachtlampe: ein sanftes, träumerisches Licht dringt aus der durchscheinenden Schale.

Mit der Zeit erschienen noch andere Mitglieder des Haushalts: ein schlanker, junger Mann, sehr elegant, in einem gestreiften Hemde, während viele Ellen von hellem gemusterten Kattun, die er um den Leib geschlungen hatte, zur Erde wallten. Er trug auch einen neuen Strohhut, mit drei Bändern darum, einem schwarzen, einem grünen und einem roten. Schuhe oder Strümpfe trug er nicht. Dann kam ein Paar zierlicher olivenwangiger kleiner Mädchen, Zwillinge mit sanften Augen und herrlichem Haar, die halb nackt durch das Haus liefen wie ein Gazellenpaar. Sie hatten einen noch jüngeren Bruder, einen schönen dunklen Knaben, mit Augen wie die einer Frau. Alle waren die Kinder Pao-Paos, die er in rechtmäßiger Ehe gezeugt hatte. Außerdem waren noch zwei oder drei alte Damen in schäbigen Kleidern aus nicht sehr sauberem Tuch da, die ihnen auch so schlecht saßen, daß ich die Trägerinnen für ein paar arme Verwandte hielt, die von der Freigebigkeit der Dame Afriti lebten. Es waren traurige demütige alte Weibchen, die wenig redeten und noch weniger aßen und die Augen meist zu Boden schlugen oder sie nur bescheiden hoben.

Ihr Dasein war nur aus der Halbkultur der Insel zu erklären. Fast hätte ich den grinsenden alten Moni vergessen, der das Essen bereitet hatte; sein Kopf war eine kahle glatte Kugel; er hatte einen runden kleinen Bauch und Beine wie eine Katze. Er war Pao-Paos Faktotum, Koch und Kellermeister, hatte auf die Brotfrucht- und Kokosnußbäume zu klettern, um die Früchte zu holen, und stand bei seiner Herrin, mit der er stundenlang rauchte und schwatzte, sehr in Gunst. Ich sah ihn oft unermüdlich arbeiten, bis er plötzlich mitten darin, was es immer sein mochte, aufhörte, sich in eine Ecke warf und ein Schläfchen machte, wonach er wieder aufsprang und mit frischen Kräften weiterschaffte.

Irgend etwas in dem Verhalten Pao-Paos ließ mich schließen, daß er eine Säule der Kirche sein mußte, obschon ich dies nach meinen Erfahrungen in Taheiti kaum mit seinem offenen und herzlichen Wesen vereinen konnte. Aber mein Schluß war richtig: er war eine Art Kirchenältester, war auch ein vermögender Mann und der nahe Verwandte eines hohen Häuptlings. Bevor man zur Ruhe ging, versammelte sich der ganze Haushalt, und er las laut ein Kapitel aus der taheitischen Bibel vor, dann kniete er mit allen anderen hin und betete, worauf man schweigend auseinanderging. Diese Andachten fanden regelmäßig jeden Abend und jeden Morgen statt. Auch vor und nach dem Essen wurde jedesmal ein Tischgebet gesprochen. Nach dem, was ich sonst gesehen hatte, setzte mich der Ton in diesem Hause in Erstaunen. Pao-Pao war in der Tat ein Christ, ja er und seine Frau Afriti die einzigen wahren Christen, die ich unter den Eingeborenen Polynesiens kennengelernt habe.

69.

Die Art, wie sie uns für die Nacht unterbrachten, war drollig. Am Fußende von Pao-Paos Ehebett stand quer eine kleinere Bettstatt aus Koaholz. Ein leichtes Netzwerk aus den dünnen festen Schnüren, die aus den Fasern der äußeren Kokosnußhülle gedreht werden, bildete den Boden. Darüber war eine schöne Matte gebreitet, oben lag ein Kissen aus getrockneten Farnkräutern und eine Decke aus weißem Tappa. Dies war mein Lager. Der Doktor wurde in einer anderen Ecke untergebracht. Lu schlief allein auf einer kleinen Polsterbank, neben der eine einheimische Kerze brannte; ihr eleganter Bruder schaukelte ihr zu Häupten in einer Schiffshängematte. Die beiden Gazellen hüpften auf eine Matte in der Nähe, und die armen Verwandten nahmen bescheiden eine Ecke vom Lager des alten Dieners in Anspruch, der seinerseits an der offenen Haustür schnarchte. Als alle sich zur Ruhe begeben hatten, setzte Pao-Pao die beleuchtete Melone in der Mitte des Raumes auf den Bodens und alles schlief bis zum Morgen. Als ich erwachte, strömte das Licht schon hell durch die offenen Bambuswände, aber niemand, rührte sich. Ich bewunderte zunächst die wunderschöne Stellung, in der eine der Schläferinnen in der Vergessenheit des Schlummers dalag. Dann besah ich mir das Haus im allgemeinen, das einfach, aber höchst geschmackvoll im Stil der Eingeborenen erbaut war. Es bildete ein etwa fünfzig Fuß langes regelmäßiges Oval, mit niedrigen Seitenwänden aus Rohrgeflecht; das Dach war mit Zwergpalmblättern gedeckt. Die Dachstange befand sich etwa zwanzig Fuß über dem Boden. Es war nicht auf steinernem oder sonstigem Grund errichtet, die bloße Erde war mit Farnkräutern bedeckt, die einen angenehmen und duftenden Teppich bilden; man muß sie nur oft erneuern, sonst werden sie staubig und das Ungeziefer nistet in ihnen, wie es in den Hütten der ärmeren Eingeborenen der Fall ist. Die Einrichtung bestand außer den Lagerstätten aus drei oder vier Schiffskoffern; darin lagen die gekrausten Leinenhemden Pao-Paos, die Kattunkleider seiner Frau und der Kinder, Ketten von Glasperlen, Bänder, Spiegel, Messer, Farbendrucke, Schlüsselbunde, kleine Tongefäße und Metallknöpfe. In einem dieser Koffer, den Afriti als Hutschachtel benützte, lagen mehrere jener Eingeborenenhüte, die wie Kohlenschaufeln aussehen, mit verschiedenfarbigen Bändern garniert. Auf ihre Hüte und Kleider war unsere gute Wirtin sehr stolz. Des Sonntags ging sie wohl zehnmal aus, und wie die Königin Elisabeth, trug sie jedesmal ein anderes Kleid.

Aus irgendeinem Grunde gab uns Pao-Pao unsere Mahlzeiten stets, bevor die Familie sich zu Tisch setzte, und der Doktor, der in diesen Dingen ein sicheres Urteil hatte, erklärte, daß dies zu unserem Besten war. Soviel war gewiß: wenn wir mit vollem Beutel, reichem Gepäck und Empfehlungsbriefen an die Königin gekommen wären, wir hätten nicht besser aufgenommen und versorgt werden können. Am Tag nach unserer Ankunft brachte uns Moni, der alte Diener, ein in der Erde ge-backenes Ferkel zum Mittagessen. Saftstrotzend lag es auf einem hölzer-nen Tranchierbrett, von gerösteten Brotfruchtschnitten umgeben. Eine große Kalebasse mit Rübenpudding folgte, und der elegante Sohn raffte sich so weit auf, daß er uns Kokosnüsse von einem benachbarten Baum besorgte. Als alles bereit war und alle herumstanden und zusahen, faltete der Doktor fromm seine Hände über dem Schweinchen und sprach ein Tischgebet. Das gefiel allen ganz außerordentlich; Pao-Pao trat auf den Doktor zu und sagte ihm ein paar herzliche Worte, während Afriti ihn mit mütterlicher Liebe ansah und erfreut ausrief: »Ah! mickoneri teta meteh!« (Was für ein frommer, junger Mann!)

Nach dieser Mahlzeit brachte sie mir eine Rolle von Grasbindseln von der Art, wie die Matrosen sie in den Rahmen ihrer Persennings einnähen, dann reichte sie mir Nadel und Faden und sagte, ich sollte mir daraus einen Hut machen, den ich auch nötig brauchte. Es waren nur die ge-flochtenen Streifen zusammenzuheften, und ich wurde noch am gleichen Tage fertig. Dann schmückte Afriti ihn mit einem feuerfarbenen Band, dessen Enden wie bei einer Matrosenkappe rückwärts flatterten, so daß ich den türkischen Titel, den das lange Gespenst mir verliehen hatte, behalten konnte.

70.

Am nächsten Morgen machten wir sorgfältig Toilette, setzten unsere Sombreros auf und unternahmen einen Spaziergang. Wir wollten vor allem vorsichtig zu erfahren suchen, welche Aussicht weiße Männer auf eine Anstellung bei der Königin hatten. Was Pao-Pao uns darüber gesagt hatte, war nicht ermutigend gewesen; wir beschlossen daher, uns noch anderweitig zu erkundigen.

Partuwei besteht aus kaum mehr als achtzig Häusern, die in einem weiten Hain verstreut liegen. Mitten hindurch fließt ein klarer Bach; die Hauptstraße führt über eine elastische Brücke aus Kokosstämmen. Diese Straße verläuft in breiten Windungen und ist überall schattig; man kann sich keinen schöneren Morgenspaziergang denken. Die Häuser, die ohne jede Rücksicht auf die Straße erbaut sind, liegen zwischen den Bäumen, so daß man bald ihre Fassaden, von anderen nur eine Ecke oder die Rückseite sieht. Manche sind von einem Zaun aus Bambusstäben umgeben, manche haben ein einsames, massives Glasfenster mitten in der Wand, wieder andere eine sonderbare, rauh gezimmerte Holztür, die sich in schiefstehenden Angeln dreht. Sonst sind alle nach der Weise der Eingeborenen gebaut und sehen zum mindesten von außen höchst malerisch aus.

Die Leute, die uns auf unserem Spaziergang begegneten, grüßten uns freundlich und luden uns in ihre Häuser ein, und so machten wir sogleich eine Anzahl kurzer Morgenbesuche. Aber es war offenbar nicht die übliche Besuchsstunde in Partuwei, denn die Damen waren alle noch im Negligé. Das hinderte nicht, daß sie uns sehr freundlich empfingen, besonders den Doktor, den sie sogar streichelten und dem sie liebevoll um den Hals fielen; all dies, weil er ein auffallend buntes Halstuch trug, das Afriti dem frommen jungen Manne geschenkt hatte.

Im allgemeinen machten die Eingeborenen von Partuwei einen viel besseren Eindruck als die von Papiti, zweifellos, weil sie weniger Verkehr mit Fremden hatten.

An einer Krümmung des Weges blieben wir ganz erstaunt stehen: vor uns im Hain lag ein Häuserblock: regelrechte viereckige, mit Brettern gedeckte, zweistöckige Häuser mit Fenstern und Türen! Wir eilten hin und fanden, daß sie bereits im Verfall waren; die Wände waren schmutzig, da und dort mit Moos bewachsen, die Fenster ohne Scheiben, die Türöffnungen ohne Türen; auf der einen Seite hatte sich der ganze Block um beinahe einen Fuß gesenkt. Wir traten ein und konnten durch das Gebälk bis zum Dach hinaufsehen; durch Spalten und Ritzen fiel das Licht auf die Spinnennetze, die überall hingen. Im Innern war es dumpf und. dunkel. Auf ein paar alten Matten in einer Ecke lagerten ein paar eingeborene Landstreicher wie Zigeuner in einer Ruine.

Wir erkundigten uns, wer in aller Welt in Partuwei eine derartige Bauunternehmung versucht haben konnte, und erfuhren, daß der Block einige Jahre zuvor von einem richtigen Yankee – das hätten wir uns denken können! – aufgeführt worden war, der von Beruf Zimmermann und von Natur ein kühner unternehmender Bursche war. Er hatte wegen Krankheit sein Schiff verlassen und ans Land gehen müssen, und als er wieder gesund war, hatte er sich mit Hobel und Stemmeisen nützlich gemacht. Verläßlich und arbeitsam, hatte er das Vertrauen mehrerer Häuptlinge gewonnen und hatte ihnen vorgehalten, daß es den Leuten von Imio an Sinn fürs Gemeinwohl und für Fortschritt in erschreckender Weise fehlte. Insbesondere fand er es beschämend, daß sie in schlechten Bambushütten wohnten, wo man so leicht herrliche Holzpaläste aus Brettern aufführen konnte. Ein alter Häuptling ließ sich bereden, und der Zimmermann erhielt den Auftrag, eine Anzahl solcher Paläste zu erbauen. Leute erhielt er genug, ging an die Arbeit, errichtete eine Säge-mühle im Gebirge, ließ Bäume fällen und kaufte Nägel in Papiti. Das Schloß stieg rasch aus der Erde, aber das Dach war kaum gedeckt, als der Bauherr, der sich verspekuliert hatte, zusammenbrach und auch nicht eine Tabakschnitte aufs Pfund zu bezahlen imstande war. Sein Zusammenbruch riß den Zimmermann mit, der auf dem nächsten Schiff, das im Hafen anlegte, seinen Gläubigern davonfuhr.

Die Eingeborenen verachteten den gebrechlichen Holzpalast und blieben oft kopfschüttelnd und höhnend davor stehen.

Wie wir erfuhren, wohnte die Königin am anderen Ende des Dorfes, und wir beschlossen, sogleich dahinzugehen, um zu erfahren, ob irgend-welche Geheimrats- oder Ministerposten frei wären. Wenn auch das meiste nur Scherz meines witzigen Gefährten und Unsinn gewesen war, so dachten wir doch wirklich, bei Hof unseren Vorteil zu finden.

Der Palast war ein eigentümlicher Bau. Ein breiter Damm aus behauenen Korallenblöcken war ins Wasser hinausgeführt; auf ihm standen
acht oder zehn sehr große Häuser, die sich bis tief in den benachbarten
Hain erstreckten, im Eingeborenenstil, aber ganz reizend gebaut und
von einem niederen Bambuszaun umgeben, der ein beträchtliches
Grundstück umschloß. Überall auf den Gesellschaftsinseln findet man
die Wohnungen der Häuptlinge in der unmittelbaren Nähe des Meeres;
sie haben dort den Vorteil der kühlen Seewinde; die störenden Insekten
kommen weniger hin, und der Schatten der benachbarten Haine liegt
in nächster Nähe.

Innerhalb der Umzäunung sahen wir sechzig bis achtzig wohlgeklei-
dete Eingeborene, Männer wie Frauen; einige lagerten im Schatten der
Häuser, andere unter den Bäumen, eine kleine Gruppe stand plaudernd
dicht am Zaun in unserer Nähe. Auf diese gingen wir zu, grüßten in
der üblichen Weise und wollten eben über die Bambushecke springen,
als sie uns ärgerlich sagten, daß dies nicht gestattet sei. Wir erklärten
unseren ernsten Wunsch, die Königin zu sehen und deuteten an, daß
wir wichtige Nachrichten brächten. Aber das half nichts, und sehr verstimmt mußten wir unverrichteter Dinge nach dem Hause Pao-Paos
zurückkehren.

71.

Wir sprachen nun ganz offen mit Pao-Pao und baten ihn um seinen
Rat. In gebrochenem Englisch sagte er uns alles, was wir wissen wollten.

Die Königin dächte in der Tat daran, den Franzosen Widerstand zu
leisten, und es hieß, daß mehrere Häuptlinge aus Borabora, Huweinih,
Rejatehr und Tehar, den unter dem Winde gelegenen Inseln der Gruppe,
zur Zeit mit ihr berieten, ob man nicht eine allgemeine Volkserhebung
organisieren könnte, ehe die Eindringlinge sich weitere Übergriffe erlaub-
ten. Sollte man sich wirklich zu einem kriegerischen Vorgehen entschließen, so würde die Königin sicherlich froh sein, soviel Ausländer als
möglich ins Heer einzustellen, aber auf Offiziersrang dürften der Doktor
und ich nicht rechnen; denn es hätten sich schon eine ganze Anzahl
Europäer, die die Königin kannte, freiwillig zu Offizieren angeboten.
Auch daß die Königin uns in nächster Zeit Zutritt gewähren würde,
hielt Pao-Pao für zweifelhaft, denn sie lebte sehr zurückgezogen; ihre

Gesundheit war angegriffen und ihre Stimmung trübe, so daß sie nur ungern Besuche empfing. Früher, vor ihrem Unglück, hatte auch der Geringste Zutritt, selbst einfache Matrosen wurden empfangen.

All dies entmutigte uns keineswegs, und wir beschlossen, die Zeit in Partuwei totzuschlagen, bis sich irgend etwas Günstiges fand. Zunächst beschlossen wir, das Schiff zu besuchen, das weit draußen in der Bucht in geschützter Lage ankerte.

Als wir auf unserem Wege an einem langen niederen. Schuppen vorüberkamen, rief eine Stimme: »Weiße Männer, ahoi!« Wir wendeten uns um und sahen einen rotwangigen Engländer – man erkannte ihn auf den ersten Blick als solchen –, der bis zu seinen Knien in Sägespänen stand und darauf los hobelte. Es stellte sich heraus, daß er ein Schiffszimmermann war, der sein Schiff verlassen, sich zunächst in Taheiti aufgehalten hatte und jetzt in Imio Geschäfte machte. Er hatte Speiseschränke und andere Möbel, gelegentlich auch ein Damen-Nähkästchen, für einen wohlhabenden Häuptling zu liefern. Er war erst wenige Monate hier und besaß bereits Häuser und Land. Es ging ihm gut, und er erfreute sich bester Gesundheit, nur eines fehlte ihm: eine Frau. Und als er auf dieses Thema kam, wurde sein Ausdruck schwermütig, und er lehnte sich niedergeschlagen an die Hobelbank, »Es ist zu arg!« seufzte er, »daß man drei lange Jahre warten soll und die süße kleine Lulli die ganze Zeit im selben Haus mit dem verfluchten Häuptling aus Tehar lebt!«

Wir wurden neugierig und vermuteten, daß der arme Zimmermann sich in eine kokette Dame der Insel verliebt und einen Korb bekommen hatte. Aber dem war nicht so. Es gab ein Gesetz, das bei schwerer Strafe die Ehe einer Eingeborenen mit einem Fremden verbot, wenn dieser nicht mindestens drei Jahre auf der Insel zugebracht hatte und die Absicht bekundete, lebenslänglich dort zu bleiben. Das war das Traurige. Er hätte, sagte William, ohne dieses dumme Gesetz das Mädel schon zehnmal heiraten können, und in letzter Zeit hatte ihre Liebe nachgelassen, und sie kokettierte mit den Fremden aus Tehar. Bis über die Ohren verliebt und um sie sich für alle Fälle zu sichern, hatte er den Verwandten der jungen Dame verschiedentlich Vorschläge gemacht, daß sie sie ihm schon jetzt vor der Hochzeit überlassen sollten; aber davon wollten sie nichts hören; außerdem war ein derartiges Zusammenleben strafbar; wenn es entdeckt wurde, mußten sie Steinmauern und Straßen für die Königin bauen. Der Doktor empfand das tiefste Mitgefühl, »Bill, mein guter Bursche«, sagte er mit zitternder Stimme, »laß nur mich einmal mit ihr reden!« Aber Bill schlug diesen Freundesdienst aus und wollte nicht einmal sagen, wo seine Schöne wohnte. So ließen wir denn den trostlosen Willie an seinem Fichtenbrett hobeln und an Lulli denken und gingen weiter. Was aus seiner Freierei wurde, haben wir nie erfahren.

Wenn man von Pao-Paos Haus nach dem Hafen von Telu ging, sah man das Wasser nicht, bis man aus dem Hain tretend, plötzlich die Bucht vor sich hatte, die viele Reisende für die schönste der Südsee halten. Man glaubt, am Ufer eines tiefen grünen Stroms zu stehen, der sich durch eine Bergschlucht ins Meer ergießt. Ein majestätisches Vorgebirge am anderen Ufer bildet Telu gegenüber eine grüne Wand, an deren Fuß still die tiefen Wasser liegen. Links sieht man die Bai sich erweitern, sieht die Öffnung im Riff, durch die die Schiffe einfahren, und weiter draußen das Meer. Zur Rechten macht sie eine Krümmung um das Vorgebirge und schneidet tief ins Land, fast überall von grünen Bergen eingeschlossen, die mit wunderlichen Spitzen zum Himmel ragen. Nur an einer Stelle ist das Ufer eben und erstreckt sich in einer weiten dunstigen Ebene bis zu einem Amphitheater von Hügeln. Dort liegt die große Zuckerpflanzung, von der ich sprach. Jenseits der Hügelreihe erheben sich die schroffen Spitzen des Gebirges im Inland, unter ihnen das schweigende Splißeisen, das wir so oft von der anderen Seite der Insel bewundert hatten.

Im Hafen lag nur ein einziges Fahrzeug, das gute Schiff »Leviathan«. Wir sprangen in ein Kanu und paddelten hinüber. Obwohl es noch früh am Nachmittag war, schien alles still; als wir an Bord kamen, fanden wir vier oder fünf Matrosen, die unter einer Persenning am Vorderkastell lungerten. Der Empfang war nicht gerade warm; und obschon sie sonst frisch und wohl aussahen, schienen sie zu Ehren unseres Besuches ein besonders mürrisches Gesicht zu machen. Es interessierte sie auch nicht sehr, zu hören, daß wir uns verdingen wollten, und was sie uns von dem Schiff erzählten, klang so, als ob sie uns abzuschrecken suchten. Wir fragten, wo denn die übrige Mannschaft wäre; ein unfreundlicher alter Kerl antwortete: »Eine Bootsmannschaft ist zum Teufel gegangen: fuhr auf der letzten Kreuzfahrt nach einem Walfisch und ist nicht wiedergekehrt. Die Steuerbordwache ist heut nacht ausgerissen, und der Schiffer ist an Land, um sie wiederzukriegen.«

»Anheiern lassen wollt'r eich, Herzichens?« rief ein krausköpfiger kleiner Irländer aus Belfast, »da fahrt nur lieber gleich wieder an Land, Bibchen, sonst nimmt'r eich in See, ob'r wollt oder nicht, der Teifel

von'en Schiffer! Seht, daß'r weiterkommt, Kinderchens, steiert klar von
so'n Hellteifel, wenn eich's Leben lieb is! Se lassen uns hungern un se
quälen uns dod! Hol mal's Kanu von die armen Teifels längseit, Dick,
und dann paddelt'r fort, was'r kennt, ja!«

Wir blieben aber dennoch, wollten mehr und Erfreulicheres hören
und luden uns zum Abendessen ein. Nie hatte ich besseres Pökelfleisch
gegessen als dort in der Back, das Brot war hart, trocken und spröde
wie Glas, und beides war reichlich vorhanden. Während wir unten im
Logis saßen, hörten wir den Steuermann oben rufen. Seine Stimme war
mir sympathisch; es war die eines richtigen Seemannes, nicht die eines
Aufsehers.

Auch der »Leviathan« gefiel uns. Wie alle geräumigen alten Walfischjäger, hatte er ein mütterliches Aussehen: breit in den Spanten, mit
glatten Decks, und vier pausbäckige Boote an der Brust. Die Segel waren
lose aufgegeit, als hätten sie lang gedient und wären leicht zu trimmen.
Die Wanten hingen schlaff, und das laufende Gut ging nicht schwer wie
in manchen »eleganten« Schiffen, wo es sich in den Blockscheiben
klemmt; im Gegenteil, die Taue liefen glatt durch, als ob sie den Weg
schon oft gemacht hätten.

Als es dunkelte, stiegen wir wieder in unser Kanu und paddelten ans
Ufer, völlig überzeugt, daß das gute Schiff die schlechte Nachrede keineswegs verdiente.

72.

Während unseres Aufenthaltes in Partuwei trafen wir auf eine Bande
von sechs alten Landstreichern, die sich im Dorf und Hafen herumtrie-
ben, nachdem sie gerade aus einem anderen Teil der Insel gekommen
waren. Wenige Wochen vorher waren sie in Papiti auf einem Walfisch-
fahrer ausgezahlt worden, auf dem sie sich ein halbes Jahr zuvor für eine
Fahrt verdungen hatten. Die Fahrt war glänzend verlaufen, und sie waren
in Taheiti, jeder mit einer Socke voll klingender Silbertaler, an Land
gegangen. Als sie des Aufenthalts müde waren, taten sie sich mit ihrem
letzten Geld zusammen und kauften ein Segelboot. Sie wollten damit
nach einer unbewohnten Insel fahren, von der sie goldene Herrlichkeiten
erzählen gehört hatten. Natürlich konnten sie nicht ohne einen
Arzneischrank voll Branntweinflaschen und ein Reservefäßchen für den

Notfall im Schiffsraum ausfahren. Und so segelten sie unter ihrer eigenen Flagge, als sie, bereits selber schwankend, bei einer steifen Brise und all ihr »Musselin« gesetzt, mit einem neunfachen Hurra aus der Bai von Papiti hinausfuhren. Der Abend kam, sie waren wohlgelaunt und tranken die Nacht hindurch, der Wind nahm zu und um Mitternacht, während sie sangen:

»So segeln wir, so segeln wir
Nach dem Barbareskenstrand!«

brachen beide Maste glatt ab. Zum Glück vermochte einer noch das Ruder zu halten; den anderen gelang es, an den Schiffsrand zu kriechen und Taue und Taljen durchzuschneiden, so daß sie von den abgebrochenen Stengen klar kamen. Bei dieser Arbeit gingen zwei von ihnen gelassen über Bord, in der irrigen Auffassung, daß draußen eine trockene Werft wäre, von der aus sie die Arbeit besser machen konnten; sie sanken auf den Grund wie Blei. Der Wind wurde zum Sturm; der Mann am Ruder hielt das Boot instinktiv vor dem Wind, und so liefen sie an das gegenüberliegende Ufer von Imio. Wie durch ein Wunder kamen sie durch eine Öffnung im Riff und schossen auf eine Korallenbank in verhältnismäßig ruhigem Wasser. Hier lagen sie bis zum Morgen; da kamen die Eingeborenen in ihren Kanus; mit ihrer Hilfe wurde der Schoner auf die Seite gelegt, – und es ergab sich, daß der Boden eingestoßen war. Darauf verkauften die Abenteurer das Schiff für ein paar Groschen an den Häuptling der Gegend und gingen, ihr kostbares Branntweinfaß vor sich herrollend, an Land. Als das Faß leer war, wanderten sie nach Partuwei.

Am Tag, nachdem wir diesen Kerlen begegneten, stießen wir in den benachbarten Hainen auf mehrere Trupps von Eingeborenen, die, mit schwerfälligen Musketen, rostigen Entermessern und seltsamen Keulen bewaffnet, mit lautem Geschrei das Buschwerk nach der Bande durchsuchten, die über Nacht alle Gesetze der Ortschaft übertreten hatte und daraufhin verduftet war.

Untertags war Pao-Paos Haus der angenehmste Aufenthalt. Nachdem wir alles gesehen hatten, was zu sehen war, verbrachten wir den größten Teil des Vormittags dort, frühstückten spät und speisten um zwei Uhr nachmittags. Manchmal lagen wir auf den Farnkräutern, rauchten und erzählten Geschichten, deren der Doktor so viele wußte wie ein pensionierter Hauptmann. Manchmal schwatzten wir mit den Eingeborenen, so gut es ging, und einmal zu unserer großen Freude brachte Pao-Pao uns Smolletts Romane in drei Bänden, die sich im Koffer eines Matrosen gefunden hatten, der vor einiger Zeit auf der Insel verstorben war. Oh, Amelia, oh, Peregrin, und du Held aller Schurken, Graf Fathom, wieviel schöne Stunden verdanken wir euch!

War es diese Lektüre, war es der Mangel an sentimentalem Zeitvertreib, jedenfalls versuchte der Doktor um diese Zeit, das Herz der kleinen Lu zu erobern. Wie ich schon sagte, war Pao-Paos Tochter von grausamer Zurückhaltung und schenkte uns auch nicht die geringste Beachtung. Oft sprach ich sie in ehrerbietigster Höflichkeit an, sie wendete nicht einmal ihr hübsches olivfarbenes Näschen nach mir. Sie weiß, was für Gesindel die Seeleute sind, dachte ich mir, und will nichts mit uns zu tun haben.

Aber mein Freund dachte nicht so. Er eröffnete den Feldzug nach allen Regeln der Kunst, rückte vorsichtig näher und begnügte sich drei Tage lang damit, die junge Dame etwa fünf Minuten lang nach jeder Mahlzeit anzustarren. Am vierten Tag fragte er sie etwas; am fünften ließ sie eine Nuß mit Salbe fallen und er hob sie auf und reichte sie ihr; am sechsten setzte er sich etwa vier Schritt von ihrer Lagerstatt nieder; und an dem denkwürdigen Morgen des siebenten wollte er seine Batterien spielen lassen.

Die junge Dame lag in den Farnkräutern, das Kinn in die eine Hand gestützt, während sie mit der anderen lässig in der taheitischen Bibel blätterte. Der Doktor kam näher. Sein Nachteil war, daß seine Sprachkenntnisse zu Liebesreden auf Taheitisch nicht reichten; aber da französische Grafen, wie man sagt, in gebrochenem Englisch entzückend den Hof zu machen wissen, warum sollte er es nicht in gebrochenem Taheitisch versuchen? »Ah!« sagte er mit betörendem Lächeln, »oih mickonarih? Oih lesi Bibli?«

Keine Antwort, nicht einmal ein Blick.

»Ah! mehteh! sehr guti lesi Bibli mickonarih.«

Ohne sich zu rühren, begann Lu leise vor sich hin zu lesen.

»Mickonarih Bibli lesi guti mehteh«, bemerkte der Doktor nochmals. Man beachte, wie genial er die Worte dreimal verschieden anzuordnen wußte.

Aber es war alles umsonst; die kleine Lu rührte sich nicht. Verzweifelnd hielt er inne; aber er dachte nicht daran, die Sache aufzugeben;

im Gegenteil, er warf sich der Länge nach neben ihr hin und begann die Blätter für sie zu wenden. Lu fuhr kaum merklich zusammen, machte mit den Fingern eine Bewegung und lag wieder regungslos. Der Doktor, über seine eigene Kühnheit erschrocken, wußte nicht, was er tun sollte. Schließlich legte er den einen Arm vorsichtig um ihren Leib; im nächsten Augenblick sprang er mit einem heftigen Schrei auf: die kleine Person hatte ihm einen scharfen Dorn in die Hand gebohrt. Dabei lag sie völlig ruhig da, wendete die Blätter und las halblaut vor sich hin. Der lange Doktor hob die Belagerung sofort auf und trat einen nicht sehr geordneten Rückzug nach der Stelle an, an der ich lag und zusah.

Lu mußte den Vorfall ihrem Vater berichtet haben, als er bald darauf eintrat; denn er sah den Doktor sonderbar an, sagte jedoch nichts, und war zehn Minuten später so freundlich wie immer. Lu änderte ihr Verhalten in keiner Weise; der Doktor aber machte keinen Versuch mehr.

73.

Eines Tages ging ich nachdenklich auf einem der vielen Reitwege spazieren, die sich durch die schattigen Haine in der Nachbarschaft von Telu schlängeln, als eine wunderschöne junge Engländerin, entzückend gekleidet, auf einem munteren weißen Pony, eine grüne Gerte in der Hand, auf mich zugaloppierte.

Ich sah mich um, ob ich noch in Polynesien war! Da standen die Palmen; aber wie kam die Dame her?

Ich trat zur Seite und grüßte höflich. Sie warf mir einen unbefangenen Blick zu, streichelte vergnügt ihr Pferdchen, rief »Los, Willie!« und galoppierte zwischen den Bäumen davon. Ich wäre ihr nachgeeilt; aber Willies Hufe schlugen viel zu schnell auf den mit raschelndem welken Laub bedeckten Boden. Daher ging ich geradeswegs nach Hause und erzählte dem Doktor mein Erlebnis. Unsere Nachforschungen ergaben, daß die Fremde bereits seit zwei Jahren auf der Insel wohnte, daß sie aus Sydney und die Frau eines Mr. Bell, Eigentümers der bereits erwähnten Pflanzung, war. Glücklicher Mr. Bell!

Am nächsten Tag machten wir auf der Pflanzung einen Besuch. Ringsumher lag herrliches grünes, ebenes Land, von sanften Hügelwänden umgeben. Auf etwa hundert Morgen stand das Zuckerrohr in verschiedenen Reifestadien. Die Pflanzung machte einen guten Eindruck. Immerhin sahen wir, daß ein beträchtlicher Streifen Landes, der, wie es schien, früher bebaut gewesen, jetzt aufgegeben war. Unter einem ungeheuren offenen Bambusschuppen sahen wir schwerfällige Apparate zum Schneiden des Rohres und große Kessel zum Aussieden des Zuckers, aber alles im Augenblick außer Tätigkeit. In dem einen Kessel saßen zwei oder drei Eingeborene und rauchten, in dem anderen spielten drei Matrosen vom »Leviathan« Karten. Während wir mit ihnen ins Gespräch gerieten, kam ein sonnverbrannter, interessant aussehender Europäer in einem weiten losen Baumwollanzug, der den wohlgebauten Hals und die Brust freiließ; in der Hand trug er einen Guayaquilhut mit einem Rand, breit wie ein chinesischer Sonnenschirm. Es war Mr. Bell. Er empfing uns sehr höflich, zeigte uns sein Grundstück und lud uns zuletzt in eine Laube ein und bot uns Wein an. Das kommt oft vor, aber Mr. Bell stellte die Flasche auf den Tisch, es war der beste Sherry. Er hatte ihn von den Franzosen in Taheiti gekauft, und wir tranken ihn aus natürlichen Bechern: jeder hatte die halbe Schale einer frischen Melone vor sich und füllte sie.

All dies war außerordentlich liebenswürdig von Mr. Bell; aber wir hätten gerne Frau Bell gesehen. Leider war sie am Morgen nach Papiti gefahren um ein paar Missionarsfrauen zu besuchen.

Sehr enttäuscht kehrte ich nach Hause zurück. Die Dame hatte all meine Neugier erregt. Nicht nur, daß sie die schönste weiße Frau war, die ich auf den Südseeinseln gesehen, sie hatte solche Augen, so rosige Wangen und sah zu Pferde so göttlich aus, daß ich Frau Bell bis zu meinem Sterbetag nicht vergessen werde. Ihr Mann, der Pflanzer, war jung, hübsch und kräftig. So mögen denn viele, viele kleine Bells im Lande Imio geboren werden und ihren Eltern Freude bereiten!

74.

In Partuwei befindet sich eine der bestgebauten und hübschesten Kapellen der Südsee. Gleich dem Königspalast steht sie auf einem künstlichen Damm, der in Halbkreisform am Ufer der Bucht liegt. Die Kapelle selbst ist auf behauenen Korallenblöcken erbaut, die, an sich sehr bröcklig, an der Luft erhärten sollen. Mit den seltsamen fossilen Bildereindrücken, die sie von der Urzeit her tragen, sehen diese Blöcke merkwürdig aus. Beinahe weiß, wenn sie vom Riff gebrochen werden, dunkeln sie allmählich nach, so daß verschiedene Kirchen auf der Insel einen so düsteren und ehrwürdigen Eindruck machen wie die Paulskirche.

Die Kapelle ist ein Achteck, mit einer Galerie und mit Sitzplätzen für vielleicht vierhundert Personen. Das Innere ist rotbraun gestrichen und hat nur wenige Fensteröffnungen; im Halbdunkel sieht man Bänke und Galerie und die hohe gespenstische Kanzel.

Des Sonntags besuchten wir stets den Gottesdienst; wir erschienen höchst anständig im Familiengefolge Pao-Paos und wurden von allen älteren Personen im Ort vermutlich als musterhafte junge Leute angesehen. Pao-Pao hatte seinen Sitz in einer behaglichen Ecke an einem der Pfeiler aus Palmenholz, die die Galerie trugen; ich saß an den Pfeiler gelehnt, Pao-Pao und seine Frau neben mir, der Doktor und der elegante Sohn auf der anderen Seite, die Kinder und die armen Verwandten hinter uns. Lu blieb nicht bei den Ihren, sondern lief auf die Galerie, wo sie mit ein paar übermütigen Geschöpfen ihres Alters saß, die während der Predigt sich nur die Leute ansahen, mit Fingern zeigten und kicherten. Das allerdings machte Lu nicht mit.

In der Woche fand gelegentlich ein Nachmittags-Gottesdienst in der Kapelle statt, doch ist der Besuch gering. Der Missionar spricht ein Gebet, ein Kirchenlied wird gesungen, dann stehen die, die das Abendmahl nehmen wollen, auf und sprechen auf Taheitisch, mit wunderbaren Stimmen und Gebärden. Der Kirchenälteste Pao-Pao sprach sehr häufig und lange und man hörte ihm gerne zu, obwohl ich seine leidenschaftlichen Ausbrüche nicht verstehen konnte; wenn er seine Arme erhob, stampfte und wilde Blicke um sich warf, sah er wie ein Racheengel aus.

»Armer Mann!« seufzte der Doktor, »ich fürchte, seine Ansichten sind die eines Fanatikers.« Jedenfalls hörten alle auf Pao-Pao, während, wenn andere redeten, die einen schliefen, andere gähnten oder unruhig wurden; ein reizbarer alter Herr in einer Nachtmütze aus Kokosblättern griff sogar nach seinem langen Stock und verließ geräuschvoll die Kirche.

Dicht neben der Kapelle befindet sich ein sehr großes, schon etwas hinfälliges Gebäude mit Fenstern und Fensterläden und einem halb verfallenen Bretterboden, der von Palmenstämmen getragen wurde. Sie nannten es das Schulhaus; wir haben jedoch nie darin Schule halten sehen, wohl aber fanden dort Gerichtssitzungen statt. Unter anderem waren wir Zeugen eines Verfahrens gegen einen herabgekommenen Marineoffizier und ein vierzehnjähriges Mädchen, die sich zusammen sehr schlecht aufgeführt haben sollten. Der Ausländer war ein langer Mensch von militärischem Aussehen mit dunklen Wangen und schwarzem Backenbart. Wie er berichtete, war eine armierte Brigg, die er kommandiert hatte, an der Küste von Neuseeland gescheitert; seitdem hatte er auf den Inseln privatisiert. Der Doktor wollte wissen, warum er den Verlust nicht gemeldet hatte; Kapitän Crash, wie er sich nannte, gab lange Erklärungen dafür, aus denen wir nicht klug wurden. Vermutlich hatte er Gründe, ähnlichen Unterhaltungen mit dem Admiralitätsamt aus dem Wege zu gehen. Er war ein höchst zweideutiger Herr, der längere Zeit unerlaubten Handel mit französischen Weinen und Likören getrieben hatte, die er von den Kriegsschiffen, die nach Taheiti gekommen waren, herüberschmuggelte. Er hatte eine kleine Hütte und eine Laube in der Nähe des Landungsplatzes, in der sich, wenn keine Schiffe in Telu waren, gelegentlich ein Eingeborener betrank und, sich an den Kokosbäumen festhaltend, nach Hause wankte. An warmen Abenden konnte man den Kapitän selbst pfeiferauchend unter den Bäumen sehen. Belebt wurde seine Laube, wenn ein Schiff in die Bucht einfuhr; dann kehrten die Matrosen bei dem Kapitän ein und tranken, sangen und stritten nach Herzenslust.

Einmal machte die Mannschaft des »Leviathan« dabei einen solchen Lärm, daß die empörten Eingeborenen sich ein Herz faßten und hundert Mann stark über die Ruhestörer herfielen. Die Seeleute kämpften wie die Löwen, wurden aber zuletzt überwältigt und vor Gericht geschleppt; nach einem fürchterlichen Lärm wurden alle, bis auf Kapitän Crash als den Hauptschuldigen, wieder entlassen. Er war in Haft geblieben, bis das Schwurgericht zusammentrat, das für den Nachmittag erwartet wurde. In der Zwischenzeit, so kurz sie war, liefen – und zwar größtenteils von alten Weibern – eine Menge weiterer Anklagen gegen ihn ein, darunter auch eine wegen des kleinen Seitensprungs mit der erwähnten jungen Dame, In der Südsee ist es wie überall: wer einmal strauchelt, dem werden sämtliche Sünden, die er je begangen hat, vorgehalten.

Wir begaben uns ins Schulhaus, um dem Prozeß beizuwohnen und hörten den Lärm schon von weitem; im Haus war er geradezu betäubend. Es waren etwa fünfhundert Eingeborene da, die alle reden wollten. Der Vorsitzende, ein stattlicher, freundlich aussehender alter Mann, saß kreuzbeinig und resigniert auf einer kleinen Plattform; er war der erbliche Häuptling des Bezirks und lebenslänglich Richter in Partuwei. Es lagen mehrere Fälle vor; der des Kapitäns und des Mädchens kam zuerst an die Reihe. Sie bewegten sich frei in der Menge, und wer wollte, redete; es wäre schwer zu sagen gewesen, wann das eigentliche Verfahren begann; Zeugen wurden nicht vereidigt und eine regelrechte Geschworenenbank war nicht vorhanden. Hier und da sprang einer auf und schrie, vermutlich ein Zeuge, die anderen schwatzten indessen weiter. Endlich sprang der alte Richter selbst aufgeregt von seinem Sitz auf, lief unter die Leute und schrie gleichfalls. Das dauerte etwa zwanzig Minuten; zuletzt saß Kapitän Crash auf der Plattform des Vorsitzenden und sah gelassen auf das Toben, in dem sein Schicksal entschieden wurde. Beide, er und das Mädel, wurden schuldig gesprochen. Sie wurde verurteilt, sechs Matten für die Königin zu flechten, der Kapitän mit Rücksicht auf die Zahl seiner Vergehen für immer von der Insel verbannt. Der Spruch schien das Ergebnis der allgemeinen Meinung zu sein, aber zweifellos hatte der Vorsitzende darauf Einfluß genommen und jedenfalls hatte er dem Urteil zugestimmt. Die Strafen wurden auch nicht aufs Geratewohl verhängt. Die Missionare haben zur Erleichterung des Verfahrens eine Art Straftarif eingeführt: für Trinken soviel Tage Arbeit am Ginsterweg, für Gewehrstehlen soviel Faden Steinmauer usw. Die Sache ist ganz einfach: es wird ein Fall von Bigamie bewiesen; der Richter sieht unter B nach: Bigamie: vierzig Tage Ginsterweg und zwanzig Matten für die Königin. Er liest die Stelle vor und das Urteil ist gesprochen.

Nun kamen die anderen Fälle dran. Die Delinquenten, die alle schuldig gesprochen wurden, redeten nicht weniger als die anderen. So sonderbar das Verfahren schien, es entsprach dem rühmlichen englischen Grundsatz, daß jeder nur von seinesgleichen gerichtet werden darf.

75.

Wer Cooks Reiseschilderungen gelesen hat, wird sich Otus erinnern, der zur Zeit des berühmten Seefahrers die größere Halbinsel von Taheiti beherrschte. Später dehnte er mit Hilfe der Mannschaft der »Bounty« seine Herrschaft über die ganze Insel aus. Vor seinem Tod änderte er seinen Namen, und Pomari wurde der königliche Familientitel.

Ihm folgte sein Sohn, Pomari II., der berühmteste Herrscher in der taheitischen Geschichte. Obschon er dem Trunk und schlimmen Ausschweifungen ergeben war und ihm sogar unnatürliche Verbrechen nachgesagt wurden, war er ein großer Freund der Missionare und einer der ersten, die sich taufen ließen. In den Religionskriegen, in die ihn sein Eifer für den neuen Glauben verwickelte, wurde er besiegt und von der Insel vertrieben. Nach kurzer Verbannung kehrte er von Imio mit einem Heer von achthundert Kriegern zurück, schlug die aufständischen Heiden in der Schlacht von Nereii unter großem Blutvergießen und gewann seinen Thron wieder. So triumphierte das Christentum durch Waffengewalt auf Taheiti.

Auf Pomari II., der 1821 starb, folgte sein jugendlicher Sohn Pomari III. Er überlebte seinen Vater nur um sechs Jahre, worauf die Regierung seiner älteren Schwester Emeta, der gegenwärtigen Königin, zufiel, die gewöhnlich Pomari Veheinih I., das heißt die erste weibliche Pomari, genannt wird. Ihre Majestät muß zur Zeit etwa dreißig Jahre alt sein. Sie war zweimal verheiratet. Ihr erster Mann war ein Sohn des alten Königs von Tehar, einer Insel, die etwa hundert Meilen von Taheiti liegt. Die Ehe war unglücklich und wurde geschieden. Der gegenwärtige Gatte der Königin ist ein Häuptling aus Imio. Der Ruf der Königin ist kein tadelloser. Sie und ihre Mutter waren lange Zeit exkommuniziert; die ältere Dame ist es, glaube ich, noch. Die Exkommunikation der Königin erfolgte wesentlich, weil ihr Untreue in der Ehe vorgeworfen wurde. Vor ihrem Unglück pflegte sie, von einem ausgelassenen Hof begleitet, von einer Insel zur anderen zu fahren und überall Feste und Spiele zu veranstalten. Sie liebte den Aufwand. Jahrelang verursachte die Erhaltung eines königlichen Hausregiments der Staatskasse große Kosten. Die Uniform bestand aus Kattunhemden und Hüten aus Pappe; Hosen trugen die Krieger nicht; sie waren mit Musketen jeder Art und jeden Kalibers bewaffnet, und ihr Kommandant war ein großer lärmender Häuptling, der in einem feuerroten Rock einherstolzierte. Diese Helden begleiteten die Königin auf allen ihren Wegen.

Vor einiger Zeit erhielt die Königin von Viktoria, ihrer Schwester auf dem englischen Thron, einen prächtigen, wenn auch unbequemen Kopfschmuck, eine Krone, die vermutlich bei einem Londoner Blechschmied bestellt worden war. Da Krönungsfeierlichkeiten nur selten stattfinden, trug Ihre Majestät diese Krone bei jedem öffentlichen Auftreten, und um ihre Vertrautheit mit europäischen Sitten zu zeigen, lüftete sie sie höflich vor jedem vornehmeren Fremden, wie Kapitänen von Walfischfängern und dergleichen, denen sie bei ihrem Abendspaziergang auf dem Ginsterwege begegnete.

Die Ankunft sowie die Abreise des Hofes wurde stets durch den Hofartilleristen im Palast kundgegeben, einen fetten alten Herrn, der schwitzend kleine Vogelflinten, so schnell es irgend ging, lud und immer wieder abfeuerte.

Der Gatte der taheitischen Fürstin hatte es nicht leicht. Schon sein Titel ist kein angenehmer, wenn auch durchaus bezeichnend: er ist »Pomari-Tehnih« »Pomaris Mann«.

Wenn je ein Mann unterm Pantoffel stand, so ist es der Prinz-Gemahl von Taheiti. Eines Tages gab seine Ehelichste einer Abordnung der Schiffskapitäne, die sich gerade in Papiti befanden, Audienz, und er erlaubte sich einen Vorschlag zu machen, der ihr mißfiel; sie wendete sich um, gab ihm eine Ohrfeige und hieß ihn sich nach seinem lumpigen Imio zurücktrollen, wo er den großen Herrn spielen könnte. Kein Wunder, daß der arme Tehnih sich mit der Flasche, oder vielmehr mit der Kalebasse, tröstete. Übrigens trinkt auch seine Gattin und Herrin mehr, als für sie gut ist.

Es mögen etwa sechs Jahre her sein, ein amerikanisches Kriegsschiff lag gerade im Hafen von Papiti, als die Stadt in große Aufregung geriet, weil der betrunkene Tehnih die geheiligte Person der Herrscherin, seiner Gattin, seinerseits tätlich insultiert hatte. Kapitän Bob hat mir die Geschichte erzählt, die er der Klarheit wegen zugleich mimisch darstellte, wobei ich die Königin spielen mußte. Eines Sonntags morgens war Tehnih von der Königin schimpflich vom Hofe gewiesen worden, worauf sich ein paar Freunde und Trinkgenossen zu ihm gesellten, ihn bedauerten, auf die Königin schalten und ihn zuletzt in ein Haus schleppten, wo unerlaubter Handel mit geistigen Getränken getrieben wurde und alle sich aufs herrlichste besoffen. In diesem Zustand ergingen sie sich des längeren über Pomari Veheinih I.; sie meinten, daß sie sich so eine Behandlung nicht gefallen lassen würden; jedenfalls geriet Tehnih in Wut, und da er hörte, daß Ihre Majestät ausgeritten war, bestieg er sein Roß und galoppierte ihr nach.

Am Rande der Stadt kam der Zug von Frauen, in deren Mitte sie ritt, dahergesprengt. Tehnih spornte sein Pferd mitten unter die Frauen, ritt eine um, und alle ergriffen die Flucht, nur Pomari nicht. Sie brachte ihr Pferd zum Stehen und sagte ihm empört ihre Meinung. Aber der wütende Tehnih sprang aus dem Sattel, faßte sie an ihrem langen Kleid, riß sie zu Boden, hielt sie an den Haaren fest und schlug sie wiederholt ins Gesicht. Er wollte sie erwürgen, aber auf das Geschrei der erschrockenen Dienerinnen war eine Menge von Eingeborenen zusammengeeilt, die die fast ohnmächtige Königin aus seinen Händen retteten und fortbrachten. Seine Wut war nicht gestillt. Er lief in den Palast und zerschlug ein wertvolles Porzellanservice, das die Königin kürzlich zum Geschenk erhalten hatte, und er wollte eben neue Schandtaten verüben, als er von rückwärts gepackt und mit rollenden Augen und schäumendem Munde fortgeschleppt wurde.

So sind die Taheitier. Die sanftesten Menschen, die es gibt und schwer aufzubringen; wenn aber einmal in Wut, sind sie wie die Teufel.

Am folgenden Tage wurde Tehnih in aller Stille in einem Kanu nach Imio gebracht, wo er ein paar Wochen. in der Verbannung blieb; dann wurde ihm erlaubt, zurückzukehren.

Obschon Pomari Veheinih I. im Privatleben eine Jesabel ist, soll ihre Regierung mild und nachsichtig sein. Das ist auch richtige Politik, denn sie hat mit der Erbfeindschaft vieler mächtiger Häuptlinge, Nachkommen der alten Könige von Tejarbu zu rechnen, die ihr Großvater Otu entthront hat. Der Führer war Pufeh, ein fähiger, kühner Mann, der aus seiner Feindschaft gegen die Missionare und die Regierung, die sich von ihnen beeinflussen ließ, kein Hehl machte; diese Partei machte sich bereits große Hoffnungen, als die Ankunft der Franzosen die Lage völlig veränderte.

Während meines Aufenthaltes in Taheiti wurde erzählt, und zwar ging die Geschichte von der Missionarspartei aus, daß Pufeh und einige andere Häuptlinge das Land verkauft hätten. Die Verleumdung ist durch die Tatsachen widerlegt worden; denn gerade von diesen Häuptlingen sind mehrere im Kampf gegen die Franzosen gefallen.

Unter den Pomaris hatten die großen Häuptlinge auf Taheiti ungefähr dieselbe Stellung wie die Barone unter König Johann. Lehnsherrscher in ihren Tälern, vom Volk als die angestammten Herren anerkannt und geliebt, weigerten sie sich oft, den üblichen Tribut als Vasallen der Krone zu bezahlen, so daß diese ohne Einnahmen blieb.

Durch den Einfluß der Missionare hat das Königtum auf Taheiti an Macht und Würde verloren. Als noch das Heidentum bestand, konnte es sich auf eine zahlreiche Priesterschaft stützen und stand in mystischer Verbindung mit den Götzen des Landes. Der Monarch galt für die Frucht eines Seitensprungs Terarroas, des Saturn der polynesischen Mythologie, und war der leibliche Vetter mehrerer niederer Gottheiten. Seine Person war dreimal heilig; wenn er für noch so kurze Zeit ein gewöhnliches Haus betrat, mußte es nach seinem Fortgehen abgerissen werden; kein gewöhnlicher Sterblicher durfte es nach ihm bewohnen. »Ich bin größer als König Georg«, sagte der junge Otu zu den ersten Missionaren, »er reitet auf einem Pferd und ich auf einem Menschen.« Tatsächlich durchreiste er sein Gebiet auf den Schultern seiner Untertanen, und in jedem Tal war für Ersatz des menschlichen Reittiers gesorgt.

Aber ach, wie vergänglich ist Menschengröße! Vor einigen Jahren übernahm Pomari Veheinih I., des stolzen Otu Enkelin, einen Wäschereibetrieb. Durch ihre Agenten bat sie die fremden Schiffsoffiziere in den Häfen, ihre feine Wäsche ihr anzuvertrauen.

Es ist eine bemerkenswerte Tatsache, daß, während der Einfluß der englischen Missionare in Taheiti der königlichen Würde so geschadet hat, der der amerikanischen Missionare auf den Sandwich-Inseln zielbewußt auf das Gegenteil hinarbeitete.

76.

Im zweiten Monat der Hegira, etwa fünf Wochen nach unserer Ankunft in Partuwei, erhielten wir endlich Einlaß in den königlichen Palast.

Dies geschah so: in Pomaris Gefolge war ein Mann von den Marquesas als Pfleger ihrer Kinder. Nach taheitischem Brauch werden die königlichen Sprossen noch in einem Alter umhergetragen, in dem sie schon ein beträchtliches Gewicht erreicht haben. Dazu war Marbonna der Mann, denn er war groß und muskelkräftig, gebaut wie ein griechischer Athlet, mit einem Arm, so dick wie die Schenkel der entarteten Taheitier. Er hatte sich auf einem französischen Walfischfänger als Matrose verdungen, war in Taheiti ausgerissen, und Pomari hatte ihn gesehen, bewundert und in ihren Dienst genommen. Oft hatten wir ihn im Vorübergehen zwei kräftige Jungen, die ihre Arme um seinen Hals geschlungen hatten, durch den schattigen Hain tragen sehen. Sein Gesicht, tätowiert nach der Sitte seines Stammes, war für die jungen Pomaris wie ein Bilderbuch; mit den Fingern folgten sie freudig den Umrissen der seltsamen Figuren, die darauf zu sehen waren. Ich erkannte auf den ersten Blick, daß er von den Marquesas kam, rief ihn in der Sprache seiner Heimat an, und er drehte sich um, höchst überrascht, einen Weißen zu sehen, der seine Sprache redete. Er war aus Teior, einem Tal auf Nukuhiva. Ich war öfters dort gewesen, und so begegneten wir uns auf Imio wie alte Freunde.

Bei unseren häufigen Unterhaltungen über den Zaun erwies er sich als ein natürlicher Philosoph: ein heidnischer Wilder, stellte er moralische Betrachtungen über den lasterhaften christlichen Hof von Taheiti an, und mit tiefer Verachtung sprach er von dem entarteten Volk, unter dem er lebte. Kein Europäer konnte mit mehr Stolz von seiner Heimat sprechen als Marbonna. Sobald er genug Geld verdient hätte, um zwanzig Gewehre und ebensoviel Sack Pulver zu kaufen, wollte er nach seiner Insel zurückkehren, mit der Imio nicht zu vergleichen wäre.

Er war es, der uns nach ein oder zwei erfolglosen Versuchen Zutritt zum Hofe verschaffte. Er führte uns durch eine beträchtliche Menschenmenge über den Damm bis zu einer Stelle, an der ein alter Mann saß; diesem stellte er uns als ein paar Karhauris vor, die er kannte und die den Palast gerne sehen wollten. Der greise Kämmerling sah uns an und schüttelte seinen Kopf; der Doktor reichte ihm eine Schnitte Tabak als Eintrittsgebühr. Daraufhin erhielten wir die Erlaubnis weiterzugehen. Aber gerade, als wir das erste Haus betreten wollten, wurde Marbonna von verschiedenen Seiten gerufen und mußte uns verlassen. Wir waren allein, aber die unerschütterliche Sicherheit des Doktors kam uns zustatten. Er trat einfach ein und ich folgte ihm. Das Haus war voll von Frauen, die keineswegs überrascht waren, sondern uns freundlich aufnahmen, als hätten sie uns für diesen Nachmittag eingeladen und zum Tee erwartet. Sie nötigten uns sogleich, eine Kalebasse mit Poï und mehrere geröstete Bananen zu essen; dann wurden Pfeifen angezündet und eine muntere Unterhaltung begann. Das Benehmen dieser Hofdamen war vielleicht nicht das feinste, aber sehr frei und unbefangen, etwa so wie das der Schönen am Hof Karls II. war. Einem drolligen kleinen Fräulein, das fließend mit uns reden konnte, suchten wir uns besonders angenehm zu machen, in der Hoffnung, daß sie den Cicerone machen würde. Dazu war sie auch bereit und führte uns ungehindert überall hin; wir betraten jeden Raum, schoben die Vorhänge zur Seite, hoben die Matten auf und guckten in jeden Winkel. Ob die Kleine den Siegelring ihrer Herrin hatte, so daß ihr alles offen stand, weiß ich nicht; aber Marbonna hätte nicht halb soviel für uns tun können. Unter anderem besuchten wir ein schönes großes Haus, das ein Europäer bewohnte, einst der Steuermann eines Handelsschiffes, der eine nahe Verwandte der Königin geheiratet hatte und seitdem zum Haushalt ihrer Majestät gehörte. Er stand spät auf, kleidete sich theatralisch in Kattungewänder, trug viel Schmuck und Ringe, redete in gebieterischem Ton und schien die größte Meinung von sich zu haben. Er lag auf einer Matte inmitten eines bewundernden Kreises von Häuptlingen und Damen und rauchte aus einer Rohrpfeife. Während alle anderen uns begrüßten, rührte er sich nicht, sondern fuhr fort zu rauchen und zu reden, ohne uns eines Blickes zu würdigen.

Auf unsere dringende Bitte, die Königin sehen zu dürfen, wurden wir nach einem Gebäude geführt, das weitaus das größte von allen war, etwa hundertfünfzig Fuß lang, sehr breit, mit einem tief herabreichenden und sehr steil ansteigenden Dach aus Pandanablättern. Es hatte weder Türen noch Fenster; die Seitenwände wurden lediglich durch Vorhänge aus Tappa und feinen geflochtenen Matten zwischen dünnen Pfeilern, die das niedere Dach stützten, gebildet. Einige davon waren mit Blumengewinden geschmückt, andere teilweise weggezogen, um Licht und Luft den Zutritt zu gewähren. Auch wir schoben einen dieser Vorhänge zur Seite und traten ein. Wir befanden uns in einer riesigen Halle. Von der langen Dachstange, die sich in einer Höhe von vierzig Fuß befand, flatterten befranste Matten und große Quasten. An beiden Seiten lagen viele Matten auf dem Boden übereinander; da und dort hingen dünne Vorhänge als Zwischenwände und bildeten Gemächer, in denen Frauen bei der Abendmahlzeit saßen. Das Plaudern hörte auf und alle verstummten, als wir erschienen, und unsere Führerin sagte ein paar geheimnisvolle Worte zur Erklärung.

Wenn der Anblick an sich schon ein seltsamer war, das allerseltsamste war die wahllose Anhäufung der kostbarsten Gegenstände aus allen Teilen der Welt. Herrliche Schreibtische aus Rosenholz, mit Silber und Perlmutter eingelegt, Karaffen und Kelche aus geschliffenem Glas; plattiertes Tafelgeschirr in erhabener Arbeit, vergoldete Kandelaber, Erdkugeln und mathematische Instrumente, das feinste Porzellan, reich verzierte Schwerter und Jagdflinten, Spitzenhüte und kostbare Gewänder aller Art und zahllose andere Gegenstände europäischer Herkunft standen und lagen zwischen fettigen Kalebassen, die noch halb voll Poï waren, Rollen von altem Tappa, Matten, Paddelrudern, Fischspeeren und allem anderen umher, was zur gewöhnlichen Einrichtung eines taheitischen Hauses gehört. Die europäischen Gegenstände waren zweifellos Geschenke fremder Regierungen; fast alle waren beschädigt, die Gewehre und Schwerter verrostet, das feine Holz zerkratzt; ich sah einen Folioband von Hogarth offen liegen, der feuchte Inhalt einer Kokosnußschale war über das »Zimmer des Wüstlings« ausgegossen, wo diesem unbesonnenen jungen Mann gerade Maß für einen neuen Rock genommen wurde.

Während wir das sonderbare Museum heiter betrachteten, faßte unsere Führerin uns am Ärmel und flüsterte: »Pomari! Pomari ermeh kaukau.«

»Ah, sie kommt zum Essen«, sagte der Doktor, »wie wär's, Paul, wenn wir vor sie träten?« In diesem Augenblick wurde ein Vorhang in unserer Nähe aufgehoben und die Königin, die allein aus einem nur wenige Schritte entfernten Gebäude kam, trat ein.

Sie trug ein loses Gewand aus blauer Seide und zwei herrliche Schals, einen roten und einen gelben, um den Hals. Ihre Majestät war barfuß. Sie war von mittlerer Größe, sah ziemlich frauenhaft aus; ihre Züge waren nicht besonders schön, der Mund sinnlich, das Gesicht hatte einen sorgenvollen Ausdruck. Man mochte sie auf etwa vierzig Jahre schätzen, aber sie ist beträchtlich jünger.

Sie schritt auf eines der abgeteilten Gemächer zu; ihre Dienerinnen eilten herbei, geleiteten sie hinein und legten die Matten glatt, auf denen sie sich ausstreckte. Nun erschienen zwei Mädchen, die die Speisen brachten, und zwischen all dem geschliffenen Glas und Porzellan, den Krügen mit Konfekt und eingemachten Früchten aß Pomari Veheinih I., Titularkönigin von Taheiti, Fisch und Poï aus ihren heimischen Kalebassen, ohne Messer und Gabel zu benützen.

»Komm«, flüsterte das lange Gespenst, »wir wollen gleich Audienz nehmen«, und er wollte sich bereits selbst vorstellen, als unsere Führerin ihn erschrocken zurückhielt und zu schweigen bat. Auch die anderen Eingeborenen traten dazwischen, und da er sich durchdrängen wollte, machten sie Lärm, so daß Pomari aufblickte und uns sah.

Sie schien überrascht und verletzt, gab ihren Frauen mit gebieterischer Stimme einen Befehl und wies uns mit einer Handbewegung hinaus. Das kam zwar etwas plötzlich, aber die Hofetikette wollte es offenbar so. Wir zogen uns daher mit einer tiefen Verneigung zurück und verschwanden hinter den Tappagehängen.

Wir verließen das Schloßgebiet, ohne Marbonna wiederzusehen; ehe wir aber über den Zaun voltigierten, belohnten wir unsere hübsche Führerin in besonderer Weise. Als wir einen Augenblick später zurückblickten, sahen wir, wie die kleine Dame von zwei Männern ins Haus geführt wurde, die offenbar nach ihr geschickt worden waren. Hoffentlich erhielt sie nur eine Rüge.

Am nächsten Tag teilte Pao-Pao uns mit, daß ein strenger Befehl
ausgegeben worden war, Fremde unter keinen Umständen den Schloß-
grund betreten zu lassen.

<h2 style="text-align:center">77.</h2>

Da unsere Hoffnungen, an den Hof zu kommen, zunichte geworden
waren, beschlossen wir, wieder zur See zu gehen. Wir konnten Pao-Paos
Gastfreundschaft nicht länger mißbrauchen, auch war ich des Lebens in
Imio müde, und wie alle Seeleute, die an Land sind, zog es mich auf die
Wogen hinaus.

Was immer die Leute uns vom »Leviathan« Schlimmes erzählt hatten
– ich hatte den Kapitän des Schiffes gesehen, und er gefiel mir. Er war
ein Mann in den besten Jahren, ungewöhnlich groß, prachtvoll gebaut,
mit sonngebräunten Wangen und einem dunkelroten Fleck auf jeder
Wange, der zweifellos von kräftigem Trinken herrührte. Er kam von der
Insel Marthas Vineyard (Marthas Weinberg) bei Nantucket, und ich
hätte schwören mögen, daß er ein richtiger Seemann und kein Tyrann
war.

Bis dahin waren wir den Leuten vom »Leviathan« eher aus dem Wege
gegangen, jetzt suchten wir ihre Gesellschaft, um mehr über das Schiff
zu erfahren. So lernten wir den dritten Offizier, einen Preußen, kennen;
er war lange auf Handelsschiffen gefahren und ein prächtiger, lustiger
Mensch mit feuerrotem Gesicht. Wir brachten ihn zu Pao-Pao und be-
wirteten ihn mit gebackenem Schweinefleisch und Brotfrucht und Pfeifen
und Tabak zum Dessert. Was er uns von dem Schiff erzählte, bestätigte
unseren Eindruck. Ein gemütlicheres altes Fahrzeug war nie in See gewesen, und der Kapitän war ein Prachtkerl. Essen gab es genug, und
auf See nichts zu tun, als am Ankerspill zu sitzen und die Segel zu
trimmen. Nur eins sprach gegen das Schiff: es war unter einem bösen
Stern vom Stapel gelassen worden und hatte in der Fischerei kein Glück.
Die Boote mochten noch so oft zu Wasser gelassen werden, und oft
kamen sie an den Walfischen fest, aber immer wieder versagten Lanze
und Harpune, wenn die Leute vom »Leviathan« sie schleuderten. Aber
was verschlug uns das? Es bedeutete, daß wir den ganzen Spaß der Jagd
auf die Ungeheuer haben würden und nicht die scheußliche Arbeit, die
nachher kommt, wenn ein Wal erbeutet ist. Also hurra! und auf nach

der japanischen Küste! Denn dahin ging die Fahrt, Und all die schlimmen Geschichten, die man uns beim ersten Besuch auf dem Schiff erzählt hatte, waren Schwindel gewesen; die Leute hatten uns abschrecken wollen, damit der Kapitän, der mehr Mannschaft brauchte, gezwungen würde, länger im Hafen zu bleiben, in dem es ihnen gut gefiel.

Als der Mann von Marthas Weinberg das nächste Mal an Land kam, richteten wir es so ein, daß wir ihm begegneten, und teilten ihm mit, daß wir uns für sein Schiff anheuern lassen wollten. Darauf wollte er Näheres über uns erfahren, vor allem was für Landsleute wir wären. Wir sagten ihm, daß wir vor einiger Zeit einen Walfischfänger in Taheiti verlassen hätten und seither auf einer Pflanzung Beschäftigung gefunden hätten. Was unsere Heimat beträfe, so gehörten zwar Seeleute eigentlich zu keinem Volk; wir wären jedoch beide Yankees. Darauf machte er ein sehr ungläubiges Gesicht und sagte uns offen, daß er uns beide für Leute aus Sydney halte.

Nun muß man wissen, daß die amerikanischen Schiffer in der Südsee eine heillose Angst vor Leuten aus Sydney haben, die leider überall in einem sehr schlechten Ruf stehen. Wenn es an Bord eines Schiffes in der Südsee eine Meuterei gibt, so kann man zehn zu eins wetten, daß einer aus Sydney der Rädelsführer ist, und an Land treiben sie gleichfalls unaufhörlich Unfug. Darum hielten wir es geheim, daß wir zur »Julia« gehört hatten, obwohl ich das schneidige kleine Schiff nur ungern verleugnete. Und darum machte der Doktor schwindelhafte Angaben über seine Herkunft.

Unglücklicherweise zeugten die blauen Matrosenjacken, die wir von Afriti bekommen hatten, gegen uns. Denn merkwürdigerweise trägt der amerikanische Matrose zumeist eine rote Jacke und der englische eine blaue, als hätten sie die Nationalfarben getauscht. Das war dem Kapitän aufgefallen. Wir klärten die Sache auf, aber vergeblich, er hatte nun einmal ein Vorurteil gegen uns, und insbesondere betrachtete er den Doktor mit dem größten Mißfallen; um diesem zu helfen, sprach ich von Kentucky, wo die Leute alle so lang wären, aber darauf biß der Mann vom Weinberg nicht an.

Eines Nachmittags traf ich den Kapitän, Pfeife rauchend, im Hause eines stattlichen alten Eingeborenen, eines gewissen Meh-Meh, der gegen entsprechende Vergütung Fremde gastlich bewirtete.

Die Reste einer üppigen Mahlzeit von gebackenem Schweinefleisch und Rübenpudding standen noch auf dem Tisch; zwei Flaschen mit abgebrochenem Hals lagen auf der Matte. Nach einem guten Essen sind die Menschen liebenswürdiger und eher geneigt, sich überzeugen zu lassen. Ich sagte dem Schiffer, ich wäre gekommen, um die falsche Meinung, die er von meiner Nationalität hätte, zu zerstreuen: ich wäre, Gott sei Dank, ein Amerikaner, er möge es mir nur glauben.

Er sah mir eine Zeitlang ins Auge, mit nicht sehr sicheren Blicken, dann bat er mich, meinen Arm auszustrecken. Ich tat dies einigermaßen erstaunt, da ich nicht wußte, was es mit der Sache zu tun haben konnte; er aber fühlte mir den Puls; einen Augenblick später sprang er hoch erfreut auf und rief: »Ja, jeder Pulsschlag ein Yankee! – Mehmeh! noch eine Flasche!« Die Flasche kam, er enthauptete sie mit einem Streich seines Messers und befahl mir, sie auszutrinken. Dann sagte er, ich sollte morgen an Bord kommen, die Schiffsartikel lägen auf dem Kajütentisch, und ich brauchte sie nur zu unterschreiben.

Das ging also herrlich. Ich machte nun eine geschickte Anspielung auf meinen langen Freund. Es war völlig vergeblich; der Weinberger wollte mit ihm nichts zu tun haben; der Vogel war aus Sydney, und nichts könnte ihn von dieser Meinung abbringen. So gut mir die offene Art des Kapitäns gefiel, ärgerte ich mich doch über dieses Vorurteil gegen meinen Kameraden und ging. Als ich dem Doktor die Sache erzählte, lachte er nur und sagte, der Mann vom Weinberg müßte ein schlauer Kerl sein. Ich sollte mich nur auf dem Schiff verdingen – er wußte, wie sehr ich mich fortsehnte. Er sei ja schließlich kein Seemann, und die Stellung einer Landratte auf einem Walfischfänger locke ihn nicht. Überhaupt habe er Lust, noch eine Weile auf Imio zu bleiben.

Ich überlegte es mir und kam zu dem Entschluß, die Insel zu verlassen. Der Drang zur See und die Aussicht, wieder nach Hause zu kommen, waren unwiderstehlich, um so mehr, als der »Leviathan« auf seine letzte Jagd fuhr und innerhalb Jahresfrist Kap Horn umschiffen und heimfahren sollte. Übrigens band ich mich nur für eine einzige Fahrt, denn ich wollte möglichst frei bleiben, um, wenn mich die Lust dazu überkam, schneller und bequemer nach Hause reisen zu können.

Tags darauf paddelte ich nach dem Schiff, unterschrieb und siegelte und ging mit einem Vorschuß, fünfzehn spanischen Dollars, die ich ins Halstuch eingebunden hatte, wieder an Land. Die Hälfte davon drängte ich dem langen Gespenst auf, und da ich Geld kaum brauchte, wollte ich die andere Hälfte Pao-Pao als kleines Entgelt für all seine Güte geben;

aber obwohl er den Wert der Münze kannte, nahm er durchaus nichts an.

Drei Tage später kam der Preuße zu Pao-Pao und sagte uns, die Zahl der Leute sei voll, der Kapitän habe mehrere Eingeborene eingestellt und wolle am nächsten Morgen mit der Landbrise auslaufen. Es war Abend, der Doktor verschwand sogleich und kam bald darauf mit ein paar Flaschen Wein zurück, die er im Bausch seiner Jacke verborgen hatte. Er hatte sie sich durch den Mann von den Marquesas von einem Hoflieferanten verschafft. Ich bewog sogar Pao-Pao, eine Schale davon zum Abschied zu trinken, und selbst die kleine Lu, die wohl wußte, daß einer ihrer hoffnungslosen Bewunderer Partuwei für immer verließ, schlürfte ein paar Tropfen aus einem gefalteten Blatt. Die gutherzige Afriti war wirklich traurig. Sie bat mich, die letzte Nacht noch in ihrem Haus zu verbringen, am Morgen wollte sie mich selbst nach dem Schiff hinüberrudern. Aber das nahm ich nicht an. Zur Erinnerung schenkte sie mir eine feine Matte und eine Tapparolle, die ich in meiner Hängematte unterbrachte und in den kühleren Breiten, nach denen wir fuhren, sehr angenehm fand; und oft dachte ich dankbar an die gute Frau zurück.

Als es Nacht wurde, verließen wir die großherzigen Leute und eilten zum Wasser hinab. Auf dem Schiff machten sich die Matrosen noch eine lustige tolle Nacht; sie hatten ein Fäßchen Wein angezapft, das sie sich ebenso verschafft hatten, wie der Doktor seine Flaschen. Zwei Stunden nach Mitternacht war alles still; aber als der erste Lichtstreif über den Bergen dämmerte, tönte eine scharfe Stimme in die Back und befahl, die Leinen loszufieren. Die Anker wurden fröhlich aufgehievt, die Segel gesetzt, und mit dem ersten Lufthauch des tropischen Morgens, der frisch und duftend von den Berghängen kam, glitten wir langsam die Bucht entlang und durch die Öffnung im Riff hinaus. Jetzt drehten wir bei, und die Kanus kamen längsseits, um die Inselbewohner aufzunehmen, die soweit mitgekommen waren. Ich schüttelte dem Doktor lange und herzlich die Hand, ehe er das Fallreep hinabstieg. Ich habe ihn nie wieder gesehen, noch von ihm gehört.

Nun wurden alle Segel gesetzt und die Rahen vierkant gebraßt; die Brise wurde steifer, und wir entfernten uns rasch von der Küste. Noch einmal schaukelte die Wiege des Seemanns unter mir, und ich ging breitbeinig über das Deck.

Gegen Mittag war die Insel unterm Horizont verschwunden, und der weite Ozean lag vor mir.

Erzählungen aus dem Biedermeier

Biedermeier - das klingt in heutigen Ohren nach langweiligem Spießertum, nach geschmacklosen rosa Teetässchen in Wohnzimmern, die aussehen wie Puppenstuben und in denen es irgendwie nach »Omma« riecht.

Zu Recht. Aber nicht nur.

Biedermeier ist auch die Zeit einer zarten Literatur der Flucht ins Idyll, des Rückzuges ins private Glück und der Tugenden. Die Menschen im Europa nach Napoleon hatten die Nase voll von großen neuen Ideen, das aufstrebende Bürgertum forderte und entwickelte eine eigene Kunst und Kultur für sich, die unabhängig von feudaler Großmannssucht bestehen sollte.

Georg Büchner Lenz **Karl Gutzkow** Wally, die Zweiflerin **Annette von Droste-Hülshoff** Die Judenbuche **Friedrich Hebbel** Matteo **Jeremias Gotthelf** Elsi, die seltsame Magd **Georg Weerth** Fragment eines Romans **Franz Grillparzer** Der arme Spielmann **Eduard Mörike** Mozart auf der Reise nach Prag **Berthold Auerbach** Der Viereckig oder die amerikanische Kiste

ISBN 978-3-8430-1884-5, 444 Seiten, 29,80 €

Erzählungen aus dem Biedermeier II

Annette von Droste-Hülshoff Ledwina **Franz Grillparzer** Das Kloster bei Sendomir **Friedrich Hebbel** Schnock **Eduard Mörike** Der Schatz **Georg Weerth** Leben und Taten des berühmten Ritters Schnapphahnski **Jeremias Gotthelf** Das Erdbeerimareili **Berthold Auerbach** Lucifer

ISBN 978-3-8430-1885-2, 440 Seiten, 29,80 €

Erzählungen aus dem Biedermeier III

Eduard Mörike Lucie Gelmeroth **Annette von Droste-Hülshoff** Westfälische Schilderungen **Annette von Droste-Hülshoff** Bei uns zulande auf dem Lande **Berthold Auerbach** Brosi und Moni **Jeremias Gotthelf** Die schwarze Spinne **Friedrich Hebbel** Anna **Friedrich Hebbel** Die Kuh **Jeremias Gotthelf** Barthli der Korber **Berthold Auerbach** Barfüßele

ISBN 978-3-8430-1886-9, 452 Seiten, 29,80 €